MARINA ZITZA

novum pocket

Bibliografische Information
der Deutschen Nationalbibliothek:

Die Deutsche Nationalbibliothek
verzeichnet diese Publikation in der
Deutschen Nationalbibliografie.
Detaillierte bibliografische Daten
sind im Internet über
http://www.d-nb.de abrufbar.

Gedruckt in der Europäischen Union
auf umweltfreundlichem, chlor- und
säurefrei gebleichtem Papier.

© 2023 novum Verlag

ISBN 978-3-903382-84-8
Umschlagfotos: Marcelgross,
Ekaterina Pokrovsky I Dreamstime.com
Umschlaggestaltung, Layout & Satz:
novum Verlag

www.novumverlag.com

Climate neutral
Print product
ClimatePartner.com/16547-2201-1002

Eine frei erfundene Geschichte
Zum Anregen, erregen und genießen
Provokant und lehrreich
Zur Aufklärung und Warnung
Spannend, erotisch und gefühlvoll

Lovestory inbegriffen

TEIL 1

Kapitel 1

Verlockende Lust

„Nun sitz ich hier und habe keine Ahnung wie es weiter geht. Ja, klar … in einer Woche habe ich mein Vorstellungsgespräch in München … Aber das ist erst in einer Woche", redet Gisa, auf einer Parkbanklehne sitzend, zu sich selbst. Den Blick auf den See gerichtet, fummelt sie in ihrer Tasche nach Zigaretten. Sie holt eine Schachtel heraus, steckt sich eine Zigarette in den Mund und kramt ungeduldig in ihrer Hosentasche nach einem Feuerzeug. Unbemerkt steht auf einmal eine Frau neben ihr und streckt ihr ein Feuerzeug entgegen. Gisa wäre fast vor Schreck von der Bank gefallen. Sie zuckt kurz zusammen und schaut sich um. Lange rote Fingernägel, halten ihr ein silbrig schimmerndes Feuerzeug vor die Nase. Jackenärmel aus Kunstleder und Pelzersatz, lassen ihre Blicke wandern. Eine schmale Taille trägt einen schwarzen Leder-Minirock und die schlanken Beine zieren Lack-Overknees-Stiefel. Dann guckt sie schnell nach oben. Blickt in zwei katzengleich grüne Augen. Extrem geschminkt. Das Gesicht wird von roten Locken umrahmt. „Brauchst du Feuer?", hört sie die knallroten Lippen fragen. Gisa zuckt leicht zusammen, fühlt sich ertappt. „Äh ja … ja klar … äh danke, stottert sie verlegen. Möchtest du auch eine?", fragt sie schnell und hält der Frau die Zigarettenschachtel hin. „Gern", antwortet die Frau und nimmt sich eine Zigarette heraus. Nachdem sie sich die angezündet hat, stellt sie sich Gisa vor. „Hallo, hi, ich bin Mia. Alles ok bei dir? Du siehst so verloren aus." „Ne, alles klar, antwortet Gisa. Ich habe nur überlegt, was ich machen soll. Ich habe meinen Abschluss in der Tasche und nächste Woche einen Vorstellungstermin in München." „Cool", sagt Mia und setzt sich zu Gisa auf die Parkbanklehne. „Und zu Hause keiner der auf dich wartet?", fragt sie neugierig. „Ne, antwortet Gisa. Die sind alle in Frankfurt. Ich war hier in einer Studenten-WG. Muss aber bis Morgen raus sein. Dann werde ich wohl heute Abend schon den Zug nach München nehmen." „Weißt du was, sagt Mia, lass uns eine Tasse Tee bei mir trinken. Ich wohne gleich da vorne. Dann können wir noch ein wenig schnacken, was meinst du? Hast du Lust?", fragt sie Gisa, während sie von der Parkbank runter steigt. Gisa guckt in die auffallend geschminkten Augen und nickt zustimmend. Hinter Mia herlaufend, guckt Gisa an Mia runter. Mias Po wackelt heftig unter ihrem Minirock. Ein Teil der Oberschenkel sind zu sehen. Prall und leicht gebräunt. Wie ein heller Schaumkuss. In Gisa kribbelts. An Mias Haustür angekommen, bittet sie Gisa, die Schuhe auszuziehen. Als Gisa die Wohnung betritt, versteht sie warum. Helle Teppiche und teure Brücken zieren den Boden. „Komm rein, sagt Mia, sieh dich um, mach es dir bequem. Tee mit Zucker oder Honig?", fragt sie hektisch. Dann geht sie in die Küche. „Zucker ist ok", ruft ihr Gisa zu, während sie sich umsieht. Überall Accessoires und Grünpflanzen in jeglicher Größe. Sie zieren Ecken und Fenster. Der Raum ist voller schöner Dinge und trotzdem nicht überladen oder unaufgeräumt. Gisa kann sich gar nicht sattsehen. „Setz dich doch, fordert Mia Gisa auf. Sie stellt ein Tablett mit zwei dampfenden

Tassen auf den Tisch. Hier bitte", sagt sie und stellt eine Tasse vor Gisa hin. „Vielen Dank, sagt Gisa. Du hast eine sehr schöne Wohnung", bemerkt sie schüchtern. Mia lacht laut. „Danke. Du hast aber noch nicht alles gesehen. Trotzdem danke." Gisa nimmt verlegen einen Schluck Tee. „Ähm, wo ist die Toilette?", fragt sie leise. Mia zeigt mit dem Finger in die Richtung. Im Bad angekommen, stockt Gisa der Atem. Überall stehen Sexaccessoires. Duschgels in Frauenkörperflacons, Parfüms und Dildos. Seifen in Form von Vaginas und Penissen. Gisa guckt in den Spiegel und bemerkt, dass sie leicht gerötete Wangen hat. Sie tupft sich das Gesicht mit einem kalten Lappen ab. Trotzdem fühlt sie sich heiß an. Nach kurzer Zeit kehrt sie in die Stube zurück. Sie setzt sich schweigend neben Mia. Die hat schon längst Gisas Errötung gesehen. Sie rutscht näher an Gisa heran. Legt ihre linke Hand auf Gisas Oberschenkel und streichelt mit ihrer rechten Hand, Gisas Nacken. „Alles in Ordnung?", flüstert Mia. Ihr Kopf sich Gisa nähernd. Gisa fühlt den Hauch Mias Atems auf ihren Lippen. Sie weicht zurück. Will etwas sagen, doch ihr Hals ist wie zugeschnürt. Mia nimmt Gisas Kinn in ihre Hand und dreht ihren Mund zu sich. Mias Lippen fordern ein Öffnen ihres Mundes. Eine Zunge die ihre sucht. Gisa zittert. Sie schließt die Augen. Mia drückt sie sanft an die Rückenlehne der Couch. Dringt tief mit ihrer Zunge in Gisas Mund ein. Berührt mit ihrer Hand Gisas Brust. Umkreist und knetet den Nippel. Gisa seufzt und erwidert den Zungenkuss. Mia lässt ihre Hand in Gisas Schoss wandern. Drückt sanft auf die Stelle Ihres Kitzlers. Gisa wehrt sich nicht. Jetzt öffnet Mia den Reißverschluss an Gisas Hose. Langsam gleitet ihr Finger hinein. Ein Zucken von Gisa verrät ihr, dass er sein Ziel gefunden hat. Zärtlich spielt Mia mit Gisas Liebesperle. Heftiger wird Gisas schnaufen und zucken. Plötzlich lässt Mia ab. Sie zieht Gisa mit sich ins Schlafzimmer. Dort drückt sie Gisa aufs Bett. Zieht ihr die Hose aus und spreizt deren Beine. Zieht sich selbst noch den Rock aus und legt sich zwischen Gisas Beine. Mia dehnt Gisas Slip zur Seite und züngelt deren Kitzler. Die zuckt und seufzt. Unerbittlich spielen Mias Lippen mit Gisas Liebesperle. Weit spreizt sie Gisas Schamlippen. Jetzt sticht ihre Zunge heftig und schnell. Gisa krallt ihre Finger ins Betttuch. Bäumt sich laut stöhnend auf. Sie ist gekommen. Seufzend und zitternd, atmet sie schwer. Mia legt sich neben sie. Küsst sie. Dreht sich auf ihren Rücken. Führt Gisas Hand zu ihrem Schoß. Gisa versteht. Sie lehnt sich über Mias Schenkel und beginnt ihren Kitzler zu erforschen. Zärtlich und sanft lässt sie ihn hin und her flutschen. Spielt ausgiebig damit. Beobachtet Mias Regungen und Mimiken. Sie leckt daran. Wie an einem Eis. An Mias Zuckungen erkennt sie, dass sie es richtig macht. Jetzt genießt sie es. Sie schlürft und schmatzt laut. Mia seufzt vor Geilheit. Gisa züngelt schneller. Mia kommt. Sie schreit laut auf. Gisa legt sich in ihren Arm. Mia küsst sie zärtlich. Sie brauchen nichts sagen. Seufzend liegen sie sich in den Armen. Kuschelnd schlafen sie ein. Als Mia aufwacht, schreckt sie hoch. „Hey du, hey wach auf, sagt sie zu Gisa. Ich habe völlig vergessen, dass ich noch Besuch erwarte. Ich muss einkaufen. Tust du mir einen Gefallen und räumst ein bisschen auf. Den Stubentisch zurechtmachen, frische Gläser, Gebäck und so?" Mia zieht sich hastig an. Dann rennt sie wie von der Tarantel gestochen aus dem Haus. Gisa sitzt auf dem Bett und weiß gar nicht was sie denken soll. Sie hat noch nie mit einer Frau gemacht, was sie gemacht hat. Sie weiß gar nicht wie sie fühlen soll. Überlegt, ob sie weglaufen soll oder Mia den Gefallen tut. Sie geht ins Bad, macht sich frisch und zieht sich an. Dann geht sie in die Stube und macht sauber. Während sie den Tisch abräumt, sieht sie ein Körbchen neben der Couch stehen. Voll mit Sexspielzeug. Ihre Neugier ist geweckt. Sie greift zu. Obenauf ein pinkfarbener Dildo. Darunter Handschellen. Eine Peitsche und Vaseline. Als sie weiterkramen will, geht der Schlüssel in der Wohnungstür. Gisa stellt das Körbchen schnell wieder weg. Mia stürmt rein. „Schön, dass du noch da bist, sagt sie. Echt super von dir, dass du mir hilfst. Knabberzeug ist im Küchenschrank. Wenn du magst, kannst du ja mit uns zusammensitzen. Was trinken und schnacken. Würde mich freuen. Wenn du was zum Anziehen brauchst, nimm dir was aus meinem Schrank. High Heels würden dir super stehen. Wie du willst. Überleg es dir. Habe mein Portemonnaie vergessen. Bin gleich wieder da", endet Mia und saust aus der Tür. Gisa hatte noch nicht einmal Gelegenheit was zu sagen. Doch was hätte sie sagen sollen. „Danke, dass du mit mir geschlafen hast." Gisa ist verwirrt. Sie steht da und starrt die Wohnungstür an. Verwirft den Gedanken wegzulaufen und dekoriert den Tisch. Als sie fertig ist geht sie ins Schlafzimmer. Eigentlich will sie ihre Sachen nehmen und gehen. Dann packt sie die Neugier. Sie öffnet den Kleiderschrank. Schillernde Klamotten funkeln ihr entgegen. Alle Farben sind vertreten. Dann geht sie zum Schuhschrank. Schuhe, die einem den Atem rauben. Ein Traum wird wahr. Sündhaft teure High Heels, Plateauschuhe, Stiefel, Pumps der Extraklasse. Alle großen Designer sind vertreten. In einer Schachtel daneben, die dazu passenden Strümpfe, Strumpfhosen und Strapse. Lack, Leder, Netz und Strass. Alles ist da. Gisa sieht ein paar rote Pumps, mit sehr hohem Absatz. Sie zieht sie an. „Stehen geht", denkt sie sich. Zwei Schritte, dann knickt sie weg. Sie zieht sie aus und stellt sie zurück. Ein paar Plateausandalen in griechischer Optik fallen ihr ins Auge. Golden und mit Schnürungen, bis zum Knie. „Die sind der Hammer", sagt sie zu sich. Im Schrank findet sie ein weißes Kleid mit goldenem Gürtel. Das will sie anziehen. Sie geht ins Bad, zieht sich aus und duscht. Während sie sich mit duftendem Schaum einreibt, sieht sie einen Dildo in der Ecke stehen. „Soll ich?", fragt sie sich. Dann greift sie zu. Berührt ihn. Spürt ihn mit ihrer Zunge. Lutscht daran. Lässt ihn langsam über ihren Körper gleiten. Im Schoß angekommen, spielt sie eine Weile mit dem Dildo an ihrem Kitzler. Sie ist geil. Schnell führt sie ihn sich ein. Ihre Bewegungen unkontrolliert. Sie schließt die Augen. Jammert und stöhnt. Während sie sich verwöhnt, bemerkt sie nicht, dass sie beobachtet wird. Mia ist vor kurzem nach Hause gekommen und steht hinter der halboffenen Badezimmertür. Sieht Gisa eine Weile zu. Dann geht Mia in die Küche und klappert mit dem Geschirr. Gisa erschrickt. Sie duscht zu Ende und geht mit einem Handtuch umwickelt in die Küche. „Mia, fragt sie, darf ich das weiße Kleid mit dem goldenen Gürtel und den römischen Sandalen anziehen?" „Wow, antwortet Mia, du hast ja einen geilen Geschmack. Das muss ich sehen. Komm zieh an. So habe ich das selbst noch nicht getragen." Sie schnappt sich Gisa und zieht sie ins Schlafzimmer. Öffnet den Kleiderschrank und holt die gewünschten Sachen heraus. Gisa steht vor dem Spiegel und lässt das Handtuch heruntergleiten. Mias grüne Augen haften an Gisas Körper. Eine Gier glitzert in ihnen. Gisas Körper ist wunderschön. Tropfenförmige Brüste, herrliche Brustwarzen, rosig und zart. Jede Zunge sehnt sich danach sie zu liebkosen. Ihre schmale Figur. Ein oberflächig rasierter Schoß. Weicher Flaum lädt zum Streicheln ein. Gisa bemerkt Mias Blick und hält sich schamhaft die Hand vor. Mia presst sich von hinten an sie. Drückt die Hände zur Seite und lässt ihre Finger über Gisas Flaum und Schlitz gleiten. Gisa zuckt. Mia beißt zärtlich in Gisas Hals, während ihr Finger mit Gisas Liebesperle spielt. Gisa schließt die Augen und lehnt ihren Kopf an Mias Schulter. Genießt den Augenblick. Sie zuckt immer heftiger. Mia zieht sie zum Bett. Drückt sie darauf und legt sich in Gisas gespreizte Beine. Zunge und Finger erforschen Gisas Schambereich. Während Mia sie züngelt, gleiten zusätzlich zwei Finger in ihre Gotte. Gisa stöhnt vor Wollust. Mia schlürft und saugt, bis Gisa sich aufbäumt. Mia lässt ab und steht auf. Geht zum Kleiderschrank und sucht sich selbst ein paar Sachen zurecht. Dann geht sie, ohne etwas zu sagen ins Bad. Gisa liegt auf dem Bett und lässt die Gefühle in sich strömen. Wälzt sich hin und her. So etwas hat sie noch nie erlebt. Gefühle, die so fesselnd sind. Die nach mehr verlangen. Als Mia zurückkommt, ziehen sich beide an. Mia gibt Gisa noch den passenden String. „Wow, sagt Mia, jetzt noch die Haare hochgesteckt, glänzenden Lidschatten und Lipgloss. Perfekt. Du siehst umwerfend aus." Gisa lächelt verlegen. „Geh du schon mal in das Wohnzimmer und sieh nach, ob alles vorbereitet ist. Wenn es klingelt, begrüße unseren Gast und bring ihn in die Stube. Ich komme gleich nach. Beeil mich." Gisa geht in das Wohnzimmer. Es klingelt. Sie öffnet die Tür.

Ein großer, kräftiger blonder Mann steht vor ihr. Verwirrt guckt der auf das Türschild. „Ich wollte zu Mia", sagt er leise. „Ja, das ist richtig, antwortet Gisa, und bittet ihn mit einer Handbewegung herein. Bitte nehmen sie im Wohnzimmer Platz, ergänzt sie. Mia kommt gleich dazu. Darf ich was zu trinken anbieten?". Er entscheidet sich für ein Glas Whisky on Ice. Aufmerksam beobachtet er Gisa bei allen Bewegungen. Vor allem als sie sich tief bückt, beim Zureichen des Glases. Ihr Ausschnitt offenbart alles. „Ok, da bin ich", ruft es lachend aus der Ecke des Raumes. Mia hat das kleine Schauspiel beobachtet. Der Mann springt auf und begrüßt Mia, mit einem Wangenkuss. „Du siehst umwerfend aus", bemerkt er, und zieht sie zur Couch. Mia hat sich ein cremefarbenes hautenges Kleid und Plateaustiefel mit Glitzerhacken angezogen. Haare hochgesteckt und knallroten Lippenstift. „Oh, mein Lieber. Du Charmeur, lächelt Mia ihn an. Freut mich, dass du da bist. Hast du schon Gisa kennengelernt? fragt sie. Nettes Mädchen. Komm Gisa setz dich zu uns." Dabei tippt sie mit der Hand zwischen sich und ihm auf das Sofa. Gisa setz sich zwischen sie. Ihr Rock rutscht sehr hoch. Sie will ihn richten und zupft daran. „Ein sehr schönes Outfit hat sie sich selbst zusammengestellt", sagt Mia. Streicht dabei über Gisas Schenkel. „Ich mach uns was Besonderes, komme gleich wieder, sagt Mia und huscht in die Küche. Kurze Zeit später kommt sie mit drei Gläsern zurück. Jedes hat einen bunten Zuckerrand. Dann gießt sie eine Mischung ein. Eiswürfel dazu. „Hier trink, sagt er und hält Gisa ein Glas hin. Du musst aber erst den Zuckerrand abknabbern. Das schmeckt besser." Gisa tut es und leert das Glas anschließend in einem Zug. Mia setzt sich links von ihr.

Möchtest du uns Musik machen? fragt Mia. Die Musikanlage ist dort drüben." Mia zeigt mit dem Finger auf eine Truhe. Etwas wackelig steht Gisa auf. Sie schiebt es auf die sehr hohen Schuhe. Ihr Kleid schwingt beim Gehen. Die beiden anderen beobachten sie. „Der griechische Stil steht ihr wirklich gut, sagt er. Ganz schön sexy." „Gisa komm doch bitte wieder zu uns", fordert Mia sie auf. Gisa geht wackelnd zur Couch und setzt sich wieder zwischen die beiden. „Hier hast du mein Glas, zum Knabbern", lächelt er. Gisa tut es und leert auch dieses Glas in einem Zug. Ein breites Grinsen legt sich auf ihr Gesicht. „Schöne Musik hast du uns ausgesucht", flüstert er und legt seine Hand auf ihren Schenkel. „Mia, mir wird komisch", lallt Gisa. „Komm lehn dich an mich, flüstert Mia und drückt Gisas Körper an sich. Sie liebkost Gisas Wangen. Gisa dreht den Kopf zu Mia und küsst sie. Während sie sich küssen, legt er Gisas Beine auseinander. Streichelt Gisas Schenkel entlang und zeichnet mit seinem Finger Gisas Schoß nach. Er schiebt das Kleid nach oben und öffnet den String, der mit Schleifen an den Seiten gebunden ist. Sein Daumen spielt mit ihrem Kitzler. Gisa seufzt laut. Stöhnt Mia in den Mund. Sie will sich räkeln, doch Mia hält sie fest. Küsst sie heftig. Jetzt dringen Finger in Gisas Grotte ein. Erst einer, dann zwei. Immer schneller werdend und zusätzlich mit seiner Zunge an ihrem Kitzler, bringt er sie zur Ekstase. Gisa hält sich an Mias Schulter fest, während sie ihren Orgasmus rausschreit. Schnaufend und zitternd liegt Gisa da. Mia und der Mann gehen ins Schlafzimmer. Als Gisa sich nach einer Weile gefangen hat, will sie ins Bad. Auf dem Weg dorthin, kommt sie am Schlafzimmer vorbei. Durch den Türspalt beobachtet sie, wie Mia sein mächtiges Glied mit dem Mund verwöhnt. Er sieht ihr dabei zu. Dann verkneift sich sein Gesicht und Mia schluckt heftig. Alles was an seinem Liebessaft daneben läuft, leckt sie zusammen. Gisa geht schnell zurück zur Couch. Deckt sich zu. Nicht wissend, dass er sie, durch den Spiegel an Mias Schlafzimmerwand, gesehen hat. Mit den Bildern vor ihren Augen, schläft sie nach einer Weile ein. „Guten Morgen, reißt sie Mias Stimme aus dem Schlaf. Süße, Zeit aufzustehen. Komm Mäuschen werde wach." Gisa öffnet blinzelnd die Augen. Fragend, sieht sie Mia an. Doch bevor sie was sagen kann, hält Mia ihr 200 Euro vor die Nase. „Hier für dich, sagt sie. Gut gemacht." Mia steht auf und geht in die Küche. Gisa räkelt sich auf. Sieht auf das Geld. Jetzt erinnert sie sich an einiges vom Abend. Sie wurde von einem fremden Mann verführt und dafür bezahlt. Soll sie jetzt angewidert sein oder dankbar?", denkt sie. Mia kommt aus der Küche zurück. Sie setzt sich auf den Sessel und guckt Gisa an. Als wenn sie Gedanken lesen könnte, sagt sie: „Es ist alles in Ordnung. Es ist nichts passiert, dass dir Probleme machen könnte. Du hast einen Mann glücklich gemacht und gut. Und anstatt dich in einer Burgerbude, stundenlang abzuschuften, hast du in einer Stunde ein Wochenlohn verdient. Und nicht mal was machen müssen. Im Gegenteil. Du hast was dafür bekommen. Komm, trink einen Tee mit mir. Übrigens fand er dich super. Und von deiner Kleiderwahl waren wir sehr begeistert. Du hast was drauf. Er möchte dich wiedersehen und kommt heute Abend mit seinem Freund, dann hätten wir beide eine Verabredung, lacht Mia. Was sagst du dazu? Sag bitte ja, sein Freund ist echt heiß." Mia sitzt vor ihr wie ein betteldes Kind. Gisa nippt an ihrer Tasse Tee und nickt mit dem Kopf. Super, dann ruf ich ihn nachher an. Lass uns noch eben aufräumen und etwas schlafen. Könnte eine lange Nacht werden." Mia lacht und geht in die Küche. Gisa geht ins Bad duschen. Frisch gemacht und im Bademantel geht sie zu Mia ins Schlafzimmer. „Hast du uns schon was rausgesucht?", fragt Gisa. Mia liegt nackt unter ihrer Bettdecke. Sie setzt sich auf den Bettrand und winkt Gisa zu sich. „Das machen wir nachher", sagt sie sanft. Dann zieht sie Gisa an der Hand zu sich. Zwischen ihre Beine. Sie öffnet Gisas Bademantel, hält mit beiden Händen Gisas Po und versenkt ihren Kopf in Gisas Schoß. Gierig schlürft und schmatzt sie. Ihre Zunge sticht erbarmungslos Gisas Liebesperle. Gisas Beine zittern. Sie stellt eines auf den Bettrand und hält sich an Mias Schultern fest. Dieser Einladung kann Mia nicht widerstehen. Sie schiebt zwei Finger in Gisas feuchte Loch. Immer schneller werdend fingert sie Gisa. Die ächzt und stöhnt laut. Mia stoppt. „Komm leg dich her", sagt sie. Dann holt sie einen Vibrator aus der Schublade. Führt ihn in Gisa ein. Genüsslich stößt sie Gisa. Langsam und ruckartig. Gisa japst und geifert. Immer lauter ihr Bitten und Flehen. „Ja, ich mach es dir unvergesslich", flüstert Mia. Schnell und hart stößt sie den Dildo in Gisas Loch. Weit spreizt sie mit der anderen Hand Gisas Schamlippen. Legt die Liebesperle frei. Saugt daran. Dann wieder ein Stoßen. Dann ein Züngeln. Gisa dreht der Kopf. Sie schreit laut auf. Ist Schweiß gebadet. Mia lässt ab. Zitternd und bebend liegt Gisa auf dem Bett. Mia beugt sich über sie. Streichelt und küsst Gisas Lippen. Gisa ringt um Atem. Mia legt sich neben sie und führt sich den Dildo ein. Lässt ihn auf höchste Stufe vibrieren. Gisa erholt sich langsam. Sie lässt Mia nicht im Stich. Verwöhnt Mia auf dieselbe Art wie sie es eben gelernt hat. Nach zärtlichen Streicheleinheiten kommen sie zur Ruhe und schlafen noch ein wenig.

Etwas später wachen sie auf, machen sich frisch und stellen sich vor den Kleiderschrank. Mia holt sich ein Kleid mit Leopardenmuster und Lack-Overknees-Stiefel heraus. Für Gisa ein rotes Schlauchkleid und die roten Pumps, mit den sehr hohen Absätzen. „Tut mir leid Mia, aber da kann ich nicht drauf laufen", bedauert Gisa. „Ok, dann bleibst du sitzen und ich mach alles", sagt Mia. Hauptsache du siehst hinreißend aus. Gisa schlüpft in das rote Kleid. Ihre wilde blonde Mähne, feuchte rote Lippen, einfach umwerfend. „Hier den passenden String, wirft Mia ihr zu. Setz dich auf die Couch. Ich zieh dir schnell die Schuhe über. Die Jungs kommen gleich." Schnell steckt sie Gisa die Haare hoch. Sich selbst einen Wet-look. Etwas Parfüm über sich und Gisa. Fertig.

Mia steht an der Anlage und sucht Musik aus. Es klingelt. Jetzt kommt bei Gisa eine leichte Erinnerung und ihr steigt Schamröte in die Wangen. Ihre Augen beginnen zu leuchten. Der blonde Mann von Gestern kommt auf sie zu. Er reicht ihr die Hand, zieht sie hoch und küsst sie auf die Wange. Jetzt schießt ihr die ganze Röte ins Gesicht. „Das ist Gisa", stellt sie der Mann seinem Freund vor. Der ihr ebenfalls die Hand reicht und auf die Wange küsst. Gisa ist hin und weg. Stahlblaue Augen, schwarzes Haar, nicht alt und gut trainiert. Ein Traum von Mann. Gisa sieht ihm lange in die Augen. Und das fällt auch allen anderen auf. Statt was zu sagen, lächelt sie verlegen. Mia hat in der Zeit Gläser mit Cocktails vorbereitet. Jedes mit Zuckerrand. Gisa fängt sofort an den Zuckerrand abzuknabbern. Sie ist nervös. Blicke tauschen sich aus. Sie guckt schon auffällig oft in seine stahlblauen Augen. „Tausch mal deinen Platz mit mir, fordert der seinen Freund auf. Ich möchte neben dieser Schönheit sitzen. Er setzt sich neben Gisa. Das rote Kleid ist ja der Hammer. Steht dir ausgesprochen gut. Hinreißend." Er nimmt sein Glas und streckt es Gisa entgegen. Du kannst auch meinen Zuckerrand abknabbern", bietet er an. Ihr wird wohlig warm. „Na, und die Schuhe erst, sagt er leise. Zeig doch mal", fordert er sie auf. Gisa versucht das Bein zu heben, doch das Kleid ist zu eng. Er sieht das Problem. Greift ihre Beine und legt sie auf seinen Schoß. Dann streichelt er ihre Schienbeine und Fußgelenke. Streift die Pumps ab und massiert die Füße. „Das fühlt sich so gut an", denkt Gisa und schließt die Augen. „Oh, eine Genießerin", lacht er und knetet etwas stärker. Gisa lächelt verlegen. Er reicht ihr ein volles Glas. Trink noch was", flüstert er. Während sie trinkt streichelt er ihre Waden und Knie. „Mir ist ein wenig schwindelig", sagt Gisa. „Lehn dich doch zurück und entspann dich. Du bist den Alkohol nicht gewohnt", sagt er. Dabei streichelt er ihre Innenschenkel. Berührt ihren Schambereich. Gisa seufzt leise. Leckt sich über die Lippe. Mia und der andere Mann tauschen Zärtlichkeiten aus, während sie zusehen. „Möchtest du mir deine schöne Figur zeigen?", fragt er Gisa, die schon sehr angetrunken ist. Sie streift das Kleid unter ihre Brüste, sodass ihre herrlichen rosigen Nippel zu sehen sind. Er nimmt das Kleid und zieht es ihr über die Hüften. Schließlich liegt sie im String vor ihm. Seine Hände erforschen jeden Zentimeter ihres makellosen Körpers. Er streichelt ihre Brüste. Spielt mit ihren Nippeln, bis sie groß und hart sind. Gisa seufzt. Hat ihre Augen geschlossen und fühlt wie seine Hände über ihren Körper gleiten. Es kribbelt überall an ihr. Er legt ihre Beine auseinander und streichelt ihr Schamhaar. Spreizt mit der einen Hand ihre Schamlippen und mit der anderen spielt er an ihrem Kitzler. Gisa zuckt und jammert leise. „Mia komm rüber und mach mir die Hose auf", befiehlt er. Mia gehorcht. Sie kniet sich vor ihn und befreit sein Glied aus seiner Bedrängnis. Das wurde aber auch höchste Zeit. Sein mächtiger Schwanz hat schon keinen Platz mehr. Verwöhnt es mit ihrer Zunge. Genüsslich leckt und bläst sie es. Er wiederum beugt sich vor und leckt Gisas Kitzler. Jetzt hält es der blonde Freund auch nicht mehr auf seinem Platz. Er stellt sich an Gisas Kopf und steckt ihr sein Glied in den Mund. Gisa saugt und schlürft, während sie von dem anderen mit Zunge und Finger verwöhnt wird. Gefühlsexplosionen durchströmen Gisa. „Hör auf Mia, sagt der Schwarzhaarige plötzlich. Ich will Gisa noch ficken." Mia steht auf, geht zu ihrem Sessel und zieht ihr Kleid aus. Nur noch in Stiefeln setzt sie sich in den Sessel. Unterwäsche liegt ihr nicht. Dann holt sie sich den Dildo aus dem Körbchen und schiebt ihn sich ins Loch. Langsam gleitet sie ihn hin und her. Der Blonde sieht das und geht zu ihr. Er übernimmt den Dildo und fickt Mia heftig und ausdauernd damit. Die schreit vor Geilheit. Währenddessen wird Gisa mit fingern und lecken zum Höhepunkt gebracht. Nachdem sie gekommen ist, zieht er sie auf sich. Setzt sie auf seinen Schwanz. Tief dringt er in sie ein. Sie zuckt zusammen. Er hält sie an den Hüften und hebt sie auf und ab. Gisa ist zu betrunken und schwerfällig. Er hebt sie runter und dreht sie in kniende Stellung vor sich. Dann nimmt er sie von hinten. Immer schneller stößt er sie. Gisa schreit und keucht. Kurz bevor er kommt, geht er zu Mia und steckt ihr seinen Schwanz in den Mund. Tief drückt er ihn in ihren Schlund. Spritzt seinen Liebessaft über ihr Gesicht. Der Blonde wechselt mit ihm den Platz. Nimmt Gisa auch von hinten. Die weiß gar nicht wie ihr geschieht. Lange und ausdauernd stößt er sie. Gisa stöhnt laut und schwer. Nach einer Weile ergießt er sich auf ihrem Po. Gisa sinkt erschöpft und volltrunken ins Sofa. Mia geht zu Gisa rüber und macht sie sauber. Dann legt sie sich neben sie, nimmt sie in den Arm und streichelt ihr Gesicht. „Gut gemacht, flüstert sie. Die Jungs sind zufrieden." Dabei streichelt sie durch ihr Haar. Küsst sie. Doch Gisa ist zu weggetreten, um diese Zärtlichkeit zu erwidern. Mia gibt ihr was zu trinken und es dauert nicht lange und sie schläft ein.

Am nächsten Morgen, oder besser mittags, wacht Gisa auf. Mia sitzt neben ihr und reicht ihr ein Glas Tomatensaft. „Du bist ziemlich abgestürzt, sagt Mia. Hier der Saft hilft." Gisa guckt Mia an und erinnert sich an ein paar heftige Szenen. Sie schreckt zurück. Mia merkt das was nicht stimmt und geht auf sie ein. „Du hast noch keinen Umgang mit Alkohol und solltest den in Zukunft meiden. Du verträgst nichts. Meinst du nicht? Du hast im Traum um dich geschlagen und von Vergewaltigung gesprochen. Das war erschreckend." Gisa guckt Mia ungläubig an. Geträumt?", denkt sie. „Wir hatten einen sehr schönen Abend, fährt Mia fort. Mit zwei super Männern. Nichts ist gegen deinen Willen passiert. Im Gegenteil. Du hast dich in seine stahlblauen Augen verliebt. Ist aber auch süß der Kerl. Er möchte dich wiedersehen. Ich habe ihm erzählt, dass du in den nächsten Tagen nach München musst und er hat angeboten dich mitzunehmen. In seinem Luxusschlitten. Heute. Er hat Geschäftliches dort.

Überleg es dir." Gisa guckt sich um. Sie sieht 500 Euro auf dem Tisch liegen. „Kriegst die Hälfte ab, bemerkt Mia. Nun geh erst mal duschen, dann siehst du gleich vieles klarer." Gisa steht auf und torkelt ins Bad. Während sie duscht stellt sich Mia dazu. Hinter ihr stehend schäumt sie Gisas Rücken ein. Dann die Schultern und die Arme. Küsst dabei Gisas Hals. Als ihre Hände zu Gisas Bauch und abwärts gleiten, hält Gisa sie fest. Mia dreht Gisa zu sich. „Was ist?", fragt sie zärtlich. Küsst Gisa auf den Mund. Doch Gisa rührt sich nicht. Sie ist verwirrt. Sie weiß nicht was Traum und Realität gestern war. Mias Zunge fordert die Ihre. „Bitte, flüstert Mia, küss mich." Mias Hand berührt Gisas Brüste, während ihr heißer Atem über Gisas Lippen strömt. Gisa erinnert sich an Mias Berührungen und die dazu gehörenden Gefühle. Es kribbelt in ihr. Sie schließt die Augen und öffnet den Mund. Fühlt wie Mias Zunge ihren Mund erforscht. Eine Hand zwischen ihren Schenkeln, die herrliche Gefühle wecken und sie um den Verstand bringen. Mia spielt mit Gisas Kitzler. Bringt sie zum Kochen. Sie nimmt aus der Ecke den Dildo und führt ihn Gisa ein. Die hält sich an der Duschstange fest und stellt ein Bein auf den Wannenrand. Mia stößt sie, bis Gisa kommt. Küssend duschen sie zu Ende. Mia liebkost Gisa mit ihren Lippen. „Ich werde dich vermissen", flüstert sie. Dann steigt sie aus der Wanne und geht mit einem Handtuch umschlungen in die Küche. Gisa folgt ihr im Bademantel. Mia stellt zwei Tassen Tee auf den Tisch. „Wie siehts aus, soll ich ihn anrufen?", fragt Mia. Gisa überlegt. Wäre schon vorteilhaft, dann bräuchte sie die lästige Tasche nicht zu schleppen. Sie nickt zustimmend. Mia schnappt sich ihr Telefon. „Sie hat ja, gesagt, hört sie Mia sagen.

Ok, in einer Stunde sind sie hier. Pack deine Sachen zurecht", fordert Mia sie auf. Gisa geht ins Schlafzimmer. Mia sieht zu. Dann nimmt sie das rote Kleid und drückt es Gisa in die Hand. „Hier, das steht dir besser als mir. Dann nimmt sie Gisas Hände und sieht ihr in die Augen. Danke für die schöne Zeit und Zärtlichkeit." Während sie das sagt, streichelt sie über Gisas Wange und Lippen. Küsst sie noch mal zärtlich. Jetzt weiß Gisa, dass es der Abschied ist. Mia geht schweigend in die Stube. Gisa ist hin und her gerissen. Zwei Tage, die ihr Leben völlig umgekrempelt haben. Erfahrungen, die sie wahrscheinlich nie gemacht hätte. Eine Frau leidenschaftlich geliebt wäre ihr nie in den Sinn gekommen. Bilder und Gefühle tanzen in ihr. Sie vergisst die Zeit. Es klingelt. „Hey, Hallo, hört sie Mia sagen. Die begrüßt, die beiden Männer von gestern. Gisa geht etwas verschüchtert in die Stube. Er, mit seinen stahlblauen Augen geht auf sie zu. Küsst sie auf die Wange. Nimmt ihr das Gepäck ab und drückt es dem Kumpel in die Hand. Dann fasst er ihre Hüfte und hebt sie hoch. „Da ist ja mein blonder Engel, lacht er und wirbelt sie umher. Küsst sie zärtlich, als würden sie sich ewig kennen. Gisas Herz pocht wie wild. Sie ist verliebt. Dann lässt er sie los. „Komm, lass uns gehen", bestimmt er. Gibt Mia einen Kuss auf die Wange und nimmt Gisa an die Hand. Zieht sie hinter sich her. Er öffnet seinen Wagen und schiebt Gisa auf die Rückbank. Er selbst und sein Kumpel sitzen vorne. Gisa lässt die Augen wandern. Alles helles Leder. Sanft und weich. Sie streichelt die Bank. Und der Geruch. So etwas hat sie noch nie gerochen. Sie schließt kurz die Augen. Atmet tief ein. Dann sieht sie nachdenklich aus dem Fenster. Das bleibt nicht unbemerkt. „Was ist mit dir?", fragt er.

„Oh, alles gut", sagt sie leise. „Weißt du was, wir halten unterwegs bei meinem Ferienhaus an, da kannst du dich frisch machen", sagt er. Gisa nickt. Sie fahren von der Autobahn ab und noch eine Weile die Bundesstraße entlang. An einem Holzhaus halten sie an.

Gisa steht in einem offenen Raum, von dem Schlafbereich und Küche nur mit Pflanzenbarrieren getrennt sind. In der Mitte eine Couch und ein Minitisch, der gerade Platz genug für Gläser bietet. Gisa geht ins Bad, im Flur. Nachdem sie sich erleichtert und frisch gemacht hat, kehrt sie ins Wohnzimmer zurück. Dort wird sie mit einem Prosecco erwartet. Die drei stoßen an. Sie sieht in seine stahlblauen Augen und es kribbelt in ihr. „Liegt es am Prosecco?", fragt sie sich. Ihr wird heiß und ihr Gesicht rötet sich. Er tritt auf sie zu. Nimmt ihr das Glas aus der Hand und umfasst ihre Hüfte. Presst seinen Unterleib fest an ihren und reibt sich daran. Ihr tief in die Augen guckend. Beobachtet ihre Reaktionen. Gisa leckt sich über die Lippe. Sie fühlt seine wachsende Erregung. Er nimmt ihre Hand und führt sie zu seiner Beule in der Hose. „Mach sie auf", befiehlt er. Sie öffnet seinen Reißverschluss und sein mächtiges Glied quillt hervor. „Bück dich, nimm ihn in den Mund", fordert er. Gisa geht in die Knie. Spielt mit ihrer Zunge an seiner Eichel. Dann nimmt sie ihn tief in den Mund. Saugt und lutscht daran. Genießt ihn. Er seufzt. Nach ein paar Minuten zieht er sie hoch und bringt sie zum Küchentisch. Dort zieht er ihr das T-Shirt über den Kopf und öffnet ihre Hose. Er hebt sie auf den Tisch. „Leg dich hin", sagt er und streift ihr Schuhe und Hose aus. Nur im BH und Slip liegt sie vor ihm. Der blonde Kumpel, steht am Kopfende und hält ihre Arme, gestreckt über dem Kopf, fest.

Ihr Körper lang und makellos. Jede Rippe zeichnet sich ab. Ihre Muskulatur weiblich und fest. Er schiebt ihren BH hoch und streichelt ihre Brustwarzen. Hart und steif werden ihre Nippel. Zupft leicht daran. Gisa zischt leise. Jetzt nimmt er eine Schere und schneidet ein Loch in ihren Slip. Gerade groß genug, um ihren Kitzler frei zu legen. Beginnt mit seinem Daumen daran zu spielen. Verwöhnt ihre Liebesperle bis zur Gefühlsexplosion. Gisa rekelt sich vor Wollust. Will sich befreien doch kann es nicht. Wimmert. Seufzt. Kurz bevor sie kommt, hört er auf. Schneidet den Slip ganz auf. Fingert sie mit zwei Fingern. Zugleich spielt der andere Daumen an ihrer Liebesperle. Gisa verliert den Verstand. Sie schreit und stöhnt laut. Alles in ihr zittert und bebt. Ihr schwinden die Sinne. Sie kommt. Schnell legt er ihre Beine auf seine Schultern und versenkt sein mächtiges Glied in ihrem feuchten Loch. Fickt sie schnell und hart. Gisa wirft den Kopf hin und her. Jammert. Kurz bevor er kommt geht er zu ihrem Kopf und steckt ihr sein Glied in den Mund. Ergießt sich in ihr. Gisa muss mehrmals schlucken. Sie fühlt den warmen Saft ihre Kehle herunterfließen. Und während sie das tut, hat der Blonde sich Einlass in ihre Grotte verschafft. Fickt sie kreisend und genießerisch. Stößt sie immer schneller werdend. Gisa hält sich an den Tischrändern fest. Sie kommt nochmal. Er ergießt sich, auf ihrem Bauch. Gisa schwitzt und zittert. Ein Gefühlsaufruhr. So stark. So einnehmend. So wunderschön. Sie schnauft, seufzt. Denkt nicht. Benutzt liegt sie noch eine Weile da.

„Bravo", tönt es aus der Stubenecke. Mia hat sich unbemerkt Zutritt verschafft und hat die Szenerie beobachtet. Sie war hinterhergefahren. Gisa setzt sich auf.

„Was machst du denn hier?", fragt Gisa staunend. „Na, ich muss doch sehen, ob alles klappt, lacht Mia. Ich habe dich schließlich empfohlen. Offensichtlich gut. Die Jungs sind verrückt nach dir. Also, alles richtig gemacht. Und dir hat es unüberhörbar auch Spaß gemacht. Zwei Orgasmen, alle Achtung. So nun zieh dich erst mal an, wir warten auf der Couch auf dich. Gibt einiges zu besprechen." Mia geht mit den beiden Männern zur Couch. Briefumschläge wechseln die Besitzer. Gisa kommt angezogen dazu. Sie öffnet einen Umschlag, der ihr von dem mit den stahlblauen Augen überreicht wird. Vor ihr 500 Euro. „Und zusätzlich bekommst du 1000 Euro Taschengeld im Monat, Kost und Logis frei, wenn du für uns arbeitest." Gisa guckt erschrocken. „Halt, Stopp", wirft er ein. Du denkst an deine Ausbildung. Selbstverständlich machst du die. Irgendwann hast du vielleicht keine Lust mehr für uns zu arbeiten, dann brauchst du ein Standbein im Leben. Währenddessen wirst du nur für enge Freunde und Geschäftspartner zur Verfügung stehen. Ausnahmen nach Absprache. Wir haben den Ruf uns um unsere Mädchen zu kümmern. Also hab keine Angst." Gisa sieht in seine Augen und auf das Geld. Er zieht sie zu sich auf den Schoß. Fährt mit den Fingern durch ihr Haar. Sieht ihr tief in die Augen. Streichelt ihre Lippen. „Bleib bei mir, flüstert er. Du bist doch mein Engel." Gisa ist hin und weg. Zärtlich küsst sie ihn. Der Vertrag ist besiegelt.

Kapitel 2

Unerwartete Wendung

In München angekommen, halten sie vor einem sechs Parteien Haus. 70er-Jahre. Weis und mit Balkonen zur Straße. Alt aber gepflegt. „Komm Gisa, ich zeig dir dein neues Zuhause, sagt er und führt sie in eine Wohnung im ersten Stock. Du teilst die Wohnung mit Anna und Bea. Ihr werdet euch schon vertragen. Die sind echt lieb", fährt er fort. Sie gehen durch einen langen Flur, mit pink-farbenen Wänden und goldenen Spiegeln. Überall Accessoires. „Hier das ist dein Zimmer", sagt er und öffnet die Tür. Ein herzförmiges Bett, mit rotem Satinbezug, Flauschkissen und Herzkissen in jeglicher Größe, steht rechts im Raum. Auf der anderen Seite, ein weißer Kleiderschrank mit Sekretär. Alles auf einem weißen Teppich. Von der Decke hängt ein Kronleuchter. Funkelnd und völlig überladen. Aber ganz Mädchen like. „So, Gisa mach es dir gemütlich. Ich muss noch mal weg. Komm später nochmal wieder. Bis dann." Er dreht sich um und geht. Gisa fühlt sich etwas verloren. Dann packt sie ihre Sachen aus. Ihre Bücher legt sie auf den Sekretär und ihre Sachen auf das Bett. Nun fällt ihr auf, dass sie nicht viel besitzt. Dann hält sie sich das rote Kleid von Mia unter die Nase und schwelgt in Erinnerungen. Seine Worte, seine Zärtlichkeiten.

„Wer bist du denn?", reißt sie plötzlich eine Stimme aus ihren Gedanken. Gisa schreckt auf. Sie dreht sich um und sieht eine schwarzhaarige Schönheit vor sich. Lang und schlank. Augen, groß und blau, wie das Meer. Blass und rote Lippen. Strassohrringe bringen ihr Gesicht zum Leuchten. Ein hautenges schwarzes Minikleid und silberne High Heels. „Wow, was für Beine, denkt sie. Lang und kerzengerade. Ähm, ich bin Gisa", räuspert sie sich und tritt auf sie zu. „Ich bin Bea, antwortet diese. Hat Paul oder Rolf dich angeschleppt?", fragt Sie forsch. Jetzt fällt Gisa auf, dass sie die Namen nicht mal kennt. „Ich weiß nicht, sagt Gisa. Der mit den stahlblauen Augen und sein blonder Freund." „Ja, Paul und Rolf. Paul mit seinen stahlblauen Augen ist unser aller Liebling. Der sieht nicht nur geil aus, sondern hat es auch voll drauf. Da kommt jedes Mädchen auf ihre Kosten. Da fällt mir ein, ich könnte auch mal wieder ein bisschen Paul vertragen, lächelt Bea. Gut dann pack mal aus und komm anschließend in die Küche. Ich mach uns einen Tee und dann weise ich dich ein."

Gisa packt ihre Klamotten in den Schrank. Dann geht sie zu Bea in die Küche. Die sitzt am Tisch und spielt mit ihrem Handy. „Komm, setz dich. Ich habe eine Nachricht von Paul erhalten. Ich soll mich um dich kümmern. Es gibt ein paar Regeln, die du befolgen musst. Erklär ich dir nach und nach. Ich habe gesehen, dass du nicht viele Sachen hast. Du kannst dir erst mal Einiges von mir leihen. Du musst ungefähr dieselbe Größe haben. Etwas mehr Arsch und Titten, aber das geht schon. Ist ja eh alles Stretch." Gisa nimmt einen Schluck Tee. „Ich muss morgen zu einem Vorstellungstermin. Ich werde früher bestellt und hatte keine Zeit mir Sachen zu kaufen. Vielleicht kannst du mir da weiterhelfen?", fragt Gisa. Sie nennt Namen und Firma. Plötzlich fängt Bea laut an zu lachen. „Und wie ich den kenne. Der Boss „Hugo", ist einer unserer besten Kunden. Also wenn du bei dem anfangen kannst, hast du ausgesorgt. Mehr sage ich nicht. Mach deine eigene Erfahrung." Sie steht auf und zieht Gisa mit sich in Ihr Zimmer. Öffnet ihren Kleiderschrank und holt seriöse Bekleidung heraus. Sie probieren mehrere Varianten. Einen knielangen, anthrazitfarbenen Rock, dazu eine beige Bluse und tailliertem grauen Blazer. Graue Pumps und Handtasche. „Ja, super, sagt Bea zufrieden. Das wird auch unseren Hugo umhauen. Eigentlich heißt er Harald, aber wir nennen ihn Hugo, unseren Spezialisten. So nun muss ich mich aber selbst fertig machen. Muss heute zur 70er Mottoparty. Bis später." Dann drückt sie Gisa die Sachen in den Arm und schiebt sie aus dem Zimmer. Gisa kann sich noch flüchtig bedanken. Sie geht in ihr Zimmer, setzt sich auf das Bett und googelt die Busverbindung zur Firma. Dann hängt sie die Sachen an den Schrank und legt sich zum Entspannen aufs Bett. „Paul heißt er, Paul", denkt sie. „Seine Augen." Gisa seufzt. Sie erinnert sich an seine Berührungen. Ihr wird heiß. Sie schließt die Augen und streicht mit ihrer Hand über ihre Wange. So wie er es tat. Über ihren Hals zu ihrer Brust. Umkreist die Brustwarzen. Spielt an ihren Nippeln. Zupft daran. So wie er es tat. Gisa leckt sich über die Lippen. Öffnet ihre Hose und lässt ihre Hand hineingleiten. Sie zischt als sie ihren anschwellenden Kitzler berührt. Lässt ihn zwischen ihren Fingern hin und her flutschen. Zieht daran. „Paul, denkt sie sehnsüchtig." Dann hält sie es nicht mehr aus. Schneller werdend reibt sie daran. Stöhnt. Ächzt. Zuckt heftig als sie kommt. Stöhnt laut in ihr Kissen. Schnaufend beruhigt sie sich. Zieht sich wieder an. Sie schnappt sich ihre Kosmetiktasche und geht ins Bad. Eine Dusche, Badewanne, Klo und Waschbecken. Hinter der Tür eine Waschmaschine und ein Eckregal. Im untersten Fach ist noch Platz. Sie stellt ihre Tasche darauf. Dann geht sie wieder in die Küche. Bea huscht an ihr vorbei. Eine groß geblümte Bluse, flattert um ihre Hüfte. Eine Schlaghose und Plateauschuhe runden das Outfit ab. Ihre Haare mit einem breiten Haarband zurückgelegt. Das Make-up farbenfroh. „Muss los, bin spät dran", ruft Bea beim aus der Tür rennen. Gisa sieht ihr hinterher und muss schmunzeln. Sie muss an Mia denken. Die war auch so hektisch. Dann geht sie an den Kühlschrank und nimmt sich eine Brause. „Suchst du was?", fragt sie eine Stimme. Gisa hätte vor Schreck fast die Flasche fallen lassen. Sie dreht sich um und sieht eine zierliche Gestalt, mit pinkfarbenen Kurzhaarschnitt, grünen Jumpsuit und silbernen Stiefeln, in der Küchentür stehen. „Na, dann wirst du wohl Anna sein, lächelt Gisa und geht auf Anna zu. Schön dich kennenzulernen. Ich bin Gisa." Sie reicht Anna die Hand. Nach der Begrüßung setzen sie sich an den Küchentisch und Gisa erzählt, wie sie in diese WG kommt. „Ja, unser Paul, lächelt Anna. Der hat einen ausgezeichneten Geschmack. Nicht umsonst unser aller Liebling." Jetzt wird Gisa eifersüchtig. Jede von ihnen hat mit ihm geschlafen. „Du willst eine Ausbildung machen?", fragt Anna. Gisa sagt Was und Wo und dass Bea ihr Klamotten ausgesucht hat, weil sie den Chef wohl persönlich kennt. „Ah ja, sagt Anna. Bei unserem Spezialisten. Wer kennt den nicht. Ich weiß nicht wie viel dir Bea erzählt hat, aber eines nur. Hugo akzeptiert kein nein. Und das meine ich wörtlich." Anna sieht Gisa ernst an. „Bitte sei vorsichtig." Dann steht sie schnell auf und geht, als hätte sie was Verbotenes getan. Sprachlos und etwas verwirrt bleibt Gisa noch eine Weile sitzen. Dann geht sie in ihr Zimmer und macht sich bettfertig. „Was für ein Tag, denkt sie. Ordnet noch schnell ihre Bewerbungsunterlagen zurecht und legt sich dann ins Bett. Sie nimmt das Kissen in den Arm und denkt an seine stahlblauen Augen. Traurig und enttäuscht, dass er nicht mehr gekommen ist, schläft sie ein.

Um 7 Uhr klingelt ihr Wecker. Gisa eilt ins Bad und duscht. Dann stellt sie sich mit einem Badelaken umhüllt vor den Spiegel. Legt ihre Haare hin und her.“ Nein, erst mal anziehen“, denkt sie sich. Sie eilt ins Zimmer und zieht die ausgewählten Sachen an. Die Bluse bis oben zugeknöpft. Die Haare steckt sie hin und her, doch alles gefällt ihr nicht. Sie bindet sie zu einem strengen Zopf und lässt seitlich, eine kleine Strähne. Ein dezentes Make-up. „Ja, das gefällt mir“, sagt sie laut zu sich. Pumps und Blazer an. Schnappt sich ihre Bewerbungsunterlagen und steckt sie in ihre Handtasche. Dann geht sie zum Bus. Sie kennt den Weg nicht und hofft rechtzeitig anzukommen. Sie ist nervös. Vor einem beeindruckenden Neubau hält der Bus an. Im Flur orientiert sie sich. Sie steigt in den Fahrstuhl und drückt den 3. Stock. Holt ihre Papiere aus der Handtasche. Dass drei Männer mit ihr eingestiegen sind, hat sie gar nicht bemerkt. Nervös guckt sie auf die Uhr. „Noch 5 Minuten. Ganz schön knapp“, denkt sie. Der Fahrstuhl öffnet sich. Gisa verhakt sich und lässt beim Aussteigen die Bewerbungsmappe fallen. Alle Papiere zerstreuen sich auf dem Boden. „Hoppla, hört sie eine Männerstimme sagen. Ich helfe ihnen.“ Vor ihr kniet sich ein stattlicher, gut aussehender Mann. „Oh, wie peinlich. Vielen Dank“, sagt Gisa und errötet. Während er ihre Unterlagen zusammensammelt guckt er auffällig langsam an ihr hoch. Mustert ihre Figur. Verharrt an ihren Brüsten. Dann steht er auf. Sieht in ihre glänzenden Augen. „Zu wem wollen sie denn?", fragt er und hält ihre Unterlagen fest. Gisa räuspert sich. Nennt Firmenname und Ansprechpartner. „Zu mir also, lacht er. Dann folgen sie mir bitte." Jetzt läuft Gisa ein Schauer über den Rücken, so peinlich ist ihr das. Sie folgt ihm mit gesenktem Kopf. Er führt sie in ein lichtdurchflutetes Büro. Bei seiner Sekretärin angekommen, sagt er: „Frau Meyer, bitte keine Anrufe. Ich bin in einer Besprechung." Gisa lächelt der Sekretärin schüchtern zu. Er öffnet eine lederbezogene Tür. Das Chefbüro. Gisa stockt der Atem. Ledersessel vom Feinsten. Marke Nottingham. Dazu passender Tisch mit grünem Leder bezogen und einer kleinen Glasplatte an seinem Arbeitsplatz. Ein Bücherregal über die ganze Wand. Gardinen in Wolkenform und schwere, graue Übergardinen. In der Mitte eine Couch mit kleinem Tischchen. Grünpflanzen zieren Fenster und Ecken. Gisa ist sprachlos. „Setzen sie sich", reißt seine Stimme sie aus ihrem Staunen. Er weist sie zum Sessel vor seinem Schreibtisch und setzt sich selbst in sein Chefsessel. „Offensichtlich gefällt ihnen mein Büro", grinst er. „Traumhaft", schwärmt sie eingeschüchtert. Ihre Augen leuchten." Gut, dann stellen sie sich mal vor, während ich ihre Unterlagen sortiere", bittet er. Sein Blick hart und kalt. Gisa erzählt und antwortet auf alle Fragen. „Ihr Name ist außergewöhnlich, sagt er plötzlich. Wie kommt denn das?" „Meine Eltern konnten sich zwischen zwei Namen nicht entscheiden. Gisa ist der Kompromiss", lächelt sie. Er sieht sie lange an. „Kompromisse sind gut, damit erreicht man sehr viel", flüstert er. Sein Blick auf ihre Bluse gerichtet. Dann sieht er ihr in die Augen, steht auf und geht um seinen Schreibtisch. Lehnt sich ihr gegenüber an die Tischkante. Faltet seine Hände. Gisa wird unruhig. Wagt aber nicht sich zu bewegen. Sie bleibt steif sitzen. „Ok, dann sind wir erstmal für heute fertig", sagt er kühl. Gisa steht auf. Ihm jetzt genau Gegenüber. Sein Blick auf ihren Lippen. Dann auf ihre Bluse. „Wie gesagt, Kompromisse können helfen. Ich wüsste zu gern was unter dieser Bluse ist. Geradezu unanständig wie hoch geknöpft sie ist." Er sieht ihr in die Augen und öffnet den oberen Knopf von ihrer Bluse. Gisa rührt sich nicht. Dann öffnet er den zweiten, dritten, vierten. Ihr BH ist zu sehen. Dann den fünften. Ihr Bauchnabel liegt frei. Den sechsten Knopf. Gisa wagt es sich nicht zu bewegen. Es erregt sie. Er streift ihr die Bluse über die Schultern. Immer mit dem kühlen Blick in ihre Augen. Langsam fließen seine Hände über ihren BH. Umkreist ihre Nippel. Gisa schließt die Augen. Seufzt leise. Er schiebt ihren BH hoch und liebkost mit seinen Fingern ihre Brustwarzen. Zupft und zieht daran bis sie steif stehen. Dann nimmt er ihre Hand und führt sie zu seiner Hose. „Los, du weißt was ich will, sagt er forsch. Nimm ihn." Er drückt sie an den Schultern in die Knie. Gisa nimmt seinen mächtigen Schwanz und verwöhnt ihn mit allen Mitteln. Saugen, lecken, wichsen. Er drückt ihn immer wieder tief in ihren Schlund, bis er sich in ihr ergießt. Gisa schluckt und schmatzt, bis sie all sein Liebessaft genossen hat. „Gut gemacht", sagt er kalt, macht seine Hose zu und setzt sich an seinen Schreibtisch. Gisa steht auf und zieht sich verdattert an. Sie versteht nicht was gerade passiert ist. Angezogen setzt sie sich auf den Sessel. „Gut ich prüfe alles und melde mich bei ihnen, einen schönen Tag noch", beendet er schroff das Meeting. Ohne ihr die Hand zu reichen wendet er sich seinen Papieren zu. Gisa ist geschockt. Ohne sich was anmerken zu lassen verabschiedet sie sich höflich bei ihm und Frau Meyer, der Sekretärin. Stinksauer fährt sie nach Hause.

Dort angekommen zieht sie die Sachen aus und ein Maxishirt an. Setzt sich an den Küchentisch und trinkt ein Glas Brause. „Und, wie war es?", fragt Bea, und setzt sich zu ihr. Gisa senkt den Kopf und erzählt ihr alles. Anstatt das Bea schockiert reagiert, fängt diese laut an zu lachen. „Ja, das ist unser Hugo, unverkennbar. Der ist ein ganz besonderer Fall. Glaub mir, das war noch gar nichts. Warts ab. So nun gut, fährt Bea fort. Paul hat uns Geld gebracht, ich soll mit dir einkaufen gehen. Wir sind heute Abend für eine Party gebucht. In einem Penthouse. Elegante Abendmode wird gewünscht. Zieh dich an, wir gehen shoppen." Gisa wirft sich schnell Jeans und Bluse über, dann ziehen sie los. Im nahe gelegenen Geschäft für Abendmode kehren sie ein. Nachdem sie mehrere Sachen anprobiert haben, entscheidet sich Gisa für ein blaues Kleid mit silbernen Trägern und Ausschnitt bis zum Bauchnabel. „Perfekt, sagt Bea." Für sich selbst hat sie ein gelbes Schlauchkleid rausgesucht. „So nun los, wir müssen uns noch schön machen", hetzt Bea. Zuhause machen sie sich frisch. Parfümieren und cremen sich mit Beas teuerster Bodylotion ein. Stylen ihre Haare. Beas Haare werden glatt und mit Seitenscheitel gegelt, für einen verführerischen Blick und Gisas mit Haarnadeln hochgesteckt. Noch ein glitzerndes Make-up. Sie schlüpfen in ihre Kleider und High Heels. Bea noch ein goldenes Armband. Fertig. Dann gehen sie zur Tür. Paul und Rolf sind da, um sie abzuholen. Paul steht da und mustert sie mit weit aufgerissenen Augen. „Wow, sind das meine Engel, fragt er hingerissen. Ihr seid wunderschön." Er begrüßt zuerst Bea mit einem Wangenkuss dann Gisa mit einem heftigen Zungenkuss. Gisas Herz springt vor Freude. Mehr wünscht sie sich. Doch er weicht zurück. Dann nimmt er sie an die Hand und bringt sie zum Auto. In der Tiefgarage des Hotels angekommen, drücken sie im Fahrstuhl auf Penthouse. Dort öffnet sich die Fahrstuhltür. Sie stehen vor einem riesigen Raum. Alles in schwarz-weiß gehalten. Mit grauen und roten Accessoires abgestimmt. Ein weißes Sofa, mit der Rückenlehne vor ihnen. Darauf sitzen drei Männer. Nur die Hinterköpfe zu sehen. „Schönen Abend", ruft Paul in die Runde. Die Männer stehen auf und drehen sich zu ihnen. Gisa stockt der Atem. Hugo, äh Harald steht vor ihr. Gisas Blick verhärtet sich. Mit einem, fast hochmütigem Lächeln begrüßt er sie. Gibt ihr einen Kuss auf die Wange. „Schön, dass du da bist, sagt er überfreundlich. Eigentlich kocht sie vor Wut, doch sie wartet ab. Er führt sie zur Bar. Die anderen haben sich Bea geschnappt und sind mit ihr auf die Couch. Harald schenkt Gisa und sich ein Glas Champagner ein und reicht es ihr. Sie ist nervös und trinkt es mit einem Zug aus. Er muss grinsen und schenkt nach. „Ganz bezaubernd siehst du aus", sagt er leise. Gisa hätte ihm am liebsten etwas uncharmantes gesagt, aber sie verkneift es sich. Er ahnt was in ihr vorgeht und genießt seine Überlegenheit. Immer und immer wieder streicht er über ihren Arm. Ein Schauer rieselt durch ihren Körper. Erneut trinkt sie den Champagner mit einem Zug aus. Als Gisa etwas sagen will, legt er seinen Finger auf ihre Lippen. Zärtlich streicht er darüber. Gisa rührt sich nicht. Schließt die Augen. Öffnet den Mund etwas und legt ihre Zunge vor. Er steckt seinen Finger auf ihre Zunge und Gisa saugt und spielt daran. Ein paar Sekunden später streift er ihre Träger vom Kleid über ihre Schulter. Ihre Brüste liegen frei. Dann löst er die Haarnadeln. Ihre blonde Mähne fällt auf ihre Schulter. Er streichelt ihre Brustwarzen. Knetet immer fester, bis es etwas weh tut und Gisa zischt. Doch der Schmerz erregt sie auch. Er streift das Kleid von ihr. Greift in ihren Slip. Seine Finger spielen mit ihrem Kitzler. Ihre Beine werden weich. Sie zittert. Er kniet sich vor sie. Zieht ihren Slip runter. Dann hält er ihre Hände fest und versenkt seinen Kopf in ihrem Schoß. Gisa jammert, wackelt. Er züngelt sie zum Orgasmus. Sie zuckt heftig und kann kaum stehen. Stöhnt laut. Er zieht sie zur zweiten Couch. Setzt sie darauf und stellt sich vor sie. „Du weißt was ich will", fordert er kalt. Gisa öffnet seine Hose und beginnt sein Glied zu verwöhnen. Währenddessen zieht er Hemd und Krawatte aus. Er hält ihren Kopf fest und stößt immer wieder ihre Mundhöhle. So tief, dass Gisa teilweise würgen muss. Doch er macht es immer wieder. Lange nimmt er ihr die Luft. Nach einiger Zeit dreht er sie in gebückter Stellung auf die Couch. Presst sein Glied in ihre Vagina. Stößt sie schnell und hart. Gisa schreit auf. Jammert. Er hält ihre Hände auf den Rücken und stößt erbarmungslos zu. Immer heftiger. Sie will sich loseisen. Doch ihr Versuch sich zu befreien macht ihn noch geiler. Dann hört sie ihn laut stöhnen. Er ergießt sich auf ihrem Po. Lässt sie los. Gisa sinkt auf die Couch. Zittert. Sie steht auf, sucht ihr Kleid und geht ins Bad. Sie zieht es an und dann laufen die Tränen. Sie übergibt sich. Bea konnte sich frei machen und ist ihr gefolgt. „Alles in Ordnung?", fragt sie fürsorglich. „Ich weiß nicht", antwortet Gisa. Bea streichelt ihr über die Wange, „Ich habe es gesehen, sagt sie. Es tut mir leid, ich hätte dir sagen sollen, dass er es härter mag. Beruhige dich erst mal." Dann geht sie zurück zu ihren Männern. Gisa bleibt noch einen Moment im Bad. Versucht sich zu fangen. Harald kommt herein. Sieht sie zitternd und verweint vor sich stehen. Er geht auf sie zu und nimmt sie in den Arm. Drückt sie fest an sich. „Ich wusste nicht, dass du neu und unerfahren bist. Es tut mir leid, das wollte ich nicht. Er nimmt ihr Gesicht in seine Hände und sieht ihr tief in die Augen. Bitte glaub mir. Ich wollte dir nicht weh tun." Er küsst ihre Wangen und drückt sie wieder fest an sich. Jetzt weint Gisa richtig los. „Ich mache es nie wieder, ich schwöre es, verzeih mir", flüstert er. Er streichelt ihren Kopf. Gisa beruhigt sich. Er gibt ihr ein Taschentuch. Sie schnäuzt sich. Wischt sich mit einem Feuchttuch die verlaufene Schminke ab. „So gefällst du mir viel besser, lächelt er. Natürlich und wunderschön. Wieder gut?", fragt er und küsst sie auf den Mund. Gisa nickt. „Gut dann komm, ich werde dich jetzt nach Strich und Faden verwöhnen, sagt er euphorisch. Hast du schon mal Kaviar gegessen?", fragt er wie ein aufgedrehtes Kind. Er zieht sie mit sich und setzt sie auf den Bartresen. Kramt sämtliche Köstlichkeiten hervor und beginnt sie mit Leckereien zu füttern. Sie bemerkt seine Mühen, es wieder gut zu machen. Sie lächelt. „Genug, bitte genug, sonst platze ich gleich und es wäre schade um dieses schöne Kleid", lacht sie. Und ihr Lachen ist herzerwärmend. „Ja, das wäre bedauerlich, sagt er. Du siehst atemberaubend darin aus und dennoch würde ich es dir am liebsten vom Körper streifen." Sie sieht seinen fragenden Blick. Sein Verlangen. Gisa nimmt seinen Kopf in ihre Hände. „Dann tu es doch", haucht sie und knabbert an seiner Lippe. Jetzt strahlen seine Augen. Verwundert und zugleich fasziniert schält er sie zärtlich aus dem Kleid und Slip. Legt sie auf den Tresen und spreizt leicht ihre Beine. Dann schmiert er mit einem Löffel Kaviar in ihren Schlitz. Spielt noch etwas mit der Rückseite des Löffels an ihrem Kitzler. Gisa sieht ihm keuchend zu. Ihre Augen glasig. Wangen rot. Jetzt schlürft, leckt und saugt er den Kaviar aus ihrem Schlitz. Weit spreizt er ihre Schamlippen. Züngelt sie leidenschaftlich. Nimmt noch zwei Finger dazu und bringt sie zum Beben. Sie räkelt und windet sich. Gefühle explodieren. Seine Zunge hart und fest. Erbarmungslos. Gisa hält sich an den Tischseiten fest. Bäumt sich laut stöhnend auf. Sie ist gekommen. Sinkt zitternd zurück. Harald nimmt sie auf den Arm und trägt sie ins Schlafzimmer. „Heute Nacht, bleibst du bei mir", bestimmt er. Legt sie ins Bett und sich dazu. Er nimmt sie in den Arm und deckt sie und sich zu. Kurze Zeit später schläft Gisa ein.

Am nächsten Morgen öffnet sie die Augen und sieht sich um. Ein Panoramafenster bis zum Boden gewährt freie Sicht bis in den Himmel. Die warmen Sonnenstrahlen wärmen ihr Gesicht. Sie setzt sich auf. Verschafft sich Orientierung. Harald steht in halbgeöffnetem Hemd und Bundfaltenhose, in der Tür und beobachtet sie. Ihre Decke ist runtergerutscht und ihre Brüste liegen frei. Die Sonnenstrahlen glitzern auf ihrer Haut. Sie sieht aus wie ein Gemälde. Er geht zu ihr, setzt sich auf den Bettrand und gibt ihr einen Saft. „Hier trink, das tut dir gut", befiehlt er. Gisa nimmt einen Schluck und hält das Betttuch vor ihre Brust. Er legt sich quer über sie und beginnt mit dem Finger ihre Nippel zu streicheln. Sie schwellen an. Werden hart. Gisa schließt kurz die Augen. Seufzt. „Stopp, halt, sagt sie, lass mich erst mal duschen." „Ja, da hast du recht", stimmt er lachend zu. Sie steht auf und geht ins Bad. Während sie sich einschäumt, stellt sich Harald hinter sie. Er schäumt ihren Rücken ein und dann den Po. Immer wieder gleitet seine Hand über ihren Schambereich. Teilweise flutscht sein Finger in ihr Loch. Dann zwei. Gisa seufzt laut. Stellt sich breitbeiniger hin. Hält sich an der Duschstange fest. Dann drückt er seinen Schwanz in sie. Langsam kreisend und sanft stoßend, bringt er sie zum Beben. Spielt gleichzeitig mit ihrem Kitzler. Genießt ihr zucken und stöhnen. Sie kommt zum Orgasmus. Gleichmäßig stößt er sie bis auch er kommt. Er ergießt sich auf ihrem Po. Dann dreht er sie zu sich und küsst sie leidenschaftlich. Ganz das Gegenteil von gestern. Gisas Herz klopft wie verrückt. Dann steigt er plötzlich aus der Dusche, trocknet sich ab und durchbricht die romantische Stille. „Ich habe dir Kleidung bringen lassen. Du kannst nicht im Abendkleid das Haus verlassen." Ohne ihr eines weiteren Blickes zu würdigen, geht er. Gisa trocknet sich ab. Auf den Sachen liegt, ein Zettel und Geld. „Ruf dir ein Taxi", steht darauf. Gisa sieht den Zettel an, als würde sie etwas suchen. Dreht ihn hin und her. Sie versteht das nicht. Es war doch eben noch alles so wunderschön. Sie zieht sich an und macht sich auf den Weg.

In ihrer Wohnung angekommen, wartet schon Bea auf sie. „Da bist du ja, sagt Bea aufgeregt. Ich habe mir Sorgen gemacht. Und Paul erst. Der wollte schon das Penthouse stürmen. Sag, wie geht es dir?". Gisa setzt sich an den Küchentisch und erzählt alles. Das schlechte, wie auch das Gute. Und zum Schluss war es ja auch Leidenschaft pur. Bea schluckt. „So kenn ich Hugo ja gar nicht." „Harald, sag bitte Harald. Hugo hört sich wie ein Depp an und das ist er ganz sicher nicht", sagt Gisa streng. „Du hast dich verliebt, sagt Bea schockiert. Und das ausgerechnet in unseren Spezialisten. Gisa wach auf. Er ist nicht das, was du heute Morgen erlebt hast. Du wirst bitter enttäuscht. Bitte hör auf mich", fleht Bea. Gisa will das nicht hören, sie steht auf und geht in ihr Zimmer. Kurze Zeit später klingelt es. „Ja, sie ist hier, hört sie Bea sagen. Alles ok, es geht ihr gut." Gisas Zimmertür wird aufgerissen. Paul steht vor ihr. Gisa setzt sich hin. Paul guckt sie von unten bis oben an. „Geht es dir gut, fragt er aufgeregt. Ist alles ok? sprudelt es aus ihm heraus. Los, Gisa sag was." Er geht zu ihr und nimmt ihren Kopf in seine Hände. „Wenn er dir was getan hat, dann reiß ich ihn in Stücke", knirscht er. Gisa löst Pauls Hände von ihrem Kopf. „Alles gut, sagt Gisa. Wir konnten unser Missverständnis klären. Harald hat sich mehrmals entschuldigt. Mach dir keine Sorgen. Es geht mir gut." Paul kniet sich vor ihr hin. Sieht sie an. Streichelt ihre Wange. „Du bist doch mein Engel", flüstert er. Dann küsst er sie. Drängt sie zurück und legt sich auf sie. Zärtlich küsst er sie. Gisa schwebt auf Wolke 7. Es klingelt. „Ein Bote", schreit Bea. Paul geht zur Tür. Nimmt Blumen und Brief und gibt dem Boten ein großzügiges Trinkgeld. Auf dem Umschlag steht: Für meine Schönheit Gisa. Paul bringt ihr die Sachen. Gisa nimmt den Strauß Blumen und riecht daran. Dann legt sie ihn aufs Bett. Sie öffnet den Brief und 2000 Euro liegen darin. In der Begleitkarte steht: „Bitte kauf dir wetterfeste Kleidung. Ich will morgen mit dir in die Berge. Um 14.00 Uhr holt dich mein Fahrer ab. H.". „Paul, ist das in Ordnung?", fragt sie ihn und hält ihm den Brief hin. „Schließlich bist du ja mein Chef", fragt sie ihn. „Äh, ja, klar, wenn du es willst?", antwortet

Paul verwundert. „Ja, würde ich gerne. Ich war noch nie in den Bergen", sagt Gisa. „Ok, dann fahr ich mit dir in den nächsten Trekkingladen. Ich habe Heute nichts vor, begleite und berate dich. Bea bist du so lieb und stellst die Blumen in eine Vase? Oder besser in einen Sektkühler. Der ist stabiler. Danke, meine Süße", bittet er. Paul und Gisa machen sich auf den Weg. Im Fachgeschäft angekommen, kleiden Gisa von oben bis unten ein. Paul holt einen Teddy aus Lammfell und mit Flügeln, den er in der Ecke gesehen hat und drückt ihn Gisa in den Arm. „Hier für dich", lächelt er. Gisa sieht Paul in die Augen. Etwas ist anders, denkt sie. Sie weiß nur noch nicht was. „Danke", kommt es fast belanglos über ihre Lippen. Das ist ihm nicht entgangen. „Möchtest du heute Abend mit mir Essen gehen?", fragt er sie leise. „Ja, gern, antwortet sie. Was soll ich anziehen? Elegant oder leger?" „Für mich bist du immer wunderschön, ganz wie du möchtest. Am besten etwas, dass ich dir schnell wieder ausziehen kann", flüstert er und zieht sie an sich ran. Jetzt küsst er sie wie noch nie. Sie vergessen völlig, wo sie sind. Ein lautes Räuspern, der Verkäuferin, holt sie zurück. Mit den Einkaufstüten setzt Paul Gisa Zuhause ab. Mit einem flüchtigen Kuss verabschiedet er sich. Gisa gönnt sich ein Schaumbad. Während sie sich einschäumt, muss sie grinsen. „Eifersüchtig?", fragt sie sich. „Kann das sein? Warum sonst das Essen? Und dieser Kuss! Was für ein Kuss! Himmlisch." Sie seufzt bei der Erinnerung. Nach einer Weile und mit duftendem Öl eingecremt, zieht sie ein blaues, geblümtes Kleid an. Oben herum eng und kurzem weitem Rock. Ihre Haare wellig zur Seite gelegt. Ein leichtes Make Up und Lipgloss. Sandalen und Handtasche liegen bereit. Es klingelt. Paul steht, mit einem kleinen

Blumenstrauß vor der Tür. Gisa strahlt. Er sieht zu süß damit aus. „Hier für mein Engel", lächelt er. Gisa nimmt die Blumen und tänzelt voran in die Küche. Ihr Rock schwingt und ihr Po wackelt heftig. Paul geht grinsend hinterher. In der Küche schneidet Gisa die Blumen an. Dabei lässt sie die Schere fallen. Langsam und tief bückt sie sich. Ihre Beine breit gespreizt. Ihr String ist zu sehen, der kaum etwas bedeckt. Paul geht zu ihr rüber. Fasst ihre Hüfte und drückt sie an sein Becken. „Das hast du doch mit Absicht gemacht", haucht er. Gisa streckt sich und hält sich an seinem Hals fest. Eine Einladung ihren Körper zu streicheln. Paul kommt dem nach. Er knetet ihre Brustwarzen, während sein Verlangen spürbar wächst. Lässt sein Finger in ihren Slip gleiten. Spielt an ihrem Kitzler. Gisa stöhnt vor Verlangen. Er bückt sie auf den Küchentisch. Hebt ihr Kleid und zieht den Slip runter. Dann fingert er sie nass. Tief schiebt er seinen Schwanz in ihr Loch. Hält ihre Hüfte und stößt sie langsam. Gisa keucht vor Wollust. „Mehr, fleht sie. Gibs mir, stöhnt sie." „Du bist wohl eher eine Teufelin, statt eines Engels", keucht er. Dann nimmt er sie härter. Stößt sie mit all seiner Kraft. Gisa wirft den Kopf hin und her. Dann ergießt er sich laut stöhnend auf ihrem Po. Nachdem er sich erholt hat wischt er sie sauber. Gisa fällt ihm um den Hals und küsst ihn wild. Ihre Augen leuchten wie Sterne. Dann richtet sie ihre Kleidung und Haare. Zieht Sandalen an und ihn an der Hand hinter sich her. „Komm, ich habe Hunger", lacht sie. Sie schlendern in ein, nahe gelegenes Restaurant. Setzen sich in eine romantische Nische. Während sie auf ihr Essen warten, trinken sie einen Rotwein. Ohne Worte sehen sie sich an. Er hält und streichelt ihr die Hand. „Ja, Hallo", zerfetzt eine raue Stimme den Moment. Harald steht, mit einer rothaarigen Schönheit im Arm, am Tisch. Er begrüßt Gisa mit einem Wangenkuss und Paul mit einem Nicken. „Wir sind doch noch verabredet, oder?", fragt er kalt lächelnd. „Ja, klar, sagt Gisa hektisch. Ich darf mit und habe auch schon alles eingekauft. Danke noch mal", stottert sie, als würde sie um ihr Leben rennen. „Dann ist es ja gut", sagt Harald und geht mit seiner Begleitung zu einem Tisch in Blicknähe. Er setzt sich so hin, dass er Gisa und sie ihn sieht. Jetzt erst bemerkt sie seine kalten grauen Augen. Unheimlich starren sie die an. Sie versucht sich wieder auf Paul zu konzentrieren. Doch immer wieder wandert ihr Blick zu Harald. Der hat mittlerweile ein Glas Wein in der Hand. Gisa anstarrend, leckt er mit seiner Zunge über den Rand des Glases. Gisa denkt an seine Zunge, in ihrem Schlitz, auf dem Tresen. Ihr wird heiß. Sie errötet. „Ist was Gisa?", fragt Paul, der ihre Errötung bemerkt. „Ne, alles gut. Nur, ich glaube ich vertrage den Wein nicht", lügt sie. Sie wäre jetzt am liebsten wieder auf dem Tresen. Nackt und Harald zu willen. „Können wir bitte gehen?", fragt sie Paul schnell. „Ja stimmt, sagt Paul, du hast es ja nicht so mit dem Alkohol. Entschuldige, ich habe es vergessen." Er lässt das Essen nach Hause liefern und nimmt Gisa stützend am Arm. Gisa wagt es nicht Harald noch mal anzusehen. Ihre Blicke könnten sie verraten. Doch Harald hat die Szene aufmerksam beobachtet und sie durchschaut. Er freut sich schon auf das Wiedersehen. Auf dem Weg nach Hause, fängt Gisa an zu zittern. Paul legt seine Jacke um ihre Schultern. Schnell küsst sie ihn als würde sie Gedanken verwischen wollen. Dann gehen sie Hand in Hand nach Hause. Paul bringt sie in ihr Zimmer und legt sie auf das Bett. „Wenn du Morgen nicht mitwillst, dann ruf ich ihn an", flüstert er plötzlich. „Ne, Paul ich habe es versprochen und was ich verspreche, halte ich auch. Mach dir keine Sorgen, ok?", sagt Gisa und will ihn küssen. „Dann versprich mir aber, wenn irgendwas nicht stimmt, mich sofort anzurufen. Hörst du?", sagt er ernst. So fürsorglich hat sie ihn noch nicht erlebt. Sie umschlingt seinen Hals und küsst ihn leidenschaftlich. Ihr Körper fordernd. Doch Paul eist sich los. „Gut dann schlaf jetzt. Ruh dich aus. Ich habe dich lieb", sagt er und geht. Gisa guckt ganz verwirrt. „Was ist denn jetzt los?", fragt sie sich. Sie glüht vor Verlangen, und er geht. Sie legt sich in ihr Kissen und denkt plötzlich an Harald und wie seine Zunge über den Glasrand fährt. Als würde sie die in ihrem Schlitz fühlen. Sie beginnt ihren Finger über ihren Schlitz wandern zu lassen. Ihren Kitzler stichartig zu reizen. Sieht in Gedanken Haralds Kopf in ihrem Schoß. Jetzt spreizt sie die Beine. Lässt ihren Finger, immer wieder tief in sich gleiten. Dann wieder zur Liebesperle. Sie schnauft. Zuckt zusammen. Ächzt laut. Mit dem Gedanken an Harald ist sie gekommen. Sie nimmt Pauls Teddy in den Arm. „Warum ist er nicht geblieben?", fragt sie sich und schläft, nach einer Weile, ein.

Am nächsten Morgen geht sie in die Küche, stellt ein Frühstück zusammen und setzt sich. Genüsslich trinkt sie ihren Tee. Anna kommt dazu. Flegelt sich auf einen Stuhl und rührt in ihrem Joghurt. „Na, fragt sie neugierig, alles klar? Ich hab gehört du hattest n scheiß Erlebnis mit Hugo." „Harald", sagt Gisa forsch. „Ok, Harald, dann eben", grinst Anna. „Das war aber ein Missverständnis, sagt Gisa. Wir haben das geklärt." Dann nimmt sie einen Schluck Tee. „Pass auf dich auf, sagt Anna. Wir haben alle unsere Erfahrungen mit ihm." Sie hält Gisa ihren Arm vors Gesicht. Am Handgelenk eine Brandnarbe. „Mehr sag ich nicht", beendet sie das Gespräch und geht. Gisa bleibt nachdenklich zurück. Ist er wirklich so? Muss ich mir Sorgen machen? Soll ich absagen?" Gisa geht ins Bad und macht sich zurecht. Duscht, cremt und parfümiert sich ein. Die Zeit vergeht. Um Punkt 14.00 Uhr klingelt es. Haralds Chauffeur steht vor der Tür. Er nimmt Gisa die Tasche ab und öffnet ihr die hintere Autotür. Gisa macht es sich auf der Rückbank, der Limousine gemütlich. Versinkt förmlich in dem weichen Leder. Dann fahren sie zu Haralds Firma. Nach einer Weile steigt Harald zu ihr auf den Rücksitz. Begrüßt sie mit einem Wangenkuss. „Zur Hütte, bitte", befiehlt er seinem Fahrer. „Haben sie besorgt, worum ich sie gebeten habe?", fragt er. „Selbstverständlich, Chef. Es ist eine Tasche im Kofferraum", antwortet der Fahrer. Daraufhin lässt Harald die verdunkelte Scheibe zwischen Fahrerraum und Kabine hochfahren. Er nimmt zwei Gläser aus der Bar und öffnet eine Champagnerflasche. Gießt beide Gläser voll. „Hier meine Schöne, trink. Auf eine schöne Zeit. Ich kann es kaum erwarten", sagt er kalt lächelnd. Gisa nimmt einen großen Schluck und Harald füllt nach. Stellt sein Glas zur Seite, nimmt ihren Kopf und versenkt seine Zunge in ihrem Mund. Greift in ihre Innenschenkel. Gisa ist noch etwas steif. „Trink" fordert er erneut. Sie setzt das Glas an ihre Lippen. Er kippt es an, sodass etwas an ihren Mundwinkel vorbeiläuft. Leckt es ihr genüsslich ab. Schiebt seine Hand in ihre Hose. Sucht mit seinem Finger ihren Kitzler. Gisas Zucken verrät, dass er ihn gefunden hat. Drückt ihn immer stärker. Gisa stöhnt ihm in den Mund. Er zieht ihr die Hose bis über die Knie. Lehnt sie seitlich zurecht. Fingert sie langsam. Erst mit zwei, dann mit drei Fingern. Gisa krallt sich an seiner Rückenlehne. Verdreht die Augen. Er fingert sie hart. Sie kommt. Dann zieht er sie zu sich. Steckt ihr die Finger in den Mund und leckt sie mit ihr zusammen sauber. Der Wagen hält. Sie zieht sich wieder an. Harald lässt die verdunkelte Scheibe wieder runter. Das Zeichen für den Chauffeur auszusteigen. Der öffnet die Hintertür und holt anschließend das Gepäck aus dem Kofferraum. Bringt alles in die Hütte. „Gut, ich ruf sie dann an, wenn ich sie brauche", sagt Harald. Er nimmt Gisa und schiebt sie hinein. Die guckt sich um. Die Hütte ähnelt der von Paul. Großer Raum. Schlafzimmer und Küche mit Barrieren getrennt. Im Flur das Bad. Doch, Gisa muss heftig schlucken. Köpfe von Wildtieren hängen an den Wänden. Tierfelle zieren zwei Couchen, die sich gegenüberstehen. Ein Bärenfell den Boden. Geweihe und ausgestopfte Kleintiere auf Regale. Gisa schauerts. Sie ist schockiert, denn sie liebt Tiere über alles. Ihr blutet das Herz. Sie würde am liebsten schreiend rausrennen. „Setz dich, mach es dir gemütlich", reißt Harald sie aus ihren Gedanken. Er geht an die Bar und gießt zwei Gläser ein. Sie stoßen an und trinken. „Ich möchte mit dir Wandern gehen, zieh dich um", befiehlt er. Gisa zieht sich einen Pulli, eine leichte Jacke und Trekkingschuhe an. Haare zum Zopf und Capi auf. Auch er hat sich umgezogen. Als er die Tür zur Terrasse öffnet stockt Gisa der Atem. Ein Wahnsinnspanorama, wie auf einem Bild. Ein See, dahinter Wald und Berge. Traumhaft. Er nimmt sie an die Hand und wandert mit ihr um den See. Nach ungefähr zwei Stunden sind sie zurück. Sie setzt sich auf die Couch. Er geht zur Bar und füllt zwei Gläser. Er gibt ihr eines und setzt sich anschließend auf die Couch gegenüber. Lehnt sich zurück. „Trink", sagt er. Gisa nippt am Glas. „Trink. Alles", fordert er. Gisa tut es widerwillig. „Und jetzt zieh dich aus. Ganz langsam", befiehlt er. Gisa steht auf und zieht ihre Jacke aus. Schiebt den Pulli langsam nach oben. Über den Kopf. Sie öffnet ihre Jeans und gleitet sie über ihre Hüfte bis zu den Knien. Setzt sich wieder auf die Couch. Schiebt die Hose bis zu den Schuhen. Breitbeinig öffnet sie die Schuhe und zieht sie mit der Hose aus. Sein Blick starr auf ihrem Liebesdreieck, das nur von einem kleinen Slip bedeckt ist. Alles zeichnet sich ab. „Mach weiter", haucht er. Und seine Stimme wird rauchiger. Gisa öffnet ihren BH. „Streichle dich", befiehlt er. Sie umkreist mit ihren Fingern ihre Warzen. Spielt mit ihren Nippeln. Leckt sich dabei über die Lippe, sodass diese glänzt. „Los jetzt den Slip", fordert er ungeduldig. Gisa schiebt den Slip zu den Füßen. Spreizt die Beine. Lehnt sich zurück. Schließt die Augen und fingert ihren Kitzler. Weit spreizt sie ihre Schamlippen. Zuckt bei jeder Berührung. Umkreist ihre Liebesperle. Seufzt laut. „Hör auf, ruft er. Noch nicht." Er steht auf und zieht sie zum Bett. „Leg dich in die Mitte und spreiz die Beine", sagt er kalt. Er bindet ihr Hände und Füße je an die Bettpfosten des Himmelbettes. Jetzt ist sie wehrlos. Dann kniet er sich an ihren Kopf. Steckt seinen Schwanz in ihren Mund. Immer tiefer in den Schlund. Selbst als sie würgen muss, hört er nicht auf. Lange genießt er seine Überlegenheit. Dann holt er einen batteriebetriebenen Vibrator aus der Tasche, die sein Fahrer mitgebracht hat. Lässt den auf höchster Stufe über ihren Körper gleiten. An ihrem Kitzler hält er an. Spielt damit. Gisa zuckt zusammen. Quält sie. Lange umkreist er ihre

Schamlippen und den Kitzler. Bringt sie zum betteln. Sie jammert und fleht. Er lässt sie kommen. Dann führt er den Vibrator in sie ein. Immer schneller fickt er sie damit. Gisa wirft den Kopf hin und her. Schreit ihre Geilheit raus. Winselt. Dann legt er den Dildo weg und legt sich auf sie. Schiebt sein mächtiges Glied in ihre Grotte. Bewegt langsam und genießerisch seine Hüfte. Gisa verdreht die Augen. Jetzt stößt er sie schnell und hart. Sie kommt erneut. Und auch er ergießt sich, auf ihrem Bauch. Dann legt er sich erschöpft neben sie. Ihre Körper schwitzen. Gisa erlebt ein Gefühlschaos. Alles in ihr ist in Aufruhr. Sie schließt die Augen. Atmet immer ruhiger. Harald macht die Bänder los. Dreht sie zu sich und küsst sie leidenschaftlich. Dann legt er ihren Kopf auf seine Brust. Deckt sich und sie zu. Wenig später schlafen sie ein. Gisa wird mitten in der Nacht wach. Sie denkt an das Geschehene. Immer wieder spielt sie Szenen in Gedanken ab. Einige waren sehr schön. Andere unangenehm und erschreckend. Sie betrachtet ihre Handgelenke. Sie fühlt die Schwellungen. „Wenn das Paul sieht? denkt sie. Der dreht durch." Sie schlüpft unter der Decke raus und geht ins Bad. Duscht. Fühlt sich schmutzig. Reibt sich die Handgelenke. „Alles gut?", fragt Harald als sie wieder ins Bett kommt. „Alles gut", antwortet Gisa und dreht sich mit dem Rücken zu ihm. Er drückt sich an sie. Gisa fühlt sein Glied an ihrem Po wachsen. Seine Hände streicheln ihre Arme. „Ich kriege nicht genug von dir", flüstert er in ihr Ohr. Er küsst ihr zärtlich die Schultern. Streichelt ihre Brüste. Presst seinen Unterleib an ihren Po. „Komm, setz dich drauf", flüstert er. Er dreht sie um und sie setzt sich auf seinen mächtigen Schwanz. Sie ist zu eng. Von vorhin noch ganz geschwollen.

Quälend versucht sie ihn zu reiten. Doch sie stoppt. Zu eng und es tut weh. Doch er drückt sie heftig auf sich. Hebt und senkt sie schnell. Tief gleitet sein Schwanz in sie. Gisa jammert. „Los mach", befiehlt er. Doch Gisa hängt durch. Er zieht ihren Oberkörper auf seinen. Hält ihre Hände auf ihrem Rücken fest und stößt sie heftig. Gisas Kopf liegt auf seiner Schulter. Sie jammert, wimmert. Schluchzt. Doch er hört es nicht. Immer heftiger wird sein Stoß, bis er in ihr kommt. Als er sie loslässt fällt sie zur Seite. Kauernd liegt sie neben ihm. Bewegt sich nicht. Jetzt erst bemerkt er, dass etwas nicht stimmt. „Was ist?", fragt er. Doch Gisa antwortet nicht. Sie wimmert nur leise. „Gisa was ist denn?", fragt er jetzt panisch. Dann rennt er ins Badezimmer und kommt mit zwei Schmerztabletten und einem Glas Wasser zurück. Doch Gisa bewegt sich nicht. Ist auch nicht mehr ansprechbar. Harald rennt zum Telefon. „Gerd, schreit er, komm sofort her". Während er auf seinen Fahrer Gerd wartet, zieht er sich an und legt sich dann neben Gisa. „Wir bringen dich ins Krankenhaus, gleich, Gisa, gleich", flüstert er. Dabei streichelt er ihren Kopf. Doch Gisa regt sich nicht. Sein Fahrer ist da. Der wickelt Gisa eine Decke und trägt sie zum Auto. Im Krankenhaus angekommen wird Gisa in die Notaufnahme gebracht und Harald geht in den Warteraum, wo er Paul anruft. Der stürzt ein paar Minuten später auf Harald zu. „Was hast du gemacht?", schreit der ihn an. „Ich weiß es nicht", antwortet Harald eingeschüchtert leise. Denn Paul ist nicht allein gekommen. Rolf steht hinter ihm. Dann öffnet sich die Tür. „Frau Klinke?", fragt die Schwester in die Runde. „Ja", antworten Paul und Harald zugleich. Paul tritt vor. „Kommen sie bitte mit, fordert sie ihn auf. Der Doktor möchte mit ihnen reden." „Sie geht voran zum Ärztezimmer und Paul folgt. Nach einer kurzen Vorstellung und Klärung des Verwandtschaftsverhältnisses, beginnt der Arzt zu erklären. „Gisas Körper ist noch sehr fest. Da ist eine Muskelverkrampfung nicht ungewöhnlich. Nur bei Gisa ist sie etwas schwerwiegender. Ich habe ihr einen Krampflöser verabreicht und sie bekommt Tabletten für eine Woche. Für die nächste Zeit ist Bettruhe verordnet. Gönnen sie dem Mädchen eine Pause", schließt der Arzt das Gespräch ab. Mit einem Händeruck verabschiedet sich Paul und geht in den Warteraum. Setzt, Harald und Rolf in Kenntnis. Mit einem leichten Schlag auf Pauls Schulter geht Harald mit leicht gesenktem Kopf an ihm vorbei. Seine Art sich zu entschuldigen. Dann geht Paul zu Gisa ans Krankenbett. Setzt sich auf einen Hocker und streichelt ihr Haar. Er hält ihre Hand fest und flüstert ihr zu: „Alles wird wieder gut. Ich verspreche es." Gisa ist im Halbschlaf. „Ich bleibe bei dir. Ruh dich aus. Ich habe dich lieb. Du bist doch mein Engel", hört sie ihn nebelhaft sagen. Er küsst ihre Hände. Immer und immer wieder. Gisa wird langsam wach. „Was ist passiert?", fragt sie. Dabei richtet sie sich schmerzverzerrt auf. „Warte, sagt er und rückt ihr das Kissen zurecht. Gisa lehnt sich vorsichtig zurück. „Erzähl mir was passiert ist", fordert Paul sie auf. Gisa sagt alles. „Na, da hat sich Harald ja hinreißen lassen. Für eine erfahrene Frau wäre das wunderschön gewesen. Dennoch werde ich ein Gespräch mit ihm führen. Und wenn du ihn nicht mehr wiedersehen willst, ist das Ok. Die nächste Woche ist sowieso Bettruhe angesagt. Paul erzählt ihr was der Arzt angeordnet hat. Bea und Anna stürzen etwas später ins Zimmer. „Gisa alles klar?", schreien sie fast gleichzeitig. Gisa muss lachen. „Bea hat Sachen für dich mitgebracht, damit wir dich wieder mit nach Hause nehmen können", sagt Anna. Die Mädchen helfen Gisa beim Anziehen. Bea schiebt einen Rollstuhl vor Gisa. „Auf gar keinen Fall", sagt Gisa entrüstet. „Du kannst aber noch nicht laufen, sagt Paul. Sei vernünftig". „Niemals", sagt Gisa trotzig. „Gut, dann eben so", grinst Paul. Er drückt Bea und Anna, Gisas Sachen in die Hände, dreht sich Gisa zurecht und trägt sie auf den Armen zum Fahrstuhl. „Lass mich runter", sagt Gisa zu Paul. Doch der reagiert gar nicht. Im Gegenteil. Er drückt sie noch enger an sich. „Eigentlich ganz schön so", sagt er und küsst ihre Nasenspitze. Gisas Augen funkeln. Er trägt sie zum Auto. Anna öffnet die Hintertür und Bea steigt ein. Paul legt Gisa dazu. Seitlich angewinkelt, mit dem Kopf auf Beas Schoß. „Gut so?", fragt Paul fürsorglich. Gisa nickt. Dann steigen Paul und Anna vorne ein und sie fahren nach Hause. Dort trägt er Gisa zu ihrem Zimmer. Anna öffnet es. Zig Heliumballons hängen unter der Decke mit verschiedenen Genesungswünschen. Ein riesiger Rosenstrauß steht auf dem Sekretär. Ein großer Teddy liegt auf dem Bett und hält einen Briefumschlag, mit der Aufschrift „Sorry". Paul legt Gisa dazu. „Ein Service war hier", platzt es Anna heraus. Gisa dreht den Brief um. „Verzeih mir, H", steht darauf. Sie zeigt Paul die Nachricht. Der will lospoltern, doch Gisa bremst ihn aus. Sie hält seine Hand. „Hast du nicht selbst gesagt, dass es nicht seine Schuld ist." „Ja schon, aber ich bin einfach nur so wütend", sagt Paul verkniffen. „Hey, mein starker Mann, sie zieht ihn zu sich. Küss mich", flüstert sie. Anna und Bea gehen leise raus und schließen die Tür. Paul legt sich zu Gisa. Nimmt ihr Gesicht in seine Hände und flüstert „womit habe ich nur so einen

Engel verdient." Ihre Augen leuchten. Lange liegen sie küssend nebeneinander. Mehr darf Gisa noch nicht, obwohl sie es zu gern will. Paul bleibt die ganze Nacht bei ihr. Sie unterhalten sich und schmieden Pläne. Kuschelnd schlafen sie nach einer Weile ein. Am nächsten Tag klingelt es. Anna öffnet. „Ich will bitte mit Gisa sprechen", sagt Harald. Anna klopft an Gisas Tür, denn sie weiß, dass Paul da ist. „Herein", bittet Paul. „Hu, äh Harald ist hier und will Gisa sehen", sagt Anna. Bevor Paul was sagen kann, drückt Gisa dessen Hand und bittet Harald herein. „Paul, lässt du uns bitte kurz allein?", fordert sie ihn auf. Paul nickt und geht an Harald, der in der Tür steht vorbei, ohne ihn eines Blickes zu würdigen. Gisa klopft mit der Hand auf ihre Bettkante und fordert Harald auf sich zu ihr zu setzen. Er tut es. „Ich wollte sehen, wie es dir geht, beginnt er. Ich habe mir Sorgen gemacht und kann mir das auch nicht erklären." Er senkt leicht den Kopf. Gisa nimmt seine Hand. „Du hast keine Schuld. Das hat auch Paul gesagt, tröstet sie ihn. Mein Körper war noch nicht bereit für diese Art von Sex. Also mach dir keinen Kopf. Ich danke dir für diese wunderschöne Dekoration", lächelt sie. Er lächelt zurück. Streichelt ihre Wange. Seine Augen warm und herzlich. „Du bist was ganz Besonderes. Ich freue mich wieder mit dir zusammen zu sein", sagt er leise. Er will sie auf den Mund küssen, doch ein lautes Räuspern und ein energisches Ähm hält ihn zurück. Paul steht in der Tür. „Nur die Hand", sagt er streng. Gisa lacht. Harald steht auf und geht. Ein paar Tage vergehen. Da kommt ein Brief. „Ich möchte sie bitten, bei mir vorzusprechen. Es geht um ihre Bewerbung. Gruß Harald ... !" Heute 16.00 Uhr. „Das schaff ich", sagt Gisa laut, der es wieder gut geht. Sie zieht sich an. Jeans, Bluse und ein Blazer. Haare offen und ein bisschen Make-up. Stiefeletten, Handtasche und los. Im Büro von Harald angekommen, begrüßt sie Frau Meyer. „Ah, Frau Klinke. Schön, dass sie da sind. Sie werden erwartet." Daraufhin meldet sie Gisa über Funk an und bringt sie anschließend ins Chefbüro. Schließt die Tür, von außen. Harald steht am Fenster. Kommt auf sie zu und begrüßt Gisa mit einem Wangenkuss. Bittet sie dann am Schreibtisch Platz zu nehmen. Er selbst nimmt auf seinem Sessel Platz. „Schön dich zu sehen", lächelt er sie an. „Danke", sagt Gisa kurz und setzt sich aufrecht hin. Er stockt. „Sie wollen mich sprechen?", fragt sie kühl. „Stimmt etwas nicht mit meinen Unterlagen? Fehlt etwas?" „Nein, alles da, antwortet er. Ich wollte dir einen Vertrag anbieten. Zum nächsten Ersten und habe einen Vorvertrag, den du bitte sorgfältig durchlesen und ihn mir zum kommenden 15. unterschrieben zurückgeben sollst." Gisa nimmt den Vertrag und steckt ihn in die Tasche. Sie steht auf und will gehen. „Gisa warum bist du so kalt zu mir? Ich habe mich doch entschuldigt", sagt er leise. Fast bettelnd. „Bitte Gisa", sagt er und steht auf. Gisa geht zur Tür. Öffnet sie und sagt zur Sekretärin: „Frau Meyer, könnten sie bitte dafür sorgen, dass wir die nächste Zeit nicht gestört werden? Danke!" Sie schließt die Tür und dreht sich lächelnd um. Harald wiederholt die Order über Sprechanlage. Stürzt um den Schreibtisch auf Gisa zu. Hebt sie an den Hüften hoch und wirbelt sie umher. „Du bist mir ja ein Früchtchen. Na warte, das kriegst du wieder", lacht er und küsst sie heftig. Er bringt sie zum Schreibtisch und setzt sie drauf. Öffnet gierig ihre Bluse und schiebt den BH hoch. Stürmisch küsst und leckt er ihre Nippel. Er zieht sie vom Tisch. Öffnet ihre Hose und zieht diese über ihre Knie runter. Er selbst kniet sich vor sie. Gisa genießt sein Verlangen. Sie schließt die Augen. Unbeherrscht leckt und schlürft er ihren Schlitz. Seine Zunge sticht ihre Liebesperle. Gisa zuckt. Seufzt laut. Ihre Fingernägel bohren sich in seine Schulter. Sie kommt laut stöhnend. Er steht auf und küsst sie. Führt ihre Hand zu seiner Beule in der Hose. „Bitte", haucht er. Gisa geht in die Knie. Öffnet seine Hose, holt seinen mächtigen Schwanz heraus und verwöhnt ihn. Lutschend und züngelnd. Langsam und immer wieder fährt ihre Zunge daran entlang. „Bitte quäl mich nicht so", fleht er. Doch Gisa genießt ihre Überlegenheit. Erneut fleht er sie an. Er will die Position verändern. Doch Gisa hält seinen Po fest und saugt noch intensiver. Jetzt bläst sie ihn um den Verstand. Er stöhnt und jammert laut auf. Ergießt sich in ihr. Nachdem sie seinen Liebessaft verzerrt hat, stellt sie sich vor ihn und sagt: „Gut gemacht!" Beide lachen. Sie ziehen sich an und setzen sich auf die Couch. Frau Meyer wurde angewiesen ihnen Kaffee zu bringen. Dann unterhalten sie sich über Gisas Zukunftsvorstellungen. „Du bist was ganz Besonderes, sagt Harald und streicht durch ihr goldenes Haar. Wenn du wieder vollständig genesen bist, nehme ich dich mit, zu meinem Club. Du wirst staunen was es alles für sexuelle Erfüllungen gibt. Es wird dir gefallen." Er zieht sie nochmal an sich und küsst sie leidenschaftlich. „Ich kann es kaum erwarten. So, nun muss ich aber noch etwas arbeiten. Wir sehen uns bald." Mit den Worten steht er auf und bringt sie zur Tür. Gisa fährt nach Hause und legt den Vertrag auf ihren Sekretär. Dann wirft sie sich aufs Bett und denkt an das Geschehene. „Gisa, bitte" ... diese flehenden Worte gehen ihr nicht mehr aus dem Kopf. Sie muss lächeln. Fühlt sich überlegen. „Und, hast du den Job?", fragt sie Anna, im Bademantel, in der Tür stehend. „Ja, antwortet Gisa. Komm setz dich zu mir, dann erzähl ich dir alles." Anna setzt sich im Schneidersitz auf das Bettende. Nachdem sie gehört hat, was Gisa erlebt hat, lacht sie laut auf. „Du bist ja der Hammer, Gisa. Du hast unseren Spezialisten voll in der Hand. Nur täusch dich da bitte nicht. Der kann auch anders." Sie zeigt auf die Brandnarbe an ihrem Handgelenk. „Ist das Harald gewesen?", fragt Gisa entsetzt. „Ja, antwortet Anna. Ich war in seinem Club. Mehr darf ich nicht sagen." Sie beendet das Gespräch und geht. Gisa guckt ihr betrübt hinterher. Sie setzt sich an den Schreibtisch und liest den Vertrag durch. Unterschreibt ihn dann. Es klingelt. Anna öffnet. „Hallo, meine Hübsche", hört sie eine bekannte Stimme, im Flur, sagen. „Klopf, klopf, scherzt Paul in Gisas Tür stehend. Darf ich hereinkommen?". „Ja, klar, antwortet Gisa und fällt ihm in die Arme. Sie drückt ihn an sich, als würde sie ihn zerquetschen. „Hey warum so stürmisch, lacht Paul, was ist denn mit dir los?" „Nix ich bin nur so glücklich. Ich habe gerade meinen Ausbildungsvertrag unterschrieben." „Na, das ist er dir ja wohl auch schuldig", sagt Paul. Gisa weicht zurück. „Nichts ist er mir schuldig. Und ich schulde auch niemanden etwas. Ich schaff meinen Weg allein", sagt sie stinksauer. Von überglücklich auf stinksauer in nur 10 Sekunden. Paul ist geschockt. „Ok, du hast ja recht, entschuldige. Natürlich machst du deinen Weg. So stolz wie du bist. War blöd von mir. Komm her, sei wieder gut mit mir, bitte", fordert er sie, mit ausgebreiteten Armen, auf. Sie drückt sich in seine Arme und umschlingt ihn. Er küsst ihre Stirn. „Wie geht es dir, fragt er. Hast du noch Schmerzen?". „Ne alles gut. Wieso?", fragt sie. „Heute Abend ist eine Mottoparty und Anna geht hin. Ich möchte sie aber nicht gern allein gehen lassen, bist du dabei?", fragt er sie. Ok, worum geht es?", fragt Gisa. „Weltall, Space, Aliens und so ein Quatsch. Eine Nerd-Studenten-WG", lacht Paul. „Ok, ich bin dabei", sagt Gisa. „Sehr gut, sagt Paul, ich muss wieder los." So verabschiedet er sich mit einem langen Kuss von Gisa. „Du bleibst nicht?", fragt Gisa traurig. „Tut mir leid, Geschäftliches", antwortet Paul. Auf dem Weg zur Tür ruft er Anna zu: „Gisa geht mit. Viel Spaß euch Zwei. Bis später." „Toll, freut sich Anna und geht zu Gisa ins Zimmer. Was wollen wir anziehen?", fragt sie Gisa. „Warte mal", antwortet die. Gisa googelt nach einem Kostümverleih in der Nähe. „Hier ist einer, sagt sie zu Anna. Komm, da gehen wir hin." Sie machen sich auf den Weg. Im Geschäft angekommen, stehen sie mit weit aufgerissenen Augen da. So viele Masken, Kostüme, Quatsch vom Allerfeinsten. Gisa muss laut lachen. Der Verkäufer, hinter dem Regal stehend, lugt hervor. „Kann ich euch helfen?", fragt er. Riesige braune Augen starren sie an. „Äh, ja, sagt Gisa. Wir brauchen für heute Abend zwei Kostüme, die man auch leicht ausziehen kann." „Größe S?", fragt er. „XS", antwortet Gisa. „Ziemlich klein, sagt er. Ich hoffe ich habe was für euch da. Komme gleich wieder." Er geht ins Lager. Dann kommt er mit einer Kiste zurück und holt zwei Kostüme heraus. Anna schnappt sich die Alien Ausstattung mit farbenfrohem, glitzernden Jumpsuit und Gisa das Echsen Kostüm. Anna flitzt in den Umkleideraum. Kurze Zeit später kommt sie heraus. Hauteng sitzt der Jumpsuit. Jede Kontur ihres Körpers zeichnet sich ab. Ihre kleinen, spitzen Tittchen, sowie auch ihr Schlitz zwischen den Schenkeln. Sie steht vor dem Spiegel und betrachtet sich. „Perfekt", sagt sie zu sich. Gisa beobachtet den Verkäufer. Der steht mit aufgerissenen Augen da und starrt Anna an. In seiner Hose wächst eine Beule. Gisa stellt sich hinter ihn. Sie öffnet seinen Reißverschluss und befreit sein Glied. Zärtlich wichst sie es. „Anna, komm her", befiehlt Gisa. Anna dreht sich um und sieht die Szene. Langsam und mit ihrer Zunge an ihren Lippen spielend, geht sie auf sie zu. Streichelt sich zärtlich über ihren Körper. Erst mit den Fingern um ihre Brüste, so dass ihr Nippel klar zu sehen sind. Dann ihren Schoß. Immer wieder ihren Schlitz entlang. Sieht ihm dabei tief in die Augen. Saugt und lutscht an ihrem Finger. Stöhnt dabei. Gisa fühlt ihn zucken. Laut seufzend spritzt er ab. Dann macht Gisa sich sauber und schnappt sich ihr Kostüm. Fordert Anna zum Gehen auf. Die rennt in die Umkleidekabine und holt ihre Sachen. Doch bevor sie rausgeht, sieht sie dem Verkäufer nochmal tief in die Augen. Geht zu ihm. Küsst ihn lange und zärtlich. Streichelt dabei über seine Wange. Dann geht sie. Gisa nimmt sie an die Hand und schlendert mit ihr durch ein paar Straßen nach Hause. Dabei werden sie mit Pfiffen und Kopfschütteln begleitet. Denn Anna hat das Kostüm ja noch an. Gisa lacht die ganze Zeit. So viel Spaß hatte sie schon lange nicht mehr. In ihrem Zimmer zwängt sie sich in das Echsenkostüm. „Etwas knapp", bemerkt sie. Auch bei ihr zeichnen sich alle Intimstellen ab. Der Schlitz schneidet sich tief in ihren Schoß. Krallen und Make Up ergänzen das Aussehen. Anna muss laut lachen. „Na, das wird ja ein kurzer Abend. Wenn die dich so sehen spritzen die schon ohne Sex ab." Jetzt müssen beide lachen. Sie fahren mit dem Taxi zur Party. Der Taxifahrer guckt dermaßen oft in den Spiegel, dass sie Angst haben einen

Unfall zu erleben. Beim Aussteigen bückt sich Gisa so tief, dass ihr Kostüm verrutscht und ihre Brustwarzen zu sehen sind. Der Taxifahrer schluckt. Gisa dreht sich um und wackelt auffällig mit ihren Hüften. Arm in Arm geht sie mit Anna ins Haus, wo die Party stattfindet. Ein Enterprise Fan öffnet die Tür. Seine Ohren verraten seinen Favoriten. Sie kommen, in einen Raum, wo noch fünf Jungs auf sie warten. Alle haben sich dekoriert. Verschiedene Aliens stehen durcheinander. „Hier bitte", sagt einer und drückt, den Zweien Pappbecher mit Bier in die Hand. Anna und Gisa setzen sich auf die Couch. Sie müssen schmunzeln. Dann nehmen sie die Becher, prosten sich zu und trinken sie mit einem Zug leer. Der ihnen die Becher gegeben hat, beginnt ein Gespräch. „Ihr seht bombastisch aus. Wie heißt ihr denn?", fragt er. „Ich bin Anna und das ist Gisa", antwortet Anna. Zwei Jungs setzen sich jeweils neben sie. Zwei auf den Fußboden vor ihnen. Starr auf ihre Schlitze guckend. Anna und Gisa nicken sich zu. „Showtime", sagt Gisa. Sie zieht, den Reißverschluss von Annas Kostüm, ganz langsam runter. Anna umkreist mit ihren Fingern ihre Brustwarzen. Die Nippel hart stehend. Dann steht sie auf und Gisa zieht ihr das Kostüm langsam bis zu den Füssen runter. Es flutscht aus ihrem Schlitz. Ihr Bauchnabel ziert ein Diamant. Die Jungs vor ihr öffnen Annas Stiefel und helfen ihr alles auszuziehen. Gisa stellt sich hinter Anna und streichelt ihren Schlitz. Spreizt die Schamlippen. „Wer möchte, mal probieren?", fragt sie in die Runde. Gierig kniet sich ein Junge vor Anna und leckt unbeholfen ihren Kitzler. Anna hält sich an Gisas Hals fest. Nun kommt der zweite dazu. Abwechselnd lecken sie Annas Kitzler. Leise und genießerisch stöhnt Anna. Gisa legt sie auf die

Couch. Und schon liegt der erste auf Anna. Hektisch fummelt er an ihr herum und braucht nur wenige Stöße, um zu kommen. Auch der zweite hat seinen Orgasmus schnell erreicht. Währenddessen geht Gisa zum Tisch. Öffnet ihr Kostüm bis zur Hälfte und bietet den anderen Zwei an sie auszuziehen. Ein dritter ist mittlerweile auf Anna liegend. Er küsst Anna und liebkost alles an ihr. Genießt sie. Verwöhnt sie mit Zärtlichkeiten. Knetet, leckt, küsst, streichelt, fingert. Anna gibt sich ihm voll hin. Sie schwebt im siebten Himmel. Er stößt und wiegt sich langsam und voller Gefühl auf ihr. Immer wieder küssend und ihre Wangen streichelnd. Gisa sieht, dass es ihr offensichtlich gut geht und nimmt sich die anderen vor. „So, nun zieht mich aus, befiehlt sie. Die zwei stürzen sich auf sie. Überall sind Hände. Gisa ist nackt und legt sich auf den Tisch. Der eine fingert an ihrem Kitzler und Loch herum. Völlig überfordert. Er weiß gar nicht, was er zuerst machen soll. Der andere knetet ihre Brüste. Nach einiger Zeit spürt sie den ersten Schwanz in sich. Kurz und kräftig stößt der sie. Gisa spielt mit ihrer Hand am Hoden von dem anderen. Der sie stößt, legt ihre Beine auf seine Schultern und gibt jetzt alles. Sehr schnell ist auch der am Ziel. Jetzt der nächste. Gisa guckt gelangweilt zu Anna. Die sitzt mittlerweile auf dem Schwanz ihres Lovers und reitet sich um den Verstand. Gisa stellt sich vor den Tisch. Bückt sich darauf. „Steck ihn rein", fordert sie den anderen auf. Der tut es. „Jetzt nimm meine Hände", sagt sie und fick mich. Der Typ stößt sie heftig. Gisa stöhnt laut auf. „Ja, so ist es richtig", schnauft sie. Mittlerweile liegt Anna auf der Couch und ihr Junge züngelt sie zum Orgasmus. Sie schreit ihre Gefühle heraus. Doch noch ist nicht Schluss.

Erneut zieht er sie auf sich. Heiß ihre Küsse. Anna stöhnt und ächzt. Sie reitet und er hebt und senkt sie. Gisas Typ hält auch nicht lange durch und ergießt sich auf ihrem Po. Sie richtet sich auf und sieht zu Anna. Die ist schon schweißgebadet. Gisa sieht sie einen Jungen am Tresen stehen. Sie geht zu ihm. „Was ist mit dir, fragt sie. Willst du nicht auch?" „Ne, lass mal", sagt der. „Wieso denn nicht?", fragt Gisa nach. „Ich bin schwul, antwortet der Junge. Ich mag lieber Männerkörper." „Hast du denn schon mal mit einer Frau geschlafen?", fragt Gisa. Der Junge schüttelt den Kopf. „Und mit einem Mann?", fragt Gisa. Der Junge schüttelt erneut den Kopf. „Aber dann kannst du doch gar nicht wissen, ob du schwul bist. Komm mal mit", sagt Gisa. Sie zieht ihn mit zum Tisch. Lehnt sich breitbeinig daran. „Fass mal an", bittet sie ihn. Sie nimmt seine Hand und führt sie zu ihrem Kitzler. „Hier ist das schönste an einer Frau. Wenn du daran zärtlich spielst, sie schnauft, dann wird das Mädchen geil und feucht, wenn dein Finger in ihr Loch flutscht. Sie drückt einen seiner Finger in ihr Loch. „Nimm noch einen", haucht sie. Und jetzt schnell hin und her. Ja so, keucht sie. Jetzt du." Gisa geht in die Knie. Zieht ihm die Hose runter. Züngelt und lutscht an seinem Schwanz. Hart und steif steht er. Der Junge hält ihren Kopf fest und Gisa bläst ihn heftig. „Du hast einen herrlichen Schwanz. Gib ihn mir. Steck ihn mir rein, bitte", fordert sie ihn auf. Sie legt sich auf den Tisch. Er tut es. Langsam und zögerlich drückt er sein doch großes Glied in sie. Hält kurz inne, weil er glaubt, es passt nicht. „Drück ruhig fester, sagt Gisa. Keine Angst. Es wird wunderschön." Er tut es und gleitet sanft hin und her, bis er tief in ihr ist. Gisa hält sich am Tischrand fest. Er legt ihre Beine über seine

Schulter. Seufzt und schnauft. Immer schneller werden seine Stöße. Gisa wirft den Kopf hin und her. „Ja gut so, schreit sie. Du bist so gut, ermutigt sie ihn. Fick mich härter." Jetzt holt er alles aus sich raus. Gisas Brüste wippen im Takt. Er kommt und ergießt sich auf ihrem Bauch. Schnaufend steht er da. Gisa richtet sich auf. Nimmt ihn in den Arm. „Gut gemacht. Jetzt kannst du schon mal eine Sache abhaken. Und wenn du mal mit einem Mann schläfst, deinen Weg finden. Und du hast auch noch eine Option, Bi-Sexuell. Dann brauchst du auf nichts zu verzichten. Ich wünsch dir alles Liebe." Mit diesen Worten küsst sie ihn auf die Wange und macht sich sauber. Gisa geht zu Anna herüber, die immer noch auf ihrem Alien sitzt. „Der kriegt einfach nicht genug", sagt Anna keuchend. Gisa nimmt dem Typ die Maske ab. „Du?", fragt Anna und bleibt ruhig sitzen. Sie sieht in die großen dunklen Augen ihres Verkäufers aus dem Kostümverleih. Anna küsst ihn heftig. Dann steigt sie von ihm runter und bläst ihn zusammen mit Gisa zum Höhepunkt. Gierig verschlingt sie seinen Liebessaft. Dann setzt sie sich wieder auf ihn. Drückt sich ganz fest an ihn, als würde sie ihn nie wieder loslassen wollen. Doch leider muss sie sich verabschieden. Seine Augen strahlen sie an. Dass es hier gefunkt hat, sieht man sofort. Die Mädchen ziehen sich an und gehen. Anna seufzt. „Der war toll, schwärmt sie. Der hat sich auch um meine Bedürfnisse gekümmert." „Du siehst ihn bald wieder, tröstet Gisa. Wir müssen doch die Kostüme zurückbringen." „Ja, stimmt", strahlt Anna. Sie gehen zum Taxistand. Zufällig derselbe Fahrer von vorhin. Er kann während der Fahrt seinen Blick nicht von den Mädchen lassen. „Fahr mal da an den Waldrand", sagt Gisa zu ihm. Dann steigt sie aus und setzt sich auf den Beifahrersitz. Sie öffnet ihr Kostüm und ihre Brüste quellen hervor. Lehnt sich zurück und streichelt ihren Schlitz. Er beugt sich über sie und lutscht an ihren Brüsten. Anna, steigt aus, öffnet die Fahrertür. Hockt sich vor ihn. Öffnet seine Hose und holt seinen Schwanz raus. Saugt, lutscht und bläst ihn. Er wirft sich zurück in seine Lehne. Seufzt laut. Dann spritzt er sein Sperma übers Cockpit. Anna setzt sich wieder nach hinten und Gisa zieht sich an. Nachdem er alles wieder sauber gemacht hat, fährt er sie schweigend nach Hause. Sie brauchten nicht zu bezahlen. Zuhause angekommen, geht Gisa erst mal baden. Entspannt und die Augen geschlossen, genießt sie ein duftendes Schaumbad. „Wieso gehst du nicht an dein Handy?", schreckt sie eine forsche Stimme auf. Sie war eingeschlafen. Paul steht neben ihr. „Ich hätte mich schon noch gemeldet", antwortet sie. Er setzt sich auf den Wannenrand. „Wie geht es dir, fragt Paul. Alles Ok?" Dann erzählt sie ihm alles. Er fängt laut an zu lachen als er den Teil mit der Bi-Sexualität hört. „Du bist ja der Knaller. Dafür lieb ich dich noch mehr." Er will ihr einen Kuss geben. Gisa legt ihre Hände um seinen Hals und zack … mit einem Ruck, zieht sie ihn vollbekleidet in die Wanne. Jetzt liegt er auf ihr. „Gisa du bist verrückt, sagt er forsch. Was machst Du?", fragt er entsetzt. „Du läufst mir nicht wieder weg", bestimmt sie ernst und hält ihn fest, als er wieder aufstehen will. Zwingt ihn auf ihr zu bleiben. Küsst ihn leidenschaftlich. Voller Sehnsucht nach Zärtlichkeiten von ihm. Minutenlang. „Bitte, fleht sie. Nimm mich. Ich liebe Dich". „Und ich dich auch, flüstert er. Nur angezogen geht's nicht", lacht er. Gisa lacht auch und lässt ihn los. Er geht in die Dusche und zieht sich aus. Im Bademantel geht er voran. „Komm", befiehlt er sanft. Gisa geht, in einem Handtuch eingehüllt, hinterher. Er setzt sich auf ihr Bett. Sie stellt sich vor ihm. Er öffnet ihr Handtuch und küsst ihren Körper. Liebkost mit seiner Zunge ihre Brüste. Gisa hält sich an seiner Schulter fest. Seine Hände kneten fest ihren Po. Dann sticht seine Zunge ihren Schlitz. Sie zuckt als er ihre Liebesperle verwöhnt. Ihre Beine werden weich. Sie stellt ein Bein auf die Bettkante. Eine Einladung für seine Finger. Er lässt sich nicht lange bitten und fingert sie zuerst mit zwei Finger, dann mit drei. Gisa wackelt. Seufzt und stöhnt. Zwischendurch züngelt er sie. Gisa krallt in seine Schulter. Zuckt heftig. Sie kommt. Er lässt ab und öffnet seinen Bademantel. Setzt sie auf seinen harten Schwanz. Gisa reitet ihn voll Wonne. Zwischen Aufseufzen und Stöhnen, beißt sie ihn in den Hals. Er drückt sie gleichmäßig auf sein Glied. Eng umschlungen halten sie sich fest, als er kommt. Er ergießt sich in ihr. „Ich liebe dich", flüstert sie. „Ich dich auch", keucht er. Dann legen sie sich nebeneinander und schlafen kuschelnd ein. Am nächsten Morgen sitzen sie gemeinsam am Küchentisch. Gisa knabbert an ihrem Croissant und Paul liest Zeitung. Anna kommt herein. „Was ist denn hier los, fragt sie lachend. Macht ihr auf Familie?". Sie geht zum Kühlschrank, holt sich einen Joghurt und flegelt sich auf einen Stuhl. Kurze Zeit später, kommt Bea dazu. Nimmt sich eine Banane und setzt sich gegenüber an den Tisch. „Gut, dass ich euch alle mal zusammen habe, beginnt Paul. Ich habe nächste Woche zwei Partys und möchte wissen wer wohin geht? Die eine ist im Penthouse und die andere im Club." „Wird Harald auch im Club sein?", fragt Gisa. „Ja, sagt Paul und er hat dich auch angefordert. Sieh dir alles an und entscheide selbst, was für dich in Frage kommt. Und du tust auch nichts was du nicht willst, nur um ihm zu gefallen, klar." Er drückt ihre Hand. Gisa setzt sich auf seinen Schoß und umklammert ihn, wie ein Kind. Ihren Kopf an seine Schulter. „Penthouse", sagt Anna schnell. „Ich war schon lange nicht mehr im Club, bemerkt Bea. Weißt du was, ich geh zu Beiden", entschließt sie sich. „Das ist mein Mädchen", sagt Paul und zwinkert Bea zu. Dann steht er mit Gisa, an sich auf und geht mit ihr ins Zimmer. Legt sie aufs Bett und streichelt ihren Körper. Ohne Worte verwöhnt er sie mit Küssen. Überall. Spreizt ihre Schamlippen weit und züngelt sie zum Orgasmus. Küsst sie noch mal intensiv und geht dann, mit dem Versprechen, nachher wiederzukommen. Gisa deckt sich zu und schläft ein. Ein paar Stunden später, wird sie von einem Mordsgeschrei aufgeweckt. „Das darf doch nicht wahr sein. Wieso denn, wann und wo?", tönt es durch den Flur. „Das ist doch Bea", wundert sich Gisa. Sie zieht sich einen Bademantel über und geht auf den Flur. Rolf steht da. Bea weint und Anna reagiert nicht. „Was ist?", fragt Gisa. Rolf guckt sie an und senkt den Kopf. „Paul ist angeschossen worden", sagt er leise. Gisa schluckt. Reißt die Augen auf und wiederholt noch mal: „Was ist los?" Sie schwankt. Wackelt und fällt um. Als sie wieder wach wird liegt sie auf ihrem Bett. Bea sitzt neben ihr und hält ihre Hand. Sie weint. Anna sitzt abwesend am Fußende. Rolf steht in der Ecke. „Rolf, was ist passiert, fragt Gisa als sie sich gefangen hat. Wie geht es Paul? Sag was", fleht sie. „Nicht gut, antwortet Rolf. Die nächsten Tage entscheiden. Zwei Kugeln. Eine in der Nähe der Lunge, die andere an der Wirbelsäule. Paul ist ein Kämpfer", sagt er abschließend. Gisa fängt sich

langsam. Richtet sich auf. „Ok, Mädels, zieht euch an.
Seriös bitte. Wir fahren zu ihm". Im Krankenhaus angekommen, verweigert man ihnen die Auskunft. Gisa geht
zum Stationsarzt. Erklärt ihm das Arbeitsverhältnis und
das sie die Freundin von Paul ist. Jetzt bekommt sie ein-
fache Auskunft und Zugang zur Intensivstation. „Wir
tun alles was wir können", beendet der Arzt das Gespräch.
Anna und Bea sitzen im Wartezimmer. Gisa geht zu ihnen und erklärt die Situation. Auch das vorerst nur ein
Besucher erlaubt ist. „Du gehst natürlich, sagt Anna. Nur
halt uns auf dem Laufenden, ok?" „Selbstverständlich",
antwortet Gisa. Umarmt die Mädchen und geht zu Paul.
Sie öffnet zitternd die Tür zur Intensivstation. In einem
Raum stehen sechs Betten nebeneinander. Schläuche,
Geräte, Beatmungsmaschinen, von Geräuschen begleitet, lassen sie schauern. Ihr wird übel. Die Schwester
geht auf sie zu. „Paul, flüstert Gisa, angeschossen", stottert sie. Ihr Hals ist wie zugeschnürt. „Hier bitte, sagt
die Schwester und führt sie zum letzten Bett. Gisa stockt
der Atem. Sie erkennt Paul kaum wieder. Schläuche mit
Flüssigkeiten hängen an ihm herunter. Tränen laufen
über ihre Wangen. Sie geht näher ran. Nimmt seine Hand
und küsst sie. „So hat er mich das erste Mal bei Mia begrüßt", denkt sie und erinnert sich. Der schwarzhaarige
Typ mit den umwerfenden stahlblauen Augen. Der sie
berührte, der sie küsste. Sein Engel genannt hat. Die
Schwester stellt ihr einen Hocker hin. Schluchzend bedankt Gisa sich. Sie setzt sich und hält Pauls Hand. Stunden sitzt sie da. „Wollen sie nicht nach Hause?", fragt
eine andere Schwester, denn mittlerweile war Schicht-
wechsel. „Nein ich bleibe hier", antwortet Gisa. Sie lehnt
ihren Kopf an seine Schulter. Tränen laufen über ihre

Wangen. Nach einer Weile steht der Arzt neben ihr. „Kommen sie, bittet er Gisa. Trinken sie eine Tasse Tee mit mir. Kommen sie. Machen sie sich frisch. Man sagt uns Bescheid, wenn sich was verändert." Gisa sieht ihn an. Ja, tatsächlich könnte sie eine Toilette gebrauchen. Sie folgt dem Arzt. Benutzt seine Toilette, richtet sich Klamotten und Haare. Auch ein neues Make-up, legt sie auf. „So verweint, muss Paul mich ja nicht sehen", denkt sie. Dann setzt sie sich zum Arzt an den Schreibtisch. „Vielen Dank, sagt Gisa. War doch nötig." Sie versucht zu lächeln, doch es geht nicht. Der Arzt hat ihnen Tee und Gebäck bringen lassen. „Paul ist ihr Freund?", fragt der Arzt. „Zuallererst mein Chef und dann mein Partner, antwortet sie. Im Laufe der Zeit haben wir uns verliebt." Er sieht sie an, doch nicht wie ein Arzt. „Sie können sich auf meiner Liege ausruhen, bietet er an. Sie sehen müde aus." Sein Blick wandert an ihrem Körper entlang. „Nein danke, sagt sie bestimmt. Ich gehe wieder zu Paul." Sie steht auf und geht zur Tür. Dreht sich noch mal um. „Danke für den Tee", sagt sie leise. Wäre sie geblieben, wäre es nicht beim Tee geblieben. Die Blicke waren eindeutig. Doch dafür hat sie jetzt keinen Kopf. Sie geht wieder zu Paul und setzt sich neben ihn. Lehnt sich vorsichtig an seine Schulter und hält seine Hand. Schläft ein. Ein Kopf streicheln weckt sie. „Hallo mein Engel", hört sie Paul flüstern. „Paul, mein Paul, flüstert Gisa freudig. Ich bin so froh dich zu hören", schluchzt sie. Dann fließen die Tränen in Strömen. „Alles gut, tröstet sie Paul. Ich schaff das schon und bin bald wieder bei dir. Mach dir keine Sorgen." Er wischt Gisa die Tränen von den Wangen. „So und nun geh nach Hause und ruh dich aus. Anna und Bea brauchen dich. Ich verlasse mich auf dich. Und nun geh", bittet er. Er hat recht denkt sie. Ok, ich komme schnell wieder, verspricht Gisa. „Ich liebe dich, liebe, liebe Dich", flüstert sie und küsst ihn. Dann geht sie und fährt nach Hause. „Endlich, sagt Bea. Wie geht es ihm?" „Es hat lange gedauert, bis er wach wurde. Doch dann haben wir noch ein paar Worte gewechselt. Er gibt sich Mühe, wieder bei uns zu sein. Hat es versprochen", berichtet Sie. Tränen laufen über ihr Gesicht. Anna nimmt Gisa in den Arm. Beide schluchzen. „Ok, sagt Gisa, nachdem sie sich beruhigt hat, wir müssen Sachen für ihn holen. Hat jemand einen Schlüssel für seine Wohnung?" „Nein, antwortet Bea. Den hat nur Rolf. Ich ruf ihn gleich an." „Was machen wir denn mit den Buchungen, fragt Gisa. Sollen wir absagen?". „Nein, sagt Bea. Paul verlässt sich auf uns. Außerdem tut uns die Abwechslung auch gut." „Du hast so recht, bist so vernünftig. Gut, dann möchte ich mich erst mal duschen und umziehen. Bis später", sagt Gisa und zieht sich zurück. Nach einer Weile kommt sie geduscht und zurechtgemacht zurück. „Hat Rolf sich schon gemeldet?", fragt Gisa die Mädchen. „Nein, noch nicht", antwortet Bea. „Dann versuche es bitte weiter, ich fahre wieder zu Paul." Sie steigt in das nächste Taxi, ohne darauf zu achten wer am Steuer sitzt. Der Fahrer, vom letztem Mal. „Was ist los, Echse?", fragt er sie, mit einer unangenehmen Stimme. Gisa zuckt zusammen. „He, hallo, sagt sie beiläufig. Zum Krankenhaus, bitte. Ein Notfall." „Ja?", fragt er verschmitzt. „Ich bin auch ein Notfall", grinst er und greift ihr in den Schritt. Gisa zuckt zusammen. Damit hat sie nicht gerechnet. „Bitte nicht", sagt Gisa und drängt die Hand weg. Er fährt ein paar Meter und hält in einem Waldweg an. Er greift ihr an die Brust und den Innenschenkel.

„Komm, stell dich nicht so an, ich weiß doch, dass du nicht prüde bist." „Ok, denkt Gisa, wenn ich jetzt nicht mitmache, setzt der mich mitten in der Pampa aus. Und wie komme ich dann zu Paul. Also gut, sagt sie. Wie willst du es?" „Zieh deine Hose runter und zeig mir deine Titten", fordert er. Gisa schiebt ihr Shirt hoch und drückt die Jeans über die Knie. Rutscht ein Stück nach vorne und öffnet die Beine. „Ja, genau das", giert er auf ihren Schritt. Er bückt sich und leckt ihr am Kitzler. Sie zuckt zusammen. Seine Fingernägel kratzen an ihrer Liebesperle. Grob ist er. Unvorsichtig. Steckt ihr zwei Finger ins Loch. Gisa tut so als würde es ihr gefallen. Seufzt und stöhnt laut. Sie ist angewidert. Er schiebt sich seine Hose runter. Wedelt mit seinem steifen Glied. „So, jetzt setz dich drauf", fordert er. Er hilft Gisa sich auf ihn zu setzen. Laut stöhnend reitet sie ihn. Er saugt an ihren Brüsten. „Ich komme", schreit er, nach kurzer Zeit. Gisa lässt ihn in sich kommen. Er schnauft. Sie zieht sich wieder an und setzt sich auf den Beifahrersitz. Er richtet sich zurecht und fährt sie zum Krankenhaus. Schweigend. Auf der Intensivstation angekommen, erwartet sie der Arzt. „Frau Klinke, bitte kommen sie mit." Sie folgt ihm ins Sprechzimmer. Sie setzen sich. „Frau Klinke, beginnt er, es tut mir leid. Gisa läuft es eiskalt den Rücken runter. Es gab ein paar Komplikationen, fährt er fort. Wir mussten ihn noch mal operieren. Gisa schießen die Tränen in die Augen. Nein, nein, nicht, beschwichtigt er. Alles ist gut gegangen. Er ist nur sehr schwach. Erschrecken sie nicht, wenn sie zu ihm gehen." Der Arzt reicht Gisa ein Taschentuch. „Danke. Und wie ist seine Genesungszeit? Wann darf ich ihn nach Hause holen?", poltert sie los. „Nun mal langsam, lächelt der Arzt. Eins nach dem anderen. Jetzt muss er erst mal zu Kräften kommen." Gisa drückt ihm die Hand. „Vielen Dank. Sie haben natürlich Recht. Ich bin wohl etwas voreilig. Tut mir leid, aber ich war noch nie in solch einer Situation. Entschuldigen sie und noch mal vielen Dank." Sie dreht sich um und geht zu Paul. Der sieht erbärmlich aus. Zwar weniger Schläuche, dafür leichenblass. Gisa setzt sich zu ihm. Stunden vergehen. Als er wach wird hüpft ihr Herz vor Freude. „Hallo, mein starker Mann", haucht sie. „Mein Engel ist da, flüstert er. Mein Schutzengel." Gisa strahlt. Sie sehen sich lange schweigend an. „So, nun muss ich los. Ich habe noch einen Termin. Wir sehen uns danach. Schlaf dich gesund. Ich liebe Dich", sagt sie leise. Paul fallen die Augen zu. Sie küsst ihn vorsichtig und zärtlich. Dann fährt sie nach Hause und macht sich zurecht. Sie schmeißt sich in ein T-Shirt, Hotpants und Lack-Overknees-Stiefel. Die Haare lockig und wild. Dann kommt Rolf und holt sie ab. Sie fahren zu einer alleinstehenden Villa. Ein hoher Stahlzaun herum. Am Tor eine Frei-sprechanlage. Rolf gibt sich zu erkennen. Es wird geöff-net. Sie fahren auf den Parkplatz hinterm Haus. Bevor sie aussteigen, hält Rolf Gisa am Arm fest. „Du tust nichts, was du nicht willst, hörst du?", sagt er kühl. Dabei sieht er ihr starr in die Augen. Einschüchternd. Gisa verzieht keine Miene. Dann gehen sie zum Vordereingang. Sie werden von einem, gut Aussehendem, sportlichen, jun-gen Mann empfangen. „Hallo, begrüßt er sie freundlich. Folgt mir bitte." Er führt sie in ein kleines Büro. „Wie heißt ihr denn", fragt er. „Ich bin Gisa und das i... doch weiter kommt sie nicht. „Du bist Gisa?, fällt er ihr ins Wort. Na, dann brauchen wir nicht weiterreden. Du wirst erwartet. Komm mit." Er zieht sie an der Hand mit sich.

Öffnet eine rote Tür. „Hier Chef, und schiebt Gisa hinein. Deine Verabredung. Viel Spaß", wünscht er und schließt die Tür von außen. Harald steht mit halboffenem Hemd und Bundfaltenhose am Fenster. Gisa sieht sich um. Rechts eine Anbauwand mit Sexutensilien, in der Mitte eine Couch und links eine Gitterwand mit Bändern und Handschellen. Davor eine Liege mit rotem Leder. Harald mustert sie mit seinen kalten Augen. Beobachtet ihre Reaktion. Dann geht er auf sie zu. Fasst sie an den Hüften und drückt sie an sein Becken. Begrüßt sie mit einem Wangenkuss. Sie legt ihre Arme um seinen Hals. Jetzt küsst er sie hitzig. Voller Gier fordert er Zungenküsse ein. Gisa fühlt seine Beule in der Hose. Leicht kratzt er ihren Rücken. Ihr rinnen Schauer durch den Körper. Dann streichelt er ihren Po. Drückt sie heftig an sein Becken und schnauft. Schnell zieht er ihr das Shirt über den Kopf und die Hotpants runter. Er hebt sie hoch und schiebt die Sachen zur Seite. Nur noch in den Stiefeln steht sie da. Er greift ihr in den Schritt. Spielt mit ihrem Kitzler. Fingert sie. Immer abwechselnd. Mal langsam, mal hart. Gisa jammert. Ihre Beine werden weich. Immer kurz bevor sie kommt, hört er auf. Ihr wird schwindelig. „Bitte, fleht sie. Ich kann nicht mehr." Sie zittert. Wackelt. Er trägt sie zur Gitterwand. Stellt sie auf zwei kleine Hocker und bindet sie anschließend, gespreizt an der Wand fest. Erneut fingert er sie. Gisa schreit vor Geilheit. Er ziept an ihren Brustwarzen. Drückt heftig. So, dass es weh tut. Gisa zischt. Und wieder gleiten seine Finger in sie. Schnell und erbarmungslos fingert er sie. Gisa kommt. Sie schreit ihren Orgasmus raus. Er bindet sie los. Sie fällt ihm in die Arme. Lehnt schnaufend ihren Kopf an seine Schulter. Er trägt sie zur Liege. Stellt sie auf alle viere darauf. Bindet ihre Hände an den Vorderbeinen fest. Eine Vorrichtung ist angebracht. Dann stellt er sich hinter sie und leckt ihre Spalte. Genüsslich leckt er ihren Orgasmus ab. Sie hört ihn schmatzen. Er geht zur Anbauwand und holt einen Vibrator und Analstöpsel. Er steckt einen Finger in ihren Po. Dann einen zweiten. Gisa zischt. Es tut weh. Sie ist dort noch Jungfrau. Er leckt das Poloch feucht und schiebt den Analstöpsel hinein. Er muss drücken da sie so eng ist. Gisa stöhnt auf. Es brennt. Er wiederholt es. Mehrmals zieht er den Stöpsel raus und schiebt ihn wieder rein. Dann lässt er ihn stecken. Mit dem Vibrator fickt er sie. Gisa jammert. Beugt sich mit dem Oberkörper auf die Liege. Ihr ganzer Körper ist angespannt. Er fickt sie noch mal ganz schnell. Dann lässt er ab. Geht zu ihrem Kopf und steckt ihr seinen Schwanz in den Mund. Tief in den Schlund, bis sie keine Luft mehr kriegt. Immer wieder und immer länger. Gisa läuft rot an. Er geht zurück zwischen ihre Beine. Fickt sie noch mal schnell mit dem Vibrator, dann tauscht er die Löcher. Drückt ihn ihr in den Po. Minutenlang fickt er ihren After damit. Gisa jammert. Jetzt zieht er ihn raus und steckt seinen mächtigen Schwanz hinein. Doch Gisa ist zu eng. Er ignoriert ihr Schmerzklagen und presst ihn hinein. Gisa schreit vor Schmerz. Er tauscht das Loch und fickt sie in ihrer Vagina. Schnell und hart. Es dauert nicht lange und er kommt auf ihrem Po. Ächzt und schnauft. Nach einer kurzen Erholungszeit macht er sie sauber und bindet sie los. Gisa sinkt auf die Liege. Sie ist fix und fertig. Ihr tut der Po weh. Er trägt sie auf dem Arm zur Couch. Küsst sie leidenschaftlich. Spielt mit dem Daumen an ihrem Kitzler, bis sie kommt. Küssend stöhnt sie ihm in den Mund. Leicht schlägt er ihr auf den gereizten Schoß. Gisa zuckt zusammen. Er zieht seinen Kopf zurück und betrachtet sie. Gisa hat die Augen geschlossen. Atmet schwer. Er fährt mit seinem Finger über ihre Lippe. „Du bist so wunderschön, flüstert er. Du machst mich wahnsinnig. Ich will dich. Immer. Bleib bei mir. Ich will dir alles zeigen. Es gibt so viele Sachen, die wir machen können. Ich will sie mit dir erleben. Sei mein", haucht er. Gisa öffnet die Augen. Seine Augen strahlen Wärme aus. Sie küsst ihn leidenschaftlich. Nach einiger Zeit ziehen sie sich an und unterhalten sich. Sie erzählt ihm was mit Paul passiert ist und Harald bietet seine Hilfe an. Gisa bedankt sich mit einem Kuss und geht dann zurück zum Büro, wo Rolf schon auf sie wartet. Der mustert sie von oben bis unten. Als würde er was suchen. Im Auto fragt sie ihn. „Rolf, was hast du gesucht. Ist was nicht mit meinen Klamotten in Ordnung?". Er hält am Seitenrand. Greift ihren Arm und drückt ihn. „Gisa, es gibt Männer, die ihre Geilheit nicht unter Kontrolle haben. Und Harald gehört dazu. Versprich mir, dass wenn etwas nicht in Ordnung ist, du Angst hast, egal was, mir sofort Bescheid sagst. Du kannst mich immer anrufen, versprich es", fordert er. Dabei drückt er ihren Arm so fest, dass es weh tut. Gisa ist verwirrt. „Ja, ist gut", sagt sie leise. Er lässt sie los und die Abdrücke seiner Finger, sind zu sehen. Rolf fährt weiter. So besorgt hat sie ihn noch nie erlebt. Sie sieht ihn immer wieder an. Schweigend fahren sie nach Hause. Geduscht und umgezogen, fährt Rolf sie zum Krankenhaus. Paul sitzt schon leicht schräg im Bett. Gisa freut sich und fällt ihm um den Hals. „Hallo, mein starker Mann. Sie begrüßt ihn mit einem dicken Kuss. Erschreck mich nicht wieder so", flüstert sie. „Alles wird wieder gut", antwortet er und wischt ihr eine Träne von der Wange. Sie setzt sich zu ihm und erzählt Geschehenes. „Anna und Bea waren zur Penthouse Party. Scheint gut gewesen zu sein. Sie kamen lachend nach Hause." Und du, fragt er. Warst du im Club?" „Ja, antwortet Gisa. Alles gut, Rolf hat mich schon ins Gebet genommen. Mach dir keine Sorgen. Ich weiß nur noch nicht, ob ich zur Ausbildung gehe. Wenn du rauskommst will ich immer für dich da sein und mich um dich kümmern." Sie drückt seine Hand. „Auf keinen Fall, reagiert Paul böse. Du machst deine Ausbildung. Ich komme schon klar. Wir kriegen das schon hin", lächelt er. Sie strahlt ihn an. Jetzt liebt sie ihn noch mehr.

Kapitel 3

Gefährliche Neugier

Freitag der 1. „Das fängt ja schon mal gut an, denkt sich Gisa. Einen halben Tag arbeiten und Wochenende." Sie lacht und holt einen bordeauxfarbenen Hosenanzug, eine gestreifte Bluse aus dem Kleiderschrank. Stellt sich graue Pumps und graue Handtasche dazu. Die Haare zum Zopf gebunden. Nach einer Dusche zieht sie sich ein BH-String Set und Perlonstrümpfe an. Anschließend Bluse und Hosenanzug. Etwas Parfüm. Leichtes Make-up. Schlüpft in die Pumps, schnappt sich die Handtasche und macht sich auf den Weg zur Arbeit. Als sie beim Taxistand vorbeikommt sieht sie den Widerling vom letzten Mal. Der fordert sie auf einzusteigen. Gisa winkt ab und geht schnell weiter. „Schlampe", ruft der ihr hinterher. Rolf, der auf dem Weg zur Wohnung war, hört das. Er packt den Fahrer am Kragen und maßregelt ihn zähneknirschend. Dabei hebt er ihn mit einer Hand in die Luft. Gisa kommt zurück. „Ist schon gut", besänftigt sie Rolf. Der lässt den Fahrer, mit einem letzten Mahnendem Wort, wieder runter. Dann dreht er sich zu Gisa. „Komm, ich bring dich", sagt er bestimmt. Sie fahren zur Firma, wo Gisa ihre Ausbildung beginnen soll. Während der Fahrt sieht sie Rolf immer wieder an. Jetzt fällt ihr ein, dass er der erste war, der sie in Mias Wohnung berührt hat. Der sie gestreichelt und mit der Zunge verwöhnt hat. In ihr kribbelt es. Sie lächelt. Guckt ihm in die Augen. Doch

Rolf guckt nicht zurück. Schweigend fährt er sie zur Firma. Setzt sie ab und fährt wieder los. Im 3. Stock angekommen, begrüßt sie Frau Meyer, die Sekretärin. „Guten Morgen, Frau Klinke, erwidert diese. Bitte kommen sie, sie werden erwartet. Frau Meyer führt Gisa ins Chefbüro. Schließt dann die Tür von außen. Harald steht am Fenster. Seine Augen wandern an Gisa rauf und runter. „Du siehst fantastisch aus", bemerkt er. Geht auf sie zu, nimmt sie an die Hand und zieht sie zur Couch. Küsst sie leidenschaftlich. Dann fragt er: „Alles gut bei dir?" „Ich wäre fast nicht gekommen, eigentlich will ich Paul versorgen", antwortet Gisa. „Da mach dir mal keine Sorgen, sagt Harald. Ich habe Beziehungen, die ihm helfen können." „Wieso willst du das tun?", fragt Gisa. „Weil ich ihm so dankbar bin, dass er dich in mein Leben gebracht hat", flüstert Harald und küsst ihre Hand. Seine Augen glänzen. Er zieht sie zu sich. Streichelt ihr Haar und küsst sie. Minutenlang. Gisa räuspert sich als er sie loslässt. „Gut, wo muss ich hin, was soll ich tun?", fragt sie voll motiviert und möchte ihre Arbeit beginnen. Harald muss lachen. „Du bist so süß. Aber eigentlich, würde ich lieber mit dir in den Club fahren." Dabei küsst er ihren Hals. Gisa schnauft, so gut tut das. Sie stimmt zu.

Im Club angekommen stehen sie im Flur. „Das rote Zimmer kennst du schon und es gibt noch drei andere. Ein blaues, grünes und gelbes Zimmer. Jedes hat seinen besonderen Reiz. Und unten ist der Keller. Da dürfen aber nur spezielle Mitglieder hin", erklärt er. Dann stehen sie vor dem grünen Zimmer. Gisa ist aufgeregt. Er öffnet die Tür. Ein medizinisch ausgestatteter Raum. In der Mitte ein gynäkologischer Untersuchungsstuhl. Rechts und links Schränkchen mit Schubladen. Der Raum komplett weiß gekachelt. Kalt und steril. Es riecht nach Krankenhaus. Harald steht hinter ihr. Zieht ihr den Blazer aus. Greift ihr an die Brüste. Knetet sie. Gisa hält sich an seinem Hals fest und schließt die Augen. Sie lässt ihn machen. Er öffnet Knopf für Knopf ihre Bluse. Küsst dabei ihren Hals. Schiebt seine Finger unter ihren BH. Spielt mit ihren Nippeln. Knetet und zupft daran. Gisa seufzt. Immer fester drückt und zieht er. Bis sie laut zischt und ein leises Aua zu hören ist. Jetzt zieht er ihr die Sachen aus. Streift die Hose runter und freut sich über das, was sie darunter trägt. Ihr String mit den Strümpfen sieht einfach nur Klasse und zum Anbeißen aus. Und das tut er auch. Er kniet sich hin und beißt ihr zärtlich in die Pobacken. „Setz dich auf den Stuhl", befiehlt er. Gisa setzt sich darauf. Er bindet ihre Hände und Beine am Stuhl fest. Holt eine Augenbinde aus einer Schublade. Setzt sie ihr auf. Seine Hände gleiten über ihren Körper. Streicht und kratzt, immer stärker werdend, über ihren Kitzler. Gisa zuckt. Sie hört ihn in einer Schublade kramen und Gegenstände klirren. Sie ist beunruhigt. Seine Hände streichen ihre Innenschenkel entlang. Er schneidet ihren Slip auf. Spielt mit dem kalten Griff, der Schere, an ihrem Kitzler. Bringt ihm zum Zucken. Leckt und beißt ihren Schoß. Gisa seufzt laut. Erneut kramt er in der Schublade. Sie fühlt etwas Kaltes und Hartes an ihrem Kitzler. Seine Finger, die ihre Schamlippen weit spreizen und ihre Liebesperle offenbaren. Seine Zunge daran spielt. Gisa schreit kurz auf. Sie fühlt einen Schmerz. Wieder seine Zunge. Und noch mal zuckt sie vor Schmerz zusammen. Er wiederholt den Vorgang mehrmals. Ihr Kitzler brennt. Sie seufzt. Beißt sich auf die Lippe. Der Schmerz klingt ab. Er befeuchtet ihren Po. Steckt seinen

Finger hinein. Schiebt ihn langsam hin und her. Dann einen Zweiten. Gisa schnauft. Zusätzlich züngelt er ihren Kitzler. Nimmt diesen zwischen seine Zähne. Lässt ihn immer wieder flutschen, während seine Finger ihr Poloch weiten. Dann kramt er erneut in der Schublade. Steckt ihr einen Dildo in die Vagina und fickt sie damit. Schneller werdend. Gisa schreit und rekelt sich. Er fingert ihren Kitzler und bringt sie zum Höhepunkt. Während sie vor Orgasmus laut aufstöhnt, steckt er ihr den Dildo in den Po. Mit etwas Nachdruck fickt er ihr Poloch. Gisa jammert. Wirft ihren Kopf hin und her. Er zieht den Dildo raus und steckt sein Glied in ihren Po. Er muss drücken, ihr Po ist zu eng. Zieht noch mal zurück und stößt ihn dann kraftvoll hinein. Gisa schreit auf. Das turnt ihn an. Er fickt sie hart und ausdauernd in den Arsch. Bis er sich schließlich darin ergießt. Gisa wimmert leise. Er nimmt ihr die Augenbinde ab. Löst die Fesseln. Doch Gisa rührt sich nicht. Sie hat Tränen in den Augen. „Was ist?", fragt er. „Mein Po", schluchzt sie. Harald sieht nach. Ihr After blutet etwas. Er holt Jod und eine Salbe aus der Schublade und versorgt sie damit. Vorsichtig steigt sie vom Stuhl. Schweigend zieht sie sich an. Er geht mit ihr in das rote Zimmer und zieht sie zur Couch. Zärtlich küsst und streichelt er ihr Gesicht. Doch Gisa bewegt sich nicht. Sie ist voller Schmerz. Er fordert Zungenküsse ein. Überspielt ihre Gefühle. „Bitte lass uns fahren", sagt sie kühl. Er stutzt. „Alles in Ordnung?", fragt er. „Ja, aber ich würde gern nach Hause, bitte", sagt sie. Sie setzt ein gequältes Lächeln auf. Er streichelt über ihre Lippen. Jetzt kullern ihr die Tränen. „Oh, nein. Bitte nicht, sagt er, das wollte ich nicht. Ich brauch dich doch." Er nimmt sie in den Arm, liebkost und streichelt sie. Redet immer mehr auf sie ein. Nachdem sie sich beruhigt hat, nimmt er sie an die Hand und zieht sie hinter sich her. „Komm, ich lade dich ein. Wir machen es uns im Büro gemütlich", sagt er. Sie fahren in die Firma. Im Büro angekommen, ordert er Frau Meyer an, Chinesisch zu bestellen. Während sie warten, setzen sich auf die Couch und unterhalten sich. Das Essen kommt und sie machen es sich am Schreibtisch bequem. Doch Gisa rutscht hin und her. Sie hat Schmerzen. Harald bemerkt das. „So, nun ist Schluss", sagt er nach einer Weile. Er ruft einen befreundeten Arzt an. „Ich komme gleich mit einer Freundin vorbei", hört Gisa ihn sagen. Sie fahren zum bekannten Arzt. „Gerissen, stellt der fest. Hier diese Salbe eine Woche lang auftragen und schonen", sagt er und gibt Gisa ein kleines Töpfchen mit Salbe. Harald fährt Gisa nach Hause. „Bis Montag", sagt er knapp und küsst ihr die Stirn. Dann steigt Gisa aus. Ohne noch etwas zu sagen fährt er weg. Gisa ist traurig und enttäuscht. Sie geht in ihr Zimmer und zieht sich um. Etwas später kommt Rolf vorbei und fährt sie zum Krankenhaus. Während der Fahrt sitzt Gisa etwas schief auf dem Sitz. Rolf bemerkt das. „Ist was?", fragt er. Doch Gisa schweigt. Er hält am Waldrand. Dreht sich zu ihr und sieht sie streng an. „Was ist los?", fragt er zornig. „Antworte mir." „Ein Riss am Po. War schon beim Arzt. Ich habe eine Salbe bekommen. Eine Woche schonen", versucht sie Rolf zu besänftigen. Doch der kocht vor Wut. „Bitte, bitte Rolf, sag Paul nichts. Es ist wirklich nicht so schlimm. Ich kann trotzdem arbeiten. Vertrau mir, ok?", bettelt Gisa. Rolf sieht sie an. Doch jetzt anders. Sanft und warm. „Gut ich sage nichts. Ich vertrau dir, sagt er. Darauf, dass du weißt, wann deine Grenze erreicht ist und du meine

Hilfe annimmst." Er drückt ihre Hand. Streichelt sie. Seine riesigen Hände bedecken Gisas zarte Händchen. Und trotzdem sind sie warm und weich. So emotional hat sie ihn noch nie erlebt. Sie fahren weiter. Dabei sieht sie ihn immer wieder an. Er bemerkt das. Zwinkert ihr zu und nimmt ihre Hand. Hält sie die ganze Fahrt über fest. Gisa fühlt eine Art Sicherheit. Sie traut sich nicht die Hand wegzunehmen. Beobachtet Rolf. Ihr fallen seine grünen Augen auf. Seine schmalen Lippen. Vor dem Krankenhaus angekommen, drückt er noch mal ihre Hand. Dann lässt er sie los. Sie gehen zu Paul. Der sitzt im Bett und liest Zeitung. Rolf bringt ihm die wichtigsten Sachen und geht wieder. „Da ist ja mein Engel", sagt Paul. Gisa fällt ihm um den Hals. Küsst ihn leidenschaftlich. „He langsam, lacht Paul. Sonst treib ich es gleich hier mit dir." „Im Krankenbett, am besten mit Zuschauer, lacht Gisa. Dann verlange ich aber Eintritt." Jetzt lachen beide. Gisa setzt sich seitlich auf den Hocker und schlägt die Beine übereinander. Ganz salopp. „Ok, sagt sie, wann kriege ich dich wieder?", fragt sie. „Wenn alles gut läuft, in zwei Wochen", antwortet Paul. „Gut sagt Gisa, dann richte ich alles her. Damit du dich bei mir wohlfühlst. Fernseher, DVD, etc." „Ja, klar und am besten noch Liebesfilme", lacht Paul. „Sowieso. Doch dann eher die Version für Fortgeschrittene. Obwohl du die bei mir ja nicht brauchst", haucht sie und küsst ihn. Sie unterhalten sich und lachen noch eine Weile gemeinsam. „Nun werde ruckzuck gesund. Ich liebe dich", flüstert Gisa zum Abschied. Dann fährt sie nach Hause. Sie schmiedet Pläne und richtet ihr Zimmer in Gedanken ein. Zuhause geht sie ins Bad und versorgt ihren Po. Sie hat vergessen abzuschließen. Anna kommt rein. „Harald", sagt die spontan. Gisa nickt. „Ist aber nicht so schlimm", versucht sie zu beschwichtigen. „Erzähl mir doch nichts, sagt Anna sauer. Das war noch längst nicht alles. Du wirst es sehen. Mehr sag ich nicht. Nur eines noch. Bitte, pass auf dich auf." Dann geht Anna in die Küche und kocht Tee. Gisa kommt eine Weile später nach. Bea kommt auch dazu. „Sag mal Bea, wolltest du nicht auch in den Club kommen?", fragt Gisa. „War ich auch, antwortet Bea. Im Keller." „Was ist im Keller?", fragt Gisa neugierig. „Ne, das darf ich dir nicht sagen, sagt Bea. Das ist ein Vertrag zwischen Harald und uns. Das musst du schon selbst rausfinden." Bea nippt an ihrem Tee. „Ach ja, wir haben einen Brief von Rolf. Ihr seid so gut bei den Nerds angekommen, dass sie euch noch mal gebucht haben. Heute Abend." „Oh ja, Aliensiesta, lacht Anna. Los komm Gisa, lass uns shoppen." Gisa lacht. Anna hakt sich in Gisas Arm ein und zieht sie mit sich. Gisa weiß, warum Anna so strahlt. Es warten, zwei große braune Augen auf sie. Der süße Verkäufer im Kostümverleih steht an der Kasse. Als er Anna reinkommen sieht, beginnen seine Augen zu leuchten. Anna stürmt zu ihm. „Such uns was aus, sagt sie. Das, was dir gefällt." Er lächelt. Dann geht er in das Lager und kommt mit zwei weißen Kleidern mit breitem Gürtel und Accessoires zurück. Griechische Göttinnen. Anna verschwindet in der Umkleidekabine. Umgezogen kommt sie heraus und geht auf ihn zu. Er starrt sie mit weit offenem Mund an. „Treffer, denkt Gisa. Der ist hin und weg. Anna ich muss noch eben in die Apotheke, komme gleich wieder." Anna nimmt die Worte nur gering wahr. Sie steuert auf ihn zu. Legt ihre Arme um seinen Hals und küsst ihn. Er nimmt sie an den Hüften und stellt sie an den Tresen. Während sie sich zärtlich küssen, schiebt er das Kleid hoch. Spielt mit seinem Daumen an ihrem Kitzler. Anna schnauft. Lange und voller Zärtlichkeit bringt er sie zum Orgasmus. Zieht sich schnell die Hose runter, setzt sich auf den Stuhl hinterm Tresen und Anna auf sich. Sie reitet ihn voll Wonne. Sie verschmelzen ohne Worte. Küssend, stöhnend, lieben sie sich, bis er in ihr kommt. Seufzend lehnt er seinen Kopf an ihre Schulter. Sie krault sein Haar. Fühlt ihn zittern und sein Herz pochen. Erholt, ziehen sie sich wieder an. Gisa kommt herein. Sie schnappt sich Anna und zieht sie mit sich. „Bis nachher", ruft Anna noch zu ihm rüber.

Am Abend machen sie sich zurecht. Hochsteckfrisuren, auffälliges Make-up und goldene Accessoires runden das Göttinnen Kostüm ab. Rolf fährt sie bis zur Tür. Bevor sie aussteigen richtet er sich noch an Gisa. „Und denk dran, ruf an, wenn was nicht stimmt oder du dir nicht sicher bist. Ich vertraue dir", sagt er streng. Gisa nickt. Auf der Party angekommen, setzen sie sich auf die Couch. Ihnen werden zwei Gläser gereicht. Anna trinkt alles mit einem Zug aus. Gisa lehnt ab. Sie möchte kein Alkohol. Immer wieder fordert man sie auf. Anna schnappt sich Gisas Glas und trinkt es leer. „So, Problem gelöst", lacht sie. Eine Weile lachen und scherzen sie mit den Jungs rum. Plötzlich greift Anna Gisas Arm. „Gisa mir wird komisch", sagt sie und sinkt nach hinten. Annas Pupillen schwarz und groß. Ihr Verkäufer nimmt sie auf den Arm und bringt sie ins Bad. Steckt seine Finger in ihren Hals und bringt sie zum Erbrechen. Gisa ist geschockt. „Was habt ihr getan?", schreit sie in die Runde. Dann ruft sie Rolf an. Der steht binnen weniger Minuten, mit zwei Kumpel, in der Tür. Er schnappt sich Anna und trägt sie zum Auto. Gisa und der Verkäufer folgen ihm. „Erklär ich dir später", sagt Gisa zu Rolf, der den Jungen und dann sie fragend ansieht. Im Krankenhaus wird Anna in die Notaufnahme gebracht. Im Warteraum schreit Gisa den Jungen an. „Was war im Glas?", kreischt sie. Der Junge fängt an zu weinen. „Ich weiß es nicht, antwortet er. Ich habe mit sowas nichts zu tun. Die Chemiestudenten haben flüsternd zusammengehockt. Ich wusste nicht was sie vorhatten. Bitte glaub mir. Du weißt doch, dass ich sie lieb habe. Weißt du doch?", schluchzt er. Gisa nimmt ihn in den Arm. „Ja, sagt sie sanft, jetzt weiß ich es", tröstet sie ihn. Rolf ruft seine Kumpel, die noch in der Studenten WG sind, an. Der Arzt kommt rein. „Glück gehabt, sagt er. Dass sie erbrochen hat, gab uns die nötige Zeit. Wir haben sie jetzt stabilisiert. Nur einen Besucher zur Zeit." Gisa und Rolf bedanken sich fast gleichzeitig. Dann geht der Arzt. Gisa erzählt Rolf was geschehen war und wie großartig sich der Junge verhalten hat. Rolf geht zu ihm. Er schüttelt dessen Hand und legt seine andere Hand auf dessen Schulter. Wie ein Ritterschlag. „Du hast was gut bei mir", sagt Rolf zu ihm. „Geh du zu ihr, sagt Gisa zum Jungen. Wie heißt du eigentlich?". „Mattes, äh Mathias", antwortet er. „Mattes, lächelt Gisa. Geh zu ihr und gib ihr einen dicken Kuss von uns." Sie setzt sich mit Rolf hin und erzählt von dieser Lovestory. „Das hat richtig geknallt", lächelt sie und ihre Augen leuchten. Rolf hält ihre Hand. Sie lehnt sich zurück und atmet tief durch. „Wenn wir schon mal hier sind kann ich auch eben zu Paul gehen. Bis nachher", verabschiedet sie sich von Rolf. Paul ist ganz überrascht von dem unerwarteten Besuch. Sie erzählt ihm was passiert ist. „Reg dich bitte nicht auf, sagt sie. Rolf kümmert sich um alles." „Allerdings", sagt Paul eingeschüchtert. „Du sag mal, fragt Gisa, wie ist das eigentlich, wenn ein Mädchen aussteigen will, eine Familie gründen?" „Was soll sein, antwortet Paul emotionslos. Wir haben einen Vertrag. Während sie für uns arbeitet wird alles zur Verfügung gestellt, danach ist Schluss. Wer aussteigt, steigt aus, fertig." Gisa ist geschockt von seiner knallharten Antwort. Schnell lenkt sie vom Thema ab. Sie unterhalten sich eine Weile über verschiedene Dinge. Nach gut zwei Stunden steht sie auf. „Gut, dann will ich mal sehen, wie es unserer Kleinen geht, sagt sie und gibt Paul einen Kuss. Ich komme später wieder." Sie geht zu Anna. Mittlerweile sitzt die lachend im Bett. Mattes sitzt neben ihr. Gisa begrüßt Anna mit einem Wangenkuss. „Ich wollte mal eben sehen, wie es dir geht. Offensichtlich gut, so wie du strahlst", lacht Gisa. Anna umarmt Gisa. „Alles bestens, lächelt Anna. Danke, dass du mir das Leben gerettet hast." „Oh nein, sagt Gisa, das hast du Mattes zu verdanken. Wäre er nicht gewesen, hätte es bös geendet. Er war großartig. Dein Lebensretter und Held. Ich bin für immer in seiner Schuld." Gisa sieht Mattes mit feuchten Augen an. Anna nimmt Mattes Kopf, streichelt ihm über die Wange und küsst ihn liebevoll. Gisa ist hier überflüssig. Sie schleicht sich aus dem Zimmer. Vor der Tür im Flur lehnt sie sich an die Wand. Atmet schwer und seufzt laut. Tränen laufen über ihr Gesicht. Rolf steht am anderen Ende des Flures. Er geht zu ihr und nimmt sie in den Arm. Hält sie ganz fest. Gisa lässt sich fallen. Felsen rollen über ihre Seele. Sie schluchzt und weint hemmungslos. Minutenlang stehen sie so da. Dann beruhigt sie sich. „Komm, wir verabschieden uns und gehen was Essen, sagt Rolf. Das haben wir uns verdient". Sie nickt. Gisa gibt Anna einen Kuss auf die Stirn und Mattes einen auf den Mund. Rolf drückt Mattes an seine Brust. „Ich schulde dir was, sagt er und zu Anna: Ich hol dich morgen ab." Dann nimmt er Gisa an die Hand und zieht sie mit sich. In einem kleinen Restaurant kehren sie ein. Während sie auf ihre Bestellung warten, sieht Gisa Rolf in die Augen. „Wir hätten sie fast verloren", sagt sie. Sie zittert. Rolf nimmt ihre Hand. „Jetzt ist doch alles gut", tröstet er. „Das war das schlimmste, was ich je erlebt habe, flüstert sie angespannt. Diese Hilflosigkeit. Wäre Mattes nicht gewesen, ihr laufen Tränen übers Gesicht, dann hätten wir sie verloren. Weil ich nicht reagiert habe." Sie schluchzt leise. Rolf wischt ihr die Tränen von der Wange. Seine warmen weichen Hände fühlen sich so gut an. Gisa genießt den Moment und beruhigt sich. „Ich mach einen Rettungslehrgang", sagt sie energisch. „Das ist eine gute Idee, bestärkt sie Rolf. In unserem Gewerbe sehr nützlich." Dann bekommen sie ihr Essen. Dabei sehen sie sich immer öfter und länger in die Augen. Gisa denkt darüber nach, dass sie eigentlich wenig miteinander zu tun hatten. Obwohl er ja der Erste war. Wieder spielen sich Bilder in ihrem Kopf ab, in Mias Wohnung auf der Couch. Und was sie hinter der Schlafzimmertür sah. Mia wie sie Rolf verwöhnte. Seinen mächtigen Schwanz, mit ihrer Zunge liebkoste. Jetzt wird ihr warm. Sie nimmt noch einen Schluck Rotwein. Ihr Gesicht färbt sich. „Mir ist ganz schön heiß", lächelt sie. „Das sehe ich, grinst er. Noch ein Schluck Wein?" Er beobachtet sie aufmerksam. Ihre Augen funkeln wie Sterne. Ihre Wangen rot. Nachdem sie fertig gegessen haben, nehmen sie noch einen Absacker und gehen. Die Nacht ist kühl und die Sterne leuchten am Himmel. Gisa fühlt sich sau wohl. Sie fängt an zu tänzeln. Rolf lacht.

Er hat sie schon lange nicht mehr so entspannt gesehen. Dann stolpert sie. Blitzschnell ist er da, um sie aufzufangen. Er hält sie fest. Sieht ihr in die Augen und küsst sie dann. Lange und zärtlich. Alles um sie herum ist vergessen. Minutenlang stehen sie auf dem Gehweg. Gisa bekommt weiche Knie. Doch er hat sie sicher in seinen starken Armen. Nach einer Weile lässt er locker. „Nur wenn du auch willst", haucht er. Gisa fühlt sein Verlangen. „Ich möchte gern, aber ich kann nicht. Ich habe das Gefühl Paul zu betrügen, eure Freundschaft zu gefährden. Das kann ich nicht. Verstehst du das?", fragt sie. „Ist gut", antwortet er. Hand in Hand gehen sie nach Hause. Schweigend. Bea sitzt am Küchentisch. „Na endlich, sagt sie, ich sitz hier schon wie auf glühenden Kohlen." Gisa und Rolf setzen sich dazu. Dann erzählt Gisa alles. Vor allem Mattes Heldentat und die Liebe, die sich zwischen Anna und Mattes entwickelt hat. „Die zwei sind so süß. Die Luft knistert richtig, wenn sie zusammen sind", schwärmt Gisa und ihre Augen leuchten. Rolf sieht sie an. „Oh, wie schön, sagt Bea, wann kommt sie nach Hause?" „Ich hole sie morgen früh", antwortet Rolf. Dabei weicht sein Blick nicht von Gisa ab. „Ich mach ihr ein Frühstück mit allem Drum und Dran, sagt Bea. Nur das Beste für unsere Prinzessin." Gisa sieht Rolf an. Ihre Augen verraten sie. Doch Rolf steht auf und geht. „Es war ein anstrengender Tag, ruht euch aus", sagt er zum Abschied. Gisa geht duschen und legt sich nur in ein Badelaken eingehüllt auf das Bett. Sie denkt an Rolfs Kuss und wie ihre Beine weich wurden. Sie seufzt. Jetzt bereut sie ihn gehen gelassen zu haben. Sehnt sich nach seinen starken Armen. Sie streichelt sich. Spielt mit ihrer Liebesperle, bis sie kommt. Schnaufend dreht sie sich um und schläft wenig später ein. Nach einigen Stunden später wird sie von lautem, fröhlichem Geschrei geweckt. Anna reißt Gisas Zimmertür auf und springt aufs Bett. Fliegt in Gisas Arme und umschlingt sie. Dabei verrutscht Gisas Betttuch und legt ihre Brüste frei. Anna drückt und herzt sie so fest, dass Gisa die Decke nicht hochziehen kann. Rolf steht in der Tür und beobachtet sie lächelnd. Sein Blick abwechselnd von Gisas Augen zu ihren Brüsten. „Komm Gisa steh auf, lass uns Frühstücken", zieht Anna an Gisas Hand. Gisa lacht. „Ist gut ich komme sofort", sagt sie. Anna rennt in die Küche. Rolf steht immer noch in der Tür. Sie sehen sich lange schweigend an. Dann dreht er sich um und folgt Anna in die Küche. Gisa zieht ein Maxishirt an und geht hinterher. Setzt sich gegenüber von Rolf. Bea hat aufgetischt. Brötchen, Aufschnitt, Marmelade, Quark, Obst und gekochte Eier. Milch, Saft und Tee. Sie hat es an nichts fehlen lassen. Anna geht es wieder richtig gut. Sie lacht und scherzt. Gisa strahlt vor Freude. Rolf beobachtet sie. Gisa sieht ihn immer wieder an. Er lächelt. Sie fühlt sich wie ein verlegener Teenie. Bea unterbricht die Spannung. „Ich würde gern Schwimmen gehen, Nacktbaden, was haltet ihr davon?", fragt sie die Mädchen. „Au ja, das ist eine Klasse Idee, antwortet Anna euphorisch. Da bin ich dabei", stimmt sie zu. „Tut mir leid, lehnt Gisa ab. Ich darf noch nicht, wegen meiner Wunde." „Ach ja, sagt Bea traurig, das habe ich total vergessen." „Hey, stopp mal. Nur wegen mir verzichtet ihr nicht, sagt Gisa streng. Ihr macht euch einen schönen Tag. Ich komme das nächste Mal mit, versprochen." „In Ordnung sagt Anna und packt einen Picknickkorb für sich und Bea. Dann ziehen die Mädchen los. Gisa räumt die Küche auf. Rolf sieht ihr zu.

Sie steht mit dem Rücken zu ihm an der Spüle. Er stellt sich hinter sie. Umfasst ihr Hüfte. Streicht ihr Shirt an ihre Schenkel. „Wie lange noch?", flüstert er in ihr Ohr. Gisa zittert. Er küsst ihren Hals. Schauer rieseln durch ihren Körper. Sie seufzt. Er dreht sie um. Sieht in ihre blauen Augen. Sie strahlen wie Sterne. Gisa will etwas sagen, doch ihr Hals ist wie zugeschnürt. Er streichelt ihre Wange. Küsst sie wie am Abend davor. Gisas Knie werden weich. Ihr Herz pocht wie wild. Er zieht ihr das Shirt aus und legt sie auf den Tisch. Zärtlich streichelt er ihre erotischen Stellen. Genießt es, ihren Körper mit Küssen zu überfluten. Saugt an ihren Nippeln. Fingert sie langsam und zärtlich mit zwei Fingern. Liebkost ihre Lustperle mit seiner Zunge. Gisa hält sich am Tisch fest. Er bringt sie zum Höhepunkt. Sie schnauft. Zittert vor Erregung. Er trägt sie in ihr Zimmer, legt sie aufs Bett und deckt sie zu. Gisa ist verwirrt. „Willst du mich denn nicht?", fragt sie. „Doch, sehr. Aber nicht, solange du verletzt bist", antwortet er und küsst sie. Sie fällt ihm um den Hals. „Dann lass mich dich verwöhnen", haucht sie. Sie kniet sich zwischen seine Beine. Befreit sein mächtiges Glied. Saugt und lutscht es. Er sieht ihr dabei zu. Dann wirft er seinen Kopf in den Nacken und stöhnt laut. Ergießt sich in ihrem Mund. Gisa genießt jeden Tropfen seines Liebessaftes. Seufzend liegt er auf dem Bett und Gisa legt sich in seinen Arm. Kuschelt sich eng an ihn. „Danke", flüstert sie. Er legt sich auf sie. Küsst ihre Nasenspitze. „Du bist was ganz Besonderes", sagt er und küsst ihren Hals und Schulter. Dann dreht er sich auf den Rücken, nimmt sie in seine starken Arme und deckt sie zwei zu. Gisa schläft geborgen ein. „Hey, mein Herz, flüstert Rolf Stunden später, es wird Zeit aufzustehen." Gisa drückt und reibt sich an ihm. „Nein, jetzt nicht", lacht er. Gisa zieht einen Schmollmund. „Schade", sagt sie. Er küsst ihren Schmollmund. „Zieh dich an, ich warte in der Küche auf dich", sagt er bestimmt. Gisa macht sich zurecht. Rolf trinkt einen Tee. Dann machen sie sich auf den Weg zum Krankenhaus. Während der Fahrt hält Rolf Gisas Hand. Sie fühlt sich sicher und sehr wohl. Rolf ist ein sehr großer, starker Mann. Furchteinflößend, aber auch zärtlich. Wie er ihr gestern gut getan und auf sie Rücksicht genommen hat. Seinen liebevollen Blick. Wie er Mattes gedankt und ihn in den Arm genommen hat. Sich um die Mädchen sorgt. Ein toller Mann. Gisa schließt die Augen und seufzt. Rolf hält am Waldrand an. Er beugt sich über sie. „Was ist?", fragt er zärtlich. Gisa schlingt ihre Arme um seinen Hals. „Bitte, schlaf mit mir, flüstert sie. Bitte", fleht sie ihn an. Ihre Augen glühen, ihr Körper bebt vor Verlangen. Rolf küsst sie und ihre Küsse werden wild. Er fährt mit ihr zum nächsten Hotel. Trägt sie auf seinen Händen in das Hotelzimmer. Sie reißen sich fast gegenseitig die Kleidung vom Laib. Beide sind extrem heiß aufeinander. Binnen Sekunden liegt er nackt auf sie. Er sieht ihr in die Augen. Ohne Vorspiel lässt er sein Glied in sie gleiten. Sanft und kreisend. Immer tiefer. Sie spürt jede Bewegung immer intensiver. Beißt ihm vor Wollust in die Schulter. Krallt ihre Finger in seinen Rücken. Stöhnt und seufzt. So hat sie noch keiner geliebt. Sie verdreht die Augen. So unbeschreiblich schön. Voller Gefühl. Nebenbei spielt er mit seinem Daumen an ihrem Kitzler. Bringt sie zum Höhepunkt. Sie schreit den Orgasmus raus. Jetzt fickt er sie hart. Gisas Gefühle explodieren. Er kommt und ergießt sich in ihr. Vereint liegen sie eine Weile umschlungen. Keuchend und küssend. Alle Last war verflogen. Dieser Quickie eine Stressbefreiung. Sie streicht ihm durchs Haar. Lächelt ihn an. „Ich bin glücklich mit dir", flüstert sie. Seine Augen glänzen. „Du bist was ganz Besonderes. Ich gebe dich nicht mehr her, flüstert er. Ich bin so froh, dass du bei uns bist." Er küsst sie leidenschaftlich. Gisas Herz pocht wie wild. Sie ist überglücklich. Seine Hände warm und zärtlich, streichen noch mal über ihren Körper. „So nun komm, sagt er leise, ich habe noch Geschäftliches zu erledigen. Du weißt, ich würde lieber mit dir hier bleiben, aber das geht nicht, tut mir leid." Er zieht einen Schmollmund. Gisa muss lachen. Sie küsst ihn. Ihre Augen leuchten. Streichelt durch sein Haar und sagt: „Wir haben noch viel Zeit füreinander." Sie sehen sich noch tief in die Augen. Dann ziehen sie sich an und fahren Hände haltend zum Krankenhaus. Dort begrüßt Gisa Paul mit einem flüchtigen Kuss und setzt sich auf den Hocker. Er merkt, dass was nicht stimmt. „Was ist los, mit dir?", fragt er. „Nichts antwortet sie. Tut mir leid, war wohl etwas zu viel für mich. Ich bin nur müde. Es ist einfach nur so viel passiert, das mich erschreckt hat." „Ja da hast du recht, sagt Paul. Und dann auch noch das herkommen. Wenn aber alles gut wird, bin ich in ein paar Tagen bei dir." Paul drückt ihre Hand. Gisa ist durcheinander. Sie liebt Paul, aber die Zeit mit Rolf war so wunderschön. Sie lächelt gequält. „Paul, bist du böse, wenn ich wieder gehe?", fragt sie ihn leicht traurig. „Nein, ruh dich aus, mein Engel. Die Mädchen brauchen dich. Wir haben uns ja bald. Komm her, befiehlt er sanft und zieht sie zu sich. Streichelt durch ihr Haar und küsst sie. „Ich verlass mich auf dich, flüstert er. Du bist doch mein Engel." Gisa löst sich von ihm und geht. Rolf wartet im Auto. Sie steigt dazu. „Alles in Ordnung?",

fragt Rolf. „Nein, sagt Gisa knapp. Ich bin erschöpft und
müde." „Ok, sagt Rolf und fährt sie nach Hause. Er will
ihre Hand halten, doch Gisa kauert sich mit verschränkten Armen in den Beifahrersitz. Guckt die ganze Fahrt
über schweigend aus dem Fenster. Sie ist völlig durcheinander. Spielt Szenen und Gespräche in ihrem Kopf ab.
Paul so kalt und sachlich. Seine Augen und ersten Berührungen und wie verliebt sie in ihn war. Dann Rolf.
Das ganze Gegenteil. Zärtlich und auf sie eingehend. Hat
auch beim ersten Mal in Mias Wohnung ihren betrun-
kenen Zustand, nicht ausgenutzt. Sie fühlt sich wie eine
Verräterin. Zuhause angekommen legt sie sich einge-
krümmt auf ihr Bett. Rolf legt sich hinter sie und seinen
Arm um sie. Drückt sich ganz fest an sie. Streicht durch
ihr Haar. „Soll ich bleiben?", fragt er sanft. „Ja bitte",
schluchzt sie. Gisa schläft ein. Träumt schlecht. Wälzt
sich hin und her. Als sie wach wird, sitzt Rolf neben ihr
und hält ihr einen Teller mit belegtem Brötchen und einer Tasse Tee hin. Er verwöhnt sie. „Soll ich immer noch
bleiben?", fragt er. „Da fragst du noch", lächelt sie und
stellt das Tablett zur Seite. Schlingt ihre Hände um seinen Hals und zieht ihn auf sich. Ihre Küsse fordernd.
„Langsam, sagt Rolf. Wir haben Zeit." Sie sehnt sich nach
Zärtlichkeit. „Noch mal wie gestern", flüstert sie. Sie
zieht ihn aus. Er legt sich auf sie. Lässt sein Glied langsam in sie gleiten. Gisa presst ihr Becken an seines, um
es noch tiefer in sich zu spüren. Langsam wiegt er sich
auf ihr. Immer intensiver. Dabei küssen sie sich zärtlich.
Ihre Augen glühen. Er dreht sich um, hebt sie auf sich.
Hüfte kreisend reitet sie ihn. Er zieht ihren Oberkörper
auf sich. Hält ihre Hände auf ihren Rücken und stößt sie
heftig. Gisa jammert und jauchzt. Ihre Augen verdrehen

sich. Jeder Stoß ein Genuss. Dann kommt er laut stöhnend in ihr. Er lässt sie los. Schnauft. Legt sie neben sich. Beginnt sie zu streicheln. Sie küsst ihn. „Gisa Telefon", schreit Anna durch den Flur. Zerreißt die Romantik. „Wer ist es denn?", fragt Rolf. „Harald, schreit Anna zurück. Er will wissen, warum Gisa nicht zur Arbeit kommt." „Oh, je. Das habe ich ja völlig vergessen", sagt Gisa. „Ich mach das", sagt Rolf und geht im Bademantel ans Telefon, im Flur. „Ich habe dich erst mal befreit, sagt Rolf als er zurückkommt. Du ruhst dich aus. Er hat Bea für den Club bestellt." Dann legt er sich wieder zu Gisa ins Bett. Streichelt und küsst sie. Lange und zärtlich. Bringt sie zum Höhepunkt. Dann legt er sie in seinen Arm und drückt sie an sich. Gisa fühlt sich sicher und geborgen. Kurze Zeit später kommt Anna, nach Aufforderung ins Zimmer. „Was ist denn hier los?", fragt sie. „Kuschelzeit, lacht Gisa. Komm her." Dabei klopft sie auf das Bett neben sich. Anna hüpft zu ihr ins Bett. Kuschelt sich an Gisa. Bea steht in der Tür. „Was geht hier denn ab?", fragt sie schmunzelnd. „Komm her", sagt Rolf. „Ne lass mal, das ist nix für mich", winkt Bea ab. „Ach nein?", sagt Rolf. Er springt aus dem Bett und wirft Bea quer über die anderen Mädchen. Alle lachen laut auf. „Rolf, mach doch bitte Fotos von uns Hübschen. Mein Handy liegt dort drüben", bittet Gisa. Er nimmt es und macht mehrere Spaßfotos mit den Dreien. Und die drei lassen sich verrückte Sachen einfallen. Stellungen und irre Grimassen. Kreischen und Lachen erfüllt den Raum. „So, sagt Anna schließlich. Es wird Zeit. Ich will noch zu Mattes." „Ich bring dich, sagt Rolf. Ich will mich noch mal bei ihm bedanken." Sie ziehen sich an und fahren los. Bea und Gisa gehen in die Küche zum Frühstücken. Nach einiger

Zeit kommt Rolf wieder. Breit lächelnd. „Sowas habe ich noch nie gesehen, erzählt er. Anna geht in den Laden und Mattes, fällt ihr weinend um den Hals. Immer wieder beteuernd, nichts von der Aktion gewusst zu haben. Unsere kleine Anna, nimmt ihn in den Arm und tröstet ihn. Sowas Herziges. Ich habe den beiden ein Zimmer im Hotel spendiert, mit Abendessen zu zweit. Vor Morgen sehen wir unsere Kleine nicht wieder." Rolf lächelt und seine Augen leuchten dabei. Jetzt lachen alle. Gemeinsam frühstücken sie zu Ende. „Wird ein langer Abend, bis später", verabschiedet sich Bea. Gisa räumt ab. Dann geht sie ins Bad und nimmt ein entspannendes Schaumbad. Rolf setzt sich, ihr gegenüber, dazu. Gisa spielt mit ihren Füßen, an seinen Hoden. Er nimmt ihre Füße und steckt seinen Schwanz dazwischen. Wichst sich langsam, bis er steif ist. Dann zieht er Gisa zu sich. Dreht sie um und sie setzt sich mit dem Rücken zu ihm auf seinen Schwanz. Reitet ihn. Er spielt mit seinem Finger an ihrem Kitzler. Minutenlang. Seufzend zuckt sie zusammen. Sie steigen aus der Wanne und gehen zur Waschmaschine. Gisa lehnt sich darauf und Rolf nimmt sie von hinten. Hält ihre Hände auf den Rücken und stößt sie, bis auch er kommt. Sie ziehen sich Bademäntel an und gehen zu Bett. Er dreht sie zu sich. Streichelt ihr Gesicht. „Danke dass du da bist, sagt er leise. Du tust uns allen so gut. Bea ist viel umgänglicher. Anna stärker und erwachsener und ich lerne Gefühle, die ich vergessen habe. Du hast mein Herz. Bitte geh nie wieder weg", flüstert er. „Niemals", antwortet sie und küsst ihn leidenschaftlich. Sie liebkosen und streicheln sich stundenlang. Liebe ist entfacht. Am Abend klopft Bea an Gisas Tür. „Rolf, bringst du mich zum Club oder soll ich mir ein Taxi nehmen?", fragt Bea. „Nein, schon gut, ich komme. Muss sowieso noch was erledigen", antwortet er. Er zieht sich an und fährt mit Bea los. Gisa setzt sich im Bademantel an ihren Sekretär und führt ihr Tagebuch fort. Es ist so viel passiert und sie braucht eine Weile, um es auf den neuesten Stand zu bringen. Wie sie zu Mia, Paul, Rolf und den Mädchen gekommen ist. Ihre Gefühle und ihren Zwiespalt zwischen Paul und Rolf. Stunden vergehen. Sie legt ihren Kopf auf ihre Arme und schläft ein. Geräusche im Flur wecken sie auf. Sie guckt nach. Rolf steht mit Bea im Flur. Sein Kopf gesenkt. Bea sieht fürchterlich aus. Zerzaust und zitternd an die Wand gelehnt. Blessuren im Gesicht und an den Armen. Rolf hilft Bea in die Küche. Jetzt sieht Gisa das Ausmaß im Küchenlicht. Blaues Auge, geplatzte Lippe. „Was ist passiert?", fragt Gisa entsetzt. Doch keine Antwort. Gisa geht zur Spüle befeuchtet ein Tuch und legt es Bea vorsichtig ans Gesicht. Dann sieht sie Rolf mit großen fragenden Augen an. Der senkt den Kopf. „Ich kümmere mich darum", sagt er Zähne knirschend. Gisa stützt Bea und bringt sie in ihr Zimmer. Hilft ihr beim Ausziehen. Sie sieht Beas Rücken und erschrickt. „Rolf ruf sofort einen Arzt", schreit sie. Er kommt ins Zimmer. Beas Rücken ist voller aufgeplatzter Peitschenstriemen. Rolf ruft den befreundeten Arzt Christoph an. Der kommt wenig später. Während er Bea untersucht setzt sich Gisa an den Küchentisch und Rolf steht hinter ihr. Seine Hände auf ihren Schultern. Christoph kommt zu ihnen. Setzt sich an den Tisch. Schluckt schwer. „Bea wurde schwer misshandelt auch vaginal, beginnt er. Ich habe ihr etwas gegen die Schmerzen gespritzt. In den nächsten Tagen kümmere ich mich persönlich um sie. Sie will niemanden Fremdes sehen und nicht ins Krankenhaus. Sie braucht jetzt viel Ruhe. Ich komme morgen früh wieder und bringe alles Notwendige mit." Rolfs Hände krallen sich in Gisas Schulter. Es tut weh, doch sie hält das aus. Gisa steht auf und macht ein Tablett mit Getränken zurecht. Dazu Strohhalme. Dann geht sie zu Bea. Die hat sich beschämt abgewendet. Dreht sich dann aber doch zu ihr. Nimmt ein Glas mit Strohhalm und einen großen Schluck. „Danke", flüstert sie. „Dafür nicht, sagt Gisa. Dafür nicht. Ich kümmere mich um dich. Du bist nicht allein." Gisa sitzt noch eine Weile neben Bea. Hält ihre Hand. Bea seufzt. Das Beruhigungsmittel fängt an zu wirken. Gisa lässt sie los. Bea dreht sich um und Gisa deckt sie zu. Gisa geht zurück zu Rolf in die Küche. „Ich muss noch mal weg", sagt der plötzlich. Bis später." Sein Gesicht kalt und verhärtet. Gisa verlangt nicht einmal einen Kuss. Dann gehen beide Männer aus der Wohnung. Gisa setzt sich an ihren Sekretär. Sie erinnert sich an die erste Begegnung mit Bea. „So schön, so stark, so kühl. Eine Traumfrau. Perfekt in jedem Detail. Und jetzt, ein Häufchen Elend. Wer tut so etwas?", schreibt sie in ihr Tagebuch. Ihr rinnen Tränen übers Gesicht. Sie holt ihr Handy raus und sieht sich die Spaßfotos an. Beas Lachen. Ihr Strahlen. Die Mädchen albern und voller Lebensfreude. Gisa krümmt sich vor Seelenschmerz und sinkt weinend zu Boden. Rolf kommt nach Hause. Sieht sie, zusammengerollt und zitternd, am Boden liegen. Mit dem Handy in der Hand. „Oh, mein Herz, sagt er und stürmt zu ihr. Tu dir das doch nicht an. Alles wird wieder gut." Er trägt sie zum Bett. Legt sie darauf und sich daneben. Nimmt sie ganz fest in den Arm. Gisa weint hemmungslos, bis keine Träne mehr kommt. Sie beruhigt sich langsam. Denkt nach.

Dann steigt in ihr die Wut hoch. „Bestrafst du diese Bestie?", fragt sie ihn. „Ja, antwortet er. Schon geschehen." „Gut", sagt sie kalt. Dann rappelt sie sich auf. „Wo willst du hin?", fragt Rolf. „Nur eben sehen ob Bea etwas braucht", antwortet sie. „In Ordnung, aber komm gleich wieder", fordert er. Gisa öffnet, leise und ganz vorsichtig, Beas Tür. Die liegt eingehüllt in ihrer Decke und schläft. Gisa geht zurück zu Rolf und legt sich mit dem Rücken zu ihm ins Bett. Sie legt seinen Arm um sich und hält ihn ganz fest. Rolf drückt sie, ganz fest an sich. Seinen Kopf auf ihrem. Gisa fühlt sich beschützt und sicher. Sie schläft ein. Als sie wach wird, springt sie aus dem Bett und hetzt zu Bea. Anna sitzt bei Bea am Bett. Sie ist vor Kurzem nach Hause gekommen und hat erfahren was passiert ist. Sie sieht Gisa und fällt ihr die Arme. Gisa guckt sie von oben bis unten an, als würde sie etwas suchen. „Nein, Gisa, bei mir ist alles bestens. Keine Sorge", sagt Anna. Dann lässt Gisa sie los und setzt sich zu Bea ans Bett. Nimmt deren Hand und streichelt sie. „Brauchst du Etwas?, fragt Gisa. Ich muss gleich einkaufen." Bea nennt ein paar Dinge. Es klingelt. Anna öffnet die Tür. „Christoph ist da, ruft sie über den Flur." Gisa gibt Bea einen Wangenkuss und geht mit Anna zu Rolf in die Küche. Dort warten sie Tee trinkend auf Christoph. Schweigend. Nach einer Weile kommt er dazu. „Bea sieht schon viel besser aus, bemerkt er, aber ich mache mir eher Sorgen um ihre Psyche. Sollte sie irgendwelche Zeichen erkennen lassen, übergebe ich sie direkt an einen befreundeten Psychiater. Soweit komme ich jeden Tag und versorge sie, so gut ich kann. Aber du Gisa siehst etwas erschöpft aus. Bitte gönne dir etwas Ruhe. Hab keine Angst, wir schaffen das schon, beruhigt er sie." „Ich mach ihr Lieblingsessen,

sagt Anna plötzlich euphorisch. Spaghetti Bolognese."
Gisa muss lachen. „Gute Idee, bestärkt sie Gisa, ich bringe
gleich alles mit." Christophs Augen haften an Gisas Körper. Lange sieht er ihr auf den Mund. Gisa hat das bemerkt und leckt sich wiederholt verspielt zwischen den
Sätzen über die Lippen. Rolf beobachtet das Schauspiel
und muss schmunzeln. Christoph räuspert sich. „So,
dann bis heute Abend", verabschiedet er sich. „Gisa, machts
dir was aus, wenn ich noch zu Mattes gehe?", fragt Anna.
Er hat neue Kostüme bekommen und ich will helfen sie
im Lager einzusortieren." „Ja, Adamskostüme", lacht
Rolf. „Nein, geh ruhig. Wir Essen nachher zusammen.
Gib Mattes einen Kuss von mir", sagt Gisa. „Nicht nur
einen", strahlt Anna und rennt aus der Tür. Rolf verabschiedet sich auch. Er muss noch Geschäftliches erledigen. Gisa macht sich zurecht, sieht noch mal nach Bea
und geht einkaufen. Sie wirft das Benötigte in den Ein-
kaufswagen und schlendert zum Blumenstand. Riecht
an einem großen bunten Strauß. Sie lächelt. „Und, wo-
nach riecht er?", fragt sie eine sanfte Stimme. Christoph
steht hinter ihr. Sie dreht sich um und lächelt ihn an.
„Hallo, den nehme ich für Bea mit", sagt sie. „Gute Idee,
sagt Christoph. Sie braucht jetzt jede Aufmunterung."
Und wieder verharren seine Blicke auf ihrem Mund. Gisa
dreht sich weg. Er räuspert sich. „Wollen wir einen Kaffee zusammen trinken?", fragt er und zeigt auf ein Bistro an der Ecke. „Tut mir leid, antwortet Gisa, aber ich
möchte Bea nicht so lange allein lassen. Ein anderes Mal
gerne." Er nickt. Dann geht sie nach Hause. Dort angekommen, schneidet sie die Blumen an und steckt sie
fluffig in eine Vase. Bereitet ein Tablett, mit Getränken
und Süßigkeiten in jeglicher Art. Dann geht sie zu Bea.

„Wunderschön sagt die, als sie den Blumenstrauß sieht. Vielen Dank." Gisa setzt sich mit dem Tablett auf Beas Bett. „So, nun erzähl ich dir mal, wie ich zu euch gekommen bin", lenkt Gisa sie ab. Naschend und voller Emotionen erzählt sie von Mia und ihrer ersten Erfahrung mit ihr. Mit einer Frau geschlafen zu haben. Und das Zusammentreffen mit Rolf und Paul. Wie unsicher sie war und alles so neu. Und jetzt verunsichert ist, weil sie Paul zwar immer noch sehr gern hat, sich aber mittlerweile zu Rolf hingezogen fühlt. Die Mädchen reden und genießen die Zeit. Bea wird müde und Gisa zieht sich zurück. Nachmittags kommt Anna zurück und beginnt das Essen für Bea zu kochen. Rolf kommt auch nach ein paar Minuten. „Super, sagt Gisa, dann können wir ja gleich zusammen essen." Sie füllen vier Teller auf und setzen sich zu Bea ans Bett. Bea will ablehnen, doch Gisa bittet sie, wenigstens ein paar Bissen zu nehmen. Nach einem halben Teller ist Bea satt. „In Ordnung, sagt Gisa, das reicht schon." Sie räumen alles weg. Anna geht in die Wanne und Rolf zieht Gisa mit sich ins Zimmer. „Danke", flüstert er und zieht sie ganz fest an sich. Er muss nicht sagen wofür. Sie weiß es. Er drückt ihren Unterleib ganz fest an seinen. Sie fühlt seine Erregung. Hier bewahrheitet sich der Spruch: „Liebe geht durch den Magen!" Er stellt sie aufs Bett. Gisa zieht ihr T-Shirt aus und Rolf öffnet ihre Hose. Er küsst ihren Bauchnabel. Spielt mit seiner Zunge daran. Gisa muss lachen. Es kitzelt. Dann streift er ihre Hose runter. Küsst und leckt ihre Lenden. Langsam gleitet seine Zunge ihren Schoß entlang. Er genießt jeden Zentimeter. Gisa lehnt sich an die Wand. Weit dehnt er ihre Schamlippen und sticht ihre Liebesperle mit seiner Zunge. Leckt und schlürft. Gisa wackelt. Ihre Beine zittern. Sie sinkt zusammen. Er leckt und fingert sie im Liegen zum Höhepunkt. Sie beißt in ihr Kissen, damit sie nicht schreit. „Fick mich", fleht sie leise. Rolf legt ihre Beine auf seine Schulter und stößt sie ausdauernd und gleichmäßig. Gisa krallt sich ins Betttuch. Wirft den Kopf hin und her. Ihr schwinden die Sinne. Dann hört er auf. Zieht sie vor das Bett. Sie lehnt mit dem Oberkörper darauf. Er kniet sich hinter sie und nimmt sie heftig. Sie jammert. Beißt in die Decke. Niemand soll ihr Stöhnen hören. Rolf nimmt ihre Hände auf den Rücken und stößt sie, bis er kommt. Er ergießt sich auf ihrem Po. Ein paar Minuten später liegen sie sich unter der Decke in den Armen. Er nimmt ihr Kinn und sieht ihr lange in die Augen. „Was ist?", fragt sie. „Du bist so wunderschön", lächelt er. Seine Augen glänzen. Er küsst sie sinnlich und voller Leidenschaft. Ihr Herz pocht wie wild. Nach einer Weile schlafen sie ein. Am nächsten Morgen gehen sie duschen und setzen sich an den Küchentisch. Nach dem Frühstück muss Rolf noch mal weg und Gisa sitzt noch eine Weile im Badetuch eingehüllt am Küchentisch und trinkt Tee. Etwas später klingelt es. Gisa öffnet. Christoph kommt, um Bea zu verarzten. Gisa tänzelt vor ihm her in die Küche. Ihr feuchtes, glänzendes blondes Haar, liegt auf ihren zarten Schultern. Ihr Po zeichnet sich ab und wackelt aufreizend. Christoph starrt darauf. Er geht zu Bea. Als er fertig ist kommt er zu Gisa in die Küche und setzt sich ihr gegenüber. Erklärt ihr die Medikamente und Dosierungen. Starrt Gisa dabei abwechselnd auf die Lippen und Brüste. Gisa stellt ein Bein auf den anderen Stuhl und ihr Badetuch verrutscht dabei. Es spaltet sich und Christoph sieht ihren schönen Körper. Die Schamlippen zart und rosa. Ihr

Kitzler sticht hervor. Gisa leckt sich über die Lippen. Streichelt ihre Innenschenkel. Seufzt und schließt die Augen. Spielt mit dem Finger an ihrem Schlitz. Christoph kann nicht mehr. Er stürzt zu ihr und kniet sich zwischen ihre Beine. Leckt gierig ihre Spalte. Gisa rutscht mit ihrem Po etwas nach vorne, damit Christoph sie Fingern kann. Er tut es. Bringt sie leckend und fingernd zum Orgasmus. Dann stellt er sie an den Tresen und nimmt sie von hinten. Fickt sie hart und schnell. Wenig später kommt er auf ihrem Po. Schnaufend macht er sie, mit einem Küchentuch, sauber. Setzt sich auf einen Stuhl und zieht sie auf sich. „Du bist wunderbar, haucht er. Kein Wunder, dass sich alle so wohl fühlen. Auch Bea geht es schon sehr viel besser. Das ist dir zu verdanken. Deine Liebe und offene Art tut allen so gut, bemerkt er." Gisa lächelt. Gibt ihm einen dicken Kuss. Dann steht sie auf und wirft sich ihr Badehandtuch wieder um. Christoph verabschiedet sich und geht. Gisa macht ein paar Snacks zurecht und setzt sich zu Bea. Sie unterhalten sich. Auch über Christoph. Sie lachen und haben viel Spaß. Es klingelt. Gisa geht gut gelaunt zur Tür. Ihr Lachen verstummt. Ihr Gesicht verdunkelt sich. Harald steht vor der Tür. Wut steigt in ihr hoch. Und er bemerkt das. „Willst du mich nicht reinlassen?", fragt er. „Nein, antwortet sie schroff. Was du Bea angetan hast, verzeih ich dir nie. Ich würde dich am liebsten schlagen", schreit sie. „Halt Gisa nicht hier. Lass mich bitte rein. Nicht hier im Flur", bettelt er. Sie brennt vor Zorn und geht voraus in die Küche. Harald folgt ihr. Sie stellt sich an die eine Seite des Raumes. Als er auf sie zugehen will, hebt sie die Hand zur Abwehr. Er bleibt stehen. „Ich war das nicht, sagt er leise, frag Bea". „Das ist mir scheiß egal, schreit

Gisa. Du hast sie abgeholt. Es ist dein Club. Du musst dort gewesen sein." Sie platzt. Ihr rinnen die Tränen über die Wangen. Er will auf sie zugehen, doch Gisa hebt erneut die Hand. „Fass mich nicht an, schreit sie. Nie wieder. Jetzt platzt alles aus ihr heraus. Ich kündige. Das verzeih ich dir nie." Rolf, der das Geschrei schon im Treppenhaus gehört hat, rennt in die Küche. Gisa sinkt weinend zu Boden. Er kann sie gerade noch auffangen. „Hau ab, schreit er Harald an. Du siehst doch, dass sie fertig ist." Harald geht mit gesenktem Kopf an ihm vorbei. Er bleibt kurz stehen. Erklär ihr bitte, dass ich das nicht war, bitte", sagt er. Dann geht er. Gisa klammert sich an Rolfs Hals fest. Der trägt sie zu ihrem Bett. Zitternd klammert sie sich ganz fest an ihn. Schluchzt und seufzt. „Mein Herz, mein armes kleines Herz", flüstert er und streicht durch ihr Haar. Bea, die das Geschrei auch gehört hat, quält sich aus ihrem Bett und steht in Gisas Zimmertür. „Komm, sagt Rolf und klopft auf die Bettkante, erzähl Gisa alles. Das tut auch dir gut. Ich mach uns Tee." Rolf steht auf und tauscht mit Bea den Platz. Gisa lehnt sich in Beas Arm. Teilweise weinend erzählt Bea was passiert war. Auch das Harald gar nicht da war, weil er sie (Gisa)wollte und gegangen ist. „Das ist mir egal, sagt Gisa trotzig. Das verzeih ich ihm nicht." Nachdem sich Gisa wieder beruhigt hat, bringt sie Bea zurück in deren Zimmer. „Ich bring dir gleich eine Tasse Tee", sagt Gisa. Dann geht sie in die Küche. Rolf steht am Tresen. Schweigend. Entsetzt und enttäuscht sieht Gisa ihn an. „Würde das einer mit dir machen, sagt er knirschend, töte ich ihn." Sein Blick furchteinflößend. Er hat alles mit angehört. Sie geht zu ihm und drängt in seine Arme. „Halt mich fest, bittet sie, ganz fest." Er tut es und zerquetscht sie fast. Küsst sie wild und heftig. „Du gehörst zu mir", sagt er bestimmt. „Bea wartet auf ihren Tee", sagt Gisa. Sie gehen gemeinsam zu Bea. Setzen sich zu ihr und unterhalten sich. „Gisa, sagt Bea, mach deine Ausbildung. Er kann nichts dafür. Du musst nicht verzichten. Ich bitte dich." „Mal sehen", antwortet Gisa forsch. Anna kommt pfeifend in die Wohnung. Alle sehen sich an und sind sich wortlos einig, dass Anna ihnen nichts anmerken soll. Sie setzen andere Mimiken auf. Anna kommt hereingestürmt und strahlt über beide Ohren. „Oh, war das ein schöner Tag, schwärmt sie und setzt sich an das Bettende. „Na, dann lass uns an deinem Glück teilhaben", fordert Gisa sie auf. Anna erzählt. Und wisst ihr schon, dass Mattes eigenständig ist. Das ist sein Kostümverleih." „Na, da hast du ja das große Los gezogen", lacht Rolf. „Ja", sagt Anna und ist überglücklich. Gisa nimmt sie in den Arm. „Ich freue mich so für dich", sagt sie. „Muss noch jemand ins Bad, fragt Anna, ich würde gern baden." „Nein geh ruhig", sagt Gisa, nachdem sie sich bei den anderen vergewissert hat. Bea gähnt. „Komm, sagt Rolf und zieht Gisa mit sich. Es war ein langer Tag." Gisa gibt Bea noch schnell ein Kuss auf die Wange. In ihrem Zimmer zieht Rolf sie aus. Langsam und genüsslich. Nackt steht sie vor ihm. Er sieht sie schweigend an. Lange. Von oben bis unten. Gisa wird ungeduldig. „Was ist?", fragt sie ihn. Du bist so wunderschön, flüstert er. Ich liebe jeden Zentimeter an dir. Er sieht sie mit feuchten Augen an. Geh nie wieder weg, bittet er flüsternd." Sie umschlingt seinen Hals. „Du wirst mich nicht mehr los", lacht sie. Sie kniet sich vor ihn und öffnet sein Hemd. Knopf für Knopf. Streichelt seine leicht behaarte Brust. Spielt an seinen Nippeln. Zupft und knetet sie. Er schnauft.

Will sie küssen, doch Gisa zieht den Kopf zurück. Erneut zieht sie an seiner Brustwarze. Heftig. „Aua, zischt Rolf, das kriegst du wieder, du kleines Biest", lächelt er. Er packt sie und schmeißt sie aufs Bett. Saugt und beißt an ihren Nippeln. Seine Lippen wandern über ihren ganzen Körper. Weit spreizt er ihre Beine. Liebkost ihren Schlitz mit seiner Zunge. Beißt zärtlich ihre Liebesperle. Gisa zuckt. Seufzt und quiekt gelegentlich auf. Er bringt sie um den Verstand. Öffnet seine Hose und schiebt sein Glied ihre Grotte. Kraftvoll, auf seinen Armen gestützt, stößt er sie. Gisa krallt sich ins Bettzeug. Sie explodiert vor Wollust. Er legt sich auf sie. Kreist mit seiner Hüfte. Minutenlang. Bringt Gisa zum Beben. Sie lehnt ihren Kopf an seine Schulter. Beißt in seinen Hals. Er kommt. Seufzend liegt er auf ihr. „Ich liebe dich", flüstert er. „Und ich dich", antwortet sie strahlend. Sie drückt ihn ganz fest an sich. Lange liegen sie vereint auf dem Bett. Nach einer Weile klingelt Rolfs Handy. „Ja, ich gebe sie dir, sagt er und hält Gisa das Telefon hin. Harald will dich sprechen. Doch Gisa will ablehnen. „Nimm", befiehlt Rolf. Gisa nimmt es und antwortet kühl, „Ja bitte?" „Bitte, komme morgen wieder zur Arbeit, sagt Harald. Ich erklär dir alles. Lass uns reden. Verbau dir nicht die Zukunft. Ich bitte dich." „In Ordnung, sagt Gisa und legt auf. Rolf, ich weiß, dass Harald einer eurer besten Kunden ist, aber würdet ihr es hinnehmen, wenn ich ihn nicht mehr bedienen wollen würde." „Selbstverständlich, antwortet Rolf. Es gibt genug andere, die den Job übernehmen können. Ich will nicht, dass du für irgendjemanden etwas tust, was du nicht willst. Niemals." Er nimmt ihren Kopf in seine Hände und küsst sie zärtlich. „Hier geht es allein nur um deine Ausbildung, ok?", ergänzt er.

„In Ordnung", sagt sie. Sie verbringen den Tag mit Bea, Fernsehen gucken und Pläne schmieden. Dann schlafen sie ein. Gisa schläft wenig und unruhig. Noch bevor der Wecker klingelt steht sie auf. Um Rolf nicht zu stören nimmt sie ihre Sachen mit ins Bad und macht sich zurecht. Bevor sie geht, sieht sie noch mal nach Bea. „Brauchst du noch etwas?", fragt sie Bea. „Nein, alles gut. Finde ich echt gut von dir, dass du deine Ausbildung weiter machst", sagt Bea stolz. „Abwarten, sagt Gisa kühl. Rolf ist noch hier, wenn du was brauchst, bis später." Mit einem Luftkuss und „Hab dich lieb", verabschiedet sie sich. In der Firma angekommen, begrüßt sie Frau Meyer. Sie will Gisa ins Chefbüro führen. „Frau Meyer, ist dort drin mein Arbeitsplatz?", fragt Gisa. „Nein, antwortet die Sekretärin. Der Schreibtisch dort am Fenster." „Gut dann geh ich jetzt an die Arbeit", sagt Gisa bestimmt. Sie setzt sich an den Schreibtisch und macht sich mit ihrer Aufgabe vertraut. Frau Meyer funkt zum Chef: „Frau Klinke ist jetzt angekommen." „Schicken sie sie rein", antwortet er. „Tut mir leid, Chef. Frau Klinke bestand darauf an ihren Arbeitsplatz zu gehen." Seine Bürotür öffnet sich. Er steht in der Tür und sieht zu Gisa rüber. Doch die reagiert nicht. Dann geht er ungeduldig zu ihr. „Guten Morgen, Gisa", begrüßt er sie. „Guten Morgen", erwidert sie kalt und würdigt ihm keines Blickes. „Darf ich sie in mein Büro bitten?", fordert er sie auf. Gisa steht auf und geht mit erhobenem Kopf voraus. Sie stellt sich in seinem Büro an das Fenster und verschränkt die Arme. Harald bleibt an der Tür stehen. „Gisa bitte", hört sie ihn leise sagen. „Ich bin nur hier, weil Bea mich gebeten hat. Ich kann auch wieder gehen", poltert sie los. „Bitte rede mit mir", sagt er sanft. Und dann laufen Gisa die Tränen übers Gesicht. „Sie konnte sich nicht wehren, schluchzt sie. Nicht um Hilfe rufen, schreit sie. Er hat sie geknebelt. Gisa zittert. Diese scheiß Knebel. Gefesselt und geknebelt. Er hat ihr so weh getan. Wie kann man so einer Schönheit nur so weh tun? Das geht mir nicht in meinen Kopf." Gisa sinkt weinend zusammen. Harald stürzt zu ihr. Er legt sie auf die Couch. Frau Meyer kommt ins Büro. „Chef alles in Ordnung?", fragt sie. „Rufen sie Christoph an. Ich glaube Frau Klinke hat einen Schock", befiehlt er. Gisa liegt zitternd und Augen verdrehend auf der Couch. Wild brabbelnd. Viele Worte ohne Zusammenhalt. Harald hält ihre Hand, während sie auf Christoph warten. Versucht beruhigend auf sie einzureden. Nach einer Weile kommt Christoph. „Alles wird gut, ich schwöre es", sagt der und zieht eine Beruhigungsspritze auf. Gisa wird langsam ruhiger. „Harald", sagt sie plötzlich. Der stürzt zu ihr. „Was ist", fragt er und greift ihre Hand. „Keine Knebel, versprich es mir. Keine Knebel in deinem Club. Versprich es", fleht sie. „Ich verspreche es", sagt Harald. Gisa seufzt tief und dreht den Kopf zur Seite. Die Spritze wirkt. Sie zittert kaum noch. Die Tür fliegt auf. Rolf stürzt herein. Harald hat ihn angerufen, während er auf Christoph wartete. „Gisa mein Herz, was ist?", fragt er sie zärtlich. Doch Gisa ist weggetreten. Sie nimmt nichts mehr wahr. „Was ist hier los?", fragt Rolf zornig. Harald erzählt was geschehen ist. Rolf nimmt Gisa auf den Arm und trägt sie zum Auto. Christoph folgt ihm. „Sie steht unter Schock, sagt er zu Rolf. Sie hat uns allen die Harte vorgespielt, dabei ist sie zerbrechlich wie Glas. Sie braucht Ruhe. Bring sie doch zur Hütte", schlägt Christoph vor. Anna und ich kümmern uns um Bea." „Gute Idee", bestätigt Rolf. Dann fährt er sie zur Hütte. Legt sie aufs Bett und deckt sie zu. Durch die Spritze schläft sie tief. Rolf fährt schnell zu den Mädchen, bespricht alles mit ihnen und schnappt sich ein paar Sachen zum Wechseln. Dann rast er wieder zu Gisa. Die schläft immer noch und Rolf packt in Ruhe aus. Gisa wälzt sich unruhig hin und her. Rolf hält ihre Hand. Dann schreit sie plötzlich: „Nicht, nein, bitte, lass das." Dann sinkt sie ins Kissen. Rolf tupft ihr den Schweiß von der Stirn. Immer wieder ruft Gisa diese Worte. Zittert. Nach einer Weile ruft Rolf Christoph an und der kommt auch sehr schnell vorbei. Er überprüft Gisas Allgemeinzustand, und zieht noch eine Spritze auf. Rolf hält ihn am Arm. „Nur wenig", besänftigt Christoph Rolf. Er hat Rolf, diesen großen furchteinflößenden Mann noch nie so verletzlich gesehen. Besorgt. Emotional. „Du liebst sie?", stellt er fest. „Ja, antwortet Rolf. Sehr. So einen Menschen triffst du selten. Du weißt ich kenne viele. Und auch du hast schon gemerkt, wie sich die Mädchen verändert haben. Bea ist viel umgänglicher und Anna Stärker. Er guckt zu Gisa. Dieses Mädchen, Frau, ist faszinierend. Schön, intelligent, wild, verrückt und voller Liebe. Sowas habe ich noch nie erlebt. Ich gebe sie nicht mehr her." Rolf schwärmt dermaßen, dass auch Christoph sich an Gisas Verführung erinnert. „Ja, sagt Christoph, sie ist umwerfend." Gisa seufzt und wälzt sich hin und her. „Nicht, nein", ruft sie. „Sie muss etwas erlebt haben, was sie nicht verarbeiten kann", sagt Christoph. Er geht zu ihr. Setzt sich an ihre Seite und fragt sie: „Was nicht. Gisa sag es mir, was soll nicht?". Immer wieder fragt er sie. „Du tust mir weh, warum tust du das? Bitte hör auf", schluchzt sie. Erneut hakt Christoph nach. „Warum, fragt Gisa. Warum tust du das? Bitte lass das doch. Du tust mir weh, Papa." Wild fuchtelt Gisa mit ihren Armen zur Abwehr. Christoph und Rolf läuft es eiskalt den Rücken runter. Christoph, hält ihre Arme fest. „Gisa hör mir zu, Sie sind alle tot. Hörst du? Alle die dir weh tun sind tot. Sie können dir nicht mehr weh tun. Gisa wird ruhiger. Christoph wiederholt die Worte, bis sie eingeschlafen ist. „Rolf, sagt Christoph, das darf sie nie erfahren. Das wir ihr Geheimnis kennen. Niemals", nickt Rolf. „Lass uns was trinken, fordert er Christoph auf und geht mit ihm zur Bar. Christoph trinkt sein Glas zügig leer. „Ich mach die Krankmeldung fertig und bring sie Harald. Erzähle ihm aber nur das Notwendigste. Dann fahr ich zu den Mädchen. Du kannst mich jederzeit anrufen. Doch eigentlich sollte sie jetzt schlafen." Rolf klopft ihm auf die Schulter. Dann geht Christoph. Rolf stellt sich ans Fenster. Die Sonnenstrahlen glitzern auf dem See. Alles ist ruhig. Gisa wälzt sich erneut. Rolf legt sich neben sie und nimmt sie in den Arm. Legt ihren Kopf an seine Brust. „Hier, das ist nur für dich", flüstert er und drückt ihren Kopf an sein Herz. Gisa atmet auf und schläft ruhig. In der Nacht wacht sie auf. Rolf hat das Flurlicht angelassen, damit sie sich orientieren kann. Sie setzt sich auf und sieht sich um. Noch immer voll bekleidet steht sie auf und geht zur Terrassentür. Sie öffnet diese. Tritt auf die Terrasse und ein märchenhafter Anblick offenbart sich. Über ihr ein leuchtender Sternenhimmel. Der Mond spiegelt sich auf dem See. Sie schließt die Augen und atmet tief durch. Rolf steht plötzlich hinter ihr. Umfasst ihre Hüfte. Zärtlich küsst er ihren Hals. „Hallo, mein Herz", flüstert er. Sie seufzt. „Was ist passiert?", fragt sie vorsichtig. „Alles gut, du warst nur überfordert. Ist ja auch eine Menge passiert. Dein Körper braucht

Ruhe. Wir nehmen uns eine Auszeit. Machen es uns hier gemütlich. Christoph kümmert sich um alles. Bea wird von ihm und Anna versorgt." Er dreht sie um. Seine Augen funkeln im Mondlicht. Gütig und voller Liebe sein Blick. Sie legt ihre Arme um seinen Hals. „Kann man hier auch Nacktbaden?", fragt sie und küsst ihn. Er schält sie zärtlich aus ihren Sachen. Streichelt dabei Brustwarzen und Innenschenkel. Hebt sie hoch und schiebt die Sachen zur Seite. Dann schält sie ihn aus den Klamotten. Sie streichelt sein erregtes Glied. Er trägt sie zum See. Geht mit ihr bis zur Hüfte hinein. Lässt sie auf seinen Schwanz gleiten. Hebt sie sanft rauf und runter. Gisa jammert und krallt ihre Hände in seine Schultern. Sie zittert. Rolf hört auf. Geht mit ihr zur Gartenliege und legt sich mit ihr darauf. Gisa liegt auf ihn und rutscht wieder auf seinen Schwanz. Er hält ihre Hüfte, um sie abzuhalten. „Lass mich", haucht sie. Langsam wiegt sie sich auf ihm. Bringt ihn zum Höhepunkt. Rolf legt Gisa neben sich. Fingert sie und spielt mit ihrem Kitzler. Gisa kommt laut stöhnend. Sie zittert heftig. Er deckt sie und sich zu. Legt sie in seinen Arm und ihren Kopf an seine Brust. „Deins, flüstert er. Deins." Gisa hört seinen Herzschlag. „Meins?", fragt sie. „Ja, deins", bestätigt er sanft. Gisa dreht sich um und guckt in die Sterne. Sie fängt an zu frieren. Rolf bringt sie ins Bett. Küsst und deckt sie zu. Lange sitzt er neben ihr und betrachtet sie. Ihr Schlaf unruhig. Er legt sich neben sie. Drückt ihren Kopf wieder an seine Brust. Streichelt ihre Ohrläppchen. Alles an ihr möchte er verwöhnen und liebkosen. Am nächsten Morgen weckt Rolf sie mit einem Frühstück im Bett. Er war schon früh los und hat frische Brötchen und Croissants besorgt. Rolf spielt mit der Spitze eines Croissants an ihrem Mund. Gisa beißt wie ein wildes Tier zu. „Aua, lacht Rolf. Guten Morgen, mein Herz, flüstert er. Frühstücken." Er setzt sich ihr gegenüber und stellt ein Tablett mit Saft, Brötchen, Butter und Marmelade, zwischen sie. Er beschmiert ein Croissant mit Marmelade und umkreist damit ihre Lippen. Gisa spielt mit ihrer Zunge daran. Leckt, lutscht und saugt daran. Rolf starrt auf ihren Mund. Stellt das Tablett zur Seite und küsst ihr die Reste vom Mund. Zieht sie aufs Bett und legt sich auf sie. Er knabbert an ihren Lippen. Sein Verlangen spürbar. Sie drückt ihn von sich runter, zieht ihn aus und bestreicht sein Glied mit Marmelade. Gierig verwöhnt sie ihn. Er seufzt. Zärtlich beißt sie seine Eichel. Lutscht und saugt ihn um den Verstand. Kurz bevor er kommt, hört sie auf. Und sie wiederholt das Spiel. Rolf stöhnt und schnauft laut. Wieder hört sie auf. Jetzt hält er es nicht mehr aus. „Das kriegst du wieder, du Biest", keucht er. Er dreht sie um und bestreicht ihren Schlitz mit Marmelade. Seine Zunge tanzt wild an ihrem Kitzler. Er hält ihre Hände fest und leckt sie zum Höhepunkt. Gisa schreit ihren Orgasmus raus. Dann legt er ihre Beine auf seine Schulter und fickt sie hart und schnell. Gisa keucht und fleht. Rolf ergießt sich in ihr. Gisa liegt wimmernd vor ihm. Sie fängt an zu weinen. Rolf ist verstört. „Was ist? Tut dir was weh? Habe ich was falsch gemacht, bitte sag es mir", fragt er verzweifelt. „Nein, alles gut, schluchzt sie. Ich muss nur weinen, ich weiß auch nicht wieso. Meine Gefühle sind völlig durcheinander. Ich liebe dich, glaube mir", schluchzt sie. Rolf nimmt sie in den Arm. „Komm, sagt er, weine dich mal richtig aus. Ich halte dich. Immer. Ich liebe dich." Nach einiger Zeit gehen sie duschen, ziehen sich an und gehen, Hand in Hand, am See spazieren.

Lassen sich Essen liefern und genießen den Tag, faulenzend auf der Gartenliege. Gisa zittert. Er holt eine Wolldecke und deckt sie zu. Sie legt sich auf seinen Bauch. Den Blick in den Sonnenuntergang. Etwas später, sieht sie eine Sternschnuppe am Himmelszelt. Rolf fordert sie auf, sich etwas zu wünschen. Gisa schließt die Augen und seufzt tief. „So unerfüllbar", fragt er sie. „Eigentlich nicht, antwortet sie. Doch zu schön, um wahr zu sein ", flüstert sie bedauernd. Er ahnt ihren Wunsch. „Würde ich dir denn genügen?", fragt er und streichelt ihre Wange. Sie dreht sich auf ihm um. Küsst ihn lange und zärtlich. „Du weißt schon, dass du mir gerade einen Antrag gemacht hast", fragt er ernst. Sie streichelt seine Lippen. „Willst du mich denn nicht?", fragt sie mit einem Schmollmund. „Nur dich", lacht er und hebt sie hoch. Lässt sie über sich schweben. Seine Augen funkeln. Er lässt sie auf seinen Körper gleiten. Küsst sie zärtlich. Er würde gern mehr, verrät sein wachsendes Glied. Doch er hält sich zurück. Es wird kalt und Rolf bringt sie ins Bett. Legt sich neben Sie und hält sie fest. Sie fühlt, sie ist sein. „Morgen wird sich ausgeruht, sagt er streng. Auch kein Sex." „Wieso, habe ich was falsch gemacht?", fragt sie. „Natürlich nicht, lacht Rolf. Es gibt nichts Schöneres für mich, als dich zu berühren. Aber du brauchst Ruhe. Deine Gefühlswelt ist durcheinander. Du musst runterkommen. Was wäre ich für ein Ehemann, wenn mir deine Gesundheit egal wäre." „Ehemann?", wiederholt sie. Und ihre Augen strahlen. Er lächelt sie an und nickt. Sie fällt ihm an den Hals und küsst ihn heftig. „Dann musst du mir aber die Hände binden", lacht sie. „Führ mich nicht in Versuchung", antwortet er. Gisa fühlt sein Verlangen. Sie rutscht an ihm herunter und verwöhnt ihn mit dem

Mund. Genießt jeden Tropfen seines Liebessaftes. Dann legt sie sich brav in seinen Arm. Er drückt sie fest an sich und schlafen zufrieden ein. Gisa schläft ruhig. Am nächsten Morgen setzen sie sich, zum Frühstücken, auf die Terrasse. Rolf hat Gisa eine Leinwand, Farben und Pinsel hingestellt. Während er sich telefonisch um seine Geschäfte kümmert, beginnt Gisa mit den Farben zu experimentieren. Sie hat die erste Leinwand wild und wirr beschmiert. Dann setzt sie sich zu Rolf an den Tisch. Gisa spielt mit jedem Bissen, in ihrem Mund. Leckt sich auffallend über die Lippen. Spielt mit ihrer Zunge an der Gabel. Doch Rolf reagiert nicht. Sie lässt Finger und Zunge am Glasrand kreisen. Setzt dabei einen verführerischen Blick auf. Doch Rolf liest Zeitung. Mit Absicht schüttet sie sich Saft über das T-Shirt. „Ups", sagt sie laut. Dann zieht sie sich das Shirt über den Kopf. Streckt sich ganz lang. Jede Rippe zeichnet sich unter ihrer Haut ab. Die prallen Brüste hüpfen. Doch Rolf bleibt hart. Sie zieht ihren Slip aus und setzt sich nackt vor ihn auf den Tisch. Lehnt sich zurück und spielt an ihrem Kitzler. Jetzt kann Rolf nicht mehr. Wirft die Zeitung zur Seite und züngelt ihre Liebesperle. „Du kleines Biest, schimpft er zärtlich. Du sollst doch nicht." „Nimm mich bitte", fleht sie. Gisa rekelt sich auf dem Tisch. Er fingert und züngelt sie zum Höhepunkt. Gisa bebt vor Verlangen. Seufzend liegt sie vor ihm. Richtet sich auf. Sieht ihn an. Willst du mich denn nicht?", fragt sie traurig. Er zieht sie auf seinen Schoß und sie spürt seinen Zwiespalt. „Ich kann warten, sagt er zärtlich. Du musst erst mal ausruhen. Ich will dich doch zum Altar führen", lächelt er. „Altar, wiederholt sie freudestrahlend. Sie küsst ihn heftig. Fühlt seine Beule in der Hose. Sieht ihn an. „Dann lass mich dich wenigstens glücklich machen", sagt sie. Sie gleitet zwischen seine Beine. Öffnet die Hose und verwöhnt seinen Schwanz nach allen Regeln der Kunst. Rolf lehnt sich zurück und genießt es. Gisas Lippen umschließen seine Eichel. Ihre Zunge tanzt an seiner Öffnung. Leckt und schmatzt laut. Sanft knetet sie seine Hoden. Er seufzt. Stöhnt auf und ergießt sich in ihrem Mund. Gisa leckt gierig alles ab. Dann setzt sie sich auf seinen Schoß. Lehnt ihren Kopf an seine Brust und hört sein Herz heftig schlagen. „Meins", sagt sie. „Deins", schnauft er. Er drückt sie an sich. Nach einer Weile klingelt es. Rolf geht zur Tür und Gisa an ihre Leinwand. Christoph, ist auf dem Weg zu seiner Praxis, vorbeigekommen. „Ich wollte eben nach Gisa sehen", sagt er. Er geht auf die Terrasse und bleibt stehen. Gisa steht nackt an der Leinwand. Sein Blick auf ihrem knackigen wohlgerundeten Po. Dann dreht sich Gisa um. „Hallo Christoph", begrüßt sie ihn lächelnd. Sein Name aus diesem Mund. Christophs Herz schlägt wie wild. Er kann nicht aufhören sie anzusehen. Ein nackter Engel mit goldenem Haar auf den Schultern. Blaue Augen, strahlen wie Edelsteine. Ihr Lächeln sticht ins Herz. Lippen rosig zart. Zum Küssen geschaffen. Brüste tropfenförmig und fest. Die man am liebsten streicheln möchte, um die rosigen Brustwarzen hart werden zu lassen. Daran zu saugen. Ihre zarten Lenden mit den Händen erforschen und mit Küssen überfluten. Sie leckend zu verwöhnen. Ein Bild von Frau. Er würde am liebsten zu ihr stürzen und sie nehmen. Hier und jetzt. Gisa sieht ihm das Verlangen an und wirft sich eine Bluse über. „Wie geht es dir?", fragt er dann aber gefasst. Gisa sieht Rolf an und lächelt. „Sehr gut", antwortet sie. Ihre Augen leuchten. „Schön zu hören, sagt

Christoph, und du siehst auch schon viel besser aus. Ich lasse dir ein paar Vitamine hier. Bitte nimm sie eine Woche lang", ordnet er an. „Ich kümmere mich darum", sagt Rolf streng. Gisa geht zu ihm und gibt ihm einen Kuss. Dann geht sie an ihre Leinwand zurück. Düstere Farben, Grau und Schwarz zieren die Leinwand. Wirr und kein Muster zu erkennen. Christoph beobachtet sie. „Komm, sagt er schließlich zu Rolf und zieht ihn in den Nebenraum. Sag mal wie war sie gestern drauf?" „Ruhiger und gierig nach Sex, wie sonst auch. Ich finde sie ist gut drauf. Allerdings halte ich mich trotzdem zurück. Rolf sieht Gisa an. Fällt mir verdammt schwer." „Gib ihr die Tabletten, vergiss es nicht, dann hast du sie in ein paar Tagen wieder", sagt Christoph und klopft ihm auf die Schulter. Mit einem Händedruck und Zuruf zu Gisa, verabschiedet er sich. Rolf geht zu Gisa. Ein breiter roter Streifen verläuft quer durch das schwarz-graue Chaos, auf der Leinwand. „Interessant, sagt Rolf. Hast du Lust mit mir essen zu gehen?" „Ja gern", antwortet Gisa und schmeißt die Farbpalette zur Seite. „Du solltest dich erst mal anziehen, lacht Rolf. Meinst du nicht?". Sie guckt an sich herunter. „Ja da hast du recht", lächelt sie und rennt zum Kleiderschrank. Sie zieht ein geblümtes Kleid an. Dazu Sandalen. Richtet sich ihr Haar. Frisches Make-up und Parfüm. „Gut so?", fragt sie Rolf. Er nickt lächelnd. Nimmt sie an die Hand und fährt mit ihr in das nächste Restaurant. Einen Asiaten. In einer Nische nehmen sie Platz. Sie trinken etwas Wein. Gisa wird immer lockerer. Sie nimmt Rolfs Hand und führt sie, unter ihr Kleid, in ihren Schoß. Sie hat keinen Slip an. Er spielt mit seinem Finger an ihrem Kitzler. Knetet und drückt ihre Liebesperle. Gisa zuckt. Sieht sich um. Seufzt leise. Küsst ihn.

Während sie kommt. Stöhnt ihm in den Mund. Sie greift ihm in den Schritt, doch er hält ihre Hand fest. „Jetzt nicht", flüstert er. Gisa lässt ab. Sie essen zu Ende und schlendern durch die Straßen. Frauen und Schuhe, ein Muss. Mit neuen High Heels tänzelt Gisa nach Hause. In der Hütte angekommen, gehen sie auf die Terrasse und legen sich auf die Liege. Betrachten, in einer Wolldecke gehüllt, den Sonnenuntergang. „Gisa, fragt Rolf, bist du eigentlich glücklich mit uns? Oder fehlt dir was oder jemand?" Er sieht ihr in die Augen. „Ich möchte, dass du dich bei uns wohlfühlst." Sie legt sich auf seinen Bauch. Streichelt sein Gesicht. „Du wirst mich nicht mehr los. Ich liebe dich. Du machst mich sehr glücklich. Du bist alles was ich brauche, Ich war noch nie so glücklich. Du erfüllst mich total", flüstert sie. Dann rutscht sie auf ihm hin und her. Doch er hält ihre Hüfte fest. Gisa küsst ihn fordernd. Doch Rolf lässt sie nicht los. Sie merkt, dass sie nicht ankommt. Sie schmiegt sich an ihn. Hört seinen Herzschlag. Ruhig liegt sie auf ihm. Er genießt jeden ihrer Atemzüge. Natürlich hat es ihm alles abverlangt ihr zu widerstehen, doch ihre Gesundheit ist jetzt das wichtigste.

Am nächsten Morgen, nachdem sie gefrühstückt und aufgeräumt haben, packen sie ihre Sachen. Gisa möchte nach Hause, sie vermisst die Mädchen. „Schön, dass ihr wieder da seid", ruft Anna, als die beiden in der Wohnung ankommen. Sie fällt Gisa um den Hals, als hätte sie sie Jahre nicht gesehen. „Wie geht es dir denn?", fragt sie Gisa in ihrer flippigen Art. „Alles wieder gut, antwortet Gisa. Ich fühle mich sau-wohl. Komm lass uns zu Bea gehen", sagt Gisa. Sie nimmt Anna an die Hand und tänzelt mit ihr zu Beas Zimmer. „Hallo, meine Hübsche", begrüßt Gisa Bea und gibt ihr einen Kuss auf den Mund.

Gisa strahlt. Die Mädchen merken das. „Was ist mir dir denn los?", fragt Bea. „Die Zeit mit Rolf war so wunderschön, schwärmt Gisa. Kuscheln unterm Sternenhimmel, Nacktbaden im See." Ihre Augen leuchten. „Bea und Anna staunen. Bea senkt den Kopf. „Du hast Rolf, Anna Mattes und ich?" Sie seufzt. Gisa streichelt Beas Wange. Dann hebt sie ihr Kinn und sieht ihr in die Augen. „Da draußen ist auch jemand für dich. Solch eine Schönheit, müssen sich die Männer erst mal verdienen. Du wirst sehen, ermutigt sie Bea. So, nun genug Trübsal. Ich packe schnell aus und dann koch ich uns was Schönes. Irgendein Wunsch?" „Oh, ja. Selbstgemachte Burger", wünscht sich Bea. „Ja, Klasse. Ich geh einkaufen", sagt Anna. Gisa geht und packt aus. Anna kommt mit allen Zutaten vom Einkauf zurück und alle zusammen bereiten das Essen vor. Während sie das Gemüse schneiden, albern und lachen sie rum. Zwischendurch fliegt auch mal eine Zwiebelschale durch die Küche. Es klingelt. Anna öffnet. „Guckt mal was ich hier habe", lacht sie und zieht Christoph an der Krawatte hinter sich her. „Ich wollte mal eben nach meinen Traumfrauen sehen", lacht Christoph. Er nickt Gisa und Bea zu. „He, schallt es von Anna, und was ist mit mir?" Christoph drückt sie an sich. „Du bist mein Lieblingsgrashüpfer", lächelt er und beißt ihr in den Hals. Weil sie immer in einem grünen Jumpsuit rumläuft. „Dann ist ja gut", lacht Anna. Möchtest du mit uns essen?", fragt Gisa. „Gern", antwortet Christoph und setzt sich neben Bea. „Du siehst schon sehr gut aus, sagt er zu Bea. Ich bin mit mir zufrieden", scherzt er. Bea lächelt beschämt. Gisa brät das Fleisch, Anna und Rolf decken alles auf. Das Gemüse, Ketchup, Majo und Senf in die Mitte des Tisches. Den Männern ein Bier und den Mädchen Selter und Brause. Teller und Besteck. Christoph beobachtet das Zusammenspiel. Gisa und Rolf, sehen sich während des Essens, oft in die Augen. Plötzlich nimmt Rolf eine Gabel, steht auf und schlägt damit vorsichtig an sein Glas. „Ich möchte was sagen, beginnt er und kramt in seiner Hosentasche. Er holt ein Schächtelchen heraus. Öffnet es und kniet vor Gisa nieder. Allen stockt der Atem. Es ist totenstill. „Gisa, er nimmt ihre Hand, du bist das beste, was mir je passiert ist. Du bist mein Herz und dir gehört mein Herz. Ich liebe dich. Bitte, heirate mich", haucht er. Die anderen sitzen mit weit aufgerissenen Augen da. „Ja, natürlich, heirate ich dich", du wunderbarer Mann, antwortet Gisa jubelnd. Sie fällt ihm um den Hals, sodass er auf den Küchenboden zurückfällt und sie auf ihn. Wild küsst sie ihn. Immer wieder beteuernd: „Ich liebe dich." „Hey ihr zwei, nehmt euch ein Zimmer", lacht Anna. Gisa und Rolf stehen lachend auf. Er steckt ihr einen Diamantring, an den Ringfinger und küsst sie. Und dieser Kuss ist anders als alle anderen zuvor. Langsam, zart und sehr zärtlich. Die pure Liebe. Anna hält es nicht aus. Sie fällt Gisa um den Hals. „Gratuliere", sagt sie. Dann geht sie zu Rolf und umarmt ihn. „Ich freue mich so für euch", lächelt sie ihn an. Bea kommt auch und gibt den zweien je einen Wangenkuss. „Ihr gehört zusammen, das sieht und spürt man. Ich liebe euch." Auch Christoph spricht seine Gratulation aus. „Das müssen wir feiern, sagt er. Ich lade euch heute Abend ein." Während des Essens besprechen sie, wo sie hingehen wollen. Dabei sieht Christoph auffällig oft in Beas Augen. Nach dem Essen verabschiedet sich Christoph auf später und Gisa zieht Rolf ins Zimmer. Sie fällt ihm um den Hals. Stehen sich wenig später nackt gegenüber.

Streicheln sich gegenseitig. Jeden Zentimeter. Dabei sich in die Augen sehend. Die Luft knistert vor erotischer Spannung. Ihre Hände gleiten über seine leicht behaarte Brust. Sie knetet seine Nippel. Zieht daran. Er zischt als es weh tut. Schnell lutscht sie daran. Er macht es ihr nach. Auch sie zischt auf, als er ihren Nippel zieht. Ihre Hand gleitet zu seinem Glied. Langsam wichst sie es. Sieht in seine Augen. Auch er lässt seine Hand in ihren Schoß gleiten. Spielt an ihrem Kitzler. Er will sie küssen, doch Gisa zieht den Kopf zurück. „Ich will dich ansehen", flüstert sie. Seine Erregung steigert sich ins Quälende. Er schließt die Augen und schnauft. „Bitte, fleht er. Bitte, Gisa. Ich will dich." Gisa geht in die Knie. Saugt und schlürft an seiner Eichel. Er stöhnt heftig. Plötzlich zieht er sie hoch und wirft sie aufs Bett. Legt sich auf sie und lässt sein Glied in sie gleiten. Hüfte kreisend stößt er sie. Lange. Hält ihren Kopf fest und sieht ihre Lust im Gesicht. Sie krallt ihre Finger in seine Schulter. Sie kommt. „Ich liebe dich", seufzt sie und auch er kommt und ergießt sich in ihr. Eng umschlungen liegen sie eine Weile dar. Dann legt sie sich in seinen starken Arm. Ruhen sich aus. Bea und Anna haben die Küche aufgeräumt. Jetzt stehen sie vor Beas Kleiderschrank und suchen etwas schickes für den Abend. Sie kramen und wühlen, doch Bea ist mit nichts zufrieden. Irgendwo sind Stellen, die ihre Misshandlung sehen lässt. „Warte mal", sagt Anna plötzlich und rennt in ihr Zimmer. Sie kommt mit einem weißen, langärmligen Jumpsuit zurück. Bis zum Bauchnabel ausgeschnitten. Bea zieht ihn an. Anna legt ihr einen breiten goldenen Gürtel um. Fixiert eine dezente Brosche, so dass auch der letzte blaue Fleck verschwindet. Gisa steht in der Tür, sie war auf dem Weg ins Bad.

„Hammer", sagt sie. „Das möchte ich an dir sehen. Als Trauzeugin." „Ich?", fragt Bea. „Selbstverständlich du, und Anna. Ihr seid meine Familie. Oder willst du nicht?", fragt Gisa entsetzt. „Natürlich wollen wir", kreischt Anna vor Freude. Bea lächelt und ihre Augen leuchten feucht. Dann nehmen sie sich gemeinsam in den Arm. Rolf steht im Flur und hat die Mädchen beobachtet. „Und ich?", fragt er grinsend. Die Mädchen stürmen in seine Arme. Drücken sich an ihn. Dann geht er mit Gisa ins Bad duschen. Bea hilft Anna beim Kleid aussuchen. Sie suchen ein pinkfarbenes Schlauchkleid und silberne High-Heels raus. Dann frisieren sie sich gegenseitig. Beas Haare werden glatt, mit Seitenscheitel gelegt. So dass die leicht geschwollene Wange bedeckt ist. Anna hat ihren Bob Haarschnitt. Leichtes Make Up, fertig. Gisa hat sich ein weißes Marilyn Monroe Kleid angezogen. Weiße Pumps. Die Haare lockig. Auch Rolf hat sich in Schale geworfen. Schwarze Bundfaltenhose und graues Seidenhemd. Es klingelt Christoph ist angekommen. Ihm stockt der Atem. Drei Traumfrauen der Extraklasse. Jede für sich ein Augenschmaus. Beas Ausschnitt fesselt seinen Blick. Er räuspert sich und hält Bea den Arm hin. „Du bist wunderschön", sagt er lächelnd. Bea nimmt ihn und errötet. Gisa nimmt Anna an die Hand und Rolf folgt ihnen. In einem bekannten Club hat Christoph die VIP lounge mit Champagner und Kaviar Snacks reserviert. Sie setzen sich und genießen den Abend. Christoph hängt schon förmlich an Beas Lippen und Ausschnitt. Gisa merkt das. Nach einer Weile geht sie mit Bea zur Toilette. Vor dem Spiegel, beim Auffrischen ihrer Gesichter, fragt sie Bea. „Christoph scheint nicht abgeneigt zu sein, lächelt sie Bea an. Und wie ist das mit dir?" „Ja, hat was", nickt Bea lächelnd. „Na, dann komm. Lass uns den Männern den Kopf verdrehen", sagt Gisa und zieht Bea mit sich. Auf dem Weg zu ihren Plätzen werden sie von zwei Männern am Tresen festgehalten. „Na wie wäre es mit uns zwei?", fragt sie ein ungepflegter schmieriger Typ. „Ne danke, sagt Gisa freundlich, wir sind in Begleitung." Bea verzieht schmerzverzerrt das Gesicht. Ihr Typ muss eine Wunde erwischt haben. Rolf und Christoph stehen binnen Sekunden neben ihnen. „Loslassen", befiehlt Rolf. „Und wenn ni... Er hat den Satz noch nicht mal ausgesprochen, da hat ihm Christoph schon seine Faust ins Gesicht geschlagen. Der Typ fliegt zu Boden. Der andere hebt die Arme. Die Aussage für „Kein Stress". Der am Boden will aufstehen und zurückschlagen, doch sein Kumpel hält ihn zurück. Rolf nimmt Gisa und Christoph Bea an die Hand und bringen sie zum Tisch zurück. „Wieso hast du mich zurückgehalten?", fragt der Typ seinen Kumpel. „Hast du denn die Tätowierung am Finger seines Freundes nicht gesehen?". Sie trinken aus und gehen. Bea nimmt ein Taschentuch, legt ein paar Eiswürfel hinein und Christoph auf die Hand. Sie ist leicht gerötet. Bea küsst Christoph für seine Heldentat. Gisa tut es mit Rolf gleich. Nur Anna kommt sich, wie das fünfte Rad am Wagen vor. Sie senkt den Kopf. „Hallo zusammen, weckt sie eine Stimme. Tut mir leid. Stau." Mattes steht am Tisch. Anna fliegt ihm in die Arme. Rolf hat ihn angerufen. Jetzt sind alle komplett. Sie tanzen und feiern die halbe Nacht. Zuhause zerrt jedes Mädchen ihren Begleiter in ihr Zimmer. Nach einem stimmungsvollen Abend folgt eine berauschende Nacht.

Kapitel 4

Unersättliche Gier

Am nächsten Morgen bereiten Gisa und Bea Frühstück. „Und wie war es mit Christoph?", fragt Gisa neugierig. „Umwerfend, schwärmt Bea. Er war so vorsichtig. Hat jede verletzte Stelle vermieden. Mich mit Finger und technischen Stößen verwöhnt. Langsam und sehr zärtlich. Ich bin das gar nicht gewohnt. Es war toll. Ich bringe ihm Frühstück ans Bett und hoffe, dass er noch etwas bleibt. Ich glaube ich bin verliebt", lächelt sie. „Gute Idee, sagt Gisa und ein kleiner Tipp noch. Wenn er kommt, dann kratz ihm leicht den Rücken. Vom Po bis zum Genick. Das kommt voll gut." „Mach ich, danke", sagt Bea und geht mit ihrem Tablett, in ihr Zimmer. Gisa steht im Maxi-Shirt am Herd. Gerade will sie Rühreier in die Pfanne schlagen, da klingelt es. Sie zieht die Pfanne zur Seite und öffnet. Harald steht ihr gegenüber. „Darf ich reinkommen?", fragt er. „Ja", bitte sagt Gisa und geht voraus in die Küche. Er betrachtet ihre wohlgeformten Beine und ihr Po wackelt unter dem Shirt. „Tee?", fragt sie knapp. „Gern", antwortet Harald und setzt sich. „Wie geht es dir, beginnt er das Gespräch. Du siehst sehr gut aus. Geradezu hinreißend. Zum Niederknien." Gisa lächelt. „Danke mir geht es auch fantastisch." Sie stellt sich breitbeinig hin. Jetzt spielt sie mit ihm. Seine Augen haften an ihrem Schoß. Er will auf sie zugehen, da kommt Rolf in die Küche. Gibt ihr einen Kuss. Dann stellt er sich hinter sie und nimmt sie in den Arm. „Hast du es ihm schon gesagt?", fragt er. „Harald hat gesagt ich sehe zum Niederknien aus", lächelt Gisa. Rolf hält Harald den Ringfinger von Gisa hin. „Schon geschehen", sagt er und küsst Gisas Hals. Harald guckt entsetzt, auf den Diamantring an Gisas Finger. „Gratuliere", zwingt er sich zu sagen. „Dann gibt es ja bald eine Party. Wenn ihr wollt, stelle ich mein Penthouse zur Verfügung. Ich richte alles aus. Mein Geschenk für euch." Gisa sieht Rolf an. „Ja, danke, das wäre toll", sagt sie. „Gut dann sagt Bescheid, wenn es soweit ist. Und wir sehen uns in der Firma, sagt er zu Gisa. Morgen?", fragt er zum Abschluss. „Ja, Morgen", sagt sie. Dann dreht Harald sich um und geht ohne Rolf die Hand zu geben. „Das hat gesessen", lacht Rolf. Gisa dreht sich zu ihm. „Was machen wir denn jetzt mit Paul?", fragt sie. Den habe ich völlig vergessen. Ich habe ihn doch auch lieb. Gehst du mit mir zu ihm, fragt Gisa etwas betrübt." „Wir versuchen es ihm zu erklären. Er ist ja schließlich mein Geschäftspartner und Freund. Er wird das schon verstehen. Mach dir keine Sorgen", flüstert Rolf und küsst sie. „Ok, lass uns frühstücken und zu ihm fahren", sagt Gisa.

Später im Krankenhaus erfahren sie, dass Paul schon längst verlegt wurde. Gisa guckt Rolf an. „Wieso weißt du das nicht?", fragt sie. Doch Rolf sieht weg. Er verschweigt etwas. Gisa besteht darauf den Arzt zu sprechen. Der erklärt ihr, dass Paul nicht möchte, dass über sein Verbleib Auskunft gegeben wird. Gisa sieht ihn schockiert an. Rolf nimmt sie an die Hand und fährt mit ihr nach Hause. Sie ist während der Fahrt nachdenklich und ruhig. In der Küche steht sie ihm gegenüber und sieht ihn fragend an. „Ich geh der Sache nach, verspricht er. In

Ordnung? Ich versuche rauszukriegen was hier läuft."
„Danke dir. Ich liebe dich", sagt Gisa und setzt sich auf
seinen Schoß. Lehnt ihren Kopf an seine Schulter. „Ich
habe einen Mordshunger", sagt sie plötzlich. „Lass uns
was bestellen, sagt er. Dann haben wir noch Zeit für
Wichtigeres", lächelt er. Seine Augen ziehen sie förmlich aus. Seine Hände erforschen ihre Innenschenkel.
Sein Daumen gleitet unter ihren Rock und Slip. Spielt
mit ihrer Liebesperle und er sieht ihren lustverzerrten
Blick. Sie schnauft. Gisa wirft den Kopf zurück. Sie ist
Wachs in seinen Händen. Er küsst ihren Hals und beißt
zärtlich ihre Schulter. Sie zuckt und stöhnt laut auf, als
sie kommt. Schnaufend lehnt sie ihren Kopf an seine
Schulter. Er hebt sie hoch und setzt sie auf den Tresen.
Zieht ihr den Slip aus. Fingert sie feucht. Hebt ihre Beine auf seine Schultern und lässt sein Glied in sie gleiten.
Gisa hält sich, an der Schrankkante fest. Langsam und
tief stößt er sie. Minuten lang. Gisa seufzt und wimmert.
Immer schneller werden seine Stöße. Dann spritzt er
seinen Erguss auf ihren Bauch. Keuchend macht er sie
sauber. Nimmt sie auf den Arm und bringt sie ins Zimmer. Gisa zieht sich um. Dann bestellt er Essen. Geht
von Zimmer zu Zimmer und gibt Bescheid, dass Essen
in 30 Minuten geliefert wird. Anna und Bea treffen sich
in der Küche und decken den Tisch. Gisa kommt auch
dazu. Sie erzählt den Mädchen, dass Paul verschwunden ist. Doch die Reaktion der Mädchen ist eher gleich-
gültig. „Rolf macht das schon, sagt Bea knapp." Kurze
Zeit später kommen auch die Männer dazu. Gisa stellt
das gelieferte Essen in die Mitte des Tisches, so, dass
sich jeder was nehmen kann. Anna und Mattes füttern
sich gegenseitig. Spielen an ihren Mündern. Küssen und

lecken sich verschmiertes ab. Rolf und Gisa gucken sich an und müssen lachen. Bea hat nur Augen für Christoph und bietet ihm sofort etwas an, wenn sein Essen auf dem Teller, zur Neige geht. Christoph genießt es, so umsorgt zu werden. Nachdem sie gegessen haben, gehen alle ins Kino. Rolf und Gisa nehmen einen Balkon. Das sie vom Film nicht viel mitbekommen ist doch klar. Sie probieren sämtliche Stellungen aus. In der Pause überrascht sie die Eisverkäuferin. Mit hochrotem Kopf geht diese wieder hinaus. Nach dem Kinobesuch ziehen sich alle wieder mit ihren Liebsten, in ihre Zimmer zurück.

Am nächsten Morgen macht sich Gisa zurecht. Zieht ihr Hosenkostüm an und die Haare zum Zopf. Sie verabschiedet sich von Rolf mit einem Kuss. Nachdem sie, in der Firma, Frau Meyer begrüßt hat, setzt sie sich an ihren Schreibtisch. Nach einiger Zeit kommt über Mikro, die Nachfrage, ob Gisa da ist. Frau Meyer bestätigt es. Harald kommt aus seinem Büro und bittet Gisa zu sich. Gisa setzt sich auf den Stuhl vor seinem Schreibtisch. „He, sagt er und hebt ihr Kinn, damit sie ihn ansehen muss. Ein Schauer läuft ihr über den Rücken. Alles ok bei dir, fragt er kalt lächelnd. Hast du dich gut erholt? Ich habe dich vermisst", flüstert er. Dabei streicht er ihr zärtlich über die Lippen. Gisa schließt für einen Moment die Augen. Das nutzt er natürlich gleich aus und küsst sie. Sanft und doch fordernd. Sie erwidert das Zungenspiel. Er zieht sie zu sich ran. Hält sie fest an sich gedrückt. Knetet ihre Pobacken und streichelt ihren Rücken. Seine Hände wandern gierig über ihren Körper. Unter ihre Bluse. Spielen mit ihren Brüsten. „Fahr mit mir in den Club", schnauft er. Gisa nickt. Sie schlägt alle Warnungen in den Wind. Ihre Neugier ist zu stark. Im

Club angekommen öffnet Harald das gelbe Zimmer. In der Mitte ein riesiges Bett. Daneben links und rechts ein kleiner Nachtschrank mit zwei Schubladen. Gisa ist verwundert. Harald ruft jemanden an. Kurze Zeit später kommt ein Mann, nur in Lederhose, zu ihnen. Harald gibt ihm ein Zeichen. Der Mann nimmt Gisa und schmeißt sie auf das Bett. Reißt ihre Bluse auf. Öffnet ihre Hose und schält sie grob aus ihren Sachen. Gisa weiß gar nicht was passiert. Der Mann schlägt ihr auf die Brüste. Zieht an ihren Nippeln. So fest, dass sie aufschreit. Gisa rekelt sich als würde sie aufstehen wollen. Doch der Mann drückt sie zurück. „Jetzt", sagt Harald. Der Mann spreizt Gisas Beine und fingert sie. Erst mit zwei, dann mit drei Fingern. Gisa wirft den Kopf hin und her. Dann beißt er ihren Schoß. Seine Zähne berühren den Kitzler. Gisa schreit auf. Doch der Schmerz erregt sie auch. Abwechselnd leckt, beißt und fingert er sie. Gisa krallt ihre Hände in das Betttuch. Sie stöhnt laut. Sie kommt. Harald zieht seine Hose aus und geht zu Gisa. Legt seinen Schwanz in ihren Mund. Der Mann zieht seine Hose aus und schlägt ihr zwischen die Beine. Mehrmals. Sie kann nicht schreien, denn Harald stößt ihr seinen Schwanz bei jedem Schlag tiefer in den Mund. „Mach", befiehlt Harald. Der Mann nimmt Gisas Beine auf seine Schulter und stößt sie hart und heftig. Gisa gluckst und schlürft gierig Haralds Schwanz. Plötzlich geht Harald hinter den Mann und steckt ihm sein Glied in den Arsch. „Los, Gisa, leg dich unter ihn. Blas ihm einen", befiehlt Harald. Gisa tut es. Der Mann keucht und stöhnt. Kurze Zeit später ergießt der sich in ihrem Mund. Harald legt sich neben Gisa, hält seinen Schwanz aufrecht und befiehlt: „Los, Gisa setz dich drauf." Sie tut es. Er hält ihre Hände auf

ihren Rücken und stößt sie lange und heftig. Ihr schmerzverzerrtes Gesicht turnt ihn an. Sie kann kaum noch at-
men. „Harald, bitte", fleht sie. Er dreht sie in die Missio-
narsstellung und fickt sie noch eine Weile. Ihr schwinden
die Sinne. Dann ergießt er sich auf ihrem Bauch. Keuchend liegt er neben ihr. Streichelt ihre Wangen. Dann
spielt er mit seinem Finger an ihrem Kitzler. „Musst du
nicht", keucht Gisa. „Will ich aber", sagt er sanft. Er legt
sich zwischen ihre Beine, fingert und züngelt sie zum
Höhepunkt. Gisa bäumt sich auf und krallt in seine Schultern. Sie sinkt ins Kissen zurück. Er legt sich neben sie
und guckt sie lange an. Er muss nichts sagen. Gisa weiß
was er hören will. „Ja, hat es", flüstert sie. Er lächelt.
Dann nimmt er sie in die Arme und küsst sie zärtlich.
Nachdem sie sich erholt haben, ziehen sie sich an, gehen
in das rote Zimmer und setzen sich auf die Couch. Gisa
erzählt, dass Paul verschwunden ist. „Nun, mach dir da
mal keine Sorgen. Der weiß schon was er tut und sobald
er kann wird er sich auch wieder melden." Dabei streicht
er durch ihr goldenes Haar. „Du kennst doch so viele,
sagt Gisa, vielleicht findest du ja was heraus. Ich wäre
dir wirklich dankbar." „Wie dankbar?", fragt er leise. „So
dankbar, lacht Gisa, dass ich mir überlege mit dir in das
blaue Zimmer zu gehen." „Deal", sagt Harald schnell.
Kalt und wie ein Sieger lächelnd. Gisa ahnt nicht, was
sie da zugestimmt hat. Eine Weile später fahren sie zur
Firma zurück. Sie arbeiten noch etwas, dann fährt Gisa
nach Hause. Dort geht sie erst mal duschen. Sie betrachtet sich vor dem Spiegel. Ihre Brüste sind noch etwas gerötet. Sie legt sich kühle Lappen darauf. „Gisa alles klar?",
fragt Rolf hinter der Badezimmertür. „Alles klar, antwortet sie, bin gleich bei dir. Mach mich nur hübsch für

dich." Sie cremt und parfümiert sich ein. Zieht einen Bademantel an und geht in ihr Zimmer. Er sitzt auf dem Bett. „Ja, lacht, Rolf, wirklich hübsch. Aufreizender kleiner Bademantel." „Dann zieh ihn mir doch aus", fordert sie keck und leckt sich über die Lippen. Ihre Augen tief auf seine gerichtet. Rolf zieht sie zu sich. Seine Hände gleiten unter den Bademantel und umfassen ihren Po. Fest knetet er diesen. „Du unartiges Ding", albert er. Versenkt seinen Kopf in ihrem Schoß. Gierig leckt er ihre Spalte. Dann legt er sich zurück und zieht sie über sein Gesicht. Jetzt züngelt er ihre Liebesperle, schnell und hart. Sie zuckt. Er hält ihre Hände fest und zieht sie nach unten, sodass ihre Schamlippen seinen Mund verschlingen. Er leckt sie um den Verstand. Sie jammert. Keucht. Sie kommt und sinkt in sich zusammen. Er öffnet schnell seine Hose und setzt sie auf sein Glied. „Du gehörst mir", flüstert er bestimmt und dann drückt er sie auf sich. Gisa schreit auf. Er dreht sie um und legt sich auf sie. Wiegt sich langsam und stetig, bis er kommt. Er lehnt seinen Kopf an ihre Schulter und schnauft. „Ja, ich gehöre dir", sagt sie und krault sein Haar. „Ich liebe dich", keucht er. „Sie drückt ihn an sich. „Ich dich noch mehr", haucht sie. Lange liegen sie noch vereint aufeinander. Gisa liegt viele Stunden in der Nacht wach. Sie denkt an das, was im Club geschehen ist. Die aggressiven Anleitungen von Harald und dem erträglichen Schmerz. Alles neu und erschreckend. Soll sie den Weg weiter gehen? Bis jetzt ging alles gut. Aber was kommt noch? Annas Wunde am Handgelenk. Beas Verletzungen. Angst steigt in ihr hoch. Doch ihre Neugier ist groß. Das blaue Zimmer. Was mag da wohl drin sein? Ob sie Rolf fragen soll? Sie malt sich noch stundenlang die verrücktesten Sachen aus. Das erregt sie. Sie dreht sich zu Rolf und beginnt ihn zu streicheln. Sanft knetet sie seine Hoden. Er ist noch nicht einmal ganz wach und öffnet die Augen. Schnaubend. „Du hast wohl einen sehr schönen Traum gehabt", grinst er. Gisa rutscht an ihm runter und liebkost seine Stange. Spielt mit ihrer Zunge an seiner Eichel. Genießerisch und ausdauernd. Er seufzt. Sie setzt sich darauf. Reitet ihn Hüfte kreisend. Ganz langsam. Wühlt mit ihren Händen durch ihr Haar und streckt sich ganz lang. Jeder Muskel und jede Rippe tanzen in ihrem Körper. Er spielt mit seinem Daumen an ihrem Kitzler, bis sie kommt. Sie sinkt auf ihn und er stößt, bis auch er kommt. Sie legt sich auf seinen Bauch. Er streichelt ihren Rücken. „Wunderschön, so geweckt zu werden", flüstert er. „Sag mal, fragt Gisa vorsichtig, weißt du, was im blauen Zimmer ist?" Er nimmt ihren Kopf in seine Hände. Entsetzt sieht er sie an. Kein Lächeln. Ernst und etwas zornig. „Natürlich weiß ich das, aber wieso willst du das wissen?", fragt er. „Harald möchte mit mir darein. Ich bin nur etwas verunsichert", gesteht sie. Rolf sieht ihr in die Augen und sein Gesicht verhärtet sich. „Tut er dir weh, knirscht er, dann bringe ich ihn um. Du musst dich nicht mehr mit ihm einlassen. Du hast mich. Hörst du?" Er küsst sie heftig. „Das weiß ich, antwortet Gisa, doch meine Neugier ist so stark. Bin ich vielleicht nicht normal?" „Neugier bereichert das Leben. Es ist gar nichts falsch an dir. Ich kann dir nicht vorschreiben, was du im Leben brauchst. Nur für dich da sein. Und, Gisa mein Herz, das bin ich. Denk bitte immer an dein Versprechen. Dass du weißt, wann die Grenze erreicht ist. Alles darüber werde ich bestrafen." Gisa streichelt ihm über die Wange. „Ich liebe dich wahnsinnig", flüstert sie. Sie legt ihren Kopf an seine Brust und hört das Pochen seines Herzens. „Meins", haucht sie. „Deins", antwortet er zärtlich. Sie seufzt selig und er drückt sie fest an sich. Sie gehört ihm. Sie fühlt sich beschützt und geborgen. Nachdem sie geduscht und sich angezogen haben, gehen sie in die Küche. Sie decken den Frühstückstisch. Bea kommt dazu. Sie lächelt. „He, meine Hübsche, du strahlst ja so, bemerkt Rolf. Alles ok?" „Ich glaube ich bin verliebt, sagt sie träumerisch. Christoph ist so wunderbar zu mir." Gisa geht zu ihr und nimmt sie in den Arm. „Habe ich doch gesagt", flüstert sie lächelnd. Anna stürzt in die Küche. „Rolf kannst du mich schnell fahren, ich habe verpennt", keucht sie. „Oh je, schon so spät. Nehmt mich mit", sagt Gisa. Sie schnappt sich Handtasche und Blazer, dann rennen sie zum Auto. In der Firma eilt Gisa zu ihrem Arbeitsplatz. Harald sitzt an ihrem Schreibtisch. Er sieht auf die Uhr. „Entschuldigung, bitte", sagt Gisa und lächelt ihn an. Doch er steht, ohne eine Miene zu ziehen auf und geht in sein Büro. Gisa guckt ihm hinterher. Doch die Bürotür schließt sich. Sie setzt sich an ihren Schreibtisch und erledigt ihre Aufgaben. Mittagspause. Frau Meyer geht zum Essen. Gisa sitzt allein im Büro. Harald kommt aus seinem. Geht auf sie zu, nimmt sie wortlos an die Hand und zieht sie mit sich in sein Büro. „Harald, ich ..." will Gisa erklären, doch er hält ihr den Mund zu. Seine Augen eiskalt. Er dreht sie zum Schreibtisch, bückt sie darauf und zieht ihr die Hose bis zu den Knien runter. Streichelt ihren Po. Dann schlägt er darauf. Immer und immer wieder. Beide Seiten. Gisa zischt, als es zu brennen beginnt. Heftig werden die Schläge. „Harald bitte", fleht Gisa schluchzend. Er holt sein Glied heraus und schiebt es in sie. Stößt sie kurz und heftig. Zwischendurch schlägt er weiter auf ihre schon geröteten Backen. Gisa fühlt keine Geilheit mehr, sondern nur noch Schmerz. Nach einiger Zeit ergießt er sich auf ihrem Po. Verteilt seinen Liebessaft darauf. Dann zieht er sich wieder an und setzt sich in seinen Chefsessel. Gisa hat Tränen in den Augen und sieht ihn an. „Komm nie wieder zu spät", sagt er kalt. Dann wendet er sich ab. Sie zieht sich an und geht in die Frauentoilette. Nimmt sich ein Tuch, macht es mit kaltem Wasser feucht und legt es sich auf ihrem Po. Schnaubt sich die Nase. „Wenn das Rolf sieht", denkt sie. Dann geht sie zurück an ihren Arbeitsplatz. Harald lässt sich nicht mehr sehen. Nach Feierabend geht sie in die nächste Apotheke und holt sich ein kühlendes Gel. In einem Bistro, auf der Damentoilette, trägt sie es auf ihrem Po auf. Eine Weile bleibt sie dort sitzen. Ihr Handy summt. „Wo bist du, fragt Rolf, soll ich dich abholen?" „Guck mir noch eben Schuhe an, bin gleich bei dir, lügt sie. Wieso, ist was passiert?" „Nein, alles gut. Lass dir Zeit und sieh dir deine Schuhe an", lacht er. Gisa geht langsam nach Hause. Unterwegs kauft sie noch Obst für den Küchentisch. Am Hauseingang trifft sie auf Christoph. Sie begrüßt ihn mit einem Wangenkuss. „Bea ist überglücklich mit dir", sagt sie zu ihm. Sein Blick haftet auf ihren Lippen. Gisa guckt weg. „Du sag mal, lenkt sie ab, gibt es eine schnell wirkende Salbe gegen Rötungen?" „Wieso fragst du?", hakt er nach. Sie erzählt ihm was passiert ist. „Komm, lass mal sehen", sagt Christoph und zieht sie die Treppe runter in den Keller. Sie zieht ihre Hose runter. „Hier, sagt sie, diese Salbe habe ich mir geholt und hält sie ihm hin. „Ja, die geht auch", bestätigt er und trägt ihr etwas davon auf die Pobacken. Zärtlich und sanft reibt er sie ein. Gisa hält sich am Treppengeländer fest. Seine Hand gleitet über ihren runden Po. Dann in ihre Innenschenkel. Sein Finger streift ihren Schlitz. Berührt ihren Kitzler. Gisa zuckt und seufzt. Er lässt einen Finger in sie gleiten. Gisa stöhnt leise. „Bitte nicht, bitte Christoph. Bea liebt dich. Ich kann nicht", seufzt sie. Christoph, lässt ab. Sie zieht sich an. Schweigend gehen sie in die Wohnung. Bea sitzt in der Küche. „Hier guck mal, was ich dir mitgebracht habe", lacht Gisa. Bea steht auf und fällt Christoph an den Hals. Sein und Gisas Blick treffen sich. Sie sind noch nicht fertig miteinander und beide wissen das. Gisas Herz klopft heftig. Bea zieht Christoph mit sich ins Zimmer. Gisa kümmert sich um das Obst. Wäscht es und gibt es in die Obstschale. „Da bist du ja, schreckt sie Rolf auf, der in der Küchentür steht. Und, wo sind sie?", fragt er. „Wo ist was?", antwortet sie. „Die Schuhe", sagt Rolf. Erwischt. „Hatten sie leider nicht in meiner Größe", lügt sie cool. Gisa bemerkt seinen prüfenden Blick. Sie tänzelt zu ihm. Schwingt heftig mit ihrer Hüfte. „Du kannst ja mit mir Schuhe shoppen gehen", grinst sie ihn an. „Ne, ne, ne, lacht Rolf, das kannst du mit Anna und Bea machen. Mit Frauen Schuhe shoppen, ist jedes Mannes tot." Er umfasst ihren Po und drückt sie an sich. Gisa verzieht das Gesicht. „Ist was?", fragt er. „Ich bin vorhin gefallen", geht schon", lügt sie weiter. Rolf hebt sie hoch und trägt sie zum Bett. Gisa legt sich schnell seitlich darauf. Rolf sich neben sie. Streichelt ihre Wange. Er sieht ihr in die Augen. Hofft, dass sie doch noch ehrlich wird, denn er hat sie schon längst durchschaut. Doch nichts. „Wollen wir essen gehen", fragt er plötzlich. „Ja, gern", lächelt sie. „Gut, dann zieh dich schick an, befiehlt er. Gisa geht an den Kleiderschrank und sucht sich ihr Lieblingskleid heraus. Sie will ins Bad

gehen. „Wo willst du hin?", fragt Rolf. Ich möchte dir zusehen", sagt er bestimmt. Gisa fühlt sich ertappt. Sie
stellt sich so hin, dass man ihren Po nicht sehen kann.
Dann zieht sie sich um. Sie schlüpft in das Kleid. Rolf
stellt sich hinter sie. Hilft ihr den Reißverschluss zu schließen und bemerkt die Rötungen oben am Po. „Hingefal-
len, ja?", fragt er rau. „Rolf, bitte. Lass uns essen gehen",
sagt sie und dreht sich um. Sie sieht ihm beschämt in die
Augen. Dann küsst er sie. Drückt sie an sich. Das soll
heißen, sag wenn du Hilfe brauchst. Gisa nimmt ihn an
die Hand und zieht ihn mit sich. Sie gönnen sich einen
gemütlichen Abend. Leckeres Essen und Wein. Spazieren Hand in Hand nach Hause. Er schont sie und kuschelnd schlafen sie ein.

   6.30 Uhr, der Wecker klingelt. „Was ist los?", fragt
Rolf verschlafen. „Nichts mein Herz, ich möchte nur
nicht zu spät kommen. Schlaf weiter", sagt Gisa und hetzt
mit ihren Sachen in das Bad. Sie macht sich zurecht, zieht
sich an und holt sich noch einen Apfel aus der Küche.
Dann rennt sie zum Bus. 20 Minuten vor Arbeitsbeginn
sitzt sie an ihrem Schreibtisch. Pünktlich zum Arbeitsbeginn, wird bei Frau Meyer über Sprechanlage nachge-
fragt, ob Gisa, da ist. „Ja, Chef, pünktlich", hört sie die
Sekretärin bestätigen. Stunden vergehen. Dann wird
Gisa plötzlich ins Chefbüro gebeten. Sie öffnet zaghaft
die Bürotür. „Komm rein", sagt Harald kühl und bestimmt.
Gisa stellt sich neben ihn. Er platziert sie an den Schreibtisch. Bückt sie nach vorn und zieht ihr die Hose runter.
„Harald, bitte, flüstert sie, ich war doch pünktlich." Sie
zittert. Er dreht sie hin und her. Betrachtet ihren Po.
Streichelt darüber. Gisa zuckt zusammen. „Bitte", fleht
sie. Er dreht sie um. Zieht ihre Hose unter die Knie und

legt Gisa auf den Tisch. Spreizt ihre Schamlippen und züngelt ihre Liebesperle. Sie seufzt. Zusätzlich knetet er den Kitzler, mit seinen Fingern. Gisa hält sich am Tisch fest. Er leckt und fingert sie zum Höhepunkt. Dann zieht er sie auf seinen Schoß. Schnaufend lehnt sie ihren Kopf an seine Schulter. „Ich will nur dich", flüstert er und streichelt ihren Schoß. Wohlige Gefühle rieseln durch ihren Körper. Sie küssen sich heiß und innig. „Ich hol dich heute Abend ab. Mach dich schön für mich. Elegant. Wir fahren in die Oper. Ich will, dass mich jeder um dich beneidet", sagt er kühl. „In Ordnung", flüstert Gisa und geht an ihren Arbeitsplatz. Zuhause rennt sie an Beas Zimmertür. Nach einem „herein", tritt sie ein. „Bea, kannst du mir helfen? Ich brauche ein Kleid für die Oper." Bea springt nackt aus dem Bett. Öffnet ihren Schrank. Nach mehrmaligem Kopfschütteln. „Tut mir leid, aber ich habe für solch einen Anlass kein Kleid. Christoph, der ihnen im Bett liegend zusieht, machts dir was aus, wenn ich mit Gisa shoppen gehe?". „Nein, natürlich nicht. Geht ruhig. Ich geh mit Rolf was trinken. Viel Spaß", lächelt er. Bea zieht sich an und geht mit Gisa los. Im Geschäft für Abendmode probieren sie mehrere schöne Sachen an. Gisa kommt in einem Traum aus schwarzem Samt aus der Umkleidekabine. Eng anliegend. Ein breiter Schalkragen über den Schultern und ein tiefer Ausschnitt, zeichnen ihren herrlichen Körper ab. „Das ist es, sagt Bea. Und das leih ich mir auch mal aus. Traumhaft." Sie gehen nach Hause. Nach einer Dusche cremt und parfümiert sich Gisa ein. Bea föhnt und steckt Gisas Haar. Sie lässt eine Locke auf ihrer Wange liegen. Dezentes und dennoch schimmerndes Make up. Verführerischen Augenlidstrich und Lipgloss. Bea hilft ihr in das Kleid und die High Heels. Es klingelt. Bea geht zur Tür. Harald begrüßt sie mit einem Wangenkuss und entschuldigt sich nochmal für das Geschehene. Gisa tritt auf den Flur. Er reißt die Augen auf. „Atemberaubend", haucht er. Gisa geht langsam auf ihn zu. Ihr Kopf leicht gesenkt und ihre Hüften wiegen sich hin und her. Ihre Brüste quellen hervor. Dennoch nicht obszön. Er schluckt. Ihr Blick verführerisch und angriffslustig. Sie weiß, wie schön sie ist. Er fängt sich. Nimmt eine schlichte Kette, mit einem Diamanten, aus einer Schatulle und legt sie ihr um den Hals. Gibt ihr die passenden Ohrringe. Bea steckt sie ihr an. Jetzt funkelt ihr Antlitz noch mehr. Er reicht ihr den Arm. Dann fahren sie zum Theater. Alle die ihren Weg kreuzen, bestaunen sie. Den Frauen ist ihr Neid deutlich anzusehen und den Männern stehen die Münder offen. „So wollte ich das", flüstert Harald zufrieden. Gisa wackelt auffällig mit ihrem Po, während sie die Treppe hoch gehen. Ein Raunen und Tuscheln begleiten sie zu ihrem Balkon. Sie sitzen allein und genießen die Vorführung. Er sieht sie immer wieder an. Nimmt ihre Hand und legt sie in seinen Schoß. Gisa fühlt seine Beule. Sie öffnet den Hosenreißverschluss und spielt an seinem Glied. Wichst es langsam, ohne dabei den Blick von der Bühne zu nehmen. Dann nimmt sie ein Tuch aus der Tasche, legt es über sein Glied und wichst, bis er kommt. Schnaufend lehnt er sich zurück. Sie wischt alles ab und steckt das Tuch wieder in ihre Tasche. Harald richtet sich zurecht. Schweigend genießen sie die Oper. Auffallend langsam schreitet er, mit ihr am Arm, durch die Flure zum Ausgang. Er genießt es bestaunt zu werden. Im Auto nimmt Harald Gisas Hand. Küsst sie und dreht sie, mit dem Diamantring nach oben. „Bitte, sagt er, tu es nicht. Ich will dich." Gisa stockt der Atem. Ihr Herz schlägt ihr bis zum Hals. „Harald, sag das nicht", flüstert sie. Er zieht ihren Kopf zu sich und küsst sie heftig. „Ich gebe nicht auf. Bleib heute Nacht bei mir", fordert er. Küssend fahren sie zum Penthouse. Der Kamin ist an. Auf dem Boden davor ein weißes Fell. Er stellt sie darauf. Öffnet ihren Reißverschluss und lässt das Kleid an ihr heruntergleiten. Zieht die Nadeln aus ihren Haaren. Eine Locke nach der anderen fällt auf ihre Schulter. Ihr Engelshaar umrahmt ihr Gesicht. Sanft streichelt er ihre Wange. Dann die Lippen und den Hals. Küsst sie leidenschaftlich. Seine Zunge spielt mit ihrer. Es kribbelt in ihr. Er zieht sich aus. Nackt steht er vor ihr. Jede Berührung ist sinnlich. Sie schließt die Augen. Seine Hände streichen über ihren Körper. Die Daumen umkreisen ihre Brustwarzen. Ziehen an ihren Nippeln, bis sie steif stehen. Er küsst ihre Schulter. Eine Hand gleitet in ihren Schoß. Spielt an ihrem Kitzler. Zärtlich. Sie greift seinen Schwanz und spielt damit. Er schnauft. Steif ragt sein Glied in die Höhe. Er hebt Gisa hoch und lässt sie auf ihn gleiten. Sie fühlt ihn in sich dringen. Schnauft und keucht laut. Eng umschlungen stehen sie im fackelndem Kaminlicht. Alles um sie herum still. Nur das Knistern des Kamins. Sanft hebt er sie hoch und runter. Gisa hält sich an seinem Hals fest. Er geht mit ihr zur Couch. Setzt sich darauf. Gisa reitet ihn. Sie seufzt laut. Ihre Gefühle explodieren. Er genießt ihr, von Wollust verzerrtes Gesicht. Sie stöhnt ihre Gefühle raus. Alles dreht sich. Er gleitet mit ihr zu Boden auf das weiße Fell. Stützt sich auf und stößt sie gleichmäßig hart. Gisa schreit auf. Drückt ihr Becken fest an seines. Sie ist gekommen. Er legt sich auf sie. „Sehe mich an, befiehlt er sanft. Du gehörst mir", schnauft er und wiegt sich langsam und zärtlich auf ihr. Gisa krallt sich in seinen Rücken. Küssend und keuchend ergießt er sich in ihr. Knabbert und beißt ihr zärtlich auf den Lippen. „Bitte sei mein", haucht er. Gisa liegt mit geschlossenen Augen unter ihm. „Ist alles ok?", fragt er. „Wunderschön, flüstert sie. Wäre das unsere erste Nacht gewesen, dann wäre ich jetzt für immer dein." Eine Träne kullert ihr über die Wange. Er küsst sie ihr weg. „Ich tu alles damit ich es werde", verspricht er und küsst sie heiß und intensiv. Lange liegen sie eng umschlungen, am Boden. Das Kaminfeuer knistert. Nach einer Weile ziehen sie sich an und gehen. Im Fahrstuhl nimmt er sie noch mal fest in den Arm. „Ich kann es gar nicht erwarten dich nachher wieder zu sehen", haucht er. Da fährt er sie nach Hause. Rolf liegt in ihrem Bett. Als sie zur Tür hereinkommt, sieht er sie mit weit aufgerissenen Augen an. „Wahnsinn, wunderschön, lächelt er. Ein wahrgewordener Traum. Direkt vom Himmel. Komm", sagt er und streckt ihr seine Hand entgegen. Sie öffnet ihr Kleid und lässt es an sich runtergleiten. Der Diamant, der Kette, funkelt auf ihrer Haut. Rolf zieht sie zu sich. Er liebkost ihren Körper. Verschlingt sie mit Küssen. Streichelt, kratzt und beißt zärtlich ihre erogenen Stellen. Doch Gisa denkt an Harald. Sie ist verwirrt. Sie vergleicht beide. Rolf, ist das zärtliche Gegenspiel zu Harald. Sicher war der letzte Abend vollkommen aber sie erinnert sich auch an einen anderen Harald. Der sich von einem auf den anderen Moment ändern kann. Rolf liegt zwischen ihren Beinen. Sie gibt sich ihm hin. Verwirft alle Gedanken und genießt seine Zunge. Rolf bringt sie zum Glühen. Alles was er tut erzeugt ein wohliges Kribbeln. Ihre Muskeln zucken. Sie seufzt und stöhnt. „Ich liebe dich", ruft sie als sie kommt. Jeder Zweifel ist dahin. Rolf legt sich auf sie und stößt sie langsam und gleichmäßig. Lässt seine Hüfte kreisen und dann wieder stoßend. Gisa verdreht die Augen. Er keucht und ergießt sich in ihr. Legt sich schnaufend auf sie. Drückt sich an sie. „Gisa, ich liebe dich, so sehr. Bitte verlass mich nicht", haucht er. Jetzt weiß sie, dass er in ihr lesen kann. Er hat ihre Zweifel und den Vergleich gespürt. Und das kann nur jemand, der für einen geschaffen ist. Das vom Himmel bestimmte Gegenstück. Die wahre Liebe. Sie drückt seinen Kopf an ihr Herz und streicht durch sein Haar. „Niemals, flüstert sie. Ich liebe nur dich". „Ganz sicher?", fragt er. Sie sieht ihn an. „Ja, ganz sicher", lächelt sie. Eine Weile liegen sie noch so. Dann legt er sich neben sie. Sie spielt mit dem Ring an ihrem Finger. „Wann?", fragt sie. „Wieso, hast du es eilig?", lacht er. Sie legt sich auf seinen Bauch. „Ja, ich werde nicht jünger", scherzt sie. „Gut, dann unterhalten wir uns über die Möglichkeiten. Am besten bei einem Abendessen, morgen Abend?", fragt er. „Ja, sagt Gisa, in dem Restaurant wo wir als allererstes waren." „In Ordnung", stimmt Rolf zu. Drückt sie noch mal an sich. „So, nun muss ich aber mal für kleine Jungs", lacht er und klettert unter ihrer Umklammerung raus. Sie kuschelt sich in ihre Decke und wartet auf ihn. Sie fühlt sich frei und erfüllt. Sie ist ganz sicher. Kurze Zeit später kommt er zurück. Schmiegen sich aneinander und schlafen ein. Der nächste Arbeitstag beginnt. Gisa sitzt an ihrem Schreibtisch. Harald winkt sie ins Büro. Er schließt hastig die Tür hinter ihr. Nimmt sie in den Arm und küsst wild ihren Hals. Er schnauft vor Geilheit. Drückt sein Becken an ihres. „Heute Abend", bestimmt er. „Nein, tut mir leid, sagt sie sachlich. Ich bin mit Rolf verabredet.

Harald stößt sie beleidigt von sich. Sieht sie entsetzt an. „Wir wollen unsere Hochzeit planen", ergänzt sie. Das war Zuviel. Er dreht sich um und setzt sich an seinen Schreibtisch. Gisa geht zurück an ihre Arbeit. Feierabend. Ohne das Harald noch mal zu ihr kam, geht sie nach Hause. Geduscht und im Badetuch eingehüllt steht sie vor ihrem Kleiderschrank. Dann öffnet sie das Tuch und lässt es fallen. Ihre Zimmertür steht auf. Christoph ist auf dem Weg zum Bad und bleibt wie angewurzelt stehen. Einen Moment lang sieht er sie an. Ihr wohlgeformter Körper ein Augenschmaus. Gisa sieht ihn im Spiegel. Ihre Blicke treffen sich. Sie leckt sich über die Lippen. Er kann den Blick nicht von ihr lassen. Dann kommt Bea aus ihrem Zimmer. Christoph geht schnell weiter ins Bad und Bea in die Küche. Gisa schlüpft in ein blumiges Kleid mit weitem Rock. Dann tänzelt sie in die Küche. „Wieso bist du so glücklich?", fragt Bea. „Rolf und ich gehen in unser Lieblingsrestaurant und besprechen die Hochzeit", antwortet sie strahlend, während sie sich einen Tee eingießt. Dann passiert es. Sie schüttet heißes Wasser über ihre Hand, schreit auf und lässt die Tasse fallen. Christoph springt zu ihr. Hält ihre Hand unter kaltes Wasser. Gisa kullern Tränen über ihre Wangen. „Ja, das tut weh, sagt Christoph zärtlich und wischt ihr die Tränen weg. Seine Finger zart und warm. Rolf kommt in die Küche. Steht sofort neben ihr. Christoph reibt ihre Hand mit dem kühlenden Gel ein, dass Gisa gekauft hatte. Rolf stellt sich hinter sie und hält sie tröstend ganz fest. Gisa fühlt sich, in seiner Umarmung, sicher und geborgen. „Möchtest du noch essen gehen?", fragt Rolf sanft. „Selbstverständlich. Alles gut. Ich habe mich nur erschrocken", sagt sie und schnäuzt sich die Nase. Dreht sich zu ihm um. „Du entkommst mir nicht mehr", scherzt sie. „Na dann komm", lächelt er und zieht sie mit sich. Im Restaurant ist das Separee vorbereitet. Champagner und rote Rosen stehen auf dem Tisch. Gisas Augen strahlen. Sie setzen sich und genießen, einen schönen romantischen Abend. Sind sich einig. Eine Feier im kleinen Kreis und eine spontane Hochzeitsreise. Einfach am Flughafen stehen und last minute Flug. Egal wohin. Sie gehen gut gelaunt, Hand in Hand nach Hause. Kurz vor ihrem Zuhause treffen sie auf die zwei Männer aus dem Club. Rolf und Gisa wollen weitergehen doch der eine hält Rolf fest und der andere schlägt auf ihn ein. „Lauf", schreit Rolf Gisa zu. Die läuft in die Wohnung. „Hilfe, Christoph, Hilfe." Christoph kommt aus Beas Zimmer. Gisa erzählt was passiert ist. Der zieht seine Schuhe an und geht zur Tür. Rolf steht blutend vor ihm. „Die Typen aus dem Club, keucht der. Die bewegen sich erst mal nicht mehr." Er hat sie verprügelt. Christoph geht mit Rolf zu den Typen. Bea nimmt die weinende Gisa und setzt sich mit ihr in die Küche. Kurze Zeit später kommen Rolf und Christoph, blutverschmiert zurück. Sie gehen ins Bad und duschen nacheinander. Das Wasser verfärbt sich vom Blut. In Bademäntel gehüllt kommen sie in die Küche. Bea hat Tee gemacht und Gisa ins Bett gebracht. Dann sieht sie die Zwei an. Christoph hat nur eine abgeschürfte Hand. Rolf eine aufgeplatzte Lippe und es wird ein blaues Auge geben. Sie gibt beiden kühlende Umschläge. „Wisst ihr wer die Typen sind?", fragt sie. „Noch nicht, aber ich habe meine Leute darauf angesetzt. Die gehören zu irgendeiner Gang", sagt Rolf. „Du meinst das war kein Zufall?", fragt sie entsetzt. „Auf keinen Fall", sagt Christoph. Bea setzt sich zu ihm auf den Schoß. Hält sich an ihm fest.

„Wir werden es bald wissen, sagt Rolf. Bis dahin geht keiner alleine los. Gut ich geh jetzt zu Gisa. Wir reden später." Er verzieht schmerzhaft das Gesicht, als er aufsteht. Gisa sitzt im Bett und hat gelauscht. Sieht ihn mit großen Augen an. „Wer und wieso?", fragt sie. „Ich weiß noch nicht, aber bis dahin, lasse ich dich nicht mehr aus meinen Augen", sagt er bestimmt und drückt sie an sich. Sie kuscheln sich aneinander. Plötzlich schreckt Gisa hoch. „Anna, schreit sie. Wir müssen sie anrufen." Rolf nimmt sein Handy, doch Anna geht nicht ran. „Lass uns hinfahren", sagt Gisa hysterisch. Sie fahren zu Mattes Kostümverleih. Gisa hämmert wie wild an die verschlossene Tür. Mattes öffnet verschlafen. „Ist Anna hier?", fragt sie laut. „Ja, ich bin hier, sagt Anna und kommt aus dem Lager. Sie sieht Rolfs Lippe. „Was ist los?", fragt sie geschockt. „Bitte komm mit nach Hause, fleht Gisa. Wir werden angegriffen. Ich erkläre dir alles Zuhause. Mattes ich bezahl dir den Ausfall. Bitte kommt mit", sagt sie hitzig. Mattes schließt alles ab und sie fahren gemeinsam nach Hause. In der Küche versammeln sich alle. „Gut, beginnt Rolf, ich habe meine Leute auf diese Situation angesetzt. Bis ich weiß, wer und was dahinter steckt, geht keiner alleine aus dem Haus. Gisa, ich bring dich zur Arbeit und hol dich auch wieder ab. Gebt mir 2-3 Tage." Er sieht in die schweigende Runde. Alle sind sichtlich eingeschüchtert. Anna sitzt auf Mattes Schoß und klammert sich an ihm und Bea bei Christoph. Sie nicken zustimmend. Kurze Zeit später klingelt sein Handy. „Ok, Jungs, danke. Die Konkurrenz also. Gut dann weiß ich was zu tun ist." Rolf dreht sich zu Gisa. „Versprich mir vorsichtig zu sein", sagt Gisa zitternd. Rolf küsst sie. „Keine Angst", flüstert er und streichelt ihr über die

Wange. Dann geht er. Gisa geht ins Bett. Zittert. Friert. Sie hat schon lange nicht mehr allein geschlafen. Sie nimmt den Teddy von Paul und drückt ihn an sich. Sie schläft schlecht. Träumt wirres Zeug. Am nächsten Morgen steht Rolf wie versprochen, in der Tür um sie zur Arbeit zu fahren. Er ist ganz ruhig. Sieht zornig aus. Verändert. Gisa bekommt Angst. Er sieht ihr das an. „Tut mir leid, mein Herz. Ich war in Gedanken. Komm mal her", befiehlt er sanft. Sie umarmt ihn vorsichtig. Er zieht sie an sich. „Ich liebe Dich. Alles wird gut, ich verspreche es", flüstert er und küsst sie zärtlich. Dann gehen sie zum Auto und er fährt sie, Hände haltend, zur Arbeit. Gisa steigt aus und geht ins Gebäude. Rolf wartet, bis er sie nicht mehr sehen kann, und fährt weiter. Sie setzt sich an ihren Schreibtisch und guckt aus dem Fenster. Völlig in Gedanken versunken. Erinnert sich an Rolfs Gesichtsausdruck. Hart, kalt und leer. Sie zittert. „Hey, Gisa antworte mir", hört sie Harald sagen. Gisa schreckt hoch. „Was ist los mit dir, du bist ja kreidebleich?", fragt er. Gisa sieht ihn mit großen Augen an, dann fällt sie ihm in die Arme und weint. Harald nimmt sie mit in sein Büro. Sie setzen sich auf die Couch und Gisa erzählt was passiert ist. „Ich ruf Rolf an, mal sehen wie ich helfen kann?", sagt Harald. Nach dem Telefonat erklärt er. „So, Rolf und ich sind uns einig, dass du erst mal bei mir bleibst. Ich bring dich zu meinem Penthouse. Da habe nur ich Zutritt", sagt Harald. „Und die Mädchen?", fragt Gisa. Ich habe das Gefühl sie im Stich zu lassen." „Zwei von Rolfs Kumpel werden abgestellt. Mach dir keine Sorgen. So nun trink einen Tee und dann lass uns arbeiten", entscheidet er. Gisa setzt sich wieder an ihren Arbeitsplatz. Sie kniet sich in ihre Aufgaben und vergisst ihre

Sorgen. Feierabend. Frau Meyer verabschiedet sich und Gisa ordnet ihren Tisch. Sie sitzt wartend an ihrem Platz, denn Harald hat noch eine Besprechung. Die Tür zum Büro geht auf. „Gisa, kommst du mal?", befiehlt Harald. Sie geht ins Büro. „Das ist mein Geschäftspartner Marco", stellt Harald Gisa einen jungen Mann vor. Gisa gibt Marco die Hand. „Etwas schüchtern heute", grinst Harald. Er stellt sich hinter sie und hält sie fest. Marco streicht ihr durchs Haar. Mustert sie von oben bis unten. „Ja, nicht schlecht", sagt der anerkennend. Dann zeig mal", fordert er Harald auf. Harald öffnet Gisas Bluse. Knopf für Knopf. Gisa hält sich an seinem Hals fest und genießt seine Hände an ihren Brüsten. Seufzt, als er ihre Brustwarzen knetet. Marco nimmt auch ihre Nippel und zieht daran. Gisa zischt. Es ziept. Dann schlägt er leicht über ihre Nippel. Ein erträglicher Schmerz. Dann greift Marco in ihre Hose. Sein Fingernagel kratzt an ihrem Kitzler. Gisa zuckt. „Gut, dann zeig mir den Rest", fordert Marco Harald auf. Harald öffnet Gisas Hose und zieht sie komplett aus. Marco klopft auf den Schreibtisch. Harald legt Gisa darauf. „Hast du was hier?", fragt Marco. „Natürlich, grinst Harald. Unterste Schublade. Ist schon offen." Marco holt Dildos und Analstöpsel heraus und legt sie sich bereit. Harald steht am Kopfende und knetet Gisas Brüste. Marco drückt ihre Beine auseinander und fummelt mit seinem Finger an ihrem Schlitz. Fingert Kitzler und Loch. Gisa seufzt laut. Dann rammt er ihr einen Dildo in ihre Vagina. Fickt sie schnell und hart damit. Gisa stöhnt laut auf. Hält sich an Haralds Armen fest. Ihr Körper bebt. Zittert. Harald drückt zusätzlich stark ihre Nippel. Marco drückt ihr einen Analstöpsel in den Po. Gisa jammert. Zu groß. Es schmerzt. Doch

Marco zieht ihn noch mal raus und rammt ihn wieder rein. „Dreh sie um", befiehlt er Harald. Gisa wird auf alle viere gestellt. Dann fickt er sie erneut mit dem Dildo. Tauscht Analstöpsel mit einem genoppten Dildo. Fickt sie mit beidem zugleich. Gisa schreit vor Schmerz und Geilheit. Harald zieht seine Hose runter und steckt ihr seinen Schwanz in den Mund. Sie schmatzt gierig. Dann drückt er ihr den Schwanz so tief in den Mund, dass sie würgen muss. Das turnt ihn an. Er wiederholt es. Marco holt eine Peitsche aus der Schublade. Er stöhnt vor Geilheit. Wichst sich nebenbei. Dann schlägt er ihr mit der Peitsche auf den Po. Gisa zuckt. Schnauft. Dann noch mal und etwas härter. Harald sieht ihr schmerzverzerrtes Gesicht. Schließt die Augen und stößt ihr seinen Schwanz in den Mund. Dann peitscht Marco Gisas Rücken. Immer wieder und immer härter. Gisa versucht zu schreien. Und wieder klatscht die Peitsche. Sie zieht mit aller Kraft ihren Kopf zurück. „Hilf mir, schreit Gisa. Harald hilf mir". Marco peitscht weiter und ergießt sich schließlich auf ihrem Po. Harald spritzt Gisa ins Gesicht. Beide lachen und schnaufen laut. Doch Gisa sagt keinen Ton. Sie legt sich auf den Tisch. Harald geht um den Tisch und sieht Gisas Rücken. „Was hast du getan?", schreit er Marco an. „Geht, bevor Rolf kommt, sagt Gisa leise. Ihr wisst ja gar nicht was ihr getan habt. Er wird euch töten. Geht, bevor ich ihn anrufe." Harald und Marco verschwinden. Gisa schleppt sich auf die Couch und ruft Rolf an. „Hol mich ab, und bring Christoph mit", sagt sie kühl und sachlich. Nach einer Weile kommt Rolf ins Büro gestürzt. Christoph folgt ihm. Gisa sitzt kauernd auf der Couch. „Leg sie auf den Tisch, sagt Christoph, ich muss mir das ansehen." Gisa zuckt schweigend zusammen als

Rolf sie anfasst. Als Christoph ihren Rücken sieht, schüttelt er den Kopf. „Wer war das?", fragt Rolf zornig. „Marco, ein Geschäftspartner von Harald. Gisa greift, Rolfs Hand. „Tu ihm nichts, versprich es mir. Ich brauche dich. Gerade jetzt. Und im Knast habe ich nichts von dir. Bitte versprich es mir", sagt sie leise. Sie streckt ihm ihre Hand mit dem Ring entgegen. Rolf kniet sich vor sie. Nimmt die Hand in seine und küsst den Ring. „Ich liebe dich, ich bin bei dir. Ich lasse dich nicht im Stich. Ich verspreche es." Seine Stimme, sanft und voller Liebe. Christoph versorgt ihre Wunden mit Salbe. „Noch nicht geplatzt. Abwarten. Mehr kann ich im Moment nicht tun", sagt er und spritzt ihr ein Schmerzmittel. Er gibt Rolf eine Rettungsdecke. „Schlag sie damit ein und bring sie zum Auto." Er ruft Bea an. „Mach bitte alles fertig. Wir bringen Gisa. Ja ist schlimm", sagt er auf Beas Frage hin. Zuhause trägt Rolf Gisa ins Zimmer und legt sie vorsichtig seitlich auf ihr Bett. Als er gehen will, hält sie ihn fest. „Bitte bleib bei mir, sagt sie. Lass mich nicht allein." Sie weiß, geht er jetzt, tötet er Marco. Rolf legt sich zu ihr. Sie schmiegt sich an seine Seite und hält sich an ihm fest. Er streichelt ihr durch das Haar. Schweigend liegen sie und Gisa schläft ein. Das Mittel, das ihr Christoph gespritzt hat, wirkt. Am nächsten Tag bringt Bea, Gisa Frühstück an das Bett. Auf dem Tablett liegt, neben Tee und belegtem Brötchen, eine Tageszeitung. Titelbild: „Millionenvilla abgebrannt". Gisa sieht das Bild genauer an. „Die kenne ich doch. Das ist doch Haralds Villa, sein Club", denkt sie. Sie sieht Bea an und die zwinkert ihr zu. Rolf sitzt neben ihr. Lächelnd. Jetzt muss sie auch lächeln. Sie zieht ihn zu sich runter und küsst ihn. „Ich liebe Dich", flüstert sie. Bea nimmt das Tablett und geht leise. Rolf nimmt Gisas Hände und küsst den Ring. Dann legt er sich neben sie und sie sich quer über ihn. Seinem Herzen zuhörend. „Meins", flüstert sie. „Deins", antwortet er. Es klopft. „Herein", sagt Rolf. „Hallo ihr zwei. Ich wollte eben Gisa versorgen", sagt Christoph. „Ja gut, komm rein", sagt Rolf. Christoph bestreicht die Wunden. „Wenigstens nicht geplatzt, sagt er, dann bleiben keine Narben." Rolfs Gesicht färbt sich rot. Gisa sieht das. „Rolf geh doch frühstücken", bietet sie ihn an. Rolf küsst sie und geht in die Küche. „Du bist fantastisch, bemerkt Christoph. Du hast diesen furchteinflößenden Mann gefangen. Ich kenne ihn schon lange. Das ist bisher keiner gelungen. Er liebt dich wirklich." Christoph verteilt die Salbe sanft und seine warmen Hände gleiten über ihren Rücken und Po. Gisa zuckt leicht. Dann die Innenschenkel. Mit seinem Finger streicht er durch ihren Schlitz. Gisa beißt sich auf die Lippen. Sie schließt die Augen. Genießt dieses wohlige, kitzelnde geile Gefühl. Lange und zärtlich spielt er mit ihrer Liebesperle, bis sie kommt. Gisa zuckt und stöhnt ins Kissen. Er lässt ab, deckt sie bis zum Po zu und geht. Gisa legt ihren Kopf auf ihrem Arm. Sieht ihm hinterher. Doch er geht, ohne einen weiteren Blick oder Wort. Rolf kommt wieder zu ihr. Setzt sich neben sie. Gisa legt ihren Kopf in seinen Schoß. Streichelt sein Bein. „Ich danke dir", flüstert sie. „Wofür?", fragt er und streichelt ihren Kopf. „Das du mich liebst", sagt sie. „Dich kann man nur Lieb haben", flüstert er und seufzt laut. Gisa weiß wieso. „Du hast keine Schuld. Du hättest es nicht verhindern können. Ich bin selber Schuld. Ich wollte nicht hören und habe alle Warnungen ignoriert. Ich habe vertraut und verloren. Sie seufzt laut. Denn sie denkt an den perfekten Abend vor dem Kamin und das sie sich so geirrt hat. Das passiert mir so schnell nicht wieder. Ich verspreche es", flüstert sie. Eine Träne läuft über seine Wange. Zärtlich streicht er die weg. Dann legt sie sich in seinen Arm. Er gibt ihr Ruhe und Kraft. Sie fühlt sich sicher. Kuscheln und schlafen.

Am Abend kommt Christoph und cremt sie ein. Diesmal dreht sich Gisa weg als er ihr in den Schritt fassen will. „Alles in Ordnung?", fragt er. „Wir dürfen das nicht, sagt Gisa. Bea liebt dich und Rolf mich. Er liebt mich so sehr, dass er für mich töten würde. Dieser Mann hat meine absolute Treue verdient. Und Bea ist genau die Richtige für dich. Lass es so gut sein, wir tun uns sonst nur weh", bittet sie. „In Ordnung. Du hast recht, sagt er bedauernd. Rolf ist zu beneiden. Ihr seid ein tolles Paar. Aber ich warte, gesteh mir das bitte zu, "lächelt Christoph. „In Ordnung, sagt Gisa knapp. Hilfst du mir bitte auf, ich müsste mal ins Bad." Christoph stützt sie vorsichtig. Sie legt ihren Arm um seinen Hals und ihre herrliche Brust reibt sich an ihm. Er hält sie an den Lenden. Glatt, seidig und zart. Alles regt sich in ihm. Jedes Wort und Versprechen vergessen. Er will sie küssen. Gisa zieht den Kopf zurück. „Nicht", sagt sie, zieht einen Bademantel an und geht ins Bad. Erleichtert sich und macht sich frisch. Im Spiegel sieht sie sich in die Augen. In ihren Gedanken spielen sich wiederholt Szenen ab. „Hilf mir, Harald, hilf mir", hat sie gebettelt. Doch es kommen keine Tränen. Blanker Hass steigt in ihr hoch. Sie atmet tief durch. Dann geht sie in die Küche. Sie holt sich einen Saft aus dem Kühlschrank. Sieht auf den Messerblock. Zieht das Fleischmesser heraus und betrachtet die Klinge. Fasziniert von der spiegelnden Klinge, fuchtelt sie damit rum. Rolf kommt in die Küche und sie steckt das Messer zurück in den Block. Er küsst sie. „Brauchst du etwas, soll ich dir was holen oder Essen bestellen?", fragt er fürsorglich. Sie schüttelt den Kopf. „Was kann ich dir Gutes tun?". „Sag es mir", flüstert er. „Hast du eigentlich Kampfsporterfahrung?", fragt Gisa. „Nein, meine Fäuste reichen", sagt er verwirrt. „Würdest du mit mir zur Schulung gehen?", fragt sie. „Alles was du willst", sagt er sanft. Sie dreht sich um, nimmt eine Pfanne und stellt sie auf den Herd. Geht zum Kühlschrank und holt Speck und Eier. Stellt zwei Teller auf den Tisch und legt je zwei Scheiben Brot darauf. Dann macht sie den Herd an. Rolf sitzt am Tisch und sieht ihr zu. Alles schweigend. Gisa brät Streifen Speck schön kross und legt sie auf die Teller. Dann haut sie zwei Eier in die Pfanne. Wendet sie nach einer Minute, denn sie hasst glibberige Eier. Tut sie auf einen Teller und schiebt ihn Rolf hin. Keine Mimik in ihrem Gesicht. Dann für sich zwei Eier in die Pfanne. Ebenfalls gewendet auf den anderen Teller. Sie macht den Herd aus und setzt sich hin. Gießt sich Saft ein. Dann stopft sie sich ein großes Stück nach dem anderen in den Mund. „Willst du nicht?", fragt sie Rolf mit vollem Mund. „Doch", sagt er ruhig und beobachtet sie weiter. Gisa stößt ihren Becher um. „Verdammt", schreit sie. Holt einen Lappen und reibt wirr auf der verschütteten Lache. Wutentbrannt reibt und flucht sie. „Gisa hör auf", ruft Rolf. Doch sie hört nicht. Rolf geht zu ihr rüber. Nimmt sie an den Händen. „Hör auf", schreit er sie an. Gisa sieht ihn mit großen Augen an und dann weint sie laut los: „Wieso?", schreit sie. Rolf setzt sich und zieht sie auf seinen Schoß. Hält sie fest. Gisa weint und schreit sich den Schmerz von der Seele. Immer wieder fragend, „Wieso?" Christoph und Bea kommen in die Küche gestürzt. „Das wurde auch Zeit.

147

Der Knoten ist geplatzt", sagt Christoph. Bring sie ins Bett. Ich gebe ihr was. Jetzt kann es nur noch besser werden." Rolf legt Gisa ins Bett und Christoph gibt ihr eine Spritze. Anna kommt aus ihrem Zimmer und legt sich zu Gisa. Nimmt sie in den Arm. Gisa schluchzt. „Ich schäme mich so, nicht auf dich gehört zu haben. Ich wollte es nicht glauben." Anna antwortet: „Gisa, jeder hat seinen eigenen Willen. Niemand hätte dir das ausreden können. Du musstest deine eigene Erfahrung machen. Sei nicht so streng mit dir. Wunden heilen, und du hast Rolf und uns. Rolf der dich liebt und wir auch. Sie streicht Gisa die Tränen von der Wange. „Und vergiss nicht, wir haben noch eine Hochzeit zu planen", lächelt Anna. „Genau", ruft Bea von der Tür her. Gisa muss lachen. Christoph beobachtet sie. Anna, die süße kleine zarte Anna, sagt so etwas Vernünftiges und Erwachsenes. So eine Liebe und Fürsorge hat er bei den Mädchen noch nicht erlebt. Und er weiß, dass sie das nur wegen Gisa sind. Sie hat in der kurzen Zeit so viel verändert. Jetzt liebt er sie. „Darf ich stören?", fragt er vorsichtig. „Selbstverständlich, sagt Anna und macht Platz. Mach sie mir wieder gesund, wir wollen noch eine Hochzeit feiern", lacht Anna und zwinkert Gisa zu. Sie geht mit Bea raus. Christoph gibt ihr eine kleine Spritze und cremt sie ein. Sanft und warm ist seine Hand. Als er bei den Schenkeln ankommt, zuckt sie zusammen. „Bitte", flüstert sie. „Keine Angst, ich respektiere deinen Wunsch. Ich kann warten", flüstert er. Gisa legt sich entspannt auf ihre Arme. Genießt seine Massage und schließt die Augen. Wenig später wirkt das Medikament und sie schläft ein. Als sie wieder wach wird, liegt sie in einem Raum voller Blumen. Sträuße in jeglicher Größe. Rolf kommt rein. „Der ist von mir", lächelt er und zeigt auf den, großen rote Rosenstrauß auf dem Sekretär. Gisa krabbelt aus dem Bett. Riecht an jedem Strauß. Geht dann zu den Rolfs Strauß. Ein Brief hängt daran. Rolf stellt sich hinter sie und umfasst ihre Hüfte. Gisa öffnet den Brief. Ein Termin für das Standesamt und eine goldene Kette mit Herz. Die Inschrift: Ich liebe dich Für Ewig, Rolf. Rolf küsst ihren Hals. Dann legt er ihr die Kette an. Knabbert an ihrem Ohrläppchen. „Ich liebe dich", haucht er. „Und ich dich", sagt sie und weint. Aber diesmal vor Glück. Rolf dreht sie um und nimmt ihren Kopf in die Hände. Küsst sie zärtlich. Christoph kommt ins Zimmer, da die Tür offen steht hat er nicht geklopft. „Hoppla, Verzeihung ", sagt er als er Gisa sieht. Denn die steht nackt in Rolfs Armen. „Schon gut, lacht Gisa. Du siehst mich ja nicht zum ersten Mal." Sie legt sich auf das Bett. Christoph reibt sie ein. „Habt ihr einen Blumenladen überfallen?", fragt er. „Die Mädchen, lächelt Gisa, und der dort drüben, und ihre Augen glänzen, ist von Rolf. Mit Termin für das Standesamt." „Wunderbar, sagt Christoph, dann Sorge ich mal dafür, dass du in ein atemberaubendes Kleid kannst. Vielleicht kriegt Rolf ja noch kalte Füße, dann nehme ich dich", scherzt er mit Unterton. „Nix da, antwortet Rolf forsch. Das ist meine." Er sieht sie mit einem Blick an, der alles sagt. Und Gisa ihn. „So, sagt Christoph, ich bin sehr zufrieden, wie alles verheilt". Und geht. Rolf legt sich neben Gisa. Er sieht sie liebevoll an. Ihre Kette glitzert auf ihrer leicht gebräunten Haut. „Wenn du dich morgen in der Lage fühlst, können wir ja Ringe aussuchen gehen." „Ja", haucht Gisa und ihre Augen strahlen. Bea kommt ins Zimmer. „Braucht ihr noch etwas?", fragt sie. Gisa streckt ihre Hand entgegen. Zieht sie zu sich und küsst sie auf den Mund. „Danke", flüstert Gisa. „Immer. Du gehörst zu uns", antwortet Bea und streichelt Gisa über die Wange. Dann schließt sie leise die Tür hinter sich. Rolf zieht sich aus und legt sich ganz eng an Gisa. Sein Verlangen wächst. Zärtlich streichelt Gisa sein wachsendes Glied. Dabei küsst sie ihn wild. Dann legt sie sich auf ihn und lässt sich langsam auf sein Glied gleiten. Sanft bewegt er ihren Po rauf und runter. Zärtlich und ausdauernd. Sie schnaufen. Gisa setzt sich auf. Jetzt kann Rolf an ihrem Kitzler spielen. Er bringt sie zum Höhepunkt, während sie ihn reitet. Sie zuckt und sinkt zusammen. Atmet schwer. Dann rutscht sie an ihm runter. Verwöhnt seine Eichel mit Finger und Zunge. Genüsslich leckt und saugt sie daran. Er spritzt ihr in den Mund. Gisa schlürft all seinen Liebessaft. Gierig nach jedem Tropfen. Dann legt sie sich in seinen Arm. Pläne schmiedend schlafen sie nach einer Weile ein.

Am nächsten Morgen rutscht Gisa vorsichtig aus dem Bett, um Rolf nicht zu wecken. Sie geht unter die Dusche. Stylt sich und legt sich ein Make-up auf. Dann steht sie vor ihrem Kleiderschrank. Alles eng anliegend. Da fällt ihr Beas Bluse ein, die sie beim ersten Zusammentreffen trug. Sie klopft an Beas Tür. Tritt nach Aufforderung ein und fragt nach der Bluse. „Ja klar, leih ich dir die", sagt Bea und springt nackt aus dem Bett. Holt die Bluse aus dem Schrank und kramt einen kurzen Jeansrock und breiten Gürtel raus. „Hier, zieh mal an", sagt sie. Gisa tut es. „Zieh meine braunen Wildlederstiefel dazu an. „Perfekt, sagt Bea. Und jetzt style ich dir noch die Haare." Wild lockig mit Haarband. Bea ist begeistert. „Du siehst irre aus. Steht dir fast besser als mir", lacht sie. Gisa geht in ihr Zimmer. Rolf sitzt im Bett. „Fantastisch, sagt er.

Gib mir eine Minute." Er macht sich frisch und schlüpft in Hemd und Jeans. Dann nimmt er Gisa, drückt ihr einen Kuss auf und geht mit ihr los. Sie schlendern durch die Straßen. Bei einem Juwelier halten sie an. Sie küssen sich. „Bereit, fragt sie und sieht ihm in die Augen. Keine Zweifel?". „Niemals", sagt er energisch und nimmt sie auf den Arm. Trägt sie wie eine Braut über die Schwelle. Der Juwelier steht hinter dem Tresen und lacht. „Ich sehe schon, Trauringe?". Er holt verschiedene Ringe aus der Schublade. Gisa gefallen mehrere. „Kein Problem, sagt der Juwelier, wir fertigen jeden Ring nach Wunsch. Eine Anzahlung vorausgesetzt. Welche Inschrift?" „Rolf und Gisa für Ewig", sagt Rolf gefasst und sieht ihr dabei in die Augen. Gisa fällt ihm um den Hals. Er vergisst ihren Rücken und drückt sie zu fest. Sie zuckt zusammen. „Verzeih mir", flüstert er. Nachdem sie die Ringe bestellt haben, gehen sie langsam nach Hause. Unterwegs kommen sie an Mattes Kostümverleih vorbei. „Lass uns Hallo sagen", strahlt Gisa. Als sie den Laden betreten, offenbart sich ein Blick der Verwüstung. Alles liegt kreuz und quer. Kaputte Masken und Accessoires. Gisa schreit auf: „Anna bist du hier?". Sie rennt durch den Laden. Im Lager liegen Mattes und Anna gefesselt am Boden. Mattes blutet. Rolf befreit ihn und macht ihn sauber. Ruft Christoph an. Gisa befreit die weinende und zitternde Anna. Kontrolliert alles an ihr. Keine Verletzungen. Sie nimmt sie in den Arm. „Wer war das?", fragt sie leise. Anna beruhigt sich. „Die aus der Nerd-Gruppe, als Rache", sagt Anna. Christoph kommt herein. Er sieht sich Anna an, und dann Mattes. Rippenprellungen, blaues Auge, gebrochene Nase und Platzwunde am Kopf. Christoph versorgt ihn mit Schmerzmittel und Bandagen. „Wir bringen ihn erst mal

nach Hause. Morgen mache ich ein Termin zum Röntgen",
sagt er. Rolf trägt Mattes zum Auto. Gisa hat Anna am
Arm. Die ist etwas wackelig vor Schreck. Rolf trägt Mattes in Annas Bett. „Ich kümmere mich darum. Schulde
dir noch was, sagt Rolf zu ihm. Mach dir kein Kopf." Drückt
ihm die Hand. Dann dreht er sich um, gibt Gisa einen
Kuss und geht. „Christoph?", will sie fragen. Doch der
winkt ab. „Wenn Rolf so wütend ist, ist es besser nichts
zu wissen", sagt er. Komm, kümmere dich um Anna, das
ist jetzt wichtiger." „Ja, du hast recht", lenkt sie ein. Sie
kümmert sich gemeinsam mit Bea um Anna und Mattes.
Sie machen Tee und Tassensuppen. Damit sie zu Kräften
kommen. Nach ein paar Stunden kommt Rolf zurück.
Sein Gesicht, kalt, leer und versteinert. „Frag nicht", sagt
er knapp zu Gisa. Die lehnt sich an seine Brust. Schweigend. Er hält sie fest. Legt seinen Kopf auf ihren und
küsst ihre Haare. Dann geht er zu Mattes. „Gib mir den
Schlüssel, ich kümmere mich um deine Geschäfte, bis
du wieder auf den Beinen bist", fordert er freundlich,
aber bestimmt auf. Mattes gibt ihm alle Informationen.
„So, nun ruht euch aus", sagt Rolf fürsorglich und gibt
Anna einen Kuss auf die Stirn. Dann geht er ins Bad.
Gisa guckt Bea an. „Würdest du mit mir zum Laden gehen, etwas aufräumen?" Bea nickt. Sie gehen zum Laden,
sortieren kaputtes in Eimer und noch verwendbares in
die Regale. Rolf steht auf einmal hinter ihr. Sein Blick
zornig. „Ich muss das tun. Versteh das, bitte", flüstert
Gisa. „Ja, ich weiß sagt er besänftigt. Doch jetzt ist es
genug. Den Rest Morgen. Vergiss nicht, dass du auch
noch Ruhe brauchst." „In Ordnung", stimmt Gisa zu.
Nimmt Bea an den Arm und gehen nach Hause. Rolf legt
Gisa auf ihr Bett. Sich daneben. Streichelt ihr Gesicht.

„Du bist so wundervoll. Gibst so viel Liebe. Lass mich nie wieder allein", sagt er zärtlich. Sie drückt ihn ins Kissen. Legt sich auf ihn und streichelt vorsichtig seine kaputte Lippe. „Niemals", haucht sie. Legt ihren Kopf an seine Brust. „Meins", flüstert sie. „Deins", antwortet er. „Ich liebe dich", flüstert er. Gisa streichelt seinen Arm. Nach einer Weile dreht sie sich um und will aufstehen. Er greift ihre Hand. „Wo willst du hin?", fragt er. „Nur eben nach Anna sehen, sagt sie. Ich bin gleich wieder da." Gisa geht zu Anna. Auf dem Flur trifft sie auf Christoph. „Und wie geht es unseren Turteltauben?", fragt Gisa. „Ich krieg das wieder hin", sagt Christoph zuversichtlich. Aber da du schon mal hier bist, kann ich dich auch gleich versorgen." „In Ordnung ich ziehe eben einen Bademantel an", stimmt sie zu. Umgezogen geht sie in die Küche. Stellt sich an den Schrank. Lässt den Bademantel bis zum Po runtergleiten. Christoph trägt die Salbe auf. Gisa zittert. „Von meinen Händen?", fragt Christoph. „Nein, sagt sie. Du bist sanft und zärtlich wie immer. Wohl eher die Aufregung. „Dreh dich mal um", sagt Christoph. Dann untersucht er sie. Tastet Hals und Schulter ab. Zärtlich streicht er über ihre Arme. Dabei ihr immer in die Augen sehend. Gisa rührt sich nicht. Seine Hände gleiten über ihre Brüste. „Etwas verspannt", flüstert er und drückt ihren Nippel. Er will sie küssen, doch Gisa weicht zurück. Sie zieht den Bademantel wieder hoch und geht zu Rolf. „Alles ok?", fragt er als sie sich zu ihm legt. „Den beiden geht es gut", sagt sie kühl und kuschelt sich in seinen Arm. Sie schlafen ein. Am nächsten Tag tänzelt sie schon wieder durch das Zimmer. Es ist noch früh und sie will sich eine ausgiebige Dusche gönnen. Sie nimmt ihre Sachen mit ins Bad. Macht sich Musik am Handy und duscht.

Schäumt sich von oben bis unten ein. Als sie ihr Gesicht einschäumt fühlt sie Arme um sich schlingen, die ihre Brüste streicheln und kneten. Ein wachsender Schwanz an ihrem Po. Sie wird nach vorne gebückt und sie stellt schnell und erwartungsvoll ein Bein auf den Wannenrand. Hält sich an der Duschstange fest. Finger gleiten ihren Schlitz entlang. Spielen mit ihrem Kitzler. Bringen sie zum Stöhnen. Dann gleiten zwei Finger in ihr Loch. Fingern sie schnell und hart. Gisa keucht. Hände nehmen ihre Hüfte. Ein Schwanz gleitet in sie. Groß und hart. Kreisend und stoßend nimmt er sie. Sie hält sich immer wieder den Kopf unter den Wasserstrahl und wirft den Kopf hin und her. Die Gefühle berauschen sie. Mittlerweile spielen seine Finger an ihrem Kitzler. Sie zuckt und er stößt als sie kommt. Sie jauchzt auf. So intensiv hat sie es noch nie erlebt. Schnell stoßend kommt auch er. Drückt sie noch mal heftig an sein Becken. Sie fühlt sein Glied zucken. Sie wischt sich das Wasser aus dem Gesicht und dreht sich um. Sie will Rolf küssen. Doch es ist nicht Rolf. Christoph steht vor ihr. Sie sieht ihn mit großen Augen an. Er steigt aus der Dusche, zieht einen Bademantel an und geht. Gisa steht noch eine Weile wie angewurzelt da. Sie legt sich ein Badehandtuch um und geht in die Küche. Schweigend deckt sie den Tisch. Weckt Rolf zärtlich. Streichelt seine Wange. „He mein starker Mann, Frühstück ist fertig." Er zieht sie auf sich. „Ich brauche nur dich", haucht er und küsst sie. Fummelt an ihrem Badetuch. Gisa rekelt sich von ihm runter. „Nein, jetzt nicht, lacht sie. Ich habe Hunger." Sie wirft sich ein Maxishirt über und geht in die Küche. Bea und Christoph sitzen schon am Tisch. Gisa setzt sich schweigend gegenüber. Sie schneidet zwei Brötchen auf, belegt sie sehr großzügig und stellt zwei Tassen Tee dazu. Dann geht sie zu Anna und Mattes. Christoph würdigt sie keines Blickes. Als sie zurückkommt sitzt Rolf auch am Tisch. Sie Frühstücken. Still. „Stimmt was nicht?", fragt Bea plötzlich. Gisa guckt kurz Christoph an. „Entschuldige Bea, mir geht im Moment so vieles durch den Kopf. Vor allem die Ausbildung. Dass ich da nicht wieder hingehe, ist doch wohl klar." Still essen sie weiter. „Muss es denn Marketing sein?, fragt Christoph. Ich könnte noch eine Kraft gebrauchen." „Ja, sagt Bea, das wäre doch toll. Du wolltest doch sowieso Erste Hilfe lernen." Gisa guckt Christoph wie geschockt an. Er guckt ganz cool. Weis um ihre Gedanken. „Du kannst ja mal drüber nachdenken, bietet er an. Erst mal gesundest du und dann sagst du mir Bescheid", sagt er sachlich. Dann dreht er sich zu Bea. „Wollen wir zwei shoppen? Ich bräuchte noch Hemden und du hast einen fantastischen Geschmack. Sind vielleicht auch noch Schuhe für dich drin." „Ja, klar", lacht Bea und rennt in ihr Zimmer, um sich anzuziehen. Christoph geht lächelnd hinterher ohne Gisa auch nur noch einmal anzusehen. Gisa kocht innerlich. Dann frühstückt sie weiter. Sieht Rolf an. „Was hältst du davon?", fragt sie ihn. „Eigentlich eine gute Idee. Nachdem was alles passiert ist, wäre das in unserem Gewerbe schon hilfreich. Aber das musst du entscheiden. Das ist dein Leben", sagt er und drückt ihre Hand." Gisa lächelt ihn an. Trinkt ihren Tee. „Ok dann mach ich das", sagt Gisa fest entschlossen. Sie steht auf und geht in ihr Zimmer, setzt sich an den Sekretär und schreibt ihre Kündigung. Legt sie in einem Umschlag darauf. Rolf kommt dazu. Gisa zieht sich an. „Komm, sagt Rolf. Lass uns die Kündigung persönlich abgeben." „Niemals, antwortet Gisa schockiert. Da geh ich nie wieder hin. Sie hat Tränen in den Augen. „Wie kannst du das von mir erwarten?" „Weil ich will, dass du Stärke zeigst. Dass egal wer dir was tut, dich nichts und niemand kleinkriegt. Ich bleibe an deiner Seite", sagt Rolf bestimmt. „Ok", sagt Gisa leise und eingeschüchtert. Sie zittert. Während der Fahrt zur Firma hält Rolf die ganze Zeit ihre Hand. 3. Stock. Gisa wird schlecht. Sie atmet schwer. Rolf drückt sie noch mal an sich. Er lächelt sie an. „Komm", flüstert er. Gisa geht zu Frau Meyer und begrüßt sie freundlich. „Hier, bitte würden sie meine Kündigung weiterleiten?", fragt sie. „Vielen Dank." Gisa will wieder gehen. Da geht die Bürotür auf. Harald sieht Gisa und Rolf und bleibt geschockt stehen. Rolf steht starr da. Sein Blick hasserfüllt. „Frau Klinke hat soeben ihre Kündigung abgegeben, unterbricht Frau Meyer die angespannte Situation. „Das war doch nicht nötig, räuspert sich Harald. Wollen wir nicht in Ruhe in meinem Büro reden?", bietet er an. Jetzt platzt Gisa. „Ganz bestimmt nicht, schreit sie zornig. Da kriegt mich niemand mehr rein. Dann zieht sie die Bluse aus. Hier Frau Meyer, das ist ihr Chef." Sie zeigt ihr den Rücken. Dann zieht sie die Bluse wieder an. Nimmt Rolf an die Hand. Rolf schmunzelt vor Stolz. Dann dreht sich Gisa noch mal zu Harald um. „Ich habe dich um Hilfe angefleht. Jetzt kullern ihr die Tränen. Ich habe dir vertraut. Dich sogar geliebt. Wie konntest du mir das antun?", schluchzt sie. Während der Fahrt nach Hause weint sie noch mal richtig los. Zuhause angekommen, geht sie erst mal ins Bad. Beruhigt sich und macht sich frisch. Dann geht sie in ihr Zimmer. An der Tür bleibt sie stehen und sieht Rolf an. „Das war das schwerste was ich bisher tun musste. Zuerst habe ich dich dafür gehasst, dass du das verlangt hast. Doch jetzt, ... fühle ich mich sau wohl und befreit. Womit habe ich nur so einen klugen Mann verdient", fragt sie ihn lächelnd. Ihre Augen leuchten, dann fliegt sie ihm in die Arme. Drückt ihn ganz fest. Küsst sein ganzes Gesicht. Knabbert zärtlich an seinen Lippen. „Für Ewig", flüstert sie. Er küsst sie leidenschaftlich und zieht sie auf sich. Drückt ihr Becken auf seines. Sie fühlt sein Verlangen wachsen. „Du bist unersättlich", haucht sie. Er lacht. „Kein Wunder, bei so einer Traumfrau." Er legt sie neben sich. Öffnet ihre Hose und spielt zärtlich mit ihrem Kitzler. Lässt ihn zwischen seinen Fingern hin und her flutschen. Beobachtet ihre Mimik. Lange. Wenn sie ihn küssen will, zieht er den Kopf zurück und grinst. „Das kriegst du wieder", seufzt sie vor Geilheit. Dann zieht er sie aus. Legt sich zwischen ihre Beine. Knetet ihre Brüste, während seine Zunge zwischen ihren Schenkeln versinkt. Genießt schlürfend ihren ganzen Schoß. Gisa beißt in ihr Kissen. Sie würde am liebsten ihre Gefühle rausschreien. Er zieht sie vor das Bett. Kniet sich hinter sie. Fingert sie feucht. Dann stößt er seinen Schwanz in sie. Ruckartig, kurz und heftig. Gisa rekelt sich auf dem Bett. Er hält sie an den Schultern und stößt sie gleichmäßig. Seufzt laut auf. Spritzt seine Samen auf ihre Pobacken. Verreibt sie zärtlich. Er dreht sie um. Legt ihre Beine auf seine Schultern, hält ihre Hände fest und züngelt ihre Liebesperle zum Orgasmus. Gisa verdreht die Augen. So geil. So wunderschön. Sie seufzt und stöhnt. „Ich liebe dich so sehr", keucht sie. Er nimmt ihren Kopf in seine Hände. Sieht ihr in die Augen. „Ich töte jeden, der dich mir wegnehmen will", sagt er ernst. Gisa sieht Angst in seinen Augen. „Das wird nie passieren", flüstert sie und streichelt seine Wange. „Ich

würde gern feiern, hast du Lust?" „Ich frage Bea, ob sie
mitkommen." „Ja, gut", stimmt Rolf zu. Gisa geht zu
Anna und Mattes und sieht nach dem rechten. Anna hat
sich erholt und kümmert sich liebevoll, um ihren liebsten Mattes. Dann geht sie zu Bea. „Christoph, ich würde
gern dein Angebot annehmen. Und das auch mit euch
feiern, wenn ihr Lust habt." Bea guckt Christoph an. Der
nickt. Dann springt Bea aus dem Bett. „Was ziehen wir
an", fragt sie euphorisch. Während Bea im Kleiderschrank
kramt guckt Gisa Christoph an und er sie. Ihre Blicke
sagen alles. Sie sind noch nicht fertig miteinander. „Hier,
sagt Bea. Twins." Sie holt zwei Hotpants und Glitzer-T-
Shirts aus dem Schrank. Für Gisa das weiße und für Bea
das pinke Set. Dann gehen sie lachend ins Bad. Duschen
sich und legen Parfüm und Make-up auf. Ziehen sich an.
Bea trägt einen Zopf nach rechts und Gisa links. Stirn-
bänder und Plateauturnschuhe. Die Männer haben sich
auch schon zurecht gemacht. Jeans und Hemd. Die Mädchen schnappen sich ihre Männer und ziehen mit ihnen
in die nächste Kneipe. Bestellen den Männern Bier und
sich selbst Radler. Albern und lachen. Im Hintergrund
läuft Musik. Gisas Lieblingslied. Sie bittet die Bedienung
es lauter zu machen. Dann hält es sie nicht mehr auf dem
Stuhl. Sie zieht Bea mit sich und tanzt mitten im Laden
mit ihr. Eine Schwarzhaarige und Blondine außer Rand
und Band. Die Typen am Tresen, Anhänger einer Motor-
radgang, sehen ihnen zu. Dann gehen zwei zu ihnen und
wollen mit ihnen tanzen. Gisa guckt zu Rolf. Der nickt.
Dann tanzen abwechselnd mehrere Männer mit ihnen.
Auch mal ein langsames Lied, eng anlehnend. Rolf und
Christoph haben alles im Blick. Die Mädchen haben sehr
viel Spaß. Lachen und sind überglücklich. Ausgepowert

gehen sie an ihren Tisch. Prosten sich zu und trinken ihre Radler auf ex. Die Bedienung flüstert mit den Gästen. Sie hat schon längst die Tätowierung auf Rolfs Hand entdeckt. Wie ein Lauffeuer wird es jedem im Raum erzählt. Nach einiger Zeit gehen die Vier. Sie schlendern durch die Straßen. In einer kleinen Gasse stehen plötzlich mehrere Männer vor ihnen. „Lauft", schreit Rolf Gisa an. Gisa nimmt Bea an die Hand und rennt zurück in die Kneipe. „Hilfe, bitte Hilfe, ruft Gisa in den Raum. Unsere Männer werden überfallen." „Was kriegen wir dafür?", fragt der eine Typ am Tresen cool. Gisa guckt Bea an. „Alles", sagen sie gleichzeitig. „Ok, ihr strippet für uns", fordert er. „In Ordnung", sagt Gisa. „Kommt, Jungs", sagt er schließlich. Dann geht er mit seinen Kumpels los. Bea und Gisa stellen drei Tische zusammen. Suchen Lieder aus und warten. Wenig später, kommen die Männer mit Rolf und Christoph unter den Armen zurück. „Hut ab, lacht der Typ. Eure Männer haben gut ausgeteilt." Sie bringen Rolf und Christoph in einen Nebenraum. Die Bedienung gibt ein Behälter Eiswürfel mit. Die Männer kommen zurück und stellen sich mit einem Bier in der Hand in die Runde. Gisa und Bea stellen sich auf die Tische. Die Musik beginnt. Die beiden lösen ihre Zöpfe. Schütteln ihre Haare zum Takt der Musik. Stellen sich breitbeinig hin und streicheln über ihre Körper. Gleiten mit ihren Händen ihre Beine rauf und runter. Bücken sich tief. Dann ziehen sie sich die T-Shirts über den Kopf. Schieben ihre BHs hoch und quetschen die Brüste. Lecken an ihren Brustwarzen. Zupfen an ihren Nippeln. Die Meute grölt. Gisa kniet sich vor Bea und zieht ihr die Hotpants langsam runter. Schiebt sie ihr über die Oberschenkel. Und küsst ihren Schoß. Bea tut es ihr gleich.

Auch Gisa steht mit runtergeschobenen Hotpants auf dem Tisch. Die Musik ist zu Ende. „Ausziehen", ruft der Anführer. Er geht zu den Mädchen und zerrt am Tanga. Ein anderer geht zu Bea. „Runter damit", sagt er forsch. „Ok, aber warum hilfst du mir nicht etwas", flüstert Gisa verführerisch. „Am besten mit den Zähnen." Das lässt er sich nicht zweimal sagen. Er zerrt mit seinen Zähnen Gisas Tanga runter. Sein Kumpel macht es bei Bea. Alle jubeln und grölen. Dann halten sie die Mädchen an ihre Pobacken und stecken ihre Zungen in deren Schlitze. Gisa zuckt. Schließt die Augen und seufzt. Seine Zunge sticht ihre Liebesperle. Sie muss sich an seinen Schultern festhalten. Ihre Beine zittern. Sie ist kurz davor zu kommen. Er fingert sie zusätzlich. Jetzt kann sie sich nicht mehr zurückhalten. Wirft den Kopf nach hinten. Stöhnt laut auf. Wackelt heftig. Sie ist gekommen. „Komm runter", befiehlt er und hält ihr die Hand hin. Er macht sich bereit sie zu ficken. Öffnet seine Hose. Dann dreht er sie um. Er sieht ihren und Beas Rücken. „Waren das eure Kerle?", fragt er zornig. „Nein", antwortet Gisa und erzählt. „Zieht euch an, sagt er leise. Ein anderes Mal. Wir werden euch buchen. Dann bringen wir das zu Ende", sagt er augenzwinkernd. „In Ordnung", stimmt Gisa zu. Sie ziehen sich an und gehen zu Rolf und Christoph. Die haben das Gegröle der Männer gehört. Gisa berichtet und Rolf kümmert sich um das Geschäftliche. Schnell sind die Männer sich einig. Sie nehmen noch einen Absacker und fahren schließlich mit dem Taxi nach Hause. Dort sitzen Anna und Mattes am Küchentisch. Die anderen setzen sich dazu und erzählen vom Abend. Gisa holt Eis aus dem Kühlschrank und macht zwei Umschläge zurecht. Einen reicht sie Rolf den anderen Christoph.

Dann setzt sie sich auf Rolfs Schoß. „Das ist schon mal ein guter Ansatz für eine Krankenschwester", lacht Christoph. Gisa zwinkert ihm zu. Sie nimmt Rolf an die Hand und zieht ihn hinter sich her ins Zimmer. Der Typ in der Kneipe hat sie so richtig geil gemacht. Sie zieht sich aus und setzt sich auf Rolfs Gesicht. Sie knetet ihre Brüste. Dann legt sie sich in 69er Stellung auf ihn. Er züngelt sie und sie saugt seinen Schwanz. Rolf stöhnt schwer. Züngelt Gisa zum Orgasmus. Dann dreht er sie vor sich auf das Bett. Kniet sich hinter sie und nimmt sie hart und schnell. Er stöhnt und keucht. Braucht nicht lange und ergießt sich in ihr. Schnaufend sinkt er auf sie. Sein Gesicht schmerzverzerrt. Gisa hilft ihm auf das Bett. „Was ist?", fragt sie. Er verkrampft sich. „Die Schlägerei, war wohl doch etwas kraftraubend", versucht er zu verharmlosen. Gisa rennt zu Christoph. „Mit Rolf stimmt was nicht", sagt sie aufgeregt in Beas Zimmertür stehend. Christoph untersucht Rolf. „Ein oder zwei Rippen haben was abgekriegt. Ich nehme ihn Morgen mit zum Röntgen, stellt er fest. Gönn ihm etwas Ruhe, auch wenn es schwerfällt". Er legt einen Stützverband an und geht zurück zu Bea. Gisa rennt hinterher und stellt ihn auf dem Flur. „Christoph, war das auch wirklich alles?". „Ja, ich lüge dich nicht an", sagt er leise. Streicht ihr durchs Haar. Will sie küssen. „Hast du doch schon getan, sagt Gisa und weicht zurück. Du wolltest mich respektieren und hast mich einfach benutzt", flüstert sie enttäuscht. Genau wie Harald." Tränen schießen ihr in die Augen. „Verzeih mir. Du hast recht. Ich habe mich hinreißen lassen. Ich war so heiß auf dich und habe nicht nachgedacht. Du bist so wunderschön. Ich konnte nicht mehr. Ich wollte dich unbedingt. Bitte lass es mich wieder gut machen."

Er streichelt ihre Wange. Nimmt ihr Kinn. Zieht sie zu
sich. „Bitte", flüstert er. Seine Lippen sanft und zärtlich
auf den ihren. Gisa geht ins Bad und macht sich frisch.
Sie sieht in den Spiegel. Im Hintergrund die Dusche. „Bin
ich zu hart?, fragt sie sich. Schön war es ja. Aber er hat
sie ausgenutzt. Und dennoch fühlt sie seine Berührung.
Zärtlich hat er sie genommen." Gisa seufzt. Im Badetuch
eingehüllt geht sie in die Küche. Macht sich einen Tee.
Sie will Rolf auch einen bringen, doch der schläft. Dann
nimmt sie ihr Tagebuch, setzt sich an den Küchentisch
und trägt die letzten Ereignisse ein. Sie schreibt ihren
Zwiespalt auf, den sie gerade wegen Christoph fühlt. Wie
zärtlich und sinnlich er ist. Sie ist völlig in ihrem Werk
versunken. Plötzlich liegen zwei Hände auf ihren Schultern. „Sind wir wieder gut Miteinander?", fragt sie eine
leise Stimme. Christoph steht hinter ihr. „Selbstverständlich, Chef", albert sie. Ich war nicht fair. Tut mir leid." Sie
nimmt ihn in den Arm. Dabei verrutscht ihr Badetuch.
„Ich auch nicht, flüstert Christoph. Und trotzdem will
ich dich. So sehr", haucht er und küsst ihren Hals. „Bitte
Gisa, geh mit mir ins Bad. Bitte. Sie fühlt seine Erregung.
Seine Hände streicheln ihre Brüste. Seine Zunge fordert
wild ihre. Er ist heiß. Auch Gisa ist nicht abgeneigt. Sie
erwidert das Zungenspiel. Dann gehen sie schnell ins
Bad. Legen sich auf den Flokati mitten im Raum. Er streichelt sie zärtlich. Überall. Genießt jeden Zentimeter. Er
hat solange gewartet. Seine sinnlichen Berührungen
bringen Gisa zum Zittern. Er küsst und leckt alle erotischen Stellen. Bringt sie zum Glühen. Jetzt kann er nicht
mehr. Er legt sich auf sie. Lässt sein Glied in sie eintau-
chen und wiegt sich auf ihr. Gisa krallt sich in seine Ober-
arme. Jede Woge ein Genuss. Sie explodiert vor Wollust.

Stöhnt und keucht. Sieht ihm in die Augen. Er küsst sie. Ihre Küsse werden immer wilder. Sie kommt. Stöhnt ihm in den Mund. Jetzt richtet er sich auf. Winkelt ihre Beine hoch und stößt sie heftig. Ihr Kopf fliegt hin und her. Sie verliert den Verstand. Jammert und keucht. Er ist so gut. Sie wünscht, dass es nicht endet. Doch auch er hat Grenzen und ergießt sich in ihr. Dann sinkt er auf sie. „Gut?", fragt er sie keuchend. „Sehr gut", lächelt sie und kratzt ihm leicht den Rücken. Vom Po Ende bis zum Nacken. „Von dir hat sie das", lächelt Christoph. Bea macht das auch immer." „Bea, schreckt Gisa hoch. Was machen wir denn hier?", fragt sie und will aufstehen. „Gisa nicht. Er hält sie fest. Wir fühlen uns zueinander hingezogen. Was ist falsch daran?", sagt er. „Ich liebe Rolf, sagt sie und Bea dich. Das hat sie mir gesagt. Was sollen wir tun?" „Uns lieben", flüstert er. Gisa steht auf. Bea klopft an die Badezimmertür. Christoph bist du da drin?", fragt sie. „Ich komme gleich", antwortet er. Gisa zittert. Ihr wird schlecht. Christoph nimmt Gisa an der Hüfte und küsst sie. „Mach es nicht so kompliziert, sagt er. Lasse es geschehen." Er küsst sie noch mal dermaßen leidenschaftlich, dass es in ihr kribbelt. Am liebsten würde sie sich wieder mit ihm hinlegen. Ihn erneut in sich spüren. Er ahnt es. „Nachher", flüstert er. Dann dreht er sich um und geht zu Bea. Gisa ist verwirrt. Sie zieht einen Bademantel an und geht in die Küche. Holt ihr Tagebuch und bemerkt nicht, dass es geschlossen ist. Legt es auf ihren Schreibtisch und sich mit dem Rücken zu Rolf ins Bett. Ihr Körper ist immer noch in Aufruhr. Sie denkt an Christoph. Leckt sich über die Lippe. Rolf drückt sich an sie. Legt seinen Arm um sie. Küsst ihren Hals. „Ist er besser als ich?", fragt er leise. Gisa ist geschockt. „Wie kommst du darauf?", fragt sie. „Dein Tagebuch lag offen. Wunderschön hast du geschrieben. Voller Zärtlichkeit. Ist er besser? Bist du verliebt?", fragt er verunsichert. Gisa legt sich auf ihn. „Jetzt hör mir mal zu, du dummer anbetungswürdiger Mann, knirscht sie mit den Zähnen. Du wirst mich nicht mehr los. Niemand kann dir das Wasser reichen. Du gehörst mir. Ist das klar? Und wenn du nicht willst, dass ich mit ihm schlafe, dann tu ich es nicht. Musst es nur sagen. Ich liebe dich, nur dich, alles klar?" Sie hat vor Wut Tränen in den Augen. Er hält ihr Gesicht. „Ich liebe dich so sehr, verzeih mir. Du entscheidest was du brauchst. Ich bin nur für dich da. Es ist dein Leben", sagt Rolf sanft. Sie küssen sich innig und zärtlich. In seinen starken Armen schläft sie ein. Stunden später, klopft es an Gisas Tür. „Herein", ruft Gisa verschlafen. „Ich will Rolf zum Röntgen abholen", sagt Christoph. „Komme", antwortet Rolf. Die Männer verlassen mit Mattes das Haus. Gisa geht in die Küche und fängt an zu kochen. Für die Mädchen eine Gemüselasagne und den Männern ein Steak. Sie bereitet alles vor. Bea und Anna kommen dazu. Helfen beim Tisch decken und Gemüse putzen. „Nach dem Essen gehen wir zu Mattes Laden und räumen alles auf", sagt Anna beiläufig. Gisa guckt Bea an und beide lächeln. „Was ist?", fragt Anna. „Haben wir schon getan", lächelt Bea. Gisa und Ich waren schon da und haben mit Rolf alles für die Wiedereröffnung vorbereitet. Rolf hat alles reparieren lassen. Sich mit den Versicherungen auseinandergesetzt und die Bestände aufgestockt. Wir haben geputzt und gewienert." Gisa lacht. Anna steht wie angewurzelt da. Sie fällt den Mädchen um den Hals. „Danke, ihr seid wunderbar. Meine absoluten Lieblingsmenschen. Das werde ich euch nie vergessen." Jetzt laufen Freudentränen über ihr Gesicht. „Danke, ich liebe euch", sagt sie und wischt ihr Gesicht. Dann dekoriert sie weiter den Tisch. Etwas später, kommen die Männer zurück. „Ein paar Tage schonen, dann wird es wieder", sagt Christoph. Er sieht Anna und Gisa an. An Gisa haftet sein Blick länger. Sie setzen sich an den Tisch und genießen gemeinsam das Essen. Anna erzählt Mattes von seinem Laden und was alles getan wurde. Mattes sieht in die Runde und bedankt sich. Anna strahlt vor Freude. Sie ist so stolz auf ihre Familie. Denn das sind Bea, Gisa und Rolf, für sie. Nach dem Essen gehen Anna und Mattes und bewundern das Geschäft. Alles ist perfekt. Eröffnen zusammen. Sie haben sich gefunden. Rolf zieht sich nach dem Essen zurück und legt sich in Gisas Bett. Bea geht in die Wanne und Gisa räumt die Küche auf. Sie dreht das Radio lauter und tanzt beim Putzen. Christoph steht in der Tür und sieht ihr zu. Ihre Brüste wippen verführerisch. Gisa stolpert und Christoph fängt sie auf. Sie will sich lösen, doch er hält sie fest. Wiegt sich mit ihr langsam hin und her. Tanzt mit ihr. Schweigend sehen sie sich in die Augen. Es knistert zwischen ihnen. Sie hören die Musik schon nicht mehr. Er drückt sie an sein Becken. Sie fühlt seine Erregung. Öffnet seinen Reißverschluss und wichst sein Glied. Immer ihm in die Augen sehend. „Bitte, haucht er. Quäl mich nicht so", fleht er. „Nicht hier", sagt sie. „Dann lass uns in meine Praxis fahren. Da kann ich dir auch gleich alles zeigen." „In Ordnung", stimmt Gisa zu. Sie zieht sich um und legt einen Zettel auf den Tisch. Dann fahren sie zur Praxis. Christoph schließt hinter ihnen ab. Zieht sie mit in das Behandlungszimmer. „Zieh dich aus, schnauft er. Langsam. Er setzt sich auf den Hocker und sieht ihr zu.

Gisa streckt sich auffällig. Dabei regen sich ihre Muskeln und ihre Rippen stechen hervor. Ihr Körper ist zierlich, doch wohl proportioniert. Eine Sportlerfigur. Nur mit mehr Brust und Po. Ihre Haut seidig zart und leicht gebräunt. Christoph hält es nicht mehr aus. Er schiebt den BH über ihren Kopf und saugt an ihren Nippeln. Drückt sich fest in ihre Brüste. Legt sie auf die Liege und zieht ihr Schuhe und Jeans aus. Gierig leckt er ihre Lenden. Zieht ihren Tanga zur Seite und versenkt seinen Kopf in ihren Schoß. Gisa zuckt bei jedem Stich seiner Zunge. Weit spreizt er ihre Schamlippen. Leckt sie heftig. Gisa jammert. Seufzt. Zusätzlich führt er zwei Finger in sie ein. Leicht gekrümmt fingert er sie. Schlürft und saugt an ihrer Liebesperle. Gisa durchfluten herrliche Gefühle. Sie wirft ihren Kopf hin und her. „Fick mich, ruft sie, bitte fick mich. Ich halte es nicht mehr aus. Christoph, bitte", fleht sie. Er zieht ihr den Tanga aus, öffnet seine Hose und legt sich auf sie. Sein Körper warm und kräftig. Er lässt sein Glied in sie gleiten. Winkelt ihr Bein etwas an. Gisa krallt sich an seinen Arm. Sie jammert, als er sie wiegend stößt. Sie beißt in seinen Oberarm. Die Gefühle bringen sie um den Verstand. Er legt ihre Beine auf seine Schultern. Tief dringt er in sie. Kurz, schnell und hart seine Stöße. Gisa schreit vor Wollust. Er stöhnt laut auf. Hält kurz inne und drückt sich dann noch mal an ihr Becken. Ergießt sich seufzend in ihr. Lässt seinen Saft in sie fließen. Er legt sich auf sie. Hält ihren Kopf und küsst sie. „Du bist wundervoll, haucht er. Streicht über ihre Lippen. Sei mein", flüstert er. „Wie meinst du das?", fragt sie. „Heirate nicht, sagt er, bleib frei ... für mich." Gisa drängt ihn von sich. Sie zieht sich hektisch an. Christoph sieht ihr zu. „Was ist?", fragt er verwirrt.

„Genau so, hat es mit Harald geendet. Ich dachte du wärst anders. Du hast behauptet Rolf wäre dein Freund." Jetzt laufen ihr die Tränen. Sie fühlt sich als hätte sie Rolf verraten. „Das war das letzte Mal, das wir zusammen waren, schluchzt sie. Komm mir nie wieder zu nahe." Sie rennt aus der Praxis. Christoph zieht sich verstört an. Er rennt ihr hinterher. Greift sie am Arm. „Gisa bleib stehen", sagt er. Er nimmt sie in den Arm. Gisa weint hemmungslos. „Es tut mir leid, sagt er. Du hast recht. Ich habe mich hinreißen lassen. War selbstsüchtig. Nur bitte versteh mich auch. Ich habe mich in dich verliebt." „Nein, das darfst du nicht, schluchzt Gisa. Ich gehöre zu Rolf." „Gut, ich versuche mich zu beherrschen. Ich verspreche es. Komm bitte wieder mit. Lass mich nicht allein", flüstert er und wischt ihr die Tränen von der Wange. Gisa geht mit ihm zurück. Sie trinken einen Tee zusammen. Gisa beruhigt sich und Christoph erklärt ihr die Praxis. Stunden vergehen. Plötzlich steht Rolf in der Tür. „Hey, mein Großer", lacht Gisa und fällt ihm um den Hals. Dann guckt sie auf die Uhr. „Oje, kein Wunder, dass du mich vermisst, lacht sie. Ich habe die Zeit völlig vergessen. Alles ist so neu und aufregend. Hast du dir Sorgen gemacht?" Er drückt sie fest an sich. Küsst sie. „Na ja, sagt er beschwichtigt. Nachdem was alles passiert ist, wäre ein Anruf schon gut gewesen." „Du hast recht. Entschuldige, meine Schuld. Wie geht es deiner Rippe?", sagt Christoph." „Gib mir ein paar Schmerztabletten und gut ist", antwortet Rolf cool. Können wir gehen? Habt ihr alles geklärt?" Gisa sieht Christoph an. „Ja, alles geklärt", sagt sie. Dann geht sie mit Rolf los. Sie schlendern Hand in Hand durch die Straßen. Sie kommen an einem Brautmodegeschäft vorbei. Im Fenster trägt eine Puppe ein Traum von Kleid. Eng geschnitten, tiefem Ausschnitt, langärmlig und mit Spitze. Gisa guckt Rolf an. Ob mir das steht?", fragt sie. „Geh rein und zieh es an", lächelt er. „Doch nicht wenn du dabei bist, sagt sie empört. Das bringt Unglück." „Dann lass es zurücklegen und komm mit den Mädchen zurück", sagt er lachend. Denn jetzt hat er es doch gesehen. Für ihn sind solche Regeln albern. Gisa geht hinein und lässt es sich zurücklegen. Zuhause erzählt sie Bea von dem Kleid. „Bitte nimm dir morgen nichts vor. Ich ruf Anna an, ob sie mitwill." Gisas Augen strahlen. Sie tänzelt durch die Wohnung. Vor einem Spiegel bleibt sie stehen. Dreht sich hin und her. „Was machst du?", fragt Rolf. „Die Narben, sagt Gisa, sind sie noch zu sehen?" „Noch ein wenig, aber an unserem Tag nicht mehr", antwortet er leise und streichelt ihr zart über den Rücken. „Mach dir keinen Kopf", flüstert er. Gisa sieht ihn an. „Ich möchte nichts erklären müssen", sagt sie beschämt. „Du erklärst gar nichts. Er hebt ihren Kopf. Dir ist Schlimmes widerfahren und niemand hat das Recht zu verurteilen. Du bist perfekt. Wunderschön. Atemberaubend", flüstert er und küsst ihren Hals. Drückt sie fest an sich. Seine Worte tun so gut. Sie seufzt laut. Er hebt sie hoch und bringt sie zum Bett. Zieht sie langsam und zärtlich streichelnd aus. „Ich liebe dich", haucht er. Gisa umschlingt seinen Hals. Küsst ihn zärtlich. Er genießt ihren Körper. Ihre Zuckungen und Seufzer. Er bringt sie zum Beben. Ihr Verlangen offen zu sehen. Weit spreizt sie ihre Beine. Seine Finger finden ihren Weg. „Der Himmel kann nicht schöner sein, denkt sie. Das ist der Richtige." Sie legt ihren Kopf an seine Schulter. Laut seufzend kommt sie. Er legt sich auf sie. Hält ihren Kopf und sieht ihr bei jedem Stoß in die

Augen. Gisa bebt. Auch sie hält seinen Kopf. So intensiv und voller Kraft, ist ihr Liebesakt. Ein Zucken und Kuss, verrät sein Kommen. Er lehnt sein Kopf an ihren Hals. Seufzt. Gisa umklammert ihn. „Ich lass dich nie mehr los, haucht sie. Ich liebe dich so sehr. Für Ewig." „Für Ewig", haucht er und drückt sich noch fester an sie. Lange liegen sie noch eng umschlungen. Am nächsten Morgen geht Gisa nackt in die Küche. Holt sich einen Saft aus dem Kühlschrank. Dreht sich um. Christoph sitzt am Tisch und lächelt sie an. „Gut, dass du da bist, sagt sie völlig enthemmt. Hast du noch von der Salbe für meinen Rücken", fragt sie. „Ja, natürlich. Warte hier ich hole sie eben, antwortet er." Er geht ins Zimmer und kommt mit der Salbe zurück. Gisa stellt sich an den Schrank. Christoph cremt sie ein. Sanft und zärtlich. „Wie schlimm ist es noch?", fragt Gisa. „Kaum noch zu sehen, antwortet er. Wieso?" „Ich habe heute einen Termin, zur Brautkleid Anprobe", lächelt sie. „Ich verstehe", flüstert er und küsst ihren Hals. Drückt sein Becken an ihren Po. „Nicht", sagt sie sanft, aber bestimmt. Sie geht ins Bad. Macht sich zurecht. Cremt und parfümiert sich ein. Dezentes Make Up. Steckt ihre Haare hoch. Sie zieht ein Kleid mit Reißverschluss an zum schnellen An und ausziehen. Bea kommt herein. „Wollen wir gleich los?", fragt Bea. Dann kann ich mir auch ein Brautjungfernkleid aussuchen. Und Anna müssen wir auch noch abholen." „Ja, stimmt", sagt Gisa. Springt auf ihr Bett und küsst Rolf. Der will sie zu sich ziehen. Zerrt an ihrem Reißverschluss. „Nix da, du Nimmersatt", lacht Gisa. Rolf zieht ein Schmollmund und lacht. Gisa zieht sich Pumps an und schlendert mit Bea am Arm los. Auf dem Weg zum Brautladen, treffen sie auf die Männer aus der Kneipe. „Denkt an

unsere Verabredung", ruft einer. „Versprochen", ruft Gisa
zurück. Sie holen Anna ab und gehen in den Brautladen.
Die Verkäuferin, sieht die drei etwas von oben herab an.
Gisa übersieht das. Sie möchte ihr Kleid anziehen. „Bea
hilfst du mir?", fragt Gisa. „Das ist nicht üblich", wirft
die Verkäuferin forsch ein. „Dann machen sie eben eine
Ausnahme", sagt Gisa fordernd. Doch die Verkäuferin
besteht auf die Vorschriften. „Gut, dann bitte", gibt Gisa
bei. Sie geht in die Umkleidekabine. Zieht sich aus. Die
Kabine ist komplett mit Spiegeln ausgestattet. Sie kann
sich rund um betrachten. „Dann wollen wir mal", sagt
die Verkäuferin und kommt mit dem Kleid auf dem Arm
rein. Sie bleibt verschreckt stehen als sie Gisas Rücken
sieht. Gisa und sie sehen sich sekundenlang schweigend
an. „Ich verstehe jetzt", sagt die Verkäuferin. Möchten
sie dennoch von mir eingekleidet werden?" Gisa nickt.
Ohne Worte zieht sie das Kleid an. Es passt, wie für sie
gemacht. Der Rücken bis zum Po ausgeschnitten. „Wenn
sie möchten, kann ich spitze einsetzen lassen", bietet die
Verkäuferin an. „Nein schon gut, in zwei Monaten ist
nichts mehr zu sehen", lächelt Gisa. Sie sieht sich in Gedanken auf Rolf zuschreiten. Sie tritt aus der Kabine.
Anna und Bea reißen die Münder auf. „Traumhaft, weint
Bea. So schön", schluchzt sie. Gisa stellt sich vor den Spiegel. Die Verkäuferin bringt Accessoires. Auch einen Schleier. Doch Gisa lehnt lachend ab. „Das ist mir zu jungfrau-
enhaft", lacht sie. Sie sucht ein perlenbesetztes Haarteil
aus. „Wenn Rolf dich so sieht, fällt er um oder nimmt
dich, ohne zu zögern auf dem Altar", lacht Anna. Die Verkäuferin steckt den Saum ab. Gisa zieht sich wieder um.
„So, jetzt ihr", fordert sie. Anna und Bea ziehen mehrere
Varianten an Kleidern an. Doch Gisa lehnt alles ab. Sie

bricht die Tradition. Sie geht an einen Ständer. Holt zwei, schlichte, matte weiße Kleider mit kurzen Röcken, langen Armen und tiefem Ausschnitt. Dazu weiße High Heels. „Hier zieht die an", befiehlt sie den Mädchen. Sie sucht noch zwei Anstecknadeln mit Maiglöckchen raus. Die Mädchen kommen aus der Umkleidekabine. Gisa sieht die Mädchen und weint los. Anna und Bea sehen sich verstört an. „Was ist los?", fragt Bea geschockt. „Das ist es, schluchzt Gisa. Ihr seht so wunderschön aus. So wollte ich es. Traumhaft." Die Verkäuferin reicht ihr ein Taschentuch. Sie muss zugeben, sie hätte es nicht besser machen können. Vorsichtig umarmen sie sich. Dann ziehen sie sich wieder um. Gisa erledigt das Geschäftliche. Sie machen sich auf den Weg. Setzen Anna, bei Mattes ab. Schlendern weiter. Eine weiße Limousine hält neben ihnen. Der Fahrer steigt aus und öffnet die hintere Tür. Bittet sie einzusteigen. Sie sehen hinein. Plötzlich werden sie von hinten gestoßen und gleichzeitig hineingezogen. Dann rauscht das Auto los. Anna hat das vom Fenster aus beobachtet und ruft Rolf an. Im Auto werden den Mädchen die Münder zugehalten. Ein dunkelhaariger, kräftiger Mann spricht sie an. „Schreit nicht, und wir nehmen die Hände weg", sagt er kalt. Gisa sieht Bea an und blinzelt ihr zu. Er sieht Gisa auffällig intensiv an. Verschlingt sie geradezu, mit seinen Augen. Auch Gisa prüft ihn. Da ist etwas, was sie nicht beschreiben kann. Irgendetwas fasziniert sie. „Ok, beginnt er, wir fahren zu mir und dort werden wir uns unterhalten. Ganz in Ruhe. Ich tue euch nichts, wenn ihr mir keinen Anlass gebt." Bea hält Gisas Hand. Er sieht das und lächelt. Dann guckt er Gisa musternd von oben bis unten an. Ihr Blick bleibt cool. Nach einer Weile halten sie an. Ihnen werden die Augen verbunden. Bea drückt Gisas Hand ganz fest. Dann fahren sie weiter. In einem Kaminzimmer setzt man sie auf eine Couch und nimmt ihnen die Augenbinden wieder ab. Ein Mann hält ihnen jeweils ein Glas Sekt hin. „Trinkt ruhig, sagt der Dunkelhaarige. Das entspannt, sagt der Schwarzhaarige. „Nein danke, lehnt Gisa ab, ich habe es nicht so mit Alkohol." „Dann nicht", sagt er forsch und lehnt sich zurück. Ihr wollt wissen, warum ihr hier seid." Gisa nickt. „Ich will wissen wer meine Konkurrenz ist, fährt er fort. Überall wo sich meine Mädchen vorstellen, wird ausschließlich nach der Neuen gefragt. Einem blonden Engel." Er sieht Gisa an. „Das hat mich neugierig gemacht. Ich will wissen, was so besonders an dir ist. Schön bist du, aber das sind meine Mädchen auch. Steh doch mal auf, befiehlt er. Lass dich ansehen." Gisa wirft die Haare nach hinten, leckt sich über die Lippe und steht auf. Stellt sich breitbeinig hin und senkt verführerisch den Kopf. „Aha, ich sehe schon. Deine Art zu kokettieren. Du spielst mit deinen Opfern." Er lehnt sich noch entspannter zurück und bewundert sie. „Na, dann zeig mal was du kannst", fordert er. Gisa nimmt das Sektglas und nippt daran. So dass ihre Lippen feucht glänzen. Sie öffnet ihr Kleid. Lässt es runtergleiten. Guckt ihm tief in die Augen. Sie streichelt ihr Brüste. Wirft den Kopf nach hinten. Zärtlich wandern ihre Hände über ihren Bauch zum Schoß. „Dreh dich mal um", sagt er. Gisa dreht sich um und bückt sich. Kneift die Pobacken zusammen, um vom Rücken abzulenken. Er steht auf und geht zu ihr. Streichelt ihr über den Rücken. „Eine Schande ist das. So einen schönen Körper zu verschandeln. Dieser Bestie sollte ich mal einen Besuch abstatten, sagt er zähne knirschend." Gisa dreht sich um. Sieht ihm in die Augen. „Das hat mein Verlobter schon getan", sagt sie. „Verlobter?", fragt er nach. „Ja, Liebster und Chef, Rolf", antwortet sie zärtlich. Ihre Augen leuchten. Er weicht zurück, als hätte sie was Schlimmes gesagt. In der Szene ist Rolf für seine Härte bekannt. „Zieh dich wieder an, sagt er. Danke für deine offene Art. Jetzt verstehe ich die Männer. Ich bringe euch gleich zurück." Ihnen werden wieder die Augen verbunden. Vor ihrer Haustür werden sie abgesetzt. Er nimmt Gisas Hand, küsst sie und verabschiedet sich mit den Worten: „Bis bald und grüß mir Rolf." „Wenn ich wüsste von wem, wäre das hilfreich", fragt sie kess. „Papi", antwortet er kühl. Sie steigen aus. Bea zittert. Rolf und Christoph kommen auf sie zu. Sie haben sie gesucht. Rolf nimmt Gisa fest in den Arm. „Alles in Ordnung?", fragt er. „Uns geht es gut. Papi wollte wissen wer ich bin", sagt sie. „Papi?", fragt Christoph geschockt. Rolf schüttelt den Kopf. Christoph ist ruhig. Sie nehmen die Mädchen und bringen sie nach Hause. Dort erzählt Gisa was passiert ist. In Rolfs Augen blitzt der blanke Hass. Gisa sieht, dass was nicht stimmt. Sie setzt sich auf seinen Schoß und umklammert ihn, wie ein kleines, Hilfe suchendes Kind. Dann nimmt sie seinen Kopf in ihre Hände, sieht sie ihm in die Augen. „Hey, mein Großer. Alles ist Ok. Nichts ist passiert. Küss mich lieber", fordert ihn Gisa lächelnd auf. Rolf trägt sie zu ihrem Bett. Legt sie darauf und sich daneben. Sie zieht seinen Kopf auf ihre Brust. „Deins", sagt sie. Er küsst sie wie wahnsinnig. Heftig und fast unbeherrscht. Gisa ist etwas verwirrt. So kennt sie ihn nicht. Er hält inne. Sieht sie mit feuchten Augen an. „Ich töte ihn, wenn er dich anrührt", flüstert er. Gisa wagt es nicht was zu sagen. Rolf legt seinen Kopf auf ihre

Brust und hält sie ganz fest. Jetzt weiß sie, dass was nicht stimmt. Sie schenkt ihm ihr schönstes Lächeln. Er verwöhnt sie nach allen Regeln der Kunst. Zärtlich und lange. Doch auch wenn es wieder unbeschreiblich schön mit ihm war, kann sie seine Reaktion nicht vergessen. Etwas später schläft Rolf. Gisa krabbelt vorsichtig aus dem Bett. Geht in die Küche und trinkt einen Tee. Nachdenklich. Christoph kommt aus dem Bad und setzt sich zu ihr. Sieht, dass was nicht stimmt. Er nimmt ihre Hand. „Was ist los?", fragt er. „Ich habe Angst. Ich habe Rolf noch nie so erlebt. Wer ist Papi und was hat er mit uns zu tun?", fragt Gisa. Christoph erzählt." Papi gehört zu einer Clan-Familie. Drogen, Mädchenhandel und schwerste Verbrechen. Höchst gefährlich. Mädchen, die für ihn arbeiten, werden mit glühenden Eisen markiert." „Deswegen hat Rolf mich, beim Sex, von oben bis unten abgesucht", sagt Gisa geschockt. Christoph fährt fort. Es gab ein Mädchen, das Rolf geliebt hat. Sie ist in Papis Fänge gelandet. Sie hat sich umgebracht. Gisa stockt der Atem. Seitdem hat Rolf Papi den Tod geschworen. Ich erzähle dir das nur, damit du nicht zu vertrauenswürdig bist. Halt dich von Papi fern. Versprich es mir", beschwört Christoph sie. „In Ordnung", sagt Gisa. Sie will gehen, doch er hält sie fest. „Geh mit mir ins Bad, flüstert er. Bea und Rolf schlafen. Ich will dich spüren, bitte." Sie gehen ins Bad. Gisa zieht ihr Maxi-Shirt aus und stellt sich an die Waschmaschine. Christoph kniet sich vor sie. Schleckt und züngelt ihren Schlitz. Gisa schließt die Augen. Versucht sich auf diese geilen Gefühle einzulassen, doch sie kann nicht vergessen was Christoph ihr erzählt hat. Deswegen hat Rolf so eine Angst um sie. Christoph gibt sich die größte Mühe. Fingert sie zusätzlich. Er zieht sie auf den Flokati. Setzt sie auf sein Gesicht. Sie bückt sich über ihn und holt seinen Schwanz aus der Hose. Sie verwöhnen sich in der 69er Stellung. Er presst ihre Schamlippen auf seinen Mund. Gisa seufzt. Seine Zunge tanzt an ihrer Liebesperle. Sie kommt. Rekelt sich. Er lässt sie los. Dann setzt sie sich auf seinen Schwanz und reitet ihn, bis er kommt. Eine Weile bleibt sie auf ihn sitzen. Wortlos steht sie auf und geht duschen. Christoph sieht ihr an, dass sie in Gedanken ist und geht. Frisch gemacht geht Gisa zurück zu Rolf. Sie kuschelt sich eng an ihn. Rolf nimmt sie fest in den Arm. Ganz fest. Gisa fühlt sich sicher. Am nächsten Morgen bereitet sie ein ausgiebiges Frühstück. Mit allem Drum und Dran. Christoph kommt auch dazu. „Guten Morgen, Chef, albert sie und tippt auf den Kalender. Heute ist mein erster Arbeitstag. Ich will nicht zu spät kommen." „Ich nehme dich selbstverständlich mit, sagt er. 30 Minuten, dann geht es los." Er küsst die Innenfläche ihrer Hand. Gisa rennt in ihr Zimmer und zieht sich an. Jeans, T-Shirt und Turnschuhe. Haare streng nach hinten gebunden. „Wo willst du denn hin?", fragt Rolf verschlafen. „Guten Morgen, mein Herz, flüstert sie und küsst ihn heftig. Er zieht sie aufs Bett und legt sich auf sie. Gisa lacht. „Ne, mein Großer, jetzt nicht. Ich muss zur Arbeit." Rolf guckt sie an. „Heute?" „Gleich, antwortet sie. Christoph nimmt mich mit. So kann ich wenigstens nicht zu spät kommen." „Was muss ich machen, damit du bei mir bleibst", flüstert er und knabbert an ihren Lippen. Gisa rutscht unter ihm raus. „Du bist unersättlich", lacht sie. Sie sieht seinen steifen Schwanz. Rutscht an ihm herunter und bläst ihn zum Orgasmus. „So, das muss bis heute Abend reichen, du Sexbestie", lächelt sie. Sie geht zu Christoph, fragt ob das Outfit ok ist und dann fahren sie los. In der Praxis angekommen, stellt Christoph sie seinen Mitarbeiterinnen vor. „Helft euch einander und habt viel Spaß, motiviert er seine Truppe und geht an seinen Schreibtisch. Gisa wird von der langjährigen Fachkraft mit Aufgaben betreut. Sie wird in der Mittagspause von den Kolleginnen zum Mittagessen gehen aufgefordert, doch sie lehnt ab. „Nächstes Mal gerne", sagt sie. Sie klopft an Christophs Büro. „Herein", sagt er. „Hast du Zeit für mich", fragt Gisa. „Für dich immer", lächelt er und nimmt sie in den Arm. „Kommst du mit allem klar?". „Alle lieb und nett. Ich fühle mich sau wohl. Danke Dir", antwortet sie. Er küsst sie. Seine Hand wandert unter ihr T-Shirt. Spielt mit ihren Nippeln. Schnell werden sie hart. Gisa seufzt und gibt sich ihm hin. Sie schließt die Augen als seine Hand in ihre Hose gleitet. „Guck mich an, flüstert er. Ich will dich sehen." Er lässt ihren Kitzler hin und her flutschen. Gisa wackelt, ihre Beine werden weich. Hält sich an seinem Hals fest. Er genießt es ihr Gesicht zu betrachten. Wie sich die Geilheit in ihrer Mimik zeigt. Sie leckt sich über die Lippen. Sie stöhnt auf. Kommt. Schnell zieht er ihr die Hose runter und stellt sie an die Behandlungsliege. Sich dahinter und stößt sie heftig. Hält ihre Hände, wie Zügel, auf den Rücken. Stößt sie schnell und hart. Ergießt sich in ihr. Nach einer kurzen Erholung ziehen sie sich an. „Warte, sagt er, wenn du schon mal hier bist, reib ich dich eben ein." Gisa zieht ihr Shirt aus. Die langjährige Fachkraft kommt plötzlich rein. Bleibt schockiert stehen als sie Gisas Rücken sieht. „Treppe runtergefallen", sagt Gisa schnell, um Fragen zu verhindern. „Oh, du Arme. Chef ich mach das", sagt sie und nimmt Christoph die Arbeit ab. Er kann ja schlecht sagen", nein ich mach das gerne."

„Gut, sagt die Fachkraft, dann komm mal mit. Sie zieht Gisa hinter sich her. Du kannst dich erst mal um die Patienten kümmern. Sie den Behandlungsräumen zuordnen. Zwischendurch kontrollierst du die Schränke. Es hängen Zettel in ihnen und das, was fehlt, holst du aus dem Lager und füllst es auf. Und bitte vermerken." Gisa lächelt und nickt. Sie geht in ihrer Arbeit auf. Die Patienten verabschieden sich bei ihr und sind gut gelaunt. Nach Schichtende stellt sie sich vor die Kollegen. „Ich möchte mich ganz herzlich für die nette Aufnahme bedanken. Ich fühle mich sehr wohl. Vielen Dank", sagt sie lächelnd. Die Kolleginnen klatschen. Dann gehen sie ihrer Wege. Rolf sitzt im Wartezimmer. Er holt sie ab. Gisa stürzt auf ihn zu. Umarmt ihn. Strahlt. „Ich habe es gehört und man sieht es dir auch an", lacht er. Er hebt sie hoch. „Ich bin glücklich, wenn du es bist. Wollen wir essen gehen?" An Essen hat sie vor Aufregung gar nicht gedacht. „Ja, prima", sagt sie und gehen, nachdem sie sich bei Christoph verabschiedet haben. Sie kommen an einem Bistro vorbei. „Oh ja, Pommes Rot Weiß, sagt sie. Hast du Lust?", fragt sie Rolf. „Für mich aber noch eine Currywurst, oder auch zwei", grinst er. Sie machen es sich im Bistro gemütlich. Füttern sich mit Pommes, albern und lachen. Lassen es sich gut gehen. Als sie den Heimweg antreten, wird Rolf von hinten niedergeschlagen und Gisa in die Limousine gestoßen. Sie brüllt und schreit. Dann fühlt sie einen Stich. Verliert das Bewusstsein. Angezogen und an ein Bett gefesselt wird sie wieder wach. Weit gespreizt an den Bettpfosten. Sie sieht sich um. Ein kleiner Raum ohne Fenster. Nur das Bett darin. Die Tür öffnet sich. Papi kommt herein. Stellt sich in Augenhöhe an das Kopfende. Sein Blick Überlegen. „Bitte, fleht sie, was ist mit

Rolf. Tu ihm nichts, bitte." Er dreht sich um. Will gehen. „Bleib hier, schreit Gisa ihn an. Rede mit mir. Ich tu alles, wenn du ihm nichts tust", bettelt sie. „Alles?", fragt Papi kühl. „Alles", sagt Gisa ernst. Sieht ihm tief in die Augen. „Sag mir bitte, wo er ist", fragt sie leise. „Nebenan, sagt er. Angekettet. Du darfst zu ihm, wenn du etwas für mich tust." „In Ordnung", stimmt sie zu. Dann geht Papi raus. Nach ein paar Minuten kommen zwei Typen ins Zimmer. Gisa ahnt was passieren soll. Sie blendet alles aus und hält ihre Gedanken an Rolf. Sie fühlt wie die Männer ihren Körper erforschen. An ihrer Kleidung zerren. Sie Stück für Stück ausziehen. Dabei anfassen. Ihre Brüste und Schenkel. Finger, die in sie gleiten. Einer stellt sich neben ihren Kopf und legt sein Schwanz auf ihren Mund. Sie züngelt seine Eichel. Dann schiebt er seinen Schwanz in ihren Schlund. Immer tiefer. Der andere untersucht ihren Kitzler. Gisa zuckt als er mit seinem Fingernagel daran kratzt. Dann züngelt er ihre Liebesperle. Sie schnauft. Wird zusätzlich gefingert. Erst mit zwei, dann mit drei Fingern. Gisa versucht sich zu räkeln. Ihre Hilflosigkeit turnt ihn zusätzlich an. Die beiden Typen tauschen die Plätze. Jetzt stößt der, den sie geblasen hat, seinen Schwanz in ihre Vagina. Fickt sie schnell und hart. Der andere steckt seinen Schwanz in ihren Mund und wichst ihr, kurze Zeit später, ins Gesicht. Der andere spritzt ihr auf den Bauch. Dann ziehen sie sich wieder an und gehen. Gisa liegt benutzt da. Nach ein paar Minuten kommt Papi mit einem nackten Mädchen herein. Sie trägt ein Lederband um den Hals. Das Mädchen macht Gisa sauber und löst ihre Fesseln. Dann reicht sie ihr einen Bademantel. Gisa zieht ihn an. „Zufrieden?", fragt sie Papi zornig. Darf ich jetzt zu Rolf?" Er geht voraus und sie hinterher. Der Raum nebenan wird geöffnet. Rolf ist an die Wand gekettet. Er blutet. Man hat ihn übel zusammengeschlagen. Gisa stürzt zu ihm. Sie hebt seinen Kopf. „Hey, mein Großer, flüstert sie. Ich liebe dich. Halte durch, bitte. Hörst du mich? Sie legt seinen Kopf an ihre Brust. „Deins, hörst du, deins." Papi dreht sich um und Gisa wird von zwei Typen von Rolf weggezerrt und hinterhergeführt. Sie gehen in Papis Büro. Gisa wird auf die Couch gesetzt und er setzt sich an seinen Schreibtisch. Papi mustert sie. „Gut, beginnt er, du hältst, was du versprichst. Daher gebe ich dir die Gelegenheit, dich und Rolf frei zu kaufen. „Wie?", fragt Gisa schnell und vorlaut. „Du arbeitest selbstverständlich für mich", antwortet er. „Was muss ich tun?", fragt sie. „Alles", sagt er knapp. „Wird man mir wieder weh tun?", fragt sie aufmerksam. „Nicht so, erklärt er. Dein Körper ist eine Ware. Wenn er beschädigt ist, will ihn keiner und ich verdiene nichts. Das auf deinem Rücken ist eine Schande. Und wenn Rolf ihn nicht schon bestraft hätte, wären meine Jungs tätig geworden. Denn solche Bestien sind geschäftsschädigend. Ich habe mich erkundigt. Rolf hat ganze Arbeit geleistet. Er hat meinen größten Respekt. Also gut, mein Angebot. Ich setze dich als Escort Dame ein. Für Geschäftsleute und gut Betuchte. Du kannst dich ausdrücken und benehmen. Siehst sehr ansprechend aus. So wie es sich meine Kunden wünschen." Er faltet die Hände und lehnt sich zurück. „In Ordnung", sagt Gisa. „Komm mal her", befiehlt er. Gisa stellt sich vor ihn. Er öffnet ihren Bademantel. Sieht sie lange an. „Bitte kein Brandmal", sagt Gisa ängstlich. Er lacht. „Doch nicht auf so einem perfekten Körper." Er streichelt ihre Brust. Umkreist mit dem Finger ihre Brustwarze. Schnell regt sich ihr Nippel und wird hart. Gisa schließt die Augen. Es kribbelt in ihr. Seine Hand gleitet über ihren Bauch. Sein Daumen über ihren Schlitz. Gisa seufzt. Zuckt. Er genießt ihre Mimik. Ihr Schnaufen. Ihre Beine zittern. Dann zieht er ihr den Bademantel aus und dreht sie um. Streichelt ihren Po. Spreizt ihre Beine. Lässt zwei Finger in sie gleiten. Fingert sie langsam stoßend. Gisa hält sich an der Tischkante fest. Sie wirft ihren Kopf hin und her. Ihr goldenes Haar gleitet über ihre Schultern. „Sag es", befiehlt er. „Ja, nimm mich", schnauft sie vor Geilheit. Er steht auf, zieht seine Hose runter und rammt ihr seinen mächtigen Schwanz ins Loch. Greift ihre Haare zum Zopf und stößt sie langsam und tief. Zwischendurch schlägt er ihr hart auf den Po. Bei jedem Schlag seufzt Gisa laut auf. Er zieht ihren Oberkörper zurück. Dehnt sie so, dass ihre Rippen hervorstehen. Streichelt ihre Brüste. Ziept an ihren Nippeln. Jetzt stößt er sie schnell und heftig. Ergießt sich laut schnaufend in ihr. Stößt noch zweimal nach. Dann lässt er sie los. Gisa zittert. Schnauft laut. Er reicht ihr den Bademantel. „Ok, bestimmt er, du bleibst hier." Dann gibt er seinen Männern den Befehl, Rolf frei zu lassen. „Darf ich ihn bitte noch mal sehen?", fleht Gisa. Papi nickt. Gisa wird zu Rolf geführt. Sie stürzt zu ihm. Immer noch angekettet, will er losbrüllen. Gisa hält seinen Kopf. „Bitte nicht, flüstert sie. Wir haben keine Wahl. Hörst du? Bitte sei vernünftig. Ich liebe dich. Sie lassen dich frei, aber ich muss noch etwas hierbleiben." Rolf will was sagen, doch Gisa legt ihren Finger auf seinen Mund. Sieht ihm in die Augen. „Liebst du mich?", fragt sie ihn. Rolf nickt." Dann vertrau mir bitte. Ich bin bald wieder bei dir, flüstert sie. Ich verspreche es." Rolf weint. Sie küsst ihn zum Abschied. „Und jetzt geh, sagt Gisa. Denk an Anna und Bea. Ich komme bald." Sie beendet das Treffen und geht. Sie sieht sich nicht noch mal um, damit er ihre Tränen nicht sieht. Rolf wird losgemacht und vor Christophs Praxis abgeladen. Mühsam schleppt er sich die Treppe hoch. Alle schreien durcheinander als sie ihn sehen. Blutüberströmt bringt ihn Christoph in seinen Behandlungsraum. „Er hat sie, stöhnt Rolf. Er hat sie … Papi. Christoph wird kreidebleich. „Weißt du wo?", fragt er geschockt. „Nein, aber ich werde alle Hebel in Bewegung setzen, um sie zu finden. Er wird sie als Escort Girl einsetzen. Ruf alle an die du kennst. Die Geschäftsleute müssen irgendwo absteigen. Wir setzen jeden darauf an, hörst du?", sagt Rolf gequält. „Ist gut, sagt Christoph, aber jetzt bringen wir dich erst mal wieder auf die Beine. Wir holen sie uns zurück, versprochen." Zuhause angekommen, weiht Rolf die Mädchen ein. „Alle, die ihr kennt, zeigt ihr Gisas Foto. Vor allem in Theatern und Sterne-Restaurants. Alle sollen die Augen aufhalten", weist er sie an. Dann legt er sich auf Gisas Bett. Versenkt sein Kopf in ihr Kissen. Riecht sie. Er sieht sie vor sich. „Mein Herz ich finde dich, halte durch. Ich liebe dich", flüstert er.

Kapitel 5

Nur die Liebe siegt

Gisa bekommt ein Zimmer zugewiesen. Mit einem Bett und Schrank. Ohne Fenster. Im Schrank hängen Kleider für jeden Anlass. Sie zieht sich ein Maxi-Shirt an und setzt sich aufs Bett. Die Tür öffnet sich. Das Mädchen von gestern kommt herein. „Ich soll dich rasieren", sagt sie schüchtern. Das Mädchen macht einen jämmerlichen Eindruck. „In Ordnung", stimmt Gisa zu. Sie zieht ihr Shirt hoch und legt sich breitbeinig auf das Bett. Gisa zuckt als das Mädchen sie berührt. Zuerst schäumt das Mädchen Gisas Schambereich ein. Sie verteilt den Rasierschaum in jede Ecke. Ihre Finger gleiten über Gisas Schlitz. Berührt dabei sanft Gisas Kitzler. Gisa seufzt. Dann beginnt sie die Rasur. Bis zum Po alles blank. Das Mädchen lässt sich Zeit beim Saubermachen. Spreizt Gisas Schamlippen und tupft ihren Kitzler ab. Wischt gelegentlich. Dann tupft sie wieder. Gisa zuckt und seufzt. Dann wischt das Mädchen lange über Gisas Liebesperle. Spielt mit ihrem Finger daran. Prall und dick ist der Kitzler gereizt. Gisa krallt sich ins Betttuch. Bäumt sich laut stöhnend auf. Sie ist gekommen. Das Mädchen lässt ab. Gisa atmet schwer. Zittert. Das Mädchen steht auf und geht zur Tür. „Hey, warte, ruft Gisa. Wie heißt du denn?" „Anette", antwortet das Mädchen, mit einem französischen Akzent. Sie lächelt Gisa an. Dann geht sie. Gisa legt sich seitlich auf das Bett und schläft ein. Nach einigen Stunden kommt Papi mit dem Mädchen rein. Anette hat ein blaues Auge. „Was ist passiert?", fragt Gisa entsetzt. „Ich entscheide wer befriedigt wird", sagt Papi streng. Gisa weiß, worum es geht. Doch, woher weiß er das. Gesagt haben wird Anette es wohl nicht. Also müssen Kameras im Raum sein. Gisa schweigt. „Anette hilft dir beim Anziehen und macht dir Make-up und Frisur. Du hast heute einen Kunden. Mach dich für die Oper zurecht. Er will dich in Rot. Nach der Oper fahrt ihr in sein Hotel. Wenn du fertig bist bringen dich meine Jungs wieder hierher. Versuch nicht Rolf Nachrichten zu senden. Oder zu fliehen. Wie gesagt, auch ich bestrafe. Zwinge mich nicht dazu", sagt er hart. Gisa nickt. Papi dreht sich um und geht. Gisa würde Anette am liebsten in den Arm nehmen, doch sie hat Angst, dass auch das bestraft wird. Sie geht zum Kleiderschrank und holt ein rotes Kleid aus Samt heraus. Anette schminkt und frisiert sie. Gisa legt Parfüm auf und zieht das Kleid an. Anette hilft ihr in die Pumps. Gisa ist fertig. Und schon geht die Tür auf. Zwei Jungs geleiten sie zum Auto. Die Fenster abgedunkelt. Sie kann nichts von außen erkennen. Vor der Oper bleiben sie stehen. Die Tür öffnet sich und ein grauhaariger, gepflegter Mann hält ihr den Arm hin. Sie nimmt den und setzt ihr Lächeln auf. „Vielen Dank, sagt sie. Sehr charmant." Er küsst ihre Hand. Legt sie an seinen Unterarm und führt sie in die Oper. „Sie sehen umwerfend aus", sagt er leise. Gisa strahlt. Das Licht der Lampen und die Kronleuchter bringen ihr ganzes Erscheinungsbild zum Leuchten. Man sieht an seinem Lächeln, dass sie nach seinem Geschmack ist. Sie nehmen auf dem Balkon Platz. Sein Blick immer wieder an ihr heruntergleitend. Das Kleid zeichnet jede ihrer verführerischen

Körperstellen ab. Ihre prallen Brüste blitzen hervor. Die Nippel drücken sich durch. Gisa genießt seinen gierigen Blick in ihren Schoß. In der Pause geht sie zur Toilette. Als sie wieder rauskommt, geht ein Mädchen in ihre Kabine. Kommt raus und nickt den zwei Jungs zu, die sie hergebracht haben. Jetzt weiß Gisa, dass sie überwacht wird und keine Chance hat. Sie geht zurück zu ihrer Verabredung. Ein Eis verkaufendes Mädchen kommt in die Balkon-Kabine. Fragt, ob jemand etwas will. Sie sieht Gisa lange an. „Bist du nicht Gisa, Beas Freundin?" fragt das Mädchen kumpelhaft. „Nein", sagt Gisa forsch. Schickt das Mädchen mit einem Wink hinaus. „Entschuldigen sie bitte, ich werde ständig verwechselt", lächelt sie ihren Begleiter an. Er nimmt ihre Hand und küsst sie. „Ich kann mir gar nicht vorstellen, dass es so was Zauberhaftes noch mal gibt", grinst er. Dann legt er ihre Hand in seinen Schoß. Reibt sich damit. Gisa versteht. Sie öffnet seinen Hosenreißverschluss. Holt sein wachsendes Glied heraus. Zärtlich wichst sie es. Er lehnt sich zurück und sieht ihr zu. Sie bückt sich. Genießt seine Eichel. Er schnauft. Wichsend und züngelnd bringt sie ihn zum Spritzen. Saugt und schluckt seinen Saft. Dann nimmt sie ein Tuch aus ihrer Tasche und wischt ihn sauber. Mit ihrem Taschenspiegel trägt sie neuen Lippenstift auf. Gemeinsam genießen sie die Oper. Am Ende fahren sie in sein Hotel. Das Penthouse öffnet sich. Es findet eine große Party statt. „Mein Sohn ist mit Freunden gekommen", sagt ihr Begleiter. Gisa wird vom Sohn begrüßt. Der küsst ihre Hand und geleitet sie zur Bar. Gisa lässt sich einen Saft geben. Alle Blicke der Männer haften an ihr. Vor allem auf ihrem Po. Der zeichnet sich komplett ab und man sieht, wo der String langläuft. Nach einer

Weile verabschieden sich die meisten Gäste. Nur ihr Begleiter, dessen Sohn und vier seiner Freunde bleiben. Gisa ahnt was passieren soll. Der Vater, setzt sich mit einem Glas in der Hand, auf die Couch. Doch bevor sie jetzt rumgereicht wird, ergreift Gisa die Initiative. „Habt ihr schöne Musik?", fragt sie die Jungs. Sie stellt sich auf den Couchtisch. Einer der Burschen legt Musik auf. Gisa beginnt erotisch zu tanzen. Sie öffnet ihr Haar. Dann das Kleid. Es gleitet an ihr herunter. Sie bückt sich vor und schüttelt den Kopf. Ihre Locken wirbeln umher. Ihre Brüste wippen. Ein Junge bietet seine Schulter an, damit sie das Kleid mit den Füßen wegschieben kann. Dabei streift er mit seinem Mund ihre Nippel. Saugt und lutscht an ihnen. Ein anderer kommt dazu. Zieht ihr den Tanga runter. Hält ihn sich an die Nase. Gisa kniet auf den Tisch. Einer nach dem anderen hält ihr seinen Schwanz zum Blasen hin. Wechseln sich ab, um sie kurz und heftig zu stoßen. Unbeherrscht ergießen sie sich in ihr. Bis auf den Sohn. Der nimmt Gisa mit zur Couch. Er setzt sich und Gisa muss ihn reiten. Dabei saugt und knetet er ihre Nippel. Gisa genießt ihn. Er will sie küssen, doch Gisa bietet ihren Hals an. Er krallt sich in ihre Schulter. Stöhnt laut. Ruckartig zuckt er mit seinem Becken. Er ist in ihr gekommen. „Das war schön", flüstert sie ihm zu. Er legt seinen Kopf an ihre Schulter, seufzt laut und lächelt. Gisa lächelt zurück. Dann steht sie auf, nimmt ihre Sachen und geht ins Bad. Steckt sich die Haare. Erneuert ihr Make-up und zieht ihr String und Kleid an. Dann geht sie zurück zum Kunden. „Vielen Dank, für diesen wundervollen Abend", lächelt sie und hält ihm die Hand hin. „Auf ein baldiges Wiedersehen", lächelt er zurück und küsst ihre Hand. Gisa fährt mit dem Fahrstuhl in die

Tiefgarage, wo sie von ihren zwei Bodyguards in Empfang genommen wird. Sie bringen sie zurück zu Papi. Der sitzt an seinem Schreibtisch. Gisa setzt sich gegenüber. Er mustert sie schweigend. „Ist der Kunde zufrieden?", fragt er schließlich. „Ja, die Kunden, sind zufrieden", antwortet sie zynisch. „Wieso die?", fragt Papi nach. „Es waren sechs", sagt Gisa. Dann erzählt sie den Verlauf. Papi richtet sein Blick zur Tür und nickt den zwei Jungs zu. Einer von ihnen geht. „So war das nicht geplant, sagt Papi. Das rechne ich dir selbstverständlich hoch an. Ich erfülle dir einen Wunsch." „Zwei Tage Pause, wäre schön und ein Bad, sagt Gisa. Ich bin doch etwas angeschlagen." „Ja, das geht in Ordnung", stimmt er zu. „Er ruft Anette. „Bring Gisa ins römische Bad", befiehlt er. Anette geht mit Gisa über den Flur. Ein paar Türen weiter öffnet Anette eine. Gisa stockt der Atem. Ein Raum mit Säulen, Statuen, Wandbildern und Marmortischen. Alles mit Gold versetzt. In der Mitte ein riesiger Pool. Griechisch gefliest. „Wunderschön", haucht Gisa. Anette lässt Duftessenz in das Wasser. Schäumt es auf. Dann öffnet sie Gisa Haare und Kleid. Auch den String zieht sie ihr aus. Gisa schlüpft aus den Pumps und geht langsam in den Pool. Sie spielt mit ihren Händen im Schaum. Reibt sich zärtlich damit ein. Es duftet nach Rosen. Sie schließt die Augen und lächelt. Dreht sich im Kreis. Fühlt das Knistern des Schaumes. Dann legt sie sich auf eine Schräge und entspannt. Wieder schließt sie die Augen, doch jetzt denkt sie an Rolf. Und sie wird traurig. Tränen laufen über ihre Wangen. Seine Küsse und Berührungen, fehlen ihr so sehr. Sie schluchzt. Eine Hand wischt ihr die Träne von der Wange. Sie erschrickt. Papi ist zu ihr in den Pool gestiegen. Ihre Augen funkeln und glänzen.

Papi nimmt ihr Kinn und küsst sie. Erst zärtlich, dann stürmisch. Gisa weiß das Gegenwehr sinnlos wäre. Sie lässt es zu. Legt ihre Arme um seinen Hals. Küsst ihn zurück. „Du übernimmst gerne die Führung", grinst er. Sie sagt nichts und zieht ihn wieder zu sich. Er fingert sie und bringt sie zum Glühen. Dann setzt sie sich auf ihn. Reitet ihn langsam. Legt Ihren Kopf an seinen Hals und stöhnt. Er hält ihren Kopf fest und beginnt sie heftig zu stoßen. Gisa wimmert. „Was ist?", fragt er. „Es tut weh", antwortet sie schluchzend. Tränen laufen über ihr Gesicht. Er hebt sie von sich runter. Gisa lehnt sich an seine Schulter, wie ein hilfesuchendes Kind. Er sagt nichts. Hält sie fest. Sie beruhigt sich. „Soll ich dich befriedigen?", fragt sie. „Nein, sagt er, ich kann warten." Sie umarmt ihn enger. Sie bleiben im Wasser liegen. Gisa schläft erschöpft ein. Als sie wach wird, liegt sie in einem großen Bett mit roter Seidenbettwäsche. Neben dem Bett steht ein Tablett mit Saft, Brötchen und einer Salbe. Einer Vaginalsalbe. Sie nimmt sie und cremt sich ein. Dann setzt sie sich hin und frühstückt. Die Tür öffnet sich. Papi steht in der Tür und sieht sie lange an. Er setzt sich auf den Bettrand. „Zwei Tage, sagt er, dann gehörst du mir, sagt er kalt. Ich werde Anette bei dir lassen. Ihr könnt Zeit miteinander verbringen. Aber solltet ihr zärtlich miteinander werden, bestrafe ich euch hart." Gisa nickt. Dann steht er auf und geht. Gisa legt sich auf die Seite und schluchzt. Sie schläft ein. Träumt schlecht. Schlägt um sich und schreit. Fuchtelt wild mit ihren Armen. Dann hält sie jemand fest. „Wach auf", schreit Papi sie an. Hält ihre Hände fest und schüttelt sie dabei. Gisa öffnet die Augen, realisiert wo sie ist. Fällt ihm um den Hals und weint bitterlich. „Rolf?", fragt er. „Er fehlt mir so", schluchzt sie. Sie zittert heftig. „Also gut, sagt er. Ich lasse dich gehen. Aber nur wenn du versprichst, sofort zu kommen, wenn ich dich rufe." „Ich verspreche es", sagt Gisa schluchzend. Er gibt ihr ein Tuch und Gisa schnäuzt sich. Er wischt ihre Tränen von der Wange. Sehen sich an. Fasziniert von ihren blauen Augen und ihren Lippen streichelt er diese. Gisa schließt die Augen. Spielt mit ihrer Zunge an seinem Finger. Zärtlich küsst er ihre Lippen. Knabbert an ihnen. Gisa umarmt ihn und küsst ihn heftig. Sie zieht ihn auf sich. Spreizt die Beine. Drückt ihr Becken an ihn. Er gleitet in sie. Mit kreisenden Hüftbewegungen nimmt er sie. Sie verkneift die Lippen und er hält inne. Doch Gisa hält seinen Po und drückt ihn an sich. Stöhnt laut und beißt ihm in die Schulter. Lange und vorsichtig gleitet er auf ihr. Sie krallt sich in seinen Rücken. Kommt. Drückt ihren Kopf ins Kissen und schnauft. Er sieht sie an. Ihre Wangen rosig. Die Augen leuchten. Die Lippen beben. Gisa schnauft laut. „Dreh dich um", befiehlt sie. Sie rutscht an ihm runter und verwöhnt seine Eichel mit Zunge und Zähne. Zärtlich reibt sie mit ihren Lippen an seinem Schwanz. Immer wieder saugt sie daran. Sie schmatzt laut. Wichst. Er stöhnt laut auf. Ergießt sich in ihrem Mund. Gisa muss mehrfach schlucken, um jeden Tropfen zu genießen. Zärtlich streichelt sie seinen Hoden. Er seufzt. Sie legt sich auf ihn und lehnt ihren Kopf auf seine Brust. „Ich verstehe Rolf, sagt Papi leise. Du bist was ganz Besonderes." „Warum müssen wir Konkurrenten sein?, fragt Gisa vorsichtig. Lass uns doch einen Vertrag machen. Ich arbeite für euch beide. Warum geht das denn nicht?" Papi sieht sie an. „Auf diese Idee wäre ich nie gekommen", lacht er. „Rolf und ich haben keine gute Vergangenheit." „Ich weiß, sagt sie, aber ich bin die Zukunft." Sie setzt sich auf. Er sieht sie an. „Wie stellst du dir das vor?", fragt er belustigt. „Wir machen einen Vertrag, erklärt Gisa. Du weißt ich mache eine Ausbildung und die ist mir auch sehr wichtig. Nachmittags schlafe ich mich aus. Abends stehe ich nach Bedarf zur Verfügung." „Und du meinst Rolf macht das mit?", fragt Papi zweifelnd. „Rolf überlässt mir meine Entscheidungen. Nur gegen Gewalt ist er knallhart und unerbittlich." Sie sieht Papi an. „Bitte lass es uns doch versuchen. Wenn es mir gut geht kann ich auch liefern. Ich vermittle zwischen euch. So gewinnen wir alle." Papi nickt und lacht. „Du bist der Hammer." Gisa fällt ihm um den Hals. Dann küsst sie ihn noch mal heftig und lange. „Kein Wunder, das Rolf dich liebt, sagt er. Wenn du jetzt nicht gehst verliebe ich mich auch noch." „Wie, fragt sie frech. Tust du das nicht?" „Dann muss ich mich wohl mehr anstrengen." Sie streichelt zärtlich seine Lippen. Ihre Augen funkeln. Er betrachtet sie. „Lass dein Handy an." Wenn ich dich brauche rufe ich. Und jetzt geh, bevor ich es mir anders überlege. Ich möchte dich am liebsten die ganze Zeit um mich haben und das verwirrt mich. Das ist nicht gut für mein Geschäft." Gisa sieht ihn an. „Danke", flüstert sie. Er steht auf und geht. Gisa zieht einen Bademantel an und geht in ihr Zimmer. Dort zieht sie sich an. Zwei von Papis Jungs bringen sie nach Hause. Gisa öffnet die Wohnungstür. Rolf kommt aus ihrem Zimmer. Sie stehen sich schweigend gegenüber. Gisa laufen die Tränen. Dann stürzt sie sich in seine Arme. Er hebt sie hoch. Dreht sich mit ihr. Dann drückt er sie an sich, als könnte er nicht glauben, sie wiederzuhaben und gleitet mit ihr auf den Boden. Sie sitzt eng umschlungen auf seinem Schoß. Weint und schluchzt.

Auch Rolf laufen Tränen. Sie halten sich ganz fest. „Mein Herz, flüstert er, ich liebe dich. Ich habe dich überall gesucht und bin fast verrückt geworden vor Angst. Konnte dich nicht finden. Ich liebe dich so sehr. Du weißt ja gar nicht wie sehr", haucht er und streichelt ihren Kopf. Er streicht ihre Tränen aus dem Gesicht und küsst sie zärtlich und vorsichtig. Wie bei ihrem ersten Mal. Die Tür geht auf. Anna und Bea kommen herein. Sie sehen die Zwei und stürzen zu ihnen. Umarmen Gisa heftig. Jetzt liegt ein Menschenknäuel am Boden. Alle halten sich gegenseitig fest. „Mädchen, flüstert Rolf, wäre es euch recht, dass ich Gisa erst mal für mich habe. Wir sehen uns in einer Stunde in der Küche." „Wohl eher in zwei", lacht Anna. Rolf trägt Gisa auf ihr Bett. „Du bist wirklich wieder hier, kein Traum?", fragt er zärtlich. Gisa beißt ihm auf die Lippe. „Ja, bist du", lacht er. Küsst sie voller Leidenschaft. Dann werden ihre Zungen und Bewegungen fordernd und wild. Sie reißen sich die Kleidung vom Laib. Alle Stellungen werden ausgekostet. Die Erde bebt. Dann liegen sie sich, völlig erschöpft und befriedigt in den Armen. Gisa legt ihren Kopf an seine Brust. „Meins", sagt sie. „Deins", sagt er. „Wir müssen reden", sagt sie leise. Er hebt ihren Kopf. „Bitte, sagt sie. Höre mir erstmal zu. Versprich es." Rolf nickt. Sie setzt sich auf und hält seine Hand. „Ich habe mit Papi einen Vertrag schließen müssen." Rolf will etwas sagen, doch Gisa sieht ihn streng an. Er bleibt ruhig. „Es gibt nur diesen Weg für uns, fährt sie fort. Er ist mächtig und gefährlich, aber das weißt du ja. Ich muss auf Abruf bereitstehen. Er spricht es aber auch mit mir ab, damit ich auch für dich arbeiten kann. Auch meine Ausbildung wird berücksichtigt. Ohne diesen Vertrag wäre ich jetzt nicht hier. Er hätte mich weiter festhalten können, aber ich hätte ihm nicht mehr genützt. Wäre vor Sehnsucht nach dir krank geworden. Ich habe im Schlaf um mich geschlagen und nach dir gerufen. Sie schluchzt. Von dir getrennt zu sein, bringt mich um. Dann nehme ich lieber diesen Vertrag in Kauf." Wenn du mich liebst, hilfst du mir. Bleib mit Papi geschäftlich und sachlich. Dann schaffen wir das." Ihr laufen Tränen übers Gesicht. Rolf nimmt sie in den Arm und küsst sie ihr weg. „So sehr liebst du mich?, flüstert er zärtlich. Ich habe dich gar nicht verdient." Er wiegt sie hin und her. „Gut ich nehme Kontakt auf. Es wird mir schwer fallen mit diesem Menschen zusammenzuarbeiten, aber ich bin es dir schuldig." Er hält sie wie ein Kind im Arm und Gisa fühlt sich wohl. Sie schläft ein. Ihr Schlaf ist unruhig. Sie wälzt sich hin und her. Brabbelt. Rolf ruft Christoph. „Sie ist wieder da, sagt Christoph als er sie sieht. Untersucht sie. Gefällt mir nicht, sagt er zu Rolf. Wir bringen sie in meine Praxis und ich ruf einen Frauenarzt dazu. Hier stimmt was nicht", schüttelt er den Kopf. Rolf trägt Gisa ins Auto. In der Praxis wartet schon der Frauenarzt. Sie untersuchen Gisa ausführlich. Stunden später kommt die Diagnose. Gereizter Vaginalbereich und eine schwere Infektion, mit hohem Fieber. Sie bekommt Medikamente und Rolf Antibiotika. „Sie braucht Ruhe, sagt der Frauenarzt, mindestens eine Woche." Rolf fährt mit ihr nach Hause. Dort wird er von Papi erwartet. Zwei seiner Bodyguards stehen neben Anna und Bea, die zitternd am Küchentisch sitzen. Rolf trägt Gisa zu Bett. Papi steht in der Tür. „Was ist mit ihr?", fragt er forsch. Rolf dreht sich zu ihm um. Wenn Blicke töten könnten. Aber er hat es Gisa versprochen. Er drängt Papi zurück in die Küche. Die Bodyguards gehen ein Schritt auf Rolf zu. Doch Papi hebt die Hand. Er will jetzt kein Blutbad und stellt sich etwas entfernt von Rolf. „Eine Infektion und hohes Fieber, sagt der Zähne knirschend. Sie bekommt Medikamente und mindestens eine Woche Ruhe. Sie hat mir von eurem Vertrag erzählt und ich habe ihr versprochen es mit dir zu versuchen. Obwohl ich dich lieber töten würde", knirscht Rolf mit den Zähnen. Die Luft knistert vor Anspannung. „Gut, sagt Papi überheblich. Ich melde mich in ein paar Tagen wieder." Er geht mit seinen Jungs zur Tür. Dreht sich noch mal um. „Ich versteh dich, sagt er zu Rolf. Sie ist was ganz Besonderes", grinst er. Dann geht er. Rolf hätte ihn am liebsten in der Luft zerrissen. Er zittert vor Wut. Anna und Bea stürmen in seine Arme. Auch sie zittern. Sie hatten so entsetzliche Angst. Rolf drückt sie an sich. „Alles wird gut", versucht er zu trösten. Sie setzen sich an den Tisch. Trinken Tee und besprechen Termine und Aufgaben. „Ich habe euch lieb", sagt er und geht zu Gisa. Bringt ihr eine Tasse Tee und ihre Medikamente. Doch Gisa nimmt ihr Umfeld kaum wahr. Sie schwitzt und fiebert. Rolf bleibt Tag und Nacht an ihrer Seite. Gisa schläft fast zwei Tage durch. Dann sinkt das Fieber. „Geschafft", sagt Christoph erleichtert. Gisa wacht auf. Sie sieht sich um. Rolf und Christoph stehen und sitzen an ihrem Bett. „So möchte ich immer aufwachen, haucht sie. Meine Lieblingsmänner. Ich liebe euch", lächelt sie. Dann schließt sie wieder die Augen. Rolf gibt ihr einen Kuss. „Und wir?", ruft Anna, die mit Bea in der Tür steht. Gisa hebt die Arme. Die Mädchen springen auf das Bett. Liegen sich mit Gisa in den Armen. Alle lachen. Die Jungs gucken auf das Mädchenknäuel, klatschen sich ab und schmeißen sich quer über die Mädchen. Wildes Gelächter füllt den Raum. „Geht runter", prustet Gisa. Noch ein Fuß-kitzeln von Christoph und Hals beißen von Rolf. Dann stehen sie auf. Gisa ist ganz außer Atem vom Lachen. Bea folgt den Männern in die Küche. In der Tür dreht sie sich nochmal um. „Ich habe gekocht, kommt bitte zum Es-sen", sagt sie. Gisa nimmt Anna in den Arm. „Ich habe dich vermisst. Wie geht es Mattes? Alles gut bei euch?", fragt sie und streichelt Annas Kopf. „Sehr gut, antwor-tet Anna. Und du, alles Ok bei dir. Willst du erzählen was passiert ist?" „Heute nicht", sagt Gisa erschöpft. Sie will aufstehen, doch die Beine machen schlapp. „Bleib liegen, ich bringe dir was", sagt Anna fürsorglich und deckt Gisa zu. Anna geht in die Küche, doch Rolf kommt mit einem Tablett zu ihr. Ohne Worte beginnt er sie zu füttern. Gisa wagt es nicht ihn zu unterbrechen. Seine Augen sind voller Liebe. Sie würde ihn am liebsten auf sich reißen. „Nein, sagt er laut, ich sehe was in deinem Hirn herumspukt, aber nein, heute nicht. Du brauchst Ruhe." Gisa macht einen Schmollmund. Leckt sich über die Lippen. „Du brauchst es gar nicht erst versuchen", lacht er und füttert sie weiter. „Genug, ich platze", sagt Gisa kurze Zeit später. Rolf stellt das Tablett zur Seite und legt sich neben sie. Gisa dreht ihm den Rücken zu und er schmiegt sich an sie. Hält sie fest umschlungen. Sie fühlt sich sicher und schläft ein. Sie träumt. Sie steht mit Rolf am Traualtar. Stehen sich gegenüber und ver-sprechen sich ewige Liebe. Dann steht auf einmal Papi an seiner Stelle. Gisa wacht auf. Ihr Herz pocht wie wild. Zittert. Rolf hält sie ganz fest im Arm. „Alles wird gut", flüstert er. „Ich halte dich." Gisa schläft weiter. Nach ein paar Tagen Erholung und Entspannung, geht es Gisa wie-der gut. Sie tänzelt in der Wohnung auf und ab. Erledigt dies und das. Dann klingelt das Handy. Papi ist dran. „Wie geht es dir", fragt er. „Alles wieder gut", antwortet sie. „Ok, dann habe ich einen Auftrag für dich. Heute Abend holt dich meine Limousine ab. Du wirst in einem piekfeinen Restaurant erwartet. Zieh ein Cocktailkleid an. Schwarz am besten. Hochsteckfrisur. Halte dich ab 20.00 Uhr bereit." Ohne, dass Gisa was sagen kann, legt er auf. Gisa geht zu allen Kleiderschränken. Auch Annas und Beas. Doch keine hat ein schwarzes Cocktailkleid. Sie zieht sich an und geht in das nächste Abendmodegeschäft. Die Verkäuferin sucht drei Varianten heraus. Mit jeder stellt sich Gisa umgezogen, vor dem Spiegel im Laden. Die großen Schaufenster lassen viel Licht herein. Sie dreht sich hin und her. Spielt mit ihren Haaren. Hält sie hoch wie bei einer Hochsteckfrisur. Ihr Handy klingelt. „Nimm das dritte", sagt Papi. Gisa guckt aus dem Fenster. Papis Limousine steht vor der Tür. Gisa lacht. Dreht sich hin und her und verschränkt die Arme. Sie kokettiert. Tut unschlüssig. Papi steigt aus und kommt in den Laden. Begrüßt sie mit einem Wangenkuss. „Traumhaft, sagt er. Wenn ich es mir recht überlege, dann brauchst du auch ein Ballkleid. Er wendet sich an die Verkäuferin. Suchen sie doch bitte eines aus. Vorzugsweise, Schwarz, Blau oder Rot. Danke". Er legt seine goldene Kreditkarte auf den Tresen. Dann setzt er sich in den Besuchersessel. Während Gisa in die Kleider schlüpft, wird ihm Champagner serviert. Er genießt den Anblick von Gisas Körper. Nach einigen Kleidern kommt sie in einem blauen, langärmligen Abendkleid mit tiefem V-Ausschnitt aus der Kabine. Jede Kontur ihres Körpers zeichnet sich ab. Papi kann den Blick nicht abwenden. „Das nehmen wir", sagt er bestimmend. Nachdem sich Gisa wieder umgezogen

194

hat, geht sie zu ihm und gibt ihm einen dicken Kuss. Schweigend verlassen sie den Laden. „20.00 Uhr", sagt er und steigt in die Limousine. Gisa geht nach Hause. Lässt sich ein Bad ein und legt sich alles zurecht. Versetzt das Wasser mit dem besten Duftöl was sie hat. Rolf kommt zu ihr. Sieht die Päckchen. „Ich habe heute Abend einen Termin und in ein paar Tagen einen Ball", informiert sie ihn. „Ok, sagt Rolf. Soll ich dich bringen." „Nein, ich werde abgeholt, antwortet sie. Dabei sieht sie auf die Uhr. Wir haben noch etwas Zeit", grinst sie verführerisch. Rolf zieht sich aus und legt sich auf sie. Küssen und streicheln sich. Er dringt in sie. Hält ihren Po, fest an sich. Das Wasser schwappt über den Rand. Er bringt sie zum Glühen. Spielt mit seinem Daumen an ihrem Kitzler. Küsst ihren Hals als sie kommt. Gisa setzt sich auf ihn. Reitet ihn wild. Er nuckelt auf ihren Nippeln als er kommt. Beißt zärtlich hinein. Nach einer Verschnaufpause steigt sie von ihm runter. „So, jetzt muss ich aber", sagt sie. Sie setzt sich vor den Spiegel im Bad und Rolf geht ins Zimmer. Sie frisiert sich. Legt Make-up auf. Schwarze Netzstrümpfe mit Halter und Tanga. So geht sie in ihr Zimmer. Rolf liegt im Bett. Sie zieht ihr Kleid an. „Atemberaubend", sagt er mit großen Augen. Rolf greift ihre Hand. „Denk an dein Versprechen, sagt er ernst. Ruf an, wenn du mich brauchst." „Natürlich", beruhigt sie ihn. Gibt ihm einen Kuss und geht. In der Zimmertür dreht sie sich noch einmal um, als würde sie ihn nicht wiedersehen. Rolf läuft ein Schauer über den Rücken. Vor dem Haus steht die Limousine. Gisa wird zu einem sehr teuren Restaurant gebracht. Ein Kellner übernimmt und bringt sie in ein Hinterzimmer. Alle an den Tischen sitzenden Männern folgen ihr mit den Augen. Der Kellner zieht einen Vorhang zur Seite. Gisa geht zum Tisch, wo Papi auf sie wartet. Er begrüßt sie mit einem Wangenkuss und mustert sie anerkennend von oben bis unten. Gisa lächelt. Ihre Augen strahlen. Er führt sie zum Platz gegenüber. Sie nimmt die Menükarte. Doch Papi nimmt sie ihr weg. „Ich habe schon ausgesucht", sagt er und reicht ihr ein Glas Rotwein. Nach wenigen Minuten kommt ein älterer Mann dazu. Seriös im Anzug, graues Haar und dunkel gebräunt. Der begrüßt Gisa mit einem Handkuss und mustert sie. „Sehr schön", sagt er urteilend zu Papi. „Sehr gut ausgesucht", grinst er. „Vielen Dank", bemerkt Gisa leicht verärgert und setzt ein künstliches Lächeln auf. Jetzt fühlte sie sich wie eine Ware. Er setzt sich neben sie. Streichelt ihren Arm. Papi lehnt sich zurück. Gisa weiß was sie tun soll. Sie sieht ihrem Opfer in die Augen. Leckt sich verführerisch die Lippen, damit sie glänzen. Ihre Wangen röten sich vom Wein. Sie wedelt mit der Hand zur Kühlung. Tupft ihr Dekolleté mit der Serviette. Er nimmt einen Eiswürfel und gleitet über ihre Lippen. Der flutscht ihm aus der Hand. Verschwindet in ihrem Ausschnitt. Er versucht ihn mit der Zunge herauszufischen. Gisa kichert. Er öffnet das Kleid. Schiebt es über ihre Arme. Streicht mit seinen Fingern den BH entlang. Hebt ihre Brüste darüber. Mit einem anderen Eiswürfel spielt er an ihren Nippeln. Gisa schließt die Augen. Eiswürfel und sein Mund wechseln sich ab. Lutscht und saugt gierig an ihren Nippeln. Papi räumt den Tisch frei und klopft mit der Hand darauf. Gisa steht auf. Zieht das Kleid aus und legt sich auf den Tisch. Der Mann zieht ihr den Tanga aus. Spielt mit einem Eiswürfel an ihrem Bauchnabel dann an ihrem Schlitz. Gisa macht die Beine breit. Zischt, als der Eiswürfel ihren Kitzler berührt. Dann leckt und schlürft er ihre Liebesperle. Sie hält sich an den Tischkanten fest. Jetzt fingert er sie hart. Zuerst mit einem, dann zwei und auch ein dritter findet ihr Loch. Gisa jammert und stöhnt. Sie versucht nicht so laut zu werden. Beißt sich auf die Lippen. Schnell öffnet er seine Hose. Hebt ihre Beine auf seine Schultern und drückt ihr seinen Schwanz tief ins Loch. Stößt sie schnell und heftig. Hat sich nicht unter Kontrolle. Es dauert nicht lange und ergießt sich auf ihrem Bauch. Laut schnaufend. Gisa macht sich sauber. Zieht sich wieder an und setzt sich auf ihren Platz. Der Mann sich daneben. Gemeinsam mit Papi stoßen sie an. Trinken und unterhalten sich. Das Essen wird serviert. Muscheln, Austern und Kanapees. Gisa schlürft die Austern. Immer wieder streift sie ihren Finger über die Lippe in ihren Mund. Lutscht daran. Guckt Papi dabei an. „Herbert, lässt du uns bitte allein", sagt Papi. Der Mann geht. Ohne sich zu verabschieden. Papi lässt den Tisch bis auf die Austern abräumen. Sie geht zu Papi und setzt sich vor ihn auf den Tisch. Öffnet ihre Beine. Fährt mit ihrem Finger über ihren Schlitz. Sieht ihm tief in die Augen. Papi genießt das Schauspiel. Verschränkt die Arme und lehnt sich zurück. Gisa leckt sich über die Lippen. „Bitte", flüstert sie. Papi schiebt das Kleid hoch und zieht ihr den Tanga aus. Spreizt ihre Beine. Spielt mit seinem Daumen an ihrem Kitzler. Gisa seufzt. Sieht ihm dabei zu. Er fingert sie. Gisa legt sich zurück. Rekelt sich. Er nimmt eine Auster und legt sie auf ihren Schlitz. Langsam und genüsslich leckt und schlürft er ihren Schlitz. Genießt sie lange. Gisa seufzt laut auf. Sie kommt. Papi öffnet seine Hose und zieht sie auf seinen steifen Schwanz. Zärtlich reitet sie ihn. Lehnt dabei ihren Kopf an seinen Hals. Stöhnt und seufzt ihm in das Ohr. Knabbert an seinen Ohrläppchen. „Zufrieden?", fragt sie hauchend. Er drückt sie an sich. Seine Antwort. „Du bist wunderbar", schnauft er und wenig später kommt er in ihr. Tauschen zärtliche Küsse aus. Nach ein paar Minuten ziehen sie sich wieder an. Sie setzt sich ihm gegenüber. „Wollen wir noch was essen? fragt sie. Ich habe Hunger." Er lacht. Legt die Menükarte auf den Tisch und sie suchen gemeinsam etwas aus. Dann unterhalten sie sich. Gisa erzählt, wie sie in dieses Leben kam und was sie noch alles vorhat. Papi hört ihr geduldig zu und ist beeindruckt. „Bei Einigem kann ich dir helfen", sagt er. „Danke, aber nein, lehnt Gisa ab. Ich möchte es alleine schaffen und Niemandem etwas schuldig sein. Trotzdem, danke ich dir für dieses Angebot." Während des Essens betrachtet er sie intensiv. Alles an ihr fasziniert ihn. Ihr Mund und Hals. Schlank und seidig. Wie der Kehlkopf sich senkt. Ihre Schultern. So zart. Er beugt sich vor. Nimmt sie am Kinn. „Ich will dich, sagt er fordernd. Jetzt. Lass uns gehen." Sie fahren zu ihm. Er trägt sie ins römische Bad. Schält sie langsam aus ihrem Kleid. Genießt ihre seidige Haut. Streichelt und küsst sie. Öffnet ihre Haare. Locken fallen auf ihre Schulter. Er streicht ihr eine aus dem Gesicht. Sie sehen sich an. Blicke voller Leidenschaft. Er streichelt ihre Brüste. Küsst ihre Nippel. Schnell werden sie hart. Er zieht sich aus. Dann trägt er sie auf Händen ins Becken. Legt sie auf den Rand. Zieht ihr langsam den Tanga und die Netzstrümpfe aus. Lutscht an ihren Zehen. Gisa seufzt. Seine Hände fließen über ihre Beine zu ihrem Schoß. Spreizt ihre Schamlippen. Seine Zunge sticht erbarmungslos. Gisa seufzt immer lauter. Versucht sich festzukrallen. Doch alles ist glatt. Er nimmt ihre Hände hält sie fest und züngelt sie bis zum Orgasmus. Gisa schreit auf. Jetzt fingert er sie hart. Mit drei Fingern. Gisa spritzt. Er zieht sie zu sich ins Wasser. Stellt sie an den Rand und fickt sie von hinten. Tief stößt er sie. Hält ihre Hüfte und zieht sie bei jedem Stoß an sich. Gisa wimmert. Das Wasser schlägt Wellen. Er greift ihr Haar und dehnt ihren Körper ganz weit nach hinten. Beißt ihr in den Hals. Fickt sie heftig. Mit der anderen Hand zupft er an ihren Nippeln. Gisa zischt. Es tut weh. Sie hält sich an seinem Hals fest. „Du gehörst mir", knurrt er. Noch dreimal stößt er kräftig zu. Dann kommt er. Gisa lässt sich auf den Beckenrand sinken, nachdem er sie losgelassen hat. Sie seufzt. Atmet schwer. Er dreht sie zu sich. Sie ist erschöpft. Fällt ihm um den Hals und schließt die Augen. Er trägt sie in sein Zimmer und legt sie ins Bett. Deckt sie zu und legt sich daneben. „Guck mich an, befiehlt er. Du gehörst jetzt mir", sagt er kalt. Dann dringt seine Zunge heftig in ihren Mund. Gisa rührt sich nicht. Er steht auf und geht. Sie legt sich zur Seite und schläft erschöpft ein.

Stunden später wird sie wach. Sieht sich um. Pakete stehen vor dem Spiegel. Anette kommt herein. „Hier, sagt sie, du sollst das anprobieren." Dann nimmt sie ein Paket und packt es aus. Sie holt mehrere Dessous heraus. Verschiedene Farben und Formen. Gisa guckt sie fragend an. Anette dreht sich mit gesenktem Kopf um. „Bitte", flüstert sie. Gisa versteht. Tut sie es nicht, wird Anette bestraft. Sie steht auf und zieht das erste Set an. Schwarzgraues BH-String-Set. Sie dreht sich hin und her. Passt. Dann die rote Korsage mit Tanga. Passt auch. Dann ein weißes Set. BH und String, mit Spitze und Strasssteine. Dazu Seidenstrümpfe und Strumpfhalter. Gisa lächelt. Das würde sie unter ihrem Brautkleid tragen, wenn sie mit Rolf zum Altar geht. Sie schließt die Augen. Streicht durchs Haar. Lächelt. Sieht Rolf vor sich stehen. Gleitet mit ihren Händen über ihre Brüste und Bauch, als wären es seine. Die Tür geht auf. Papi kommt herein. Anette huscht geduckt an ihm vorbei. Er geht zu Gisa. Fasst sie an die Hüfte und drückt ihr Becken an sich. „Lass mich wieder gehen", fordert sie. „Du gehörst jetzt mir", sagt er kalt und drückt sie fest an sich. „Wir haben einen Vertrag", sagt sie ernst. Er schmeißt sie aufs Bett. Setzt sich auf sie. Hält ihre Hände und sieht sie an. Versucht sie einzuschüchtern. „Ich will, dass du mir dieses Lächeln schenkst, das du vor dem Spiegel hattest. Ich weiß, dass es für Rolf ist und das macht mich wahnsinnig." Sein Handgriff wird fester. Gisa sieht ihn an. Er ist wie ein kleines Kind, dass alles haben will. Sie öffnet den Mund und lässt ihre Zunge über ihre Lippe und Zähne laufen. Er verfällt ihr. Nimmt ihren Kopf in seine Hände und küsst sie heftig. „Bitte, flüstert sie, als er ihren Hals küsst, lass mich gehen und ich gehöre dir." Er zieht sie aus. Spreizt ihre Beine und nimmt sie ohne Vorspiel. Hart stößt er sie. Doch Gisa rührt sich nicht. Nicht ein Ton. Nicht eine Mimik. Sie sieht ihm starr in die Augen. Egal wie heftig er wird. Wie ein Brett liegt sie da. Er geht von ihr runter. Läuft im Zimmer auf und ab. Dann geht er raus. Gisa setzt sich auf den Bettrand. Starr und regungslos. Sie weiß, dass er sie beobachtet. Nach ca. 30 Minuten kommt er wieder rein. Steht in der Tür und sieht sie an. „Gut, ich lass dich gehen. Du kommst, wenn ich dich rufe. Tust du das nicht, hole ich dich und lasse dich nie wieder frei", sagt er leise. Gisa geht zu ihm. Umarmt seinen Hals und küsst ihn. „Ich verspreche es", haucht sie. Dann küsst sie ihn zärtlich. Ihre Zunge tanzt an seiner.

Sie zieht ihn zum Bett auf sich. Spreizt die Beine. Küsst ihn heftig. Er drückt sein steifes Glied in ihre Grotte. Sie seufzt laut auf. Umklammert mit ihren Beinen seine Hüfte. Drückt ihr Becken ihm entgegen. Ihre Küsse immer heftiger. Genießend, wiegt er sich auf ihr. „Dreh uns um", flüstert sie. Jetzt reitet sie ihn. Ihre Hüfte kreisen. Hält ihre Haare hoch. Streckt ihren Körper. Ihre Nippel stehen steif. Er spielt daran. Sie stöhnt und seufzt laut. Schließt die Augen und drückt sich heftig auf ihn. Er hält ihre Hüfte. Sticht noch einmal. Dann kommt er in ihr. Gisa legt sich auf ihn. Er streichelt ihren Kopf. Seufzt laut, als hätte er Schwerstarbeit geleistet. „Was muss ich tun?", fragt er. Gisa weiß was er meint. „Nichts, antwortet sie. Du kannst Liebe nicht erzwingen. Rolf und mich verbindet etwas Einmaliges und sollte ihm je was passieren, überlebe ich das nicht. Sie setzt sich auf den Bettrand. Nimmt Papis Hand. Lass uns vernünftig miteinander umgehen und du wirst mich haben. Leidenschaftlich und voller Gefühl. Ich verspreche es." „Ich gebe nicht auf", sagt er. „Ok, schick mir alle Daten. Übermorgen sehen wir uns schon wieder, zum Ball, lächelt sie." Sie beginnt sich anzuziehen. „Ganz Geschäftsfrau", lacht er. Keck schnalzt sie mit der Zunge und zwinkert ihm zu. „Geh nicht", flüstert er und hält sie fest. „Bitte, flüstert sie, versteh das doch. Ich kann nur die sein, die du willst, wenn ich glücklich bin. Und Rolf macht mich glücklich." „Jetzt hasse ich ihn noch mehr", sagt er Zähneknirschend. Gisa legt ihren Finger auf seinen Mund. „Liebe deine Feinde", lacht sie. Dann steht sie auf und geht. Er liegt noch lange im Bett und denkt nach. Als Gisa nach Hause kommt, ist keiner da. Sie geht duschen. Cremt und parfümiert sich ein. Die Haare zum Zopf gebunden. Im Bademantel geht sie in die Küche und trinkt einen Tee. Bea kommt herein und fällt ihr um den Hals. „Wir haben uns Sorgen gemacht. Alles in Ordnung?", fragt sie. „Ja, jetzt schon", sagt Gisa mit einem leichten Unterton. „Weiß Rolf, dass du hier bist?", fragt Bea. „Ja, ich habe ihm eine Nachricht geschickt", antwortet sie. „Na, dann verschwinde ich mal lieber. Wenn der kommt nimmt er dich auf der Stelle", lacht Bea. Die Wohnungstür öffnet sich und Rolf kommt in die Küche. Er sieht sie an. Von oben bis unten, mustert er sie. Gisa bemerkt das. „Alles dran", lacht sie und öffnet die Arme. Er zieht sie vom Stuhl und wirbelt sie umher. Gisa streicht ihm durchs Haar. Sie sieht ihm in die Augen. Nichts um sie herum, nimmt sie mehr wahr. „Dich, flüstert sie. Nur dich." Dann küsst sie ihn zärtlich. Rolf nimmt sie auf den Arm und bringt sie ins Zimmer. Stellt sie aufs Bett. Öffnet den Bademantel und lässt ihn runtergleiten. Zärtlich streichelt er ihren Körper. Von Hals zum Schoß. Immer wieder jeden Zentimeter. Spielt mit ihrer Liebesperle. Gisa hält sich an seinen Schultern fest. Ihre Beine werden weich. Er kniet sich vor sie und presst seinen Mund in ihren Schoß. Seine Zunge sticht ihren Kitzler. Gisa zuckt und seufzt. Sie zieht ihn hoch. Streift ihn aus seinen Klamotten. Legt ihn aufs Bett und sich in der 69er Stellung auf ihn. Jetzt verwöhnen sie sich gegenseitig. Sie kommen fast gleichzeitig. Sie dreht sich auf ihn um und er deckt sie zwei zu. Sie hört sein Herz schlagen. Beruhigend wirkt es auf sie. „Was wollen wir heute machen?", fragt sie. Am besten was mit allen anderen. Eislaufen, Kino, Essen, egal was. Lass uns das Leben feiern", sagt sie. Er hebt ihren Kopf. „Willst du mir etwas sagen?", fragt er zärtlich und fürsorglich. „Nein, alles gut. Rufst du die anderen an? Ich geh duschen." Gisa steht auf und geht ins Bad. Geduscht und im Badelaken kommt sie zurück. „Und, hast du sie erreicht?", fragt sie. „Ja, in einer Stunde sind sie hier", sagt Rolf und zieht sie zu sich. Schmeißt das Badelaken weg und legt sie auf sich. „Du machst mich fertig", lacht sie. Er nimmt sie noch mal zärtlich. Gisa explodiert in Gefühlen. Jede ihrer lustschmerzverzerrten Mimik, genießt er. Langsam bringt er sie beide zum Höhepunkt. Gisa schwinden die Sinne. Sie schwebt im siebten Himmel. „Ich will nur dich", haucht er. Erstickt ihr lautes Stöhnen in Küssen. Drückt ihren Kopf an seinen. Seufzt schwer. „Ich liebe dich", flüstert er. Sie drückt ihn fest an sich. Alles erlebte ist vergessen. Nur dieser Moment zählt. Seine Liebe ist alles was sie braucht. Sie würde für ihn sterben. Lange lassen sie sich Zeit zum Verschnaufen. Küssend. Dann ziehen sie sich an. Wenig später kommen die anderen vier. Christoph begrüßt sie mit einem Wangenkuss. „Alles in Ordnung, fragt er. „Bestens", strahlt Gisa und sieht Rolf an. Dann ziehen sie gemeinsam los. Unterwegs gönnen sie sich Naschereien. Die Mädchen halten beim Schuhladen. Die Jungs lassen sie gewähren und gehen in ein Bistro nebenan. Essen eine Currywurst und gönnen sich ein Bier dazu. „Hast du sie gefragt was passiert ist?", fragt Christoph Rolf. „Nein, ich will nicht, dass sie denkt, ich kontrolliere sie. Sie wird mir erzählen was war, wenn sie es möchte. Ich vertraue ihr", antwortet Rolf. Die Mädchen kommen dazu. Jede hat Schuhe ergattert. „Redet ihr über mich?", fragt Gisa und fällt Rolf um den Hals. „Immer, lacht Rolf. Du bist unser Lieblingsthema." „Dann ist es ja gut", sagt Gisa und gibt ihm einen Kuss. Sie ziehen weiter. Vor dem Brautmodeladen halten sie an. Gisa geht hinein. Kommt strahlend

wieder heraus. „In sechs Wochen bist du fällig", lacht sie
Rolf an. „Oje. Was habe ich getan?", stöhnt er schmunzelnd. Gisa stupst ihm hart in die Seite. Er lacht laut auf
und zieht sie an sich heran. Beißt ihr lachend in den Hals.
Drückt sie noch mal eng an sich. Seine Blicke voller Liebe. Sie schlendern Arm in Arm weiter zum Kino. Gisa
und Rolf nehmen einen Balkon. Das sie vom Film nicht
viel mitbekommen ist klar. Jede Stellung wird auspro-
biert. Sie genießen einander. Das Pausenmädchen kommt
herein. Mit hochrotem Kopf geht sie schweigend wieder
raus. Rolf und Gisa lassen sich nicht stören und nehmen
sich ungeniert weiter. Bringen sich gegenseitig zum Höhepunkt. Dann liegen sie sich angezogen in den Armen
und knabbern Popcorn. Nach dem Kinobesuch gehen
alle zusammen in ein Restaurant. Ein großer Raum. Licht-
durchflutet und einer Salatbar. Die Mädchen stürzen
sich aufs Gemüse. Die Männer lieben es üppig. Schnitzel,
Steak, Hamburger. Dazu Wein und Bier. Gesättigt und
zufrieden geht die Gruppe nach Hause. Jedes Pärchen
in ihre Zimmer.

Am nächsten Morgen treffen sich alle zum Frühstück.
„Christoph, nimmst du mich mit zur Arbeit?", fragt Gisa.
„Selbstverständlich. In 10 Minuten geht es los", grinst
er. Sie hetzt ins Zimmer. Zieht sich Turnschuhe und Jacke über und geht zu Rolf. Verabschiedet sich mit einem
dicken Kuss. Dann fährt sie mit Christoph los. Sie nimmt
ihr Handy und ruft Rolf an, „Ihr habt euch doch gerade
erst gesehen", lacht Christoph. „Ich habe aber vergessen
zu sagen, dass ich heute einen Termin habe. Ich muss zum
Ball", antwortet Gisa. In der Praxis angekommen, sehen
sie die Kollegen etwas schief an. Doch das interessiert sie
nicht. Sie kann nicht jedem ihre Lebensgeschichte

erzählen. Bis zur Mittagspause, hat sie alle Hände voll zu tun. Keine Zeit für Gespräche. Dann gehen alle zu Tisch. Gisa will sich anschließen, doch Christoph bittet sie zum Gespräch. „Nächstes Mal", lächelt sie den Kollegen zu. Sie schließt die Praxis ab. Christoph nimmt sie in den Arm. „Endlich, schnauft er. Seit du da bist, gab es keine Gelegenheit. Ich hätte es nicht mehr lange ausgehalten." Wild küsst er sie. Reißt ihr fast die Kleidung vom Laib. „Ich werde verrückt, wenn ich dich jetzt nicht kriege", schnauft er. Gisa kniet sich vor ihn. Öffnet seinen Hosenstall und verwöhnt seine Stange mit ihrer Zunge. Er wackelt. Stöhnt. Zieht sich aus und legt Gisa auf die Behandlungsliege. Spreizt ihre Beine und schleckt gierig ihre Spalte. Gisa hält sich an der Kante fest. Er legt ihre Beine auf seine Schultern und schiebt sein Glied tief in sie. Zieht ihren Po eng an sein Becken. Während er sie stößt, spielt sein Daumen an ihrem Kitzler. Er bringt sie zum Höhepunkt. Dann stößt er sie schnell und hart. Dreht sie auf alle viere, nimmt ihre Haare wie ein Zügel und stößt sie heftig von hinten. Gisa seufzt und jammert. Er stöhnt laut auf. Wird langsamer. Er ist in ihr gekommen. Gisa sinkt auf die Liege. Christoph legt sich auf sie. Streichelt ihr Gesicht." Tut mir leid, keucht er, das war zu schnell. Aber ich war so heiß auf dich. Verzeih mir." „Wir brauchen unbedingt eine ganze Nacht für uns, flüstert Gisa. Organisier uns was. Und lass es uns auskosten", sagt sie. „Ja, das machen wir", stimmt er zu. Sie küssen sich. Dann ziehen sie sich wieder an. Richten alles wieder her. Gisa schließt die Praxis wieder auf. Sie gehen in den Aufenthaltsraum und trinken Tee. „Willst du mir erzählen, was bei Papi war?", fragt er. „Da gibt es nichts zu erzählen. Er wollte mich, auch gegen meinen Willen, doch hat mich

nicht bekommen", sagt sie kalt. „Hat er dir was getan?",
fragt Christoph wütend. „Nein, alles gut. Ich mach das
schon und sag Rolf nichts davon. Versprich es mir", fordert Gisa. Christoph nickt, will sie küssen, doch die Tür
geht auf und die Kollegen kommen zurück. Wenig später
auch Patienten. Gisa wird für die Inventur ins Lager geschickt. Bei den Betäubungsmitteln verharrt sie. Liest
sich mehrere durch. Eines wirkt, wie K.o.-Tropfen und
sie steckt eine Riege in ihre Hose. Erledigt ihre Arbeit
sorgfältig zu Ende. Nach Feierabend holt sie Rolf ab. Sie
springt ihm in die Arme. Er hat ihr das Kleid gebracht,
das sie vergessen hat. Sie gehen zum Auto und er gibt ihr
das Paket. Wenig später fährt die Limousine vor. Gisa
küsst Rolf noch einmal und steigt in die Limousine. Im
Auto wird sie von Papi angerufen. „Planänderung, sagt
er. Du musst vorher zu einem Geschäftspartner." Gisa
fährt zu Papis Haus. Anette wartet schon in ihrem Zimmer auf sie. Die öffnet den Kleiderschrank und holt ein
Paillettenkleid heraus. Die passenden Accessoires. Die
Tür geht auf. Papi kommt rein und setzt sich auf das Bett.
Lehnt sich zurück und guckt ihnen zu. Gisa zieht sich
aus. Dabei streckt sie ihren Körper. Ihre Muskeln tanzen
unter der Haut. Das T-Shirt ist nur halb über ihren Kopf,
da springt Papi zu ihr und legt sie auf das Bett. „Lass es
so", befiehlt er. Er schiebt ihren BH hoch und spielt an
ihren Nippeln. Streichelt ihren gespannten Körper. Öffnet ihre Jeans. Lässt einen Finger in ihren Slip gleiten.
Ihr Zucken, verrät ihm ihren Kitzler gefunden zu haben.
Gisa seufzt laut. Sie will das Shirt ausziehen, doch er hält
ihre Hände fest. Ihre Wehrlosigkeit turnt ihn an. Ihre
Bauchmuskeln bewegen sich immer heftiger. Sie stöhnt.
Er bringt sie zum Höhepunkt. Sie zuckt heftig. Schnell

zieht er ihr die Hose und Slip aus. Legt sich auf sie. Drückt sein Glied in ihre Grotte. Sie schnauft laut. Jetzt zieht er ihr das Shirt über den Kopf. Sieht ihr in die Augen. Gisa kneift die Lippen zusammen. Seufzt und stöhnt. Ruckartig fickt er sie. Ihre Mimik, verrät ihre Lust. Er küsst sie heftig. Sein Zungenschlag fordernd und hart. Er richtet sich auf. Fickt sie schnell. Gisa schreit. Sie explodiert. Er kommt in ihr. Seufzend legt er seinen Kopf an ihre Schulter. Gisa streichelt seinen Rücken. „Was muss ich tun, damit du bei mir bleibst", keucht er. Er sieht in ihre blauen Augen. Sie strahlen wie Sterne. Gisa streichelt sein Gesicht. Sie lehnt seinen Kopf wieder an ihre Schulter, wie ein Kind. Sagt nichts. Hält ihn eine Weile fest. Dann befreit sie sich und macht sich frisch. Sie stellt sich vor den Kleiderschrank. Anette stylt sie und zieht sie an. Papi legt sich angezogen aufs Bett und sieht ihnen zu. „Willst du dich nicht umziehen?", fragt Gisa ihn. „Nein, ich bin heute nicht dein Begleiter. Du wirst erwartet. Ein Geschäftspartner", antwortet Papi knapp. „Danach bringt ihr mich aber wieder nach Hause?", fragt sie vorsichtig. Daran hatte er gar nicht gedacht. „Willst du das wirklich?", fragt er mit bedauern. „Ja, bitte", antwortet sie. „Gut wir telefonieren dann, wie es war", sagt er enttäuscht und will gehen. Sie hält ihn an der Hand zurück. Zieht ihn zu sich und streichelt ihm über die Wange. Küsst ihn. „Danke", flüstert sie. „Wofür?", fragt er. „Das du mich so sehr willst", haucht sie. Er dreht sich um und geht. Gisa wird zur Limousine gebracht. Sie fahren zu einem 5 Sterne Hotel. In der Tiefgarage wird sie von zwei Bodyguards übernommen und im Fahrstuhl zum Penthouse gebracht. Dort wird sie von einem jungen, dunkelhaarigen Mann, mit Handkuss empfangen. Der Fahrstuhl schließt sich. Der Mann dreht sie wie eine Ballerina. „Sehr schön", sagt er knurrend. Mustert sie. Gisa wird es mulmig. Er macht einen merkwürdigen Eindruck auf sie. Sie will was sagen, doch er legt ihr den Finger auf den Mund. „Sei still", sagt er kalt. Dann stellt er sich hinter sie. Schiebt ihr das Kleid hoch und greift ihr hart in den Schritt. Gisa zuckt zusammen. Er hält ihre Hände auf ihren Rücken, wie gefesselt. Drückt sie an sich. Schlägt mit seiner Faust in ihren Schritt. Und noch einmal. Gisa schreit auf. „Halts Maul, Schlampe", knurrt er. Seine Finger wandern in ihren Slip. Grob spielt er an ihren Kitzler. Gisa seufzt vor Schmerz, als sein Fingernagel ihre Liebesperle streift. Reißt ihr an den Schamlippen. Gisa will schreien, doch er hält ihr den Mund zu. Schlägt wieder zu. Doch diesmal auch die Schenkel und überall, wo er rankommt. Gisa weiß, dass sie hier nicht heil rauskommt. Sie bleibt ruhig. Er ist kurz abgelenkt. „Wollen wir etwas trinken?, flüstert sie. Und ich muss auch mal eben ins Bad." „Gut, beeil dich aber", schubst er sie. Gisa geht ins Bad und holt zwei von den Betäubungstabletten, aus der Riege, aus ihrer Tasche. Steckt sie sich ins Haar. Sie geht zurück zu ihm. Lächelt als wäre nichts gewesen. Seine Pupillen sind groß wie Wagenräder. Er gibt ihr ein Glas. Gisa öffnet ihr Kleid und lässt es runtergleiten. Er geht in die Knie und schleckt gierig ihren Schlitz. Sie nimmt die Tabletten aus ihrem Haar und wirft sie in sein Glas. Er beißt ihr in den Schritt. Gisa schreit auf. Er guckt hoch. „Wollen wir nicht Anstoßen", fragt sie verführerisch. Er nimmt das Glas. „Ex und hopp", sagt sie. Er tut es. Dann schlägt er ihr erneut in den Schritt. „Du sagst mir nicht was ich zu tun habe, klar, du Schlampe", knirscht er und schlägt noch mal mit der Faust in ihren Schritt. Gisa krümmt sich. Er zieht sie an den Haaren zur Couch. Jetzt schlägt er zu. Mehrfach ins Gesicht. Überall an ihrem Körper. Schmeißt sie auf die Couch. Fingert sie mit vier Fingern. Gisa schreit, versucht sich zu wehren. Doch er hält sie fest. Dann öffnet er seine Hose. „Los mach, du Miststück", sagt er und hält seinen Schwanz hin. Drückt ihren Kopf in seinen Schoß. Hält ihn fest und stößt sie in den Mund. Beschimpft sie dabei. Gisa muss würgen. Er schlägt ihr ins Gesicht. Dreht sie auf alle viere und schlägt ihr auf den Rücken und den Po. Immer härter. Gisa schreit und bettelt. Doch er lacht nur. Sie will weglaufen, doch er zieht sie an den Haaren zurück. Setzt sie auf seinen Schwanz. Hält ihre Hände auf den Rücken und stößt sie. „Ich werde es dir zeigen", knirscht er. Gisa hält die Augen geschlossen. Sie betet, dass sie das heil übersteht und zurück zu ihrem Liebsten darf. Plötzlich ist es still. Er bewegt sich nicht mehr. Sie öffnet die Augen und er liegt mit dem Kopf nach hinten, bewegungslos da. Gisa steht auf. Zittert heftig. Schnappt sich ihre Sachen. Rennt ins Bad, zieht sich an und frisiert ihre Haare so, dass die blutende Lippe nicht zu sehen ist. Im Fahrstuhl ruft sie Rolf an. In der Tiefgarage steigt sie in die Limousine. „Nach Hause, bitte", sagt sie gequält. Senkt den Kopf. Der Fahrer fährt sie schweigend nach Hause. Unterwegs informiert er Papi. Rolf steht vor der Tür und erwartet sie. Gisa steigt aus und fällt ihm in die Arme. Ihre Beine versagen. Rolf will durchdrehen. „Nicht, sagt sie, bitte bring mich rein", flüstert sie. Er nimmt sie auf den Arm und bringt sie in ihr Bett. Christoph kommt dazu. Untersucht sie. Es klingelt. Bea öffnet die Wohnungstür und schreit auf, als Papi sich mit zwei Begleiter in die Wohnung drängt. „Wo ist Gisa?", fragt er forsch.

Bea führt ihn zu Gisas Zimmer. Rolf hört den Krach und öffnet die Zimmertür. Papi steht vor ihm mit gehobenen Händen. „Ich will sie sehen", sagt er leise. Gisa nickt Rolf zu. Papi geht zu ihr. Sieht ihre Schwellungen, die kaputte Lippe und das blutunterlaufene Auge. „Setz dich", fordert sie ihn auf. Dann erzählt sie alles, außer wie sie entkommen ist. „Wer und wo?", fragt Rolf. Sein Gesicht rot vor Wut. „Schon gut, besänftigt Papi ihn, Ich mach das. Bleib du bei ihr. Das ist wichtiger. Gisa, es tut mir wahnsinnig leid. Das habe ich nicht erwartet. Ein langjähriger Kunde. Nie auffällig gewesen. Wirklich, es tut mir leid, beteuert Papi." Er küsst ihr die Hand. „Geh jetzt", sagt Rolf schroff. Sein Blick könnte töten. „Wir unterhalten uns noch", ruft er Papi hinterher. Gisa greift Rolfs Hand. Zieht ihn zu sich. Er legt sich neben sie. In seinen Armen, geborgen und sicher, schläft sie ein. Christoph hat sie mit Schmerzmittel versorgt. Die nächsten Tage, umsorgen sie alle. Rolf bringt jeden Tag einen neuen Blumenstrauß. Füttert und verwöhnt sie. Zärtlich. Bea bringt eine Tageszeitung, auf dem Frühstückstablett. „Überfall im Grand Hotel", heißt die fette Überschrift eines Artikels. Mehrere Gäste sind Opfer eines spektakulären Überfalls geworden. Vor drei Tagen ist es den Dieben gelungen in das Penthouse zu gelangen. Dort erbeuteten sie, Schmuck, Bargeld und wertvolle Gegenstände. Als sich ein Gast wehren wollte, wurde dieser krankenhausreif geschlagen. Er schwebt noch in Lebensgefahr. Die anderen Gäste kamen mit dem Schrecken davon. Gisa legt die Zeitung beiseite. Rolf steht in der Tür. Gisa sieht ihn an. „Papi?", fragt sie mit weit aufgerissenen Augen. Rolf nickt. Gisa wird kreidebleich. „Wir haben ein Problem, sagt sie leise. Er will mich und jetzt weiß ich auch wie sehr. Was sollen wir tun?" „Nichts antwortet Rolf. Wir warten ab. Wenn es sein muss, geh ich bis zum Äußersten." Er nimmt Gisas Hand. „Du gehörst mir, mein Herz. Niemand wird uns trennen. Das verspreche ich bei meinem Leben", sagt er ernst. „So nun komm, mach dich fertig. Ich bringe Dich zur Arbeit. Die Ablenkung wird dir gut tun", sagt er zu ihrer Verwunderung. Doch er hat Recht. Gisa macht sich zurecht. Dann fährt er sie zur Praxis. Wieder treffen sie fragende Blicke ihrer Kollegen. Doch Gisa geht zu Christoph in das Behandlungszimmer. „Ich möchte wieder arbeiten", sagt sie. Er begrüßt sie mit einer Umarmung und Kuss. „Schön, dass du da bist. Komm, lass mich deine Heilung sehen", sagt er. Gisa zieht sich bis auf den Slip aus. Christoph fängt an sie einzureiben. Ihre Kollegin kommt rein. Bleibt erschreckt in der Tür stehen. „Reitunfall", sagt Gisa schnell. „Chef, soll ich weitermachen", fragt die. Er gibt ihr die Salbe. Nur gut, denn seine Hose fängt an sich zu straffen. Er geht schnell in einen anderen Raum. Die Kollegin reibt Gisa ein. Gisa lässt ihre Fantasie spielen und lügt ihr eine glaubhafte Geschichte vor. Anschließend lacht Gisa auffällig. „Tja, selber Schuld, wenn man nicht aufpasst". „Mach du heute nur, was du kannst. Lager zählen, aufräumen und Staub wischen, ok. Und dann komm mit uns Mittag essen. Die anderen würden sich auch freuen", sagt die Kollegin. „Sehr gern, vielen Dank, stimmt Gisa zu. Sie tut was ihr gesagt wurde und genießt es ganz für sich zu sein. Mittagspause. Sie stellt alles zu Seite. „Kommst du", fragt die Kollegin. „Ja bin schon da", sagt sie und geht an Christoph vorbei, ohne ihn anzusehen. Er war gerade auf dem Weg ins Lager. 40 Minuten später kommen alle gut gelaunt zurück. Lachen und scherzen. Gisa geht wieder an ihre Aufgabe im Lager. Ihr geht es richtig gut. Sie hat fast alles geschafft. Feierabend", sagt die Kollegin. „Ich mach die zwei Kartons noch eben weg, dann bin ich auch fertig, bis morgen", lächelt Gisa. „In Ordnung", lächelt die Kollegin zurück. Gisa macht weiter. Alle sind gegangen. Christoph kommt zu ihr ins Lager. Schließt die Tür ab. „Ignorier mich nie wieder", knirscht er. Er nimmt sie in den Arm. Zu fest. Gisa verzieht das Gesicht. „Vorsicht", sagt sie leise. Christoph küsst sie heftig. „Ich will dich", flüstert er. Greift ihr an die Brüste. Öffnet ihre Hose und lässt seine Hand hineingleiten. Spielt mit ihrem Kitzler. Gisa wird geil. Wild tanzen ihre Zungen miteinander. Gisa geht in die Knie. Öffnet seine Hose und befreit sein Glied aus der Bedrängnis. Zärtlich spielt ihre Zunge an seiner Öffnung. Immer wieder züngelt sie daran. Schmatz und saugt ihn lange und hart. Er hält es nicht mehr aus. Zieht ihr die Hose runter und bückt sie an den Schrank. Schiebt sein Glied in sie. Langsam und Hüfte kreisend nimmt er sie. Seine Hände kneten zusätzlich ihre Brüste. „Gut so?", fragt er zärtlich. „Wundervoll", seufzt sie. Sie wirft ihren Kopf nach hinten und sieht ihn an. „Küss mich", fordert sie. Er tut es. Spielt mit den Fingern an ihrem Kitzler. Sie stöhnt ihm in den Mund. Sie kommt. Und auch seine Zungenschläge verraten seinen Orgasmus. Sie hält sich an seinem Hals fest. Er schnauft und küsst ihren Hals. „Ich bin völlig verrückt nach dir", seufzt er. Bitte lieb mich doch auch", fleht er. Gisa dreht sich um. Sieht in seine glänzenden Augen. Erkennt Verzweiflung. Er ist verliebt. „Christoph, und sie streichelt sein Gesicht, ich liebe dich doch. Sonst würde ich mich nicht so auf dich einlassen. Was ist denn bloß los mit dir?" Er zittert. Da fällt ihr selbst die Antwort ein. Er hat Angst. Vor Papi und was noch passiert. „Hey, mein Held. Du bist meine Medizin, wenn es mir schlecht geht. Du baust mich wieder auf. Du bist mein ganz besonderer Lieblingsmensch. Beruhige dich. Mir passiert schon nichts. Ich habe dich wahnsinnig lieb." Sie umarmt ihn. Drückt ihn heftig. „Ich liebe dich", flüstert sie. Er streicht ihr durch das Haar. Seine Augen glänzen. Sie küssen sich noch mal zärtlich. Dann ziehen sie sich an. Christoph geht in sein Büro und Gisa stellt die letzten Kartons weg. Rolf kommt und holt sie ab. Sie fällt ihm um den Hals. Küsst ihn wild. Ihre Augen strahlen. Hand in Hand schlendern sie die Straßen entlang. Sehen sich die verschiedensten Sachen an. Bei einigen müssen sie laut lachen. Rolf entdeckt ein Zierkissen mit der Aufschrift, „Für immer Dein". Er kauft es und drückt es Gisa in den Arm. Sie belohnt ihn mit einem dicken Kuss. Dann fahren sie nach Hause. Bea, Anna und Mattes sitzen in der Küche. Rolf und Gisa setzen sich dazu. Anna platzt es raus. „Wir wollen endlich wissen, was hier los ist, sagt sie. Wir haben Angst." Rolf versucht zu erklären, doch Gisa ergreift das Wort. Sie erklärt die Situation und den geschlossenen Vertrag. „Zur Zeit gibt es keinen Ausweg. Ich werde mit Papi reden, dass er euch gegenüber etwas vorsichtiger sein soll. Habt keine Angst. Euch passiert nichts." Verspricht sie. Dann geht sie mit Rolf ins Zimmer. Sie legt sich mit ihrem neuen Kissen im Arm, ins Bett. „Wir schaffen das, irgendwie", seufzt sie. Rolf sagt nichts und legt sich dazu. Drückt sie an sich.

Früh am nächsten Morgen, geht Gisa ins Bad. Duscht und stylt sich. Im Bademantel eingehüllt, geht sie in die Küche. Christoph sitzt auch schon am Tisch. Trinkt Tee und liest Zeitung. Er genießt ihren Anblick. Gisa begrüßt ihn mit einem Kuss auf die Wange und drückt ihren Kopf an seinen. Er weiß, ohne Worte, was es bedeuten soll. „Mach dir keine Sorgen und ich habe dich lieb." Sie geht zum Schrank und gießt sich einen Tee ein. Sie sieht ihn an. „20 Minuten?", fragt sie. Er nickt. Gisa geht ins Zimmer. Sucht sich Klamotten zusammen. Zieht sich an. Dabei dreht sie sich hin und her. „Fast nichts mehr zu sehen", stellt sie, vor dem Spiegel stehend, fest. Rolf stellt sich hinter sie. „Wunderschön", flüstert er und küsst ihren Hals. Drückt ihr Becken an seines. Sie fühlt seine Erregung. „Du Nimmersatt. Ich habe keine Zeit", lacht sie. Er schnauft in ihr Ohr. Sie legt ihre Hände um seinen Hals. Streckt sich lang. Seine Hände gleiten über ihre Rippen zu ihrem Schoß. Er fingert ihren Kitzler. Sie seufzt. „Na gut, nimm mich im Po", haucht sie. Die Ehre hatte er noch nicht. Bückt sie nach vorne, befeuchtet mit Spucke ihr Poloch und seinen Schwanz. Gisa stützt sich am Spiegel. Langsam drückt er sein mächtiges Glied in ihr enges Poloch. Stößt sie schneller werdend. Gisa beißt sich auf die Lippen, um nicht zu laut zu stöhnen. Sie lehnt ihre Wange an den Spiegel. Ihr Atem spiegelt sich. Rolf genießt ihren Anblick. Er braucht nicht lange und kommt. Gisa jammert und seufzt. Alles in ihr kribbelt. Rolf dreht sie um und hebt sie hoch. Küsst sie leidenschaftlich. Sie umklammert ihn mit ihren Beinen. „Heute Abend", flüstert sie und streichelt sein Haar. Dann lässt er sie runter und sie zieht sich weiter an. „Wir müssen los", klopft Christoph an die Tür. Gisa schlüpft in ihre Clogs und geht ihm nach. Sie fahren zur Arbeit. Der Arbeitstag läuft gut. Kurz vor Feierabend kommt der Fahrer von Papi herein. Gisa guckt ihn erstaunt an. „Ich bin hier, um dich mitzunehmen", sagt er cool. Gisa guckt auf ihr Handy, ob sie eine Nachricht von Papi versäumt hat. Doch nichts. Sie ruft Rolf an, doch auch er weiß von nichts. „Gut, sagt Gisa, ich fahre mit. Mach dir keine Sorgen. Bis später. Liebe dich." Sie geht zu Christoph und verabschiedet sich. Christoph sieht sie ängstlich an, doch Gisa zwinkert ihm zu. Es soll heißen, ich mach das schon. Im Büro von Papi angekommen, setzt sie sich in den Besuchersessel. Papi kommt rein. Zieht sie hoch und küsst sie heftig. Er hat sie seit dem Zwischenfall nicht mehr gesehen. Gisa schließt die Augen. Fühlt wie er sich an sie drückt. Seine Erregung wächst. Gisa öffnet den Reißverschluss seiner Hose und wichst sein Glied. Er schnauft. Seine Küsse heftig und wild. Sie zieht ihren Kopf zurück und beobachtet seine Mimik. Leckt sich über die Lippen. Er seufzt. Sie öffnet seine Hose ganz und geht in die Knie. Bläst ihn um den Verstand. Spielt mit ihren Lippen an seiner Vorhaut. Ihre Zunge tanzt an seiner Öffnung. Knetet seinen Hoden. Sie schmatzt laut. Er hält ihren Kopf. Stößt sie in den Mund. Als er sie hochziehen will hält Gisa seinen Po fest. Krallt ihre Finger in seine Pobacken. Bläst weiter. Er zittert. Seine Bauchmuskeln spannen sich. Er sieht ihr zu. Ihr Kopf bewegt sich immer schneller. Papi hält sich am Schreibtisch fest. Stöhnt laut und ergießt sich in ihrem Mund. Gisa schluckt und schlürft alles auf. Küsst und leckt seine Lenden. Zärtlich. Sie steht auf und ihm schweigend gegenüber. Sie sehen sich an. Doch sagen nichts. Er zieht sich an und setzt sich in seinen Sessel. Gießt Sekt für beide ein. Prosten sich zu und trinken. Er räuspert sich. „So war das eigentlich nicht gedacht, sagt er verwirrt. Zuerst will ich erst mal wissen, wie es dir geht?". „Alles gut", lächelt Gisa. „Ich wollte eigentlich einen schönen Abend mit dir verbringen. Essen und Tanzen, sagt er." „Was hält dich davon ab?", fragt sie keck. „Einen Termin habe ich da noch, fährt er fort. Drei Männer wollen dich zugleich. Mit Spielzeug." „Wenn keine Gewalt ausgeübt wird, kein Problem", stimmt sie zu. „Was noch?", fragt sie. „Ein Pärchen, in einer Stunde hier im römischen Bad. Bademantel reicht." „Gut, dann mach ich mich fertig", sagt Gisa und geht in ihr Zimmer. Langsam zieht sie sich aus. Sie weiß, dass er ihr zusieht und genießt es beobachtet zu werden. Lässt ihre Hände sinnlich über sich gleiten. Sie reibt sich mit Duftöl ein. Dreht mit dem Finger ihre Haare zu Locken. Dann zieht sie den Bademantel an und setzt sich aufs Bett. Die Tür geht auf und Papi kommt mit Anette herein. „Das hast du doch mit Absicht gemacht", sagt er hitzig. Gisa grinst verführerisch. Er zieht sie hoch. „Du spielst mit mir. Das wirst du bald bereuen, zischt er. Du musst mich anbetteln, dass ich aufhöre. Du Biest, zischt er." Er zieht ihr den Bademantel aus und schmeißt sie aufs Bett. „Mein Termin", sagt sie mahnend. „Ich bin dein Termin. Heute gehörst du mir", knurrt er. „Na, dann fick mich", sagt Gisa provokant. „Und wie ich dich ficken werde", sagt er und legt sich zwischen ihre Beine. Spreizt ihre Schamlippen und sticht, mit seiner Zunge, ihre Liebesperle. Gisa zuckt zusammen. Er spielt mit seinem Finger daran. Es tut weh und gleichzeitig erregt es sie. Zusätzlich fingert er sie. Erst mit zwei, dann drei und auch vier Fingern. Gisa krallt sich ins Betttuch. Immer fester und härter. „Schrei ruhig", verhöhnt er sie. Jeder Muskel ihres Körpers ist angespannt. Er legt ihre Beine auf seine Schultern. Stößt sie heftig und schnell. Seine Ausdauer ist bemerkenswert. Gisa wirft den Kopf hin und her. Er stößt sie mit allen Künsten. Kurz und heftig, kreisend und intensiv. Gisa schwinden die Sinne. Ihr Jammern turnt ihn an. Er dreht sich auf sie. Nimmt die 69er Stellung ein. Drückt sein Schwanz tief in ihren Mund. Züngelt ihren Kitzler. Fingert ihren Po. Gisa schreckt kurz hoch, als auch ein zweiter Finger in ihren Po gleitet. Doch dann genießt sie das Kribbeln. Bläst ihn voll Wonne weiter. „Knie dich vors Bett", sagt er. Er kniet sich dahinter. Hält ihre Hände auf den Rücken und fickt ihren Po. Stößt sie hart. Gisa schreit auf. Dann steckt er sein Schwanz noch mal in ihre Grotte. Und zwei Finger in ihren Po. „Bettel mich an", keucht er. „Niemals", schreit sie. Jetzt gibt er alles. Der Schweiß rinnt über seinen Körper. Gisa wirft den Kopf hin und her. „Ja, fick mich", schreit sie. Stöhnt und ächzt. „Los, fordert er, bettle mich an." „Ja, seufzt Gisa, komm. Ich kann nicht mehr." Papi zieht sein Schwanz raus und wichst ihr auf den Rücken. Schlägt ihr hart mit der flachen Hand auf den Po. Gisa sinkt schnaufend auf das Bett. Er legt sich neben sie. Sein Blick hochmütig und Stolz. Er gibt Anette mit einem Fingerzeig den Befehl, Gisa abzulecken. Sie tut es. Dann huscht sie wieder in ihre Ecke. Sie liegen sich gegenüber. Gisa sieht ihn an. „Wieso ich, fragt sie vorsichtig. Du kannst doch jede haben. Fickst wie ein Weltmeister, siehst gut aus und hast Kohle. Wieso ich?" Er sieht sie an, steht auf und geht. Gisa bleibt liegen. Deckt sich nicht einmal zu. Sie ist erschöpft. Schläft ein. Träumt wirr. Alles durcheinander. Bilder, Menschen, Rolf in Ketten. Sie schreit laut auf. Sitzt mit weit aufgerissenen Augen im Bett. Atmet schwer. Ist schweißgebadet. Papi kommt hereingestürzt. Nimmt sie in die Arme. Hält sie fest. „Es war nur ein Traum", flüstert er. Gisa schluchzt. Sie hält sich an ihm fest. „Liebst du mich?", fragt sie. Doch Papi antwortet nicht. „Dein Schweigen ist die Antwort. Sie löst sich aus seinen Armen. Sieht ihn an. Dann lass mich gehen, bitte", fordert sie. „Ich kann nicht, antwortet er leise. Immer wenn ich dich sehe, muss ich dich haben. Du machst mich verrückt." Er drückt sie zurück und legt sich auf sie. „Mir sind diese Gefühle völlig fremd, sagt er und streichelt ihre Lippen. Ich will nicht sagen, dass ich dich liebe, denn ich weiß nicht, was Liebe ist. Aber ich begehre dich unendlich, flüstert er." Lässt sein Glied in sie gleiten. Sanft und gefühlvoll wiegt er sich auf ihr. Küsst ihr Gesicht. Ganz zärtlich. Gisa streichelt seinen Rücken. Seine Küsse ganz anders, wie vor ein paar Stunden. Er liebkost ihre Ohrläppchen und den Hals. Schnauft in ihr Ohr. Gisa schließt die Augen. Es ist so schön. Er gleitet zwischen ihre Beine und züngelt sie zum Orgasmus. Dann legt er sich wieder auf sie. Wiegt sich erneut auf ihr. Kurze ruckartige Stöße, verraten sein Kommen. Zärtlich küssen sie sich. Eine Weile später, steht Gisa auf und zieht sich an. „Ich will nicht, dass du gehst", sagt er bestimmend. „Bitte, meine Arbeit ist mir wichtig. Außerdem bin ich ja bald, wieder hier. Lass mich gehen", fleht sie. „Ok, ich bring dich", sagt er zu ihrer Überraschung. Er geht und kommt angezogen wieder. Graue Bundfaltenhose, weißes Hemd, halb zugeknöpft. Ärmel hochgekrempelt. Seine gebräunte Brust ziert eine goldene Panzerkette. Ein sehr schöner Mann, für sein Alter. Er nimmt sie an die Hand und geht mit ihr, wie ein verliebtes Pärchen zur Limousine. Setzt sich auf die Rückbank und zieht sie quer über sich, auf seinen Schoß. Hält sie im Arm. Streichelt ihre Lippen. „Ja, ich glaube ich liebe dich, sagt er plötzlich. Und was empfindest du?" „Ich habe Angst vor dir, sagt sie leise. Du bist mächtig und dass weißt du auch. Nimmst dir, was du willst. Trotzdem bist du ein toller Mann. Du siehst Klasse aus und fickst wie ein Gott. Aber du weckst in mir und den Mädchen Angst. Wenn das nicht wäre, glaube ich, könntest du mein Favorit sein. Ich liebe deine Art mich zum Beben zu bringen. Ich zittere schon vor Verlangen, wenn ich deinen Namen nur höre. Doch das ist nicht genug. Bei Rolf fühle ich mich geborgen und sicher. Und vor allem, verstanden. Er liest meine Gedanken. So etwas ist selten. Er macht mich glücklich. Und ihre Augen leuchten. Bist du jetzt böse mit mir?", fragt sie ihn in die Augen sehend. „Ein wenig, sagt er. Aber ich kann dir ja beweisen, keine Angst vor mir zu haben." Jedes weitere Wort ist unnütz. Sie küssen sich während der ganzen Fahrt leidenschaftlich. Er streichelt sie überall. Gleitet mit seiner Hand in ihre Hose. Spielt mit ihrem Kitzler. Ihre Küsse werden intensiver. Sie seufzt. Stöhnt. Sieht ihm in die Augen. Seufzt laut auf. Zuckt. Stöhnt ihm in den Mund. Er lässt ab. Wild küsst sie ihn. Und er hält sie fest. Sie halten. Gisa lehnt ihren Kopf an seine Schulter. „Jetzt will ich nicht gehen", seufzt sie. „Dann bleib. Fahr mit mir zurück", sagt er sanft. Doch sie steigt aus. Dreht sich noch mal um. Sie ist hin und her gerissen. Doch dann geht sie doch die Stufen hoch zur Praxis. Nach einer kurzen Begrüßung geht sie an ihre Aufgaben. Sie geht von Raum zu Raum und füllt die Schränke auf. Im Lager stellt sie sich alles zusammen und legt es auf einen Rollwagen. Christoph steht plötzlich hinter ihr. Schließt die Tür ab. „Nicht jetzt, beschwört sie ihn. Der Laden ist voll." „In der Mittagspause, fordert er. In meinem Behandlungsraum." Er gibt ihr einen flüchtigen Kuss und geht. Gisa ist erleichtert.

Mittagspause. Die Kollegin fordert Gisa auf mitzugehen, doch Gisa lehnt ab. „Tut mir leid, aber mein Freund geht mit mir essen, Morgen gerne", lächelt sie. Alle sind fort und sie schließt die Praxis ab. Sie geht ins Behandlungszimmer. „Lass mich nicht warten, komm her. Zieh dich aus. Langsam", befiehlt Christoph. Er setzt sich auf einen Hocker, neben der Liege. Gisa streift sich alles ab. Nackt steht sie vor ihm. Er legt sie auf die Liege. Streichelt sie. Bückt sich und leckt sie. Gisa hält sich fest. Seine Lippen ziehen an ihren Schamlippen. Kneten ihren Kitzler. Schnell und hart züngelt er sie. Gisa richtet sich auf. Stöhnt und ächzt. Wirft den Kopf zurück. Kommt laut stöhnend. Christoph zieht die Hose runter und zieht sie zu sich. Legt ihre Beine auf seine Schultern und fickt sie hart. Dann setzt er sich auf die Liege und Gisa bläst ihn. Zärtlich und ausdauernd spielt ihre Zunge an seiner Eichel. Christoph lehnt sich zurück und spritzt ihr in den Mund. Sie leckt ihn sauber. Einen Moment lang bleibt sie mit dem Kopf auf seinen Schoß liegen. Er streichelt ihr Haar. „Ich liebe dich, flüstert er. Alles in Ordnung?" „Ich dich auch", seufzt sie. Dann richtet sie sich auf. Sieht ihn an. Er spürt, dass ihr was auf der Seele brennt. Doch dann sagt sie, „Lass uns arbeiten." Sie zieht sich an und schließt die Praxis wieder auf. Setzt sich in den Aufenthaltsraum, trinkt einen Tee und ruft Rolf an. Der verspricht, sie nach der Arbeit abzuholen. Gisa erledigt alle Aufgaben. Sie bringt jeden Patienten zum Lächeln. Alle verabschieden sich bei ihr persönlich. Der Neid ihrer Kollegen wächst. Rolf steht pünktlich in der Tür. Sie begrüßt ihn mit einer Umarmung und einem flüchtigen Kuss. „Alles in Ordnung?", fragt er. Denn sonst fliegt sie ihm in die Arme. „Fährst du mit mir zur Hütte?", fragt sie. „Wir machen uns ein schönes Wochenende und das möchte ich nur mit dir verbringen." Jetzt weiß er, dass was nicht stimmt. „Selbstverständlich", lächelt er und drückt sie an sich. Dann trägt er sie auf den Armen zum Auto. Die Kollegen starren hinterher. Im Holzhaus angekommen, rennt Gisa zur Terrassentür und öffnet sie. Der Blick auf den See, die frische Luft. Sie atmet ganz tief durch. Rolf sieht ihr vom Flur aus zu. Er ahnt was los ist. So war sie schon einmal. Gisa läuft auf die Terrasse. Sie zieht sich aus. Fühlt sich befreit. Dann geht sie ins Wasser. Schwimmt ein paar Runden. Kommt nass zurück. Ihr Körper glitzert von den Wasserperlen. Die nassen goldenen Locken, klammern sich an ihre Wangen. Rolf steht, mit geöffnetem Bademantel bereit. Gisa drückt ihn zur Seite. „Was willst du da denn mit?", fragt sie lachend. Der stört doch nur." Sie fummelt an seiner Hose. Sieht ihm in die Augen. „Ich will dich", haucht sie. Sie schält ihn aus den Klamotten. Streichelt ihn dabei. Reibt sich an ihm, bis sein bestes Stück steil nach oben ragt. „Heb mich hoch", flüstert sie. Er hebt sie hoch und lässt sie auf sein Glied gleiten. Gisa schließt die Augen und genießt das Eindringen. Sie hält sich an seinem Hals fest. Er trägt sie zum Tisch. Gisa reitet ihn noch mal. Stöhnt in sein Ohr. Küsst ihn. Rolf legt sie vorsichtig auf den Tisch. Spreizt ihre Beine weit auseinander. Stößt sie langsam und genussvoll. Dabei spielt sein Daumen mit ihrem Schlitz. Gisa krallt in den Tisch. Sie räkelt und streckt sich. Ihr Anblick eine Wonne. Er bringt sie zum Höhepunkt. Sie sieht ihm während des Orgasmus in die Augen. Er streichelt ihre Brüste und Bauch. „Du bist wunderschön", seufzt er. „Lass mich dich verwöhnen", sagt sie. Sie steht auf und bringt ihn zum Bett. Sie krabbelt zwischen seine

Beine und massiert seine Hoden. Wichst und bläst ihn langsam und voller Genuss. Immer kurz bevor er kommt, hört sie auf. Quält ihn. „Bitte", fleht Rolf. Jetzt bringt sie ihn zum Abschluss. Rolf stöhnt laut auf. Gisa genießt seinen Erguss. Streichelt seinen Schoß. Sie legt sich auf ihn. Lehnt ihren Kopf an seine Brust. Hört sein pochendes, rasendes Herz. „Meins", flüstert sie. „Deins", antwortet er. Sie decken sich zu und liegen noch lange so vereint. Irgendwann schlafen sie ein. Am nächsten Morgen ist Rolf schon früh aufgestanden. Hat Brötchen und Croissants geholt. Er deckt den Frühstückstisch. Gisa wird vom klappern des Geschirrs wach. Mit der Wolldecke um die Hüften geht sie zum Tisch. Sie nimmt ein Croissant und leckt an der Spitze. Spielt mit ihrer Zunge daran. Rolf geht zu ihr. Nimmt sie in den Arm. „Du kriegst wohl nie genug", fragt er zärtlich. „Niemals, antwortet sie und hält sich an seinem Hals fest. Die Wolldecke rutscht herunter. Er setzt sie auf den Tisch. Stellt sich zwischen ihr Beine. Fingert sie. Langsam und intensiv. „Fick mich", fordert sie. Ihr Becken bewegt sie vor und zurück. Er legt sie auf den Tisch. Dann sich in 69er Stellung auf sie. Schmiert ihren Schlitz mit Marmelade ein und spielt mit einer Banane an ihrem Loch. Steckt sie vorsichtig hinein. Gisa lutscht auf seinem Schwanz. Er leckt ihren Kitzler und fickt sie mit der Banane. Gisa seufzt laut. Sie kommt laut schreiend. Er fickt sie schnell und hart mit der Banane. Sie hält sich an seinen Beinen fest. Jammert und fleht. Tief nimmt sie sein Schwanz in den Mund. Er kommt. Gisa leckt und schluckt. Dann legt er sich neben sie immer noch in der 69er Stellung. Sie leckt ihn sauber. Genießt jeden Zentimeter. Lange. „Du bist unersättlich, stöhnt er. Womit habe ich dich nur verdient?". Sie legt ihren Kopf auf seine Beine. Sieht ihn an. „Ich liebe dich unendlich, flüstert sie. Ohne dich sterbe ich." Ihre Augen glänzen. Sie streichelt seine Innenschenkel. Dann lutscht sie wieder auf seinem Schwanz. „Gisa, gönn mir eine Pause", keucht er. „Ich will nur ein bisschen spielen", antwortet sie leise. Nach ein paar Minuten lässt sie ab. Sie stehen auf, werfen sich Bademäntel über und frühstücken. Rolf liest seine Tageszeitung und Gisa überprüft ihr Handy. Eine Nachricht von Papi. „Heute Abend ein Treffen mit einer Männergruppe." Ja, stimmt, erinnert sie sich. Die Drei mit Spielzeug. „19.00 Uhr wirst du abgeholt." Gisa zeigt Rolf die Nachricht. „Willst du das?", fragt er. „Papi hat mir versprochen, dass es keine Gewalt gibt. Und Sex habe ich gern", sagt sie unsicher. Rolf nimmt Gisas Hand. „Gut, aber du rufst sofort an, wenn was nicht stimmt", sagt er streng. Sein Blick ernst. Gisa nickt. Setzt sich auf seinen Schoß und streichelt seinen Mund. „Du darfst mich nie verlassen, flüstert sie. Wegen mir im Gefängnis landen. Ich mach das schon. Vertrau mir." Dann küsst sie ihn zärtlich. „Lass uns schwimmen gehen", bittet sie. Sie lassen die Bademäntel fallen und gehen nackt, Hand in Hand zum See. Schwimmen ein paar Runden. Küssen und turteln im Wasser. Danach ziehen sie sich an und fahren nach Hause. Bea und Anna sitzen am Küchentisch. Gisa begrüßt die Mädchen mit einer Umarmung. Dann setzen sie sich dazu. „Habt ihr zwei, heute Abend schon was vor?", fragt sie. „Geplant ist eigentlich nichts, antwortet Bea, Wieso?" „Ich habe eine Idee. Ich muss heute Abend mit drei zugleich fertig werden, aber mir ist irgendwie nicht danach. Wollt ihr mitkommen und mir helfen?", fragt sie. Bea guckt Anna an. Sie nicken. Stimmen zu. „Gut, um 19.00 Uhr werden wir abgeholt. Sie guckt Rolf an. Ist das Ok?", fragt sie. „Ja, super. Dann mach ich mir wenigstens keine Sorgen. Ich liebe euch", zwinkert er Anna und Bea zu. „Komm, lass uns ruhen, zieht Gisa Rolf hinter sich her. Um 18.00 Uhr treffen wir uns am Kleiderschrank", ruft sie den Mädchen zu. Gisa kuschelt sich in Rolfs Arme und schläft ein. Nachmittags wird sie wach und geht duschen. Anna und Bea sind auch schon da. Sie gehen zusammen an Beas Kleiderschrank. Bea steht auf Dessous und besitzt eine riesige Auswahl. Gisa schnappt sich ein schwarzes Korsagen Set aus Lack. Dazu schwarze Netzstrümpfe mit Halter. Anna schwört auf ein knallrotes BH- Set mit String. Dazu rote Strümpfe und Halter. Bea ein weißes Korsagen-Set. Weiße Strümpfe und Halter. Stellt sich Hüfte schwingend, keck in Pose. Rolf steht in der Tür. „Zum Anbeißen, haucht er. Ich kann mich kaum zurückhalten." Gisa lacht Anna und Bea an, und die zwei verstehen sofort. Sie gehen gemeinsam, sich über die Lippen leckend auf ihn zu. Gisa streichelt mit ihren Händen über ihren Körper. Der Bademantel spaltet sich und sein wachsendes Glied lugt hervor. Die Mädchen knien sich vor ihn. Gisa streichelt seine Brust, während die Mädchen saugen und wichsen. Er hat keine Chance. Sein Körper strammt sich. Seine Muskeln arbeiten. Er schnauft. Gisa leckt an seinen Nippeln. Zieht daran. Streichelt über seinen Bauch. Sieht ihm tief in die Augen. Er muss schlucken. Sein Kehlkopf hüpft. Stöhnt laut auf. Zärtlich küsst sie seinen Hals. Die Mädchen genießen seinen Erguss. „Ihr seid irre. Ich liebe euch", seufzt er. Dann stehen die Mädchen auf und umarmen ihn. Gisa küsst ihn. Sie richten ihre Haare und ziehen enge Kleider an. High Heels und Clutches. Es klingelt. Die Mädchen steigen in die

Limousine. Gisas Handy klingelt. „Wieso bist du in Begleitung?, fragt Papi. Du warst allein gebucht." „Die Mädchen kommen erst mal mit, sagt sie ernst. Wenn die Jungs sie nicht wollen, gehen sie ins Kino." Papi legt auf. Im Hotel angekommen fahren sie in das Penthouse. Die Tür öffnet sich. Eine Gruppe von mindestens 15 Männern stehen vor ihnen. „Das sind aber mehr als drei", sagt Anna mit großen Augen. Gisa nimmt ihr Handy, will Papi anrufen, ob sie hier richtig ist. Bevor sie antworten kann, nimmt man ihr das Handy aus der Hand und andere nehmen den Mädchen die Handtaschen ab. Gisa wird in die Mitte des Raumes geführt. Auf den Couchtisch gestellt. Die anderen Zwei werden an der Bar festgehalten. „Ausziehen", brüllt die Meute im Takt. Gisa schält sich mit verführerischem Blick aus ihrem Kleid. Jetzt steht sie in Dessous da. Die Meute klatscht. Sie öffnet ihre Haare und schüttelt den Kopf. Ihre Locken wirbeln um ihr Gesicht. Mehrere Typen hauen ihr auf den Po und das peitscht auf dem Lack, ganz schön. „Stopp, übernimmt sie das Kommando. Macht uns Musik. Sie winkt Anna und Bea zu sich. Jetzt zeigen wir euch was geht", lacht sie. Die Musik beginnt. Alle drei stehen auf dem Couchtisch. „Showtime", sagt Gisa und zwinkert den Zwei zu. „Dann lasst uns ihnen mal was bieten." Die Mädchen beginnen zu tanzen. Langsam schälen sie Bea und Anna aus ihren Kleidern. Bea bückt sich und Gisa trommelt auf ihren Po. Anna geht in die Knie und streichelt Beas Beine. Die Jungs grölen und feiern. Immer zu zweit ziehen sie der dritten den Tanga runter. Dann knien sich die Mädchen hin. Bedienen die Jungs mit dem Mund, während andere, ihre Popos und Schlitze streicheln. Ab und zu gleiten auch ein bis zwei Finger in ihre

Löcher. Auch den Polöchern. Die Mädchen schlecken und stöhnen. Überall an ihnen sind Hände. Auch gestoßen werden sie. In beiden Löchern. Plötzlich geht der Fahrstuhl auf. Papi, Rolf und sechs Begleiter kommen herein. Die Meute steht still. Gisa steht auf und geht zu Rolf. Papi sieht sich um. Nennt einen Namen. Ein Typ geht zu ihm und die zwei verschwinden im Nebenraum. „Wir haben alles unter Kontrolle", sagt Gisa besänftigend. „Hier währt ihr nicht heil rausgekommen, sagt Rolf wütend. Papi, hat sofort gemerkt, dass was nicht stimmt, als er dich nicht mehr erreichen konnte und hat mich sofort abgeholt. Nehmt eure Sachen", sagt Rolf zu Gisa. Die Mädchen sammeln ihre Sachen ein und ziehen sich an. „Papi klärt das hier. Wir gehen", sagt Rolf streng. Gisa gehorcht schweigend. Im Fahrstuhl nimmt er die Mädchen in den Arm. „Ich führe euch zum Essen aus", lächelt er. Sie fahren mit Papis Limousine in ein Sterne-Restaurant. Sie lassen es sich gut gehen. Die Limousine fährt zu Papi zurück. Rolf hält Gisas Hand. Seine Blicke verraten, wie stolz er auf sie ist. Kurze Zeit später kommt Papi dazu. Er übergibt jedem Mädchen ein Umschlag. „Eine Entschädigung, von eurem Gastgeber, schmunzelt er. Ich selbst bin sehr beeindruckt von euch, dass ihr es mit der Meute aufnehmen wolltet. Dennoch war es jetzt das zweite Mal, dass es fast schief gegangen wäre. Ich werde ein Begleitservice einrichten, der die Situationen überblickt und die Buchungen überprüft, verspricht er. „Das ist eine großartige Idee", lächelt Gisa. Rolf nickt anerkennend. „Ok, darf ich mich dazu setzen oder ist das eine geschlossene Gesellschaft?" „Bitte, weist Gisa ihm den Stuhl am Tisch. Sie drückt Rolfs Hand. Dann essen und unterhalten sie sich. Papi guckt immer öfter

Bea an. Gisa merkt das. Rolf spielt an Gisas Verlobungsring. „Wann ist es denn soweit?", fragt Papi. „Nächsten Monat", antwortet Gisa und strahlt vor Glück. Ihre Augen funkeln wie Sterne. „Und wo feiert ihr?", fragt er neugierig. „Wir wollen das ganz für uns im kleinen Rahmen", antwortet Gisa. „Nix da, wenn ihr schon den Schritt wagt, dann richtig. Ich richte alles aus und stelle euch meine Villa zur Verfügung. Wenn Bea und Anna Lust haben, können wir ja gemeinsam planen", lächelt er und zwinkert ihnen zu. „Sehr gern", antwortet Bea. Sie liebt schöne Dinge und Dekorationen. Papi ist fasziniert von Bea. Er kann seinen Blick nicht abwenden. „Wollt ihr nicht, den Abend zu zweit genießen? Ich nehme Anna und Bea mit zu mir, bietet er an. Zum besser kennenlernen", sagt er und greift Beas Hand. „Ich kann nicht, sagt Anna schnell. Ich will zu meinem Freund." „Gut, dann nur wir zwei?", fragt Papi Bea in die Augen sehend. Bea sieht Rolf an. „Du entscheidest", sagt der. Sein Blick, gibt ihr Sicherheit. „Ok, ich komme mit", stimmt sie zu. Sie essen zu Ende und Anna wird von Papi und Bea bei Mattes abgesetzt. Rolf zieht Gisa auf seinen Schoß. Sie fühlt seine anschwellende Hose. „Jetzt, hier?, fragt sie zögerlich. Etwas eng hier. Lass uns in ein Hotel gehen", flüstert sie. Dann steht sie auf und zieht ihn hinter sich her. Jeder Schritt eine Qual für ihn. Im Hotelzimmer reißt sie ihm die Sachen vom Laib. Schubst ihn aufs Bett. Legt sich zwischen seine Beine und bläst ihn. Er hält ihren Kopf und stößt ihren Mund. Gisa schluckt und würgt. Rolf streicht über ihre Wange. Fühlt seinen Schwanz darin. Streichelt es. Dann zieht er sie auf sich. Öffnet ihr Kleid und BH. Küsst und beißt ihre Schulter. Knetet ihre Brüste. Drückt ihre Nippel. Sie seufzt ihm ins Ohr und setzt sich auf. Zieht ihr Kleid und BH aus. Dann schiebt sie den String zur Seite und setzt sich auf seinen Schwanz. Rutscht und reitet darauf. Tief dringt er in sie. Sie stützt sich an seinen Hüften. Drückt sich fest auf ihn. Spürt ihn intensiv. Sie schließt die Augen genießt ihn. Kreisen und reitend bringt sie ihn zum Keuchen. Er legt sie hin. Zieht ihren String aus und winkelt ihre Beine an. Drückt sie auseinander. Untersucht mit seinem Finger ihre Spalte. Spielt mit ihrer Liebesperle. Kratzt leicht daran. Gisa krallt sich ins Betttuch. Ein Finger versinkt in ihrem Loch. Tief steckt er ihr ihn rein. Macht sie feucht. Dann einen zweiten. Schnell fingert er sie. Sie schreit. Dann steckt er ihr die Finger vorsichtig in den Po. Gisa zuckt. Langsam bewegt er sie hin und her. Züngelt zusätzlich ihren Kitzler. Gisa seufzt laut. „Ich komme", stöhnt sie. Sie bäumt sich auf. Sinkt zurück. Er spielt weiter mit seinen Fingern. „Nimm mich endlich, keucht sie und ihre Augen strahlen vor Geilheit. Fick mich", fleht sie. Er genießt noch eine Weile ihr Verlangen. Grinst. „Rolf, bitte", keucht sie. Er legt sich auf sie. Dringt in sie. „Das kriegst du wieder", seufzt sie und presst ihr Becken ganz eng an ihn. Er lacht. Stößt sie kurz und heftig. Macht immer wieder eine Pause. Lässt sie abkühlen. „Rolf, bitte, bitte. Ich halte es nicht mehr aus. Fick mich doch bitte." Sie sieht ihn gequält und verzweifelt an. Jetzt stützt er sich auf und stößt sie schnell und hart. Lange. Sie beißt ins Kissen. Sonst würde sie das Hotel zusammenschreien. Er dreht sie um. Stellt sie auf alle viere und steckt ihr sein Schwanz in den Po. Hält ihre Hände auf den Rücken und stößt sie ruckartig, bis auch er kommt. Schnaufend liegen sie nebeneinander. Sehen sich an. Gisas Körper vibriert. Gefühlschaos durchströmt sie. Sie zuckt und zittert. Nur er schafft das bei ihr. Er lehnt sich über sie. Streichelt ihre Arme. Küsst ihren Hals. Gisa zuckt heftig. Eine Träne läuft ihr aus dem Auge. „Alles in Ordnung?", fragt er liebevoll. „Ich liebe dich so sehr, schluchzt sie. Ich will nie mehr ohne dich sein." Sie umschlingt seinen Hals und weint. Sie zittert heftig. „Für Ewig", flüstert er. Erdrückt sie fast. Sie liegt in seinen Armen. Schließt die Augen. Schwebt auf Wolken. Schlafen ein.

Am nächsten Morgen fahren sie nach Hause. Sie nimmt ein Schaumbad. Rolf erledigt Geschäftliches. Gisa schließt die Augen. Entspannt sich. Taucht kurz unter und kommt überdeckt mit Schaum wieder hoch. Plötzlich wird sie geküsst. Sie umschlingt dessen Hals und erwidert den Kuss blind. Sie streicht sich die Haare und den Schaum aus dem Gesicht. Schreckt zurück. Christoph sieht sie an. Lacht. „Du Schlingel", lacht sie. „Ich vermisse dich", haucht er. „Wo ist Rolf?", fragt sie. „Gegangen", schnauft er und zieht sie aus der Wanne. Drückt ihren nassen von Schaum bedeckten Körper, an seinen. Küsst sie wild. Seine Hände gleiten über ihren Po. Er hebt sie hoch. Senkt sie langsam auf sein Glied. Gisa hält sich an seinen Hals fest und reitet ihn im Stehen. Er unterstützt sie, indem er sie auf und ab hebt. Küssen sich wild. Dann sinken sie auf den Flokati. Er legt sich auf sie. Stützt sich auf und fickt sie heftig. Gisa wirft den Kopf hin und her. Will sich festhalten. Doch greift ins lehre. Seufzt, jammert und stöhnt. Gisa wird schwindelig. „Christoph, hör auf", sagt sie plötzlich. „Was ist?", fragt er ängstlich. „Du machst mich fertig, keucht sie. Mir ist schon ganz schwindelig. Bitte lass mich weiter machen." Er geht von ihr runter. Gisa setzt sich auf ihn. Reitet seine Stange langsam und gleichmäßig. Christoph greift ihre Brüste. Sie hebt ihre

Haare hoch und streckt sich. Ihr Körper zart und leicht gebräunt. Er streichelt ihre Nippel. Gleitet, mit seinen Fingern, zu ihrem Schoß. Sein Daumen drückt ihren Kitzler. Knetet ihn. Gisa seufzt. Sie sinkt zusammen. Ist gekommen. Er hält ihre Hüfte und nach drei Stößen, kommt auch er. Seufzend sitzt sie auf ihm. „Du bist fantastisch, haucht er. Ich liebe dich." Gisa legt ihren Kopf an seine Schulter. Er streichelt ihr Haar. Sie küsst seine Hände und steht auf. Vor dem Spiegel kämmt sie ihr Haar. Tropfen laufen ihren Rücken runter. Christoph stellt sich hinter sie. Im Spiegel treffen sich ihre Blicke. Doch Gisa lächelt nicht. „Was ist los?", fragt er sie Hals küssend. Sie sieht ihn emotionslos an. „Ich liebe Rolf, das musst du einsehen. Ich mag dich sehr. Mach es nicht kaputt", sagt sie ernst. Er starrt sie an. Ihre Augen ganz klar. Ein Ultimatum ohne Worte. Sex ohne Erwartungen. Er muss entscheiden. „In Ordnung", antwortet er leise. Gisa hasst es, ihm so das Herz zu brechen, doch es muss zwischen ihnen klar sein, sonst geht die Freundschaft kaputt. Sie dreht sich um und nimmt ihn in den Arm. Küsst ihm auf die Wange. Dann zieht sie sich einen Bademantel an und geht in ihr Zimmer. Sie schlüpft in eine hautenge Jeans, glänzendes Stretchtop und Turnschuhe. Unterwäsche und Socken sowieso. Die Haare zum Zopf gebunden. Es klopft an ihrer Tür. Sie öffnet. Papi steht vor ihr. „Ich habe Bea nach Hause gebracht und wollte nach dir sehen, sagt er. Alles in Ordnung?" „Bestens, sagt sie. Ich will mir einen Tee machen. Willst du auch einen?", fragt sie. „Ja, gern", lächelt er. Die Hausfrauennummer findet er reizvoll. Gisa tänzelt voraus. Papi geht hinterher und genießt den Anblick. Ihr Po wippt unter der hautengen Jeans und jede Kontur zeichnet sich ab. Er hat Mühe seine Hände unter Kontrolle zu halten. Gisa stellt sich an den Schrank. Bewegt sich schlangenhaft. Weich und grazil. Sie reicht Papi den Tee. Er stellt die Tasse auf den Tisch. Greift ihre Hand und zieht sie zu sich. „Wir fahren zu mir, bestimmt er. Jetzt". Ohne ein weiteres Wort geht er mit ihr zur Tür. An Christoph, der aus dem Bad kommt vorbei. Gisa greift noch schnell ihre Handtasche. In der Limousine setzt er sich ihr gegenüber. Öffnet eine Flasche Champagner. Sie stoßen an und trinken ein Schluck. „Mach die Beine breit", befiehlt er. Er zieht seine Schuhe aus und legt seinen Fuß in ihren Schoß. Reibt daran. Beobachtet ihre Reaktion. Gisa hält seinen Fuß und drückt ihr Becken daran. Leckt sich über die Lippen. Kreist ihre Hüfte. Dann stellt sie den Fuß runter. Zieht ihre Schuhe und Socken aus. Öffnet seine Hose. Lutscht an seinem wachsenden Glied. Drückt seine Beine auseinander und setzt sich ihm wieder gegenüber. Nimmt seinen Schwanz zwischen ihre Füße und spielt damit. Papi hält ihre Füße und wichst sich langsam. Schnauft. „Ich will dich", flüstert sie. Ihre Augen verschlagen. Ihr Gesicht, strahlt Geilheit aus. Der Wagen hält. Sie ziehen sich an. In seinem Schlafzimmer schält er sie aus den Klamotten. „Stell dich aufs Bett", befiehlt er. Er fesselt sie an die Bettpfosten. Weit gespreizt steht sie vor ihm. Dann zieht er sich aus. Spielt an seinem Glied, während er sie ansieht. Er kniet sich vor sie. Mit Finger und Zunge erforscht er spielerisch ihren Schlitz. Gisa lässt sich hängen, als er ihr Loch fingert. Zwei, drei und zuletzt vier Finger bringen sie zum Schreien. Er züngelt ihre Liebesperle. Sie kommt und spritzt. Gierig leckt er alles ab. Sie ringt nach Atem. Er löst ihre Handfesseln. Gisa sinkt aufs Bett. Doch er löst die Beinfesseln nicht. Er kniet sich zwischen ihre Beine. Stößt sein Schwanz kraftvoll in sie. Gisa wimmert. Lange stößt er sie. Seine Ausdauer ist bemerkenswert. Er macht eine Pause. Geht zum Nachtschrank. Holt einen Vibrator heraus. Er befeuchtet ihn mit Gleitgel und auch ihren Po. Langsam drückt er ihr den Vibrator in den Po. Gisa jammert. Es brennt. Immer wieder gleitet er hinein. Jetzt entwickelt sich ein Wohlgefühl. „Ja", stöhnt sie. „Ja, und immer wieder ja." Nach einer Weile drückt er ihn ganz tief hinein. Anschließend seinen Schwanz in ihre Grotte. „Ja?", knirscht er. Stößt sie heftig. Gisa schreit auf. Rekelt sich. Will sich im Bettzeug festhalten. Doch er nimmt ihre Hände und stützt sich auf sie. „Sieh mich an", befiehlt er. Und dann stößt er sie ruckartig. Ihr Gesicht vom Lustschmerz verzerrt. Sie jammert und seufzt. „Du gehörst mir", keucht er. Dann fickt er sie so heftig wie er kann. Er spritzt sein Sperma auf ihren Bauch. Setzt sich erschöpft neben sie. „Willst du mich nicht losmachen?", fragt sie nach einiger Zeit. „Nein, ich bin noch nicht fertig mit dir", antwortet er grinsend. Er drückt auf einen Knopf. Die Tür geht auf und Anette kommt herein. Nackt. Er zeigt auf Gisa. Anette legt sich zwischen Gisas Beine. Sie leckt seine Samen weg. Er zeigt auf Gisas Schoß. Anette spreizt Gisas Schamlippen, legt ihren Kitzler frei und saugt daran. Gisa zuckt heftig. Sie stützt sich auf. Sieht Anette zu. Anette stößt sie gleichzeitig mit dem Vibrator, der noch in ihrem Po steckt. Gisa jammert. Sie will ihren Kopf hin und her werfen, doch Papi hält ihn fest. „Langsam, sagt er zu Anette. Noch nicht. Genieße es." Anette steht auf und holt einen zweiten Dildo aus dem Schrank. Führt ihn Gisa in die Vagina ein. Jetzt fickt sie Gisa mit beiden zugleich. Gisa hält sich an

Papis Armen fest. Zusätzlich züngelt Anette sie zwischendurch. Gisa verdreht die Augen. Schreit ihre Geilheit heraus. „Ja, wiederholt Papi. Immer, noch, ja? Bettel mich an und ich erlöse dich", fordert er. „Niemals", schreit Gisa. Anette macht weiter. Schneller. Ihre Zunge härter. Gisa kommt erneut. Sie spritzt. Doch Anette macht weiter. „Ja", keucht Gisa und küsst ihn wild. „Du kriegst wohl nie genug", grinst er. Noch einmal bäumt sie sich auf. „Bitte", fleht sie und sinkt zurück. Papi nickt Anette zu. Die zieht die Dildos raus und geht. Gisa hält sich an Papis Hals fest. Sie zittert heftig. „Willst du mir jetzt gehorchen?", fragt er zärtlich. Sie küsst ihn. Verschnauft. Dann sieht sie ihn an. „Niemals, lacht sie. Dann muss ich ja auf dieses Vergnügen verzichten." Er lacht auch. „Du bist mir ja ein Früchtchen, grinst er." Dann legt er sich auf sie. Küsst sie leidenschaftlich. Gisa streichelt sein Haar. Nach einer Weile bindet er sie los. Nimmt sie auf den Arm und geht mit ihr ins Römische Bad. Gisa schäumt sich ein und Papi stellt sich hinter sie und schäumt ihren Rücken ein. „Was hast du mit mir vor?", fragt sie vorsichtig. „Ich will dich für mich", sagt er kalt und drückt ihren Po an sich. Er bückt sie an den Beckenrand. Dringt langsam in sie ein. Gisa wimmert. Sie ist geschwollen. Er braucht nicht lange. Ergießt sich in ihr. „Bleib bei mir", keucht er in ihr Ohr. „Ich kann nicht, sagt sie sanft. Ich liebe Rolf. Bedingungslos. Aber ich bin immer für dich da, wenn es geht, verspricht sie." Er drückt seinen Kopf an ihre Schulter. Sie krault sein Haar. „Ich freu mich schon auf die nächste Erziehung", lächelt sie. Sie dreht sich um und küsst ihn zärtlich. „So nun muss ich aber zur Arbeit. Bin eh schon zu spät." Sie ziehen sich an. „Ich bring dich", sagt er. Nimmt ihre Hand und geht mit ihr zur Limousine. Gisa fühlt seine warme Hand. Sie verliebt sich gerade. Sie würde am liebsten wieder in sein Schlafzimmer. Zärtlich küssend, fahren sie zur Praxis. „Bald", grinst er. Sie lächelt ihn an. Ihre Augen verraten sie. Und auch er fühlt, dass sie ihn will. Sie halten an. „Bald", sagt Gisa zärtlich. Dann geht sie arbeiten. In einem Nebenbüro, Akten sortieren. In der Pause kommt Rolf vorbei. Sie fällt ihm in die Arme. Hand in Hand gehen sie essen. Auf einer Parkbank machen sie halt. Rolf zieht Gisa auf seinen Schoß. Küsst sie zärtlich und voller Gefühl. „Ich liebe dich, haucht sie. Nur dich." Sie legt ihren Kopf an seine Brust, wie ein Kind, dass Geborgenheit sucht. Er streichelt ihr Gesicht. „Ich hole dich nachher ab. Wir machen uns einen gemütlichen Abend", bestimmt er. Dann bringt er sie zurück. Mit einem Kuss verabschiedet er sich. Nach Feierabend sitzt sie im Aufenthaltsraum in der Praxis und wartet auf Rolf. 20 Minuten vergehen, dann ruft sie Rolf an. Doch keine Antwort. Noch 10 Minuten vergehen. Sie ruft Anna und Bea an. Doch auch die wissen nicht, wo er ist. Gisa geht zu Christoph ins Büro. „Hat sich Rolf bei dir gemeldet?", fragt sie mit Sorge. „Nein, bei mir nicht", antwortet er und überprüft sein Handy. Gisa versucht es erneut bei Rolf. Doch nichts. Sie verfällt in Panik. Weitere 30 Minuten vergehen. Gisa fängt an durchzudrehen. Sie ruft Papi an. „Weißt du wo Rolf ist?, schreit sie ihn an. Wenn du ihm was getan hast, dann war es das mit uns. Das schwöre ich dir." Jetzt weint sie. Christoph gibt ihr eine Beruhigungstablette. Er nimmt ihr Handy und erklärt Papi was los ist. Dann legt er auf. „Beruhige dich. Er nimmt sie in den Arm. Er schwört, nichts getan zu haben und sucht nach Rolf." „Das ist mir egal. Er will mich und traue ihm alles zu, schluchzt sie.

Wo ist er denn nur?" Die Tür geht auf. Rolf kommt gebückt herein. Gisa fällt ihm um den Hals. Doch dann sieht sie das Blut an seinen Händen. Sie weicht zurück. Christoph kommt dazu. Gemeinsam mit Gisa stützen sie Rolf und bringen ihn in das Behandlungszimmer. Gisa zieht ihn unter Tränen aus. Eine große Stichwunde über seine Hüfte. Sie holt Verbandszeug. „Ruf den Rettungswagen, sagt Christoph. Wir müssen ihn ins Krankenhaus bringen, um organische Verletzungen auszuschließen." Gisa rennt zum Telefon. Christoph legt Zugänge und wenig später wird Rolf ohnmächtig. Überall Blut. Gisa wird kreidebleich. Der Krankenwagen kommt und Gisa fährt mit. Sie hält seine Hand doch Rolf schläft. Im Aufenthaltsraum wartet sie. Sie weint und knabbert an ihren Fingernägeln. Christoph kommt rein. „Ich tu alles, beruhige dich", sagt er und geht. Gisa versenkt den Kopf zwischen ihre Hände und schluchzt. Plötzlich fühlt sie ein Tuch an ihren Händen. Sie hebt den Kopf. Papi steht vor ihr und reicht ihr ein Taschentuch. Sie nimmt es und schnäuzt sich. Dann fällt sie ihm um den Hals. „Es tut mir so leid", schluchzt sie. „Schon gut", tröstet er sie. Er hält sie fest. Gisa beruhigt sich. Sie sehen sich an. „Du liebst ihn, so sehr?", fragt er. „Ja, und noch mehr, antwortet sie. Ich würde für ihn sterben." „In Ordnung", sagt Papi. Er legt ihren Kopf an seine Schulter. Streichelt ihr Haar. Christoph kommt mit den ersten Ergebnissen. „Keine Organverletzung aber die Wunde ist sehr tief. Wir müssen operieren. Macht euch keine Sorgen. Ich lass euch Bescheid sagen, wenn er auf dem Zimmer ist", sagt er und geht. „Das ist schon mal gut, sagt Papi. Komm, setz dich. Ich hol uns etwas zu trinken." Er geht zum Getränkeautomaten. Anna und Bea stürzen in den Warteraum. Sie fallen Gisa in die Arme. Küssen und drücken sich. Nach einiger Zeit kommt eine Schwester rein und nennt die Zimmernummer von Rolf. Bevor sie „Einer zur Zeit", sagen kann stürmen die Mädchen an ihr vorbei. Sie stürzen sich in Rolfs Arme. Küssen und drücken ihn. Papi steht in der Tür und muss lachen. Dann geht er zu Rolf und gibt ihm die Hand. „Ich nehme die Mädchen mit und pass auf sie auf. Keine Sorge. Ich weiß, wann ich verloren habe. Bis später, bestimmt Papi." Rolf nickt. „Ich nicht, schüttelt Gisa trotzig den Kopf. Ich bleibe bei dir." Er streichelt ihre Wange. „Geh ruhig, sagt er. Ich muss ruhen und du auch. Wir sehen uns morgen." Gisa schüttelt erneut den Kopf. „Tu was ich dir sage", sagt er lieblos und kalt. Gisa sieht ihn mit großen Augen an. Zittert. Ihr wird kalt. „Er schickt sie weg. Er will sie nicht", denkt sie. Sie wird kreidebleich. Kein Ausdruck in ihrem Gesicht. Dann fällt sie um. Sie wird auf eine Liege gebracht. Nachdem Christoph erfahren hat was passiert ist und vor allem was gesagt wurde, guckt er Rolf wütend an. „Das hättest du nicht tun dürfen. Sie leidet Höllenqualen wegen dir und du schickst sie weg. Das war sowas von falsch. Du weißt doch wie sensibel sie ist, schreit er. Ich würde dir am liebsten, hebt die Faust und beugt sich vor." Papi hält Christoph am Arm fest. „Schon gut, ich habe mich gehen lassen. Tut mir leid", schnauft Christoph. Er überprüft Gisas Werte. „Was ist mit ihr?", fragt Papi. „Schock, antwortet Christoph. Er hält ihre Hand. Das hätte Rolf nicht tun dürfen. Traurigkeit kann schlimme Folgen haben. Ihre Seele hat einen Tiefschlag bekommen. Er hätte es besser wissen müssen, nach allem was sie durchgemacht hat", sagt Christoph und küsst ihre Hand. „Du also auch", sagt Papi. Er klopft ihm auf die

Schulter. „Nimm Anna und Bea, ich mach das schon", sagt Christoph und atmet tief durch. Stunden vergehen. Christoph redet immer wieder auf Gisa ein, doch nichts. Sie liegt regungslos da. Er setzt Rolf in einen Rollstuhl und fährt ihn zu ihr. „Bring das wieder in Ordnung", fordert Christoph Zähne knirschend. Rolf hält Gisas Hand. Redet auf sie ein. Doch nichts. „Gisa bitte wach auf, es tut mir leid. Ich liebe dich doch. Komm zurück zu mir." Doch keine Regung. Rolf quält sich aus dem Rollstuhl und legt sich neben sie. Nimmt sie in den Arm und legt ihren Kopf an seine Brust. „Deins, hörst du, deins", flüstert er. Er streichelt ihren Kopf. „Ich liebe dich doch, komm zurück zu mir." Stunden vergehen. Plötzlich fängt Gisa an zu zittern. Er drückt sie an sich. Sie weint und schluchzt. „Es tut mir so leid, verzeih mir, flüstert er. Er hebt ihr Kinn. Du bleibst für immer bei mir, ich liebe dich." Gisa legt ihre Arme um seinen Hals und küsst ihn zärtlich. Christoph kommt rein. „Wunderbar", sagt er lächelnd. „Organisierst du uns ein Zimmer?", fragt Rolf. Zwei Tage lang kümmert sich Gisa rund um die Uhr um Rolf. Sie ist völlig ausgeglichen und blüht in ihrer fürsorglichen Rolle auf. Am dritten Tag, als sie aus der Dusche steigt, hängt ihr Brautkleid vor ihr am Haken. Bea und Anna stehen in ihren Kleidern und frisiert vor ihr. Sie lachen. Setzen Gisa an den Tisch und frisieren ihre Haare. Ein Haarteil mit einer Malvenblüte wird an die Seite gesteckt. Dezentes Make-up. Geben ihr die weißen Dessous von Papi, außer den BH und stecken sie in ihr Kleid. Anna hilft mit den Schuhen und Bea holt den Brautstrauß. Hält ihn Gisa schweigend hin. Herrliches Grün mit Maiglöckchen darin. In der Mitte eine Malvenblüte. Gisa nickt und lächelt. Anna geht voraus. Bea dahinter und Gisa folgt ihnen. Sie gehen zur Krankenhauskapelle. Überall sind Blumenbuketts aufgestellt. Lange Kerzen brennen auf dem Altar. Ein Geistlicher steht am Podest. Christoph, Mattes und Papi stehen in Anzügen links. Bea und Anna stellen sich dazu. Rolf sitzt rechts im Rollstuhl. Gisas Augen leuchten. Sie schreitet, wie in Trance, den Gang entlang. Schwebt geradezu. Ihre Augen nur auf Rolf gerichtet. Der quält sich aus dem Rollstuhl. Sie steht ihm gegenüber. Sieht ihn fragend an. Er lächelt und nimmt Gisas Hand. Küsst sie und beginnt zu sprechen:

„Gisa, mein Herz ...
Mein Ein und Alles,
Noch nie hat mich jemand so geliebt wie du
Noch nie hat mich jemand so beeindruckt wie du
Wir,
Ich kann nicht mehr ohne dich leben,
Du hast mein Herz,
Meine Seele
Jetzt nimm doch bitte auch den Rest

Er steckt ihr den auf Wunsch angefertigten goldenen Ring auf den Ringfinger
„Ich liebe dich, bitte heirate mich und werde meine Frau"
Seine Augen funkeln
Gisa strahlt, Tränen laufen über ihr Gesicht,

„Ja, haucht sie ... Ich will nur dich,
Nur dich,
„Für Ewig"
„Für Ewig" haucht er und küsst sie

TEIL 2

GISAS REISE GEHT WEITER

Kapitel 1

Zärtliche Täuschung

„Nicht so schnell, ermahnt Rolf Gisa lachend, sonst steigt
dir der Cocktail zu Kopf." „Du hast recht", bestätigt Gisa
und stellt das mit Früchten garnierte Glas beiseite. Sie
hält seine Hand und lächelt ihn an. „Es ist traumhaft
hier mit dir, flüstert sie. Ich wünschte wir könnten ewig
hier bleiben." Rolf streicht mit seinem Daumen über ihren Ehering. „Egal, wo uns das Last-Minute-Ticket hin-
geführt hätte, und wenn es in die Arktis gewesen wäre,
ich brauche nur dich", flüstert er. Gisas Augen strahlen
wie funkelnde Sterne. Sie lässt ihren Blick zur Strandbar
wandern. Ein Pärchen steht da und beobachtet sie. Ein
großer kräftiger dunkelhaariger Mann, mit halboffenem,
an den Ärmeln hochgekrempeltem Hemd. Heller Som-
merhose und Sandalen. Sie sitzt auf dem Barhocker. Ihr
welliges blondes Haar, zum luftigen Zopf gebunden und
trägt ein Wickelkleid, aus dem das rechte Bein bis zu den
Oberschenkeln hervorguckt. Gisa wendet sich Rolf zu.
„Ich glaube, da hat jemand Interesse an uns", flüstert sie
ihm zu. Rolf dreht sich um. Er sieht das Pärchen. Der
Mann prostet ihm, mit dem Bier in der Hand, zu. Rolf
wendet sich an Gisa. „Und was möchtest du?", fragt er.
„Wäre doch ein nettes Andenken, grinst sie. Und wer
weiß, vielleicht kann man ja eine Freundschaft daraus
machen. Dann hätten wir eine Anlaufstelle, um immer
wieder hier Urlaub zu machen. Unser persönliches

Paradies. Aber nur wenn du auch mitmachst", lächelt sie ihn an. Rolf nickt. Gisa steht auf, streicht ihre Haare aus dem Gesicht und Ihr Kleid zurecht. Natürlich langsam, sinnlich und aufreizend. Dann leckt sie sich ihre Lippen glänzend und geht barfuß, was in diesem herrlichen Südseestrand ein Genuss ist, zu dem Paar an die Bar. „Hallo, ich bin Gisa", stellt sie sich vor. Dabei legt sie ihre Hand auf den Schenkel der Frau. Beginnt zärtlich darüber zu streichen. „Ich bin Renata, meine Freunde nennen mich Reni und das ist Ernesto, mein Mann", antwortet sie. Ernesto lächelt Gisa zu. „Du hast ein sehr schönes Kleid an", flüstert Gisa und streicht Renatas Bein entlang. Streift mit ihrem Daumen den Schambereich. Beobachtet Renatas Reaktion. Die schließt kurz, leise seufzend, die Augen und beißt sich auf die Lippen. Rolf sitzt am Tisch und beobachtet sie. Ernesto winkt ihn zu sich. Rolf zahlt und legt noch ein großzügiges Trinkgeld dazu. Gisa spielt mit ihrem Daumen an Renatas Kitzler. Macht sie richtig geil. Nachdem sich Rolf, mit einem Händeschütteln vorgestellt hat, bittet Ernesto die beiden, ihnen mit dem Wagen zu folgen. Sie fahren eine Küstenstraße entlang. Dann biegen sie in einen Waldweg. Fahren einen Hügel hinauf. Sie halten vor einem Stahltor. Riesig und schwer. Reichlich verziert. Fahren noch mal ein paar Minuten, bis sie vor einer weißen Villa stehen. Ein Service nimmt ihren Wagen und parkt ihn. Gisa hält Rolfs Hand. Sie ist beeindruckt und eingeschüchtert. Die Einrichtung, ein Traum. Überall weißer Marmor. Statuen, Vasen, Gemälde und Accessoires. Sie folgen dem Pärchen in ein Wohnzimmer. Eine große Wohnlandschaft links im Raum. Davor ein weißes Tigerfell und kleiner Tisch darauf. Rechts eine Wand, nur aus einer Bar bestehend.

Barhocker, mit weißem Leder bezogen, davor. Ernesto richtet vier Gläser mit Champagner her. Übergibt jedem eines und heißt Rolf und Gisa willkommen. Renata nimmt Gisa an die Hand und zieht sie mit sich. „Wir machen uns frisch für die Männer", bestimmt sie. Sie führt Gisa in ein Schlafzimmer. Ein riesiges Himmelbett in der Mitte. Dann in ein angrenzendes Bad. Schwarze Marmorablageflächen auf weißen Marmorsockeln. Goldene Armaturen. Eine riesige Dusche. Renata stellt sie an. Ein Regenfall. Ganz zart. Im Hintergrund läuft leise Musik. Renata stellt sich hinter Gisa. Öffnet deren Haare und wuselt sie auseinander. Massiert dabei Gisas Kopf und Nacken. Gisa schließt die Augen. Es fühlt sich so wunderbar an. Lehnt ihren Kopf an Renatas Schulter. Ihre Aufforderung, das Renata sie ausziehen soll. Die öffnet die Knöpfe an Gisas Kleid. In höhe der Brüste, lässt sie ihre Hand an Gisas Nippel gleiten. Drückt und knetet ihn. Ziept daran. „Ja", haucht Gisa. Renata knöpft das Kleid bis zu den Hüften auf und streift es Gisa runter. Fährt mit ihrer Hand in Gisas Tanga. Streichelt den glatten Schambereich. Ihr Finger spielt mit Gisas Kitzler. Gisa hält sich mit den Händen an Renatas Hals fest und bietet ihren Mund zum Küssen an. Ihre Zungen spielen wild miteinander, während Renatas Finger immer schneller an Gisas Kitzler reibt. Gisa stöhnt laut. Plötzlich lässt Renata ab. Reißt sich ihr Kleid vom Körper und zieht Gisa mit sich unter die Dusche. Eine eingebaute Liege aus Marmor steht darin. Sie legt Gisa darauf. Das Wasser regnet auf ihnen herab. Renata leckt und schlürft über Gisas Körper. Saugt an den Nippeln. Winkelt Gisas Bein an und leckt gierig deren Schoss. Beißt, saugt, schlürft Gisas Kitzler. Gisa stöhnt und ächzt laut. Renata nimmt einen Dildo aus einer Schatulle. Legt sich in 69er Stellung auf Gisa und führt ihn vorsichtig in Gisas Grotte ein. Spielt genießerisch damit. Zugleich leckt Gisa Renatas Kitzler. Fingert sie mit zwei Fingern. Renata stößt Gisa jetzt schnell und heftig mit dem Dildo. Leckt zwischendurch den Kitzler. Gisa schreit auf. Zuckt heftig mit dem Becken. Sie ist gekommen. Renata dreht sich um. Küsst Gisa wild. Gisa dreht sie auf den Rücken. Nimmt den Dildo und verwöhnt Renata genauso. Züngelt sie zum Orgasmus. Renata schreit ihr kommen laut heraus. Zittert. Gisa legt sich auf sie. Streicheln und küssen sich zärtlich. Reiben ihre erregten Körper aufeinander. Nach einer Weile stehen sie auf und schäumen sich mit duftenden Duschgels ein. Immer wieder küssend. Sie sind heiß. „Komm", sagt Renata und führt sie ins Schlafzimmer. „Leg dich hin", befiehlt sie. Dann fesselt sie Gisa an die Bettpfosten. Über dem Haustelefon sagt sie den Männern Bescheid dazu zu kommen. Rolf und Ernesto setzen sich, an die Seiten des Bettes auf Sessel. Mit genauem Blick auf Gisa. Renata legt Sexspielzeug bereit. Dann geht sie zu Ernesto und schält ihn aus seinen Sachen. Wichst und bläst sein Glied hart. Rolf muss sich den Reißverschluss, der Hose, öffnen. Der Anblick einer in den Knien hockenden Schönheit, blasend und weit gespreizten Beinen, lässt ihn selbstverständlich nicht kalt. Gisa sieht auch zu. Leckt sich über die Lippen. „Ich will auch", ruft sie verzweifelt. Renata lässt ab und geht zu Rolf. Kniet sich zwischen seine Beine und verwöhnt seine Eichel mit Fingern und Zunge. Ernesto stellt sich an Gisas Kopf. Hält Ihre Haare und rammt sein Glied in ihren Mund. Fühlt mit seiner anderen Hand den Abdruck seines Schwanzes in Gisas Wange. Schlägt darauf. Guckt

an Gisa runter. Geht zum Fußende. Spreizt Gisas Schamlippen und fingert ihre Liebesperle. Zupft daran. Gisas
Körper zuckt. Er nimmt eine Klitorisklemme und setzt
sie ein. Quetscht ihren Kitzler so weit es geht. Gisa zittert. Der Kitzler schwillt an. Ernesto spielt mit Zunge
und Finger daran. Quält sie leicht. Gisa seufzt vor Schmerz
und Verlangen. Dann geht er wieder an Gisas Kopf und
steckt ihr seinen Schwanz nochmal in den Mund. Stößt
sie schnell und tief. Renata setzt sich auf Rolfs Schwanz.
Reitet ihn voll Wonne. Ernesto geht erneut zum Fußende. Lutscht und saugt an den mittlerweile stark geschwollenen Kitzler. Er zieht Gisa etwas zu sich und rammt ihr
sein Glied in die Feuchte Grotte. Kurze heftige Stöße.
Schnippt zwischendurch an den geschwollenen Kitzler.
Gisa quiekt auf. Rolf ist aufmerksam und hat sie im Auge.
Dann nimmt er Renata und legt sie auf den Bettrand.
Hebt ihre Beine auf seine Schultern und fickt sie hart.
Ernesto tut es ihm gleich. Beide Frauen Stöhnen und
schreien ihre Geilheit raus. Ernesto öffnet die Klammer.
Streichelt und leckt am Kitzler. Gisa jammert. Zuckt und
kommt laut stöhnend. Jetzt fickt Ernesto sie, bis er sich
auf ihrem Bauch ergießt. Rolf dreht Renata um und nimmt
sie von hinten. Hält ihre Hände auf den Rücken und stößt,
so hart wie er kann, zu. Schlägt mit der flachen Hand
auf deren Po. Immer wieder. Die Pobacke leuchtet rot.
Dann ergießt er sich auf der geröteten Backe und verreibt sein Liebessaft darauf. Renata legt sich schnaufend
in Gisas Arm, während Ernesto und Rolf die Fesseln lösen. Rolf wirft nebenbei ein Blick auf Gisas Kitzler. Geschwollen und rot. Sieht ihr in die Augen. Gisa versteht.
Er fragt, ohne Worte, ob alles ok ist. Sie winkt ihn zu
sich. Küsst ihn leidenschaftlich und umschlingt seinen

Hals. Er hebt sie auf. Trägt sie ins Bad. Zieht sich aus und duscht mit ihr. Sanft und zärtlich reiben sie sich ein. „Ich liebe dich", flüstert er. „Und ich dich, auf Ewig", antwortet Gisa. Sie küssen sich wild und dennoch leidenschaftlich. Nichts um sie herum existiert noch. Nicht einmal das Rieseln der Regendusche und die stimmungsvolle Geräuschkulisse. Nach einer Weile trocknen sie sich ab. In Bademänteln gehen sie zurück ins Schlafzimmer. Dort ziehen sie sich vor Renata und Ernesto an. Die beiden liegen nackt auf dem Bett. „Ich möchte euch ein Angebot machen, sagt Ernesto. Bitte seid meine Gäste für den Rest eurer Urlaubszeit. Wir haben genug Platz und würden euch gern unsere Insel zeigen. Wir treffen nicht oft Menschen wie euch. Gleichgesinnte sozusagen. Wir haben euch sehr genossen und möchten gern mehr." Gisa guckt Rolf an. „Lässt du uns noch etwas Bedenkzeit?", fragt Rolf. „Es ist nämlich unsere Hochzeitsreise und somit etwas besonderes." „Das wusste ich nicht. Um so besser. Ich stelle euch meine Yacht zur Verfügung. Da seid ihr ungestört. Mein Geschenk für euch. Sagt bitte ja", bittet Ernesto. Gisas Augen funkeln. „In Ordnung, sagt Rolf zu. Dann holen wir unsere Sachen." „Aber nicht doch, winkt Ernesto ab, dafür habe ich Angestellte. Ich erledige das. Kommt wir trinken etwas." Ernesto und Renata ziehen sich Bademäntel über und gehen voraus. Sie führen Rolf und Gisa auf die Terrasse. Über ihnen leuchten die Sterne. Ein Meeresrauschen tönt zu ihnen herüber. Glitzern und funkeln lassen das Meer in der Dunkelheit erahnen. Die Pärchen kuscheln sich jeweils in ein kleines Sofa. Ein knisterndes Feuer zwischen ihnen. Gisa schließt die Augen. Es ist wunderschön. Hier im Paradies mit ihrem Liebsten. All das Erlebte ist vergessen. Sie ist unendlich glücklich und schläft ein. Als sie wach wird, liegt sie in einem großen Bett. Sie richtet sich auf und sieht sich um. Luftige Vorhänge wehen vor den offenen Terrassentüren. Sie steht auf und geht auf die Terrasse. Ein Frühstück steht auf dem Tisch. Rolf sitzt daran und liest die Zeitung. Gisa setzt sich dazu. Sie sieht den Hügel hinab auf das Meer. „Guten Morgen ihr zwei, wünscht Renata, die zum Tisch kommt. Wir wollen mit euch zur Jacht rüberfahren. In einer Stunde, wäre das ok?", fragt sie lächelnd. Gisa nickt aufgeregt mit dem Kopf. „Sind unsere Sachen denn schon da? Ich muss mich dringend umziehen", fragt Gisa. „Ich leih dir gern was, wenn du möchtest", bietet Renata an und hält ihre Hand hin. Gisa guckt Rolf an. Der lächelt und Gisa gibt ihm einen dicken Kuss. Dann greift sie Renatas Hand und geht mit ihr. Bei jeder Stufe blitzen Renatas lange braungebrannte Beine hervor. Ihr Kleid ist rundherum geschlitzt. Ihre High Heels betonen sie noch. Gisa möchte sie am liebsten streicheln. Renata führt sie in ihr Ankleidezimmer. Riesengroß. Regale und Anbauschränke. Kommoden und ein Schminktisch mit Hocker. Ein kleines Sofa mit Beistelltischchen in der Ecke. Gisa fühlt sich wie in einem Nobel-Einkaufsladen. Renata sieht es ihr an. Sie öffnet Gisas Kleid und streift es ihr ab. „Du bist wunderschön, flüstert sie. Mein Mann ist verrückt nach dir. Renata streicht über Gisas Körper. Das macht mich auch glücklich." Sie streichelt Gisas Schlitz. Gisa zuckt und zittert. Renata zieht sie zum Sofa. Legt Gisa darauf und sich zwischen deren Beine. Leckt, saugt und spielt mit Gisas Kitzler. Fingert sie zum Orgasmus. Während Gisa verschnauft, geht Renata zur Kommode. Holt einen weißen Stringtanga heraus und gibt ihn Gisa. Dann zum

Kleiderschrank und nimmt ein zart gestreiftes, weißes Strandkleid heraus. Vom Regal ein rotes Tuch und beigem Strohhut. Aus der Schublade eine dunkle Sonnenbrille mit marmoriertem Rahmen und auffallend große schwarze Ohrringe. „Größe 36?", fragt Renata, auf Gisas Füße deutend. „Ja, du hast ein sehr gutes Auge", bemerkt Gisa anerkennend. Renata sucht ein Paar weiße Sneaker heraus. Gisa zieht alles an. Renata legt ihr die Haare zurecht und bindet das Tuch darum. Dann den Hut darauf. Gisa sieht aus wie aus einer Fashion Illustrierten. Dann nimmt Renata sie an die Hand und führt sie zum Strand. Ernesto und Rolf warten schon auf sie. Rolf pfeift anerkennend, als Gisa sich wie ein Model dreht. Lachend stürmt sie in seine Arme. Ihr Hut fällt runter. Ernesto hebt ihn auf und gibt ihn Gisa. Er sieht ihr in die Augen und Gisa sieht die Gier auf sie. Sie nimmt den Hut und setzt ihn sich auf. Sein Blick sagt alles. Schnell greift sie Rolfs Hand und sie besteigen ein Motorboot, das sie zur Yacht fährt. Die liegt etwas weiter auf See vor Anker. Gisa wird von Rolf, an der Reling, hochgezogen. Ernesto steht hinter ihr und kann ihr unter den Rock sehen. Der String verdeckt kaum etwas, eigentlich gar nichts. Ernesto spielt den aufmerksamen Gastgeber und führt sie herum. Alles was sie wissen und sehen dürfen. Sie nehmen auf dem Außendeck Platz und lassen es sich mit Service und einem Privatkoch gut gehen. Austern findet Gisa spannend. Lässt sich die vom Steward öffnen und Rolf füttern. Der Saft rinnt ihr am Mundwinkel entlang und sie streicht ihn mit dem Finger in ihren Mund. Schmatzend saugt und lutscht sie am Finger. Ernesto gibt den Angestellten ein Zeichen. Daraufhin verschwinden die ins untere Schiff. Renata setzt sich an die Seite von Rolf und Ernesto neben Gisa. Er nimmt erneut eine Auster und lässt sie über Gisas Lippen gleiten. Wieder läuft etwas am Mundwinkel runter. Doch diesmal ist es sein Finger, der in ihren Mund gleitet. Und Gisa saugt und lutscht. Ernesto öffnet seine Hose. Gisa gleitet zwischen seine Beine und verwöhnt seine Eichel. Rolf zieht Renata auf sein Gesicht. Sie hält ihren Slip zur Seite, damit Rolfs Zunge ungehindert an sein Ziel kommt. Ernesto zieht sein Hemd aus. Zieht Gisa hoch und ihr Kleid aus. Stellt sie über sich, Sie hält sich an seinem Kopf fest. Er spreizt ihre Schamlippen und presst seinen Mund dazwischen. Züngelt ihre Liebesperle. Gisa zuckt heftig. Es sticht. Zusätzlich führt er zwei Finger in ihr loch. Gisas Beine werden weich. Zittert. Ernesto hebt sie runter. Nimmt sie an die Hand und geht mit ihr in den Innenraum zu einem Tisch. Legt sie darauf. Zieht ihr den String aus und schiebt ihr erst zwei dann drei Finger ins Loch. Schnell und hart fingert er sie. Gisa hält sich am Tisch fest. Sie möchte schreien, doch sie weiß das Rolf dann kommen würde. Und Ernesto weiß das auch. Er nutzt die Macht aus und steckt auch noch den vierten Finger dazu. Gisa will den Mund öffnen, doch er hält ihn zu. Er hält kurz still. „Bleib vernünftig", flüstert er warnend. Gisa sieht ihn mit feuchten Augen an. Und nickt. Ernesto setzt sein Spiel mit ihr fort. Gisa lässt es geschehen. Er weitet ihren Anus und steckt seinen Schwanz hinein. Fickt sie hart. Dann dreht er sie und stellt sie vor den Tisch. Nimmt sie von hinten. Hält ihre Haare wie Zügel. Schlägt auf ihren Po. Immer fester. Gisa quiekt auf. „Denk dran", ermahnt er sie erneut. Gisa beißt auf ihre Hand. Jetzt stößt er so hart er kann. Wenig später ergießt er sich auf ihrem Rücken und Po. Schnaufend dreht er sie um. „Bleib vernünftig und euch passiert nichts. Ich will noch mehr von dir und du gibst es mir, freiwillig oder ich nehme es mir. Überleg es dir gut. Und jetzt lass dir ja nichts anmerken. Ich warne dich. Sonst geht es deinem Liebsten schlecht", flüstert er ihr zu. Gisa sieht ihn zitternd an. „In Ordnung", sagt sie leise. „Gut so, und jetzt lächle", befiehlt er. Rolf kommt in den Raum. Gisa lächelt als wäre nichts gewesen. „Renata, kann man sich hier irgendwo wieder schick machen?", fragt sie. Renata nimmt sie an die Hand und führt sie in eine Kabine wo schon die Koffer von den beiden stehen. Ernesto geht duschen. Rolf und Gisa in ihrer Kabine auch. Gisa zittert. „Alles ok?", fragt Rolf. „Ich friere nur ein bisschen, lügt Gisa. Nimmst du mich bitte in deinen Arm und kuschelst mit mir?", fragt sie zärtlich. Rolf rubbelt sie trocken und legt sich mit ihr in das Bett. Nimmt sie fest in den Arm. Gisa schläft unruhig. Um Rolf nicht zu stören krabbelt sie aus dem Bett und setzt sich im Bademantel in die Kombüse. Macht sich einen Tee. Denkt an die Warnungen. An ihre anderen Erlebnisse. Alles hat sie überstanden. Das schafft sie jetzt auch noch. Während sie mit ihrem Teebeutel in Gedanken vertieft spielt bemerkt sie nicht, dass Ernesto sie beobachtet. Er stellt sich breit in die Tür. Gisa schreckt auf als sie ihn sieht. Und fängt an zu zittern. „Los, zieh dich aus", befiehlt er. Gisa steht auf und öffnet langsam ihren Bademantel. Ihr Körper angespannt. Jeder Atemzug spiegelt sich in ihren Muskeln. Ihre Nippel erhärten sich. Auch er zieht den Bademantel aus. Sein steifes Glied steht aufrecht. „Streichle dich, flüstert er. Langsam und seufze dabei. Befriedige dich. Und dann mich", fordert er. Gisa streichelt ihren Schlitz. Knetet und drückt ihren Kitzler. Seufzt Laut. Reibt immer schneller. Kommt laut keuchend. Zuckt und sinkt zusammen. „Und jetzt mich", befiehlt er. Gisa kniet sich vor ihn. Wichst, saugt und spielt mit ihrer Zunge an seiner Eichel." Willst du mich, wirklich nicht ficken?", fragt Gisa, aufgegeilt. Er nimmt ihre Haare und zieht sie daran hoch. Küsst sie grob. Dann hebt er sie hoch. Lässt sie auf seinen Schwanz gleiten. „Du willst ficken?". Dann fick mich", raunzt er. Und Gisa fängt an zu reiten. Hält sich an der Decke angebrachte Halterungen fest. Gibt sich große Mühe. „Bitte, fleht sie schließlich vor Geilheit, nimm mich". Er greift ihre Haare, sieht ihr in die Augen. Dann küsst er sie wild. Legt sie auf den Tisch und ihre Beine auf seine Schultern. Jetzt fickt er sie um den Verstand. Gisa beißt sich auf die Faust, sonst würde sie laut schreien. Er hat eine lange Ausdauer. „Halt warte, sagt sie, ich will es saugen." Sie lehnt ihn an den Tisch und bläst ihn zum Orgasmus. Schmatzend genießt sie jeden Tropfen. Schnaufend sieht er sie an. „Morgen fährst du mit Renata einkaufen. Ich fang dich dann ab. Ich will mit dir allein sein", flüstert er. Gisa nickt. Dann zieht sie ihren Bademantel an und geht zurück ins Bett. Sie legt sich mit dem Rücken zu Rolf und seinen Arm um sich. Sie ahnt, sie ist in Schwierigkeiten.

Kapitel 2

Schmerzliche Erkenntnis

Am nächsten Morgen verwöhnt sie Rolf mit Liebkosungen und Morgensex. In der Kombüse treffen sie auf Renata und Ernesto. Während des Frühstücks fragt Renata Gisa, ob sie mit ihr Shoppen will. Gisa sieht Ernesto an. Sein Blick warnend. „Kannst du heute auf mich verzichten?", lächelt sie Rolf an und fällt ihm um den Hals. „Ich wollte sowieso tauchen gehen. Das ist ja nicht dein Ding. Das passt gut. Aber kauf mich nicht arm. In Ordnung?", lacht Rolf. Gisa zieht ein Schmollmund. Rolf küsst sie. „In Ordnung, antwortet sie. Ich bring dir auch was mit", lacht Gisa. Dann frühstücken sie zu Ende. Rolf lässt sich von Ernesto die besten Taucherschulen aufzeigen und welche Stellen besonders viel zu bieten haben. Eine Stelle ist ein paar Kilometer weit weg aber zu verlockend für Rolf. Ein altes Schiffswrack. „Gut, dann sehen wir uns heute Abend wieder. Und pass auf dich auf, mahnt Gisa besorgt. Ich liebe dich." „Und ich dich, dabei küsst er den Trauring, auf Ewig." Noch ein richtiger Kuss, dann geht er. Ernesto nimmt Gisa an die Hand und steigt mit ihr in das Beiboot. Fährt mit ihr zu seiner Villa. Zerrt sie in den Keller. Reißt ihr die Sachen vom Laib und kettet sie an ein Kreuz. Er greift ihr in die Haare und sieht sie an. Küsst sie heftig. „Willst du wissen, was ich mit dir mache?", fragt er zähneknirschend. Gisa antwortet nicht. Jetzt genießt er ihren Körper. Streichelt und leckt alles an ihr. Vom Hals bis zu den Zehenspitzen. In Höhe der Hüfte sind Ketten mit Klammern angebracht. Damit spreizt er die Schamlippen. Legt ihren Kitzler frei. Mit einer Zahnbürste traktiert er ihre Liebesperle. Gisa seufzt vor Erregung und aber auch Schmerz. Er holt einen Dildo und führt ihn ihr ein. Macht sie geil. Während Gisa nach Luft ringt, nimmt er eine Kerze und zündet sie an. Spielt mit der Flamme an ihren Nippeln. Gisa quiekt auf als er die Flamme an ihren freigelegten Kitzler hält. Immer wieder und immer länger. Gisa schreit, als er es übertreibt. Tränen laufen über ihr Gesicht. Er holt einen Eiswürfel und hält ihn daran. „Ist es das was du wolltest, fragt sie ihn weinend. Eine hilflose weinende Frau?", schluchzt sie. Er bindet sie los. Legt sie auf die Liege, die in der Ecke steht. Er wischt ihr die Tränen aus dem Gesicht. „Es tut mir leid", antwortet er. Zärtlich streichelt er ihren Kitzler. Gisa zuckt. Langsam wird aus Schmerz wieder ein geiles Gefühl. Er nimmt sich die Zeit. Liebkost ihre Spalte mit seiner Zunge, bis zum Orgasmus. Dann legt er sich auf sie. Dringt in sie ein und lässt seine Hüfte kreisen. Langsam stoßend, kommt er in ihr. Er bleibt auf ihr liegen. „Es tut mir wirklich, leid. Ich wollte dich eigentlich nach allen Regeln der Kunst verwöhnen." Er streichelt ihr Gesicht und Lippen. „Ok", seufzt Gisa. „Lass uns zurückfahren." „Noch nicht, antwortet er. Ich lass dich so nicht gehen. Wir gehen schwimmen und ich zeige dir die schönste Stelle der Insel. Ein wunderschönes Korallenriff." „Ich habe das nicht so mit Wasser", sagt sie leise. „Komm ich habe eine Überraschung für dich", sagt er euphorisch und zieht sie mit sich. Er gibt ihr einen Bikini und Strandtuch aus Renatas Schrank. Dann fährt er mit ihr zum Strand. Er leiht ein Mini

U-Boot. Sie steigen ein und sinken ein paar Meter in die Tiefe. Ein Korallenriff und ihre bunten Bewohner, sind in voller Pracht zu sehen. Gisa weiß nicht, wo sie zuerst hingucken soll. Ihre Augen leuchten und Geschehenes ist verziehen. „Ernesto, es ist traumhaft. Ich danke dir. Wenn es hier nicht so eng wäre würde ich dir zeigen wie sehr", flüstert sie. Ernesto lacht. „Hol es nachher nach", fordert er. Ein paar Taucher schwimmen auch im Riff. Einer schwimmt auf sie zu. Rolf klopft an die Kuppel. Gisa erkennt ihn. Küsst ihm zu. Dann zeigt sie mit den Daumen nach oben. Ernesto taucht mit dem U-Boot auf. Und Rolf auch. Er nimmt seine Maske ab und küsst Gisa. „Das hätte ich auch noch mit dir gemacht. Ich habe das vorhin erst entdeckt", sagt er. „Ok, dann lass uns das Morgen noch machen, bevor wir wieder abfliegen", sagt Gisa strahlend. „Abfliegen?", fragt Ernesto geschockt. „Ja, morgen Abend geht unser Flug", antwortet Rolf. „Dann müssen wir einen super Abschiedsabend feiern. Ich lass mir was einfallen", sagt Ernesto. „Gut, ich muss zur Gruppe zurück, sonst suchen die mich. Bis gleich", sagt Rolf. Küsst Gisa nochmal und schwimmt zurück zu den anderen Tauchern. Ernesto fährt mit Gisa zurück zur Yacht. „Alles in Ordnung? fragt Gisa Ernesto während der Fahrt. Du bist so ruhig." „Ich will nicht das du gehst, sagt er. Ich wollte noch so vieles mit dir machen." „Wir kommen doch wieder", versucht sie ihn zu trösten. „Das reicht mir aber nicht", sagt er trotzig. Er hält in einer von Büschen bewucherte Nische. „Bleib doch noch eine Woche. Ich zahle auch alles", bietet er an. „Das wäre wirklich schön. Ihr habt es so wunderbar hier. Doch Rolf ist geschäftlich gebunden. Er kann nicht solange wegbleiben", erklärt Gisa. „Dann bleib doch allein hier", sagt

Ernesto schnell. „Niemals, antwortet Gisa entrüstet. Du weißt nicht was wir alles hinter uns haben. Ich hätte ihn fast verloren. Ich will nicht einen Tag mehr ohne ihn sein. Das würde ich nicht überleben." Gisa schnallt sich ab und setzt sich auf Ernestos Schoss. Reibt sich auf ihm. „Ich muss mich noch bedanken", lächelt sie. Sein Glied empfängt die Reibungen und wächst. Er öffnet seine Hose und dehnt Gisas Slip zur Seite. Langsam gleitet sie auf seinen Schwanz. Reitet sanft und genüsslich. Immer den Blick in seine Augen. Über ihnen ein wolkenfreier Himmel. Endlos. Eine warme Brise umschmeichelt ihre schwitzenden Körper. Gisa reitet schneller und Ernesto wirft seinen Kopf zurück. Kommt in ihr. Er greift ihre Haare, sieht sie an und küsst sie heftig. Minutenlang sitzt sie auf ihm. Küssen sich wild. „Bleib bei mir", flüstert er. „Lass uns fahren, lenkt Gisa ab. Renata ist deine Frau und eine sehr schöne Frau. Lass uns den letzten Tag genießen." Sie steigt von ihm runter und schnallt sich wieder an. Dann fahren sie weiter. Auf der Jacht angekommen erwartet sie Renata. Gisa begrüßt sie mit einem Wangenkuss und geht anschließend in ihre Kabine. Sie will duschen und sich ausruhen für den letzten Abend. Ernesto plant mit Renata einen Abschiedsabend. Gisa ist, im Badetuch auf dem Bett, eingeschlafen. Es klopft. Doch Gisa schläft tief und fest. Als sie von streichelnden Händen wach wird, sieht sie Renata nackt an sich. Ihr Badetuch offen. Sie will etwas sagen, doch Renata legt ihren Finger auf Gisas Mund. Lässt ihre Zunge an Gisas Lippen laufen. Streichelt Gisas Schlitz. Spielt mit Gisas Kitzler. Die stöhnt ihr in den Mund und spreizt die Beine. Was sie nicht gesehen hat, dass Ernesto am Fußende sitzt. Der kniet sich zwischen ihre Beine und züngelt ihre

Liebesperle. Schnell und hart. Renata küsst Gisa. Ihre Zungen tanzen wild miteinander. Finger gleiten in Gisas Grotte. Erst zwei. Dann drei und auch ein vierter findet Platz. Gisa hält sich während der Stöße an Renata fest. Sie möchte schreien. Doch Renata hält ihr den Mund zu. Ernesto lässt ab. Dreht Gisa um. Renata setzt sich vor Gisa. Bietet ihren Schambereich an. Gisa leckt und saugt, Renatas Kitzler. Ernesto hat einen Dildo geholt und versenkt ihn in Gisas Po. Führt sein Glied in ihre Vagina ein und stößt sie mit beidem zugleich. Er schlägt ihr hart auf den Po. Renata greift zur Seite und nimmt einen Vibrator aus der Schublade. Gibt ihn Gisa. Die führt ihn ihr ein. Schnell und tief stößt sie ihn Renata ins Loch. Leckt nebenbei deren Kitzler. Renata stöhnt und ächzt. Hält sich an der Bettlehne fest. Laut schreiend kommt sie und spritzt Gisa ins Gesicht. Die wischt sich oberflächlich ab. Stöhnt laut, während Ernesto sie heftig nimmt. Renata krabbelt unter Gisa hervor und legt sich mit dem Kopf unter Gisas Kitzler. Leckt Gisas Kitzler und Ernestos Hoden. Gisa schreit auf. Sie ist gekommen. Sinkt kurz zusammen. Doch Ernesto hört nicht auf. Schnell und hart stößt er weiter. „Bitte, fleht Gisa. Ich kann nicht mehr." Sie will sich lösen, doch er hält ihre Hüfte fest. „Erst wenn du versprichst noch zu bleiben", knirscht er. „Ich kann doch nicht, bitte. Bitte versteh das doch", fleht Gisa. „Nein, du bleibst, oder ich zwinge dich", fordert er. Gisa will sich wehren, doch sie hat keine Kraft mehr. „In Ordnung ich lasse mir was einfallen", gibt sie bei. Jetzt lässt er sie los. Dreht sie zu sich und beide Frauen blasen ihn zum Orgasmus. Er verspritzt seinen Saft in ihren Gesichtern. Überheblich und von oben herab auf sie guckend. „Ich will mindestens eine Woche", bestimmt er.

Er zieht Renata mit sich. Gisa sitzt auf dem Bett und wischt sich die Samen aus dem Gesicht. „Wie, denkt sie. Wie soll ich das machen?" Sie legt sich eingerollt aufs Bett. Dann setzt sie sich auf. „Papi. Er ist der Mächtigste, den ich kenne. Er kann mir helfen", sagt sie laut zu sich. Sie springt aus dem Bett, duscht sich und zieht sich an. Dann rennt sie zum Funkraum. Dort kann sie E-Mails versenden. Sie schreibt Papi und bittet ihn sich eine Woche um Rolfs Geschäfte zu kümmern. Dann Rolf anzuschreiben und ihm das als Hochzeitsgeschenk zu geben. Erklären wird sie es ihm später. Ihre Worte sind betont sachlich und als Papi die Nachricht liest, weiß er, dass was nicht stimmt. Er sagt zu und handelt, wie sie es wünscht. Gleichzeitig stellt er Nachforschungen über Ernesto an. Jetzt weiß er, dass Gisa in größten Schwierigkeiten steckt. Gisa ist erleichtert. Eine Weile später kommt Rolf zurück. Strahlend sagt er, dass Papi ihn angerufen hat und ihnen noch eine Woche Urlaub spendiert. „Jetzt können wir noch einiges Unternehmen, strahlt er. Ich habe herausgefunden, dass am anderen Ende der Insel, eine Schildkrötenfarm ist. Wollen wir da hin?", fragt er Gisa. „Alles was du willst", lächelt Gisa und fällt ihm um den Hals. Tränen laufen über ihre Wangen. „Was ist, was ist los?", fragt Rolf fürsorglich. „Nichts. Ich bin nur so überglücklich dich so euphorisch zu sehen. Voller Leben. Ich liebe dich unendlich", schluchzt sie. Rolf drückt sie fest an sich. Wischt ihr die Tränen aus dem Gesicht und küsst sie. Ernesto und Renata kommen dazu. „Ernesto, mein Geschäftspartner schenkt uns noch eine Woche Urlaub. Können wir noch hier bleiben oder sollen wir uns ein Hotel suchen?", fragt Rolf ahnungslos. „Selbstverständlich bleibt ihr hier. Ich bestehe darauf. Wir

freuen uns sehr. Nicht wahr Renata?", sagt Ernesto und
guckt Gisa beeindruckt, in die Augen. „Sehr schön. Vielen
Dank. Doch jetzt muss ich erst mal duschen. Ich stinke
wie ein Fisch", sagt Rolf. Gisa folgt ihm. Sie dreht sich
noch mal um und legt den Finger auf ihre Lippen. Dann
geht sie in ihre Kabine. Rolf schält sich aus seinen Sachen und duscht. Gisa stellt sich hinter ihn. Schäumt
seinen Rücken und Po ein. Immer wieder gleitet ihre
Hand seine Poritze entlang. Bis hin zu seinen Hoden.
Rolf stützt sich an die Wand. Genießt ihre Hand an seinem Genital. Streichelnd und wichsend. Sie schmiegt
sich fest an seinen Rücken. Verhindert, dass er sich umdreht. Rolf schnauft. „Bitte, ich will dich", flüstert er.
Gisa lässt ab und ihn sich umdrehen. Er hebt sie hoch
und lässt sie auf seinen Schwanz gleiten. Gisa stöhnt laut
auf. Sie ist noch geschwollen und sehr eng. „Alles ok?",
fragt Rolf und hält inne. „Ich habe dich nur so sehr vermisst", lügt sie. Dann reitet sie ihn. Fest an seinem Hals
geklammert. Rolf trägt sie zum Bett. Legt sich mit ihr
darauf und stößt sie langsam und zärtlich küssend. Gisa
schwebt auf Wolken. Nur er bringt sie um den Verstand.
Sie hält ihn fest. Drückt sein Becken fest an ihres. Küsst
ihn wild. Er kommt und sie drückt sich noch fester an
ihn. Erschöpft sinkt er auf sie. Schnaufend liegt er mit
seinem Kopf auf ihrer Brust. „Willst du nicht?", fragt er.
„Ich bin glücklich, wie es ist, sagt sie und streichelt sein
Kopf. Nur dich, immer", flüstert sie. Rolf legt seinen Kopf
auf ihr Herz. „Meins?", flüstert er. „Deins", antwortet
sie. Lange liegen sie vereint auf dem Bett. Etwas später
und zurechtgemacht gehen sie an Deck. Eine kleine Gesellschaft hat sich eingefunden. Alles geschmückt und
ein Buffet aufgebaut. Rolf und Gisa füllen sich etwas auf

und setzen sich an die Reling. Füttern sich gegenseitig. Ihre Blicke auf das funkelnde Wasser. Den Sonnenuntergang in der Ferne. Küssen sich immer wieder zwischendurch. Ihre Augen leuchten vor Liebe. Dass sie von den anderen Gästen beobachtet werden, nehmen sie nicht wahr. Musik erklingt. Gisa kribbelt's in den Beinen. Sie fordert Rolf auf. Sie tanzen eng umschlungen. Ihre Körper reiben sich aneinander. Rolf lässt seine Hände über ihren Rücken und Po gleiten. Drückt sie an sein Becken. Sie fühlt sein Verlangen. Geht mit ihm unter Deck. In der Kombüse öffnet sie seine Hose und bläst ihn ausdauernd. Rolf hält ihren Kopf und stößt ihren Mund. Dann zieht er sie hoch und legt sie auf den Tisch. Ihre Beine auf seine Schultern. Schiebt sein mächtiges Glied in sie und stößt sie schnell und hart. Spielt nebenbei mit seinem Finger an ihrem Kitzler, bis sie laut stöhnend kommt. Er ergießt sich in ihr. Was sie nicht bemerkt haben, sind die Kameras in den Ecken des Raumes, die mit jedem Handy der Gäste verbunden sind. Nachdem sie sich wieder hergerichtet haben, gehen sie zurück an Deck. Die anderen Gäste, feiern ungezwungen weiter. Nur Ernesto, grinst Gisa an. Gisa tanzt abwechselnd mit den Gästen, die sie abklatschen. Genießt, so begehrt zu werden. Und Rolf strahlt vor stolz. Nach und nach löst sich die Gesellschaft auf, bis nur noch die Vier und ein weiteres Paar bleiben. Ein dicklicher älterer Mann und seine asiatische Begleiterin. Der zeigt mit großen goldenen Ketten und Rolexuhr, dass er vermögend ist. Rolf wird ein Bier gereicht. Mit einem Gespräch auf der Couch abgelenkt. Dann sinkt er zusammen. Gisa sieht das und will zu ihm, doch wird festgehalten. Sie ahnt was kommt. Sie dreht sich zu Ernesto. „Sag mir nur, dass ihm nichts passiert", fordert sie. „Ich verspreche es, wenn du tust was wir wollen", sagt er forsch. Gisa guckt auf Rolf. „In Ordnung", stimmt sie zu. Der schmierige alte Mann gibt seiner Begleitung ein Zeichen. Die kniet sich vor Gisa und streicht ihre Beine entlang. Geht mit dem Kopf unter Gisas Rock. Ein Zusammenzucken, verrät dass sie Gisas Kitzler liebkost. Ernesto hält Gisa fest. Knetet ihre Brüste. Gisa seufzt und stöhnt laut. Wirft den Kopf hin und her. So schön und so quälend sind die Zungenspiele. Ernesto öffnet Gisas Kleid. Es fällt zu Boden. Die Asiatin schiebt den Slip herunter. Stellt Gisas Beine breitbeinig. Spreizt die Schamlippen und spielt mit ihrem Finger an Gisas Liebesperle. Schnippt daran. Gisa schreit auf und zuckt zusammen. Und wieder. „Bringt sie her", fordert der Alte. Ernesto trägt Gisa zu ihm herüber und stellt sie vor ihm hin. Hält sie erneut fest. Die Asiatin stellt ein Bein von Gisa neben den Alten. Jetzt hat er ungehindert Zugriff. Der schlägt ihr in den Schritt. Betitelt sie entwertend. Mehrmals. Gibt der Asiatin Zeichen. Die spreizt erneut die Schamlippen und spielt mit dem Finger an Gisas Kitzler. Gisa zuckt und seufzt. Wackelt. Erneut ein Zeichen. Jetzt lässt die Asiatin ihre Zunge tanzen. Saugt und züngelt bis Gisa laut schreiend kommt. Der Alte nimmt seinen Handstock und schiebt ihn Gisa ins Loch. Fickt sie hart damit, während ihn die Asiatin bläst. Ernesto hält Gisa den Mund zu. Der Schwanz vom Alten steht und Gisa wird darauf gesetzt. Sie reitet ihn so gut sie kann. Nach einer Weile gibt er Ernesto ein Zeichen und der hebt Gisa wieder runter. Zwingt sie vor ihm in die Knie. Jetzt muss Gisa den Alten blasen. Der schießt nach ein paar Minuten seinen Erguss in ihren Mund. Ernesto nimmt Gisa und legt sie auf den Tisch. Fickt sie heftig.

Schlägt auf ihre Brust. Und auch er betitelt sie abwertend. Hält ihren Mund zu und ergießt sich etwas später in ihr. Erschöpft liegt Gisa auf dem Tisch. Sie denkt nicht mehr. Renata geht zu ihr und legt ihr Kleid auf sie. Ihr Blick zeigt Mitleid. Doch sie schweigt. „Gut, ich nehme sie", hört Gisa den Alten sagen und fühlt einen Stich. Sie nimmt nichts mehr wahr.

Kapitel 3

Die Liebe findet einen Weg

Stunden später liegt Gisa, an Händen und Füssen gefesselt, auf einer Pritsche. Sie sieht sich um. Altes Gemäuer. Feucht und kalt. Sie selbst hat nur ihr Sommerkleid an. Sie friert. Eine alte Tür öffnet sich. Zwei maskierte Männer kommen herein, fassen sie an Hände und Füßen und tragen sie einen dunklen Gang entlang in einen großen Raum. Legen sie dort in die Mitte auf ein Podest. Gisa erschrickt. An den Wänden hängen Bilder von ihr. Auf einer Leinwand spielt ein Video, das zeigt, wie sie sie Rolfs Schwanz verwöhnt. „Das war in der Kombüse, denkt sie sich. Ich bin bei einer Auktion", stellt sie fest. Nachdem sie eine Zahlenleiste sieht. Ständig verändert sich die Summe. Sie sieht Kabinen, doch die Scheinwerfer aus allen Richtungen, blenden sie. Ein Brummen beendet das Bieten. Die Zwei Typen kommen zurück und tragen sie wieder in das Zimmer. Erneut ein Stich. Gelächter weckt sie. Schatten tanzen um sie herum. Langsam erkennt sie Farben und Gestalten. Bunte Tücher, bildschöne Frauen und Mädchen tanzen und kichern um sie herum. Orientalisch gekleidet. Gisa richtet sich auf. Ein Raum, wie aus einem Märchen. Wandteppiche, Stoffe hängen herab. In der Mitte ein Pool. Sie sieht an sich herunter. Sie trägt goldene Gewänder. Perlenschmuck und einen Schleier. Gisa setzt sich hin. Sie spricht ein Mädchen an. „Wo bin ich und wo kann ich auf Toilette?", fragt sie. Doch keine Antwort. Sie spricht weitere an. Doch auch die antworten nicht. Eine reich verzierte Tür geht auf. Zwei ältere Damen führen Gisa hinaus. In ein anderes Zimmer. Dort liegt in der Mitte des Raumes, auf Fellen, ein Mann, mittleren Alters und betrachtet sie. „Verstehen sie mich?", fragt Gisa sanft. Er nickt. „Ich müsste mal auf die Toilette", fügt sie hinzu. Er winkt eine ältere Frau zu sich und gibt ihr Anweisungen. Die führt Gisa in den Nachbarraum. Vor einer Toilette bleibt sie stehen. Gisa wartet, dass sie sich umdreht oder geht, doch nichts. Der Mann ist ihnen gefolgt. Er gibt die Anweisung zum Umdrehen. Gisa nickt ihm zu. Als er geht setzt sie sich auf die Toilette und verrichtet ihr Geschäft. Wäscht und reinigt sich. Die Frau besprüht sie mit wohlriechendem Parfüm. Dann führt sie Gisa direkt zu ihm. Er zeigt auf das Sitzkissen. Gisa soll sich setzen. Er betrachtet sie eine Weile. Und sie ihn. Seine dunklen Augen wirken bedrohlich und doch läuft Gisa ein Schauer über den Rücken. Die Neugier hat sie gepackt. Er setzt sich vor sie. Nimmt den Schleier vom Gesicht und sieht in ihre blauen Augen. So blau wie das schönste Meer. Glänzend und funkelnd. Mit seinem Finger fährt er die Konturen ihrer Lippen nach. Gisa öffnet den Mund etwas und sein Finger berührt ihre Zunge. Sie schließt die Augen. Voller Erwartung das er sie küsst. Doch sein Finger fährt ihren Hals entlang zu ihren Brüsten. Dort kneift er ihren Nippel. Gisa zischt. Dann den anderen. Erneut zischt sie und beißt sich auf die Lippe. Ihr lustvoll verschmerztes Gesicht, fasziniert ihn. Er öffnet ihr Oberteil. Ihre Brüste zart und weich. Erneut zupft er an ihren Nippeln. Gisa seufzt. „Bitte", fleht sie. Er legt sie hin. Zieht ihr die Hose runter und spreizt ihre Beine. Seine

Hand erforscht und liebkost ihren Schritt. Gisa glüht vor Verlangen. Beißt sich immer wieder auf die Lippen und Hände. Er fingert sie um den Verstand. Sie kommt. Dann zieht er sie auf sich. Sein Schwanz groß und hart. Gisa reitet ihn zum Höhepunkt. Ihr Körper heiß und schwitzend. Sie dehnt sich und er streichelt ihre Rippen. Genießt ihren Anblick. Streichelt ihre verschwitzte Haut. Dann hebt er sie runter. Die ältere Frau nimmt Gisa an die Hand und führt sie zurück zu den anderen Mädchen. Dort nehmen sie Gisa in Empfang und stecken sie in den Pool. Waschen sie mit Schaum. Überall. Auch zwischen den Beinen. Dann bekommt sie ein glitzerndes goldenes Gewand an und wird an eine Spiegelkommode gesetzt. Frisiert und geschminkt. Gisa lässt alles wortlos geschehen. Es versteht sie sowieso Keiner. Fertig aufgehübscht wird sie zu einem Himmelbett gebracht. Mit Zeichen gibt man ihr zu verstehen, dass sie dort liegen und ruhen soll. Gisa ist ganz berauscht von den Düften. Sie schließt die Augen. Schläft ein. Wohliges Kribbeln weckt sie. Der Mann liegt neben ihr und streichelt ihren Körper. Sie liegt frei da. Zärtlich streichen seine Finger über ihren Körper. Sie sehen sich in die Augen. Gisa nimmt ihre Hand und streichelt seine Wange. „Küss mich", bittet sie. Und er tut es. Sie umschlingt seinen Hals und ihre Küsse werden wilder. Sie zieht ihn auf sich. Öffnet ihre Beine und er versenkt sein Glied in ihr. Küssend wiegt er sich auf ihr. Gisa umklammert mit ihren Beinen seine Hüfte und er dringt tiefer in sie ein. Ihre Hüfte kreist. Drückt ihr Becken immer heftiger an seines. Sie stöhnt so laut, dass er es mit Küssen versucht zu ersticken. Gisa lehnt ihren Kopf an seine Schulter. Hält sich ganz fest. Sie kommt. Er nimmt ihre Beine hoch und fickt sie hemmungslos. Gisa krallt ihre Finger in die Bettdecke. Schwenkt ihren Kopf hin und her. Sieht ihn an. „Gib ihn mir", flüstert sie. Er kniet neben ihren Kopf. Gisa lutscht und saugt auf seiner Eichel. Er ergießt sich in ihrem Mund. Gisa verzehrt alles. Sanft streichelt und liebkost sie seinen Schwanz noch eine Weile. Als er gehen will, nimmt sie allen Mut zusammen. „Wirst du mit mir reden, mir helfen, mich zu verständigen?", fragt sie sanft. Er kniet sich vor sie. „Was willst du wissen?", fragt er. Gisa ist überrascht von seiner fehlerfreien Aussprache. „Ich kann mich mit den Mädchen nicht verständigen, wenn ich zum Beispiel zur Toilette muss oder ein Frauenproblem habe. Hast du jemanden der mich versteht und führen kann? Auch eure Gesetze und Gepflogenheiten kenne ich nicht. Hilfst du mir bitte?" „In Ordnung", sagt er kurz. Steht auf und geht. Gisa kuschelt sich in ihre Decke und wartet. Sie denkt an Rolf und ihre letzte Begegnung. Wie er betäubt auf dem Boot lag. „Hoffentlich geht es ihm gut", sagt sie leise zu sich und Tränen laufen über ihr Gesicht. Sie schluchzt und weint leise vor sich hin. Der Mann kommt mit einer älteren Frau zurück. Sieht ihr verweintes Gesicht. Er gibt der Frau Anweisungen und geht wieder. Die Frau setzt sich zu ihr. „Ich bin für dich zuständig. Bitte tu was ich dir sage damit ich nicht bestraft werde", sagt sie leise. Das erinnert Gisa an Anette. Die Sub von Papi. Gisa nickt. „Er will wissen, warum du weinst?" Gisa erzählt alles. „Du bist jetzt mit ihm verheiratet. Je eher du das akzeptierst desto glücklicher wird deine Zeit hier. Tu was von dir erwartet wird und stelle keine Fragen", sagt die Frau. Dann nimmt sie Gisa an die Hand und führt sie zum Schminktisch. Richtet Haar und Gesicht wieder her. „Und jetzt keine Tränen mehr", mahnt die Frau. Dann geht sie, um Bericht zu erstatten. Etwas später kommt sie zurück. Nimmt Gisa an die Hand und führt sie zu einem Speisesaal. Die anderen Mädchen sind auch da. Sie setzen sich an den Tisch. Gisa nimmt sich Früchte und isst sie langsam. Sieht sich um. Alles bunt und schillernd. Goldene Accessoires überall. Wie in tausendundeiner Nacht. Gisa isst nicht weiter. Ihr Magen schnürt sich vor Traurigkeit zu. „Iss", ermahnt sie ihre Begleiterin. Doch Gisas Augen füllen sich mit Tränen. Sie erinnert sich an den letzten Abend mit Rolf. Wie sie an der Reling sitzen und sich gegenseitig füttern. Jetzt kullern die Tränen. Alle Mädchen hören auf zu essen. Gisa schluchzt und weint hemmungslos. Legt ihren Kopf in ihre Arme. Fluchtartig verlassen die Mädchen den Saal. Er kommt herein. Die Begleiterin lässt sich auf den Boden fallen. Er nimmt Gisa auf den Arm und trägt sie zu ihrem Himmelbett. Gisa hält sich an seinem Hals fest. Weint und schluchzt. Er setzt sich mit ihr auf das Bett. Hält sie fest. Langsam beruhigt sie sich. Er gibt ihr was zu trinken. „Es tut so weh, schluchzt Gisa. Werde ich ihn nie wiedersehen? Gibt es für mich irgendeine Möglichkeit mich frei zu kaufen? Ich tu alles", bettelt sie. Doch er schweigt. Er gibt ihr ein Glas. Es schmeckt grässlich. Kurze Zeit später schläft sie. Später wird sie im Nachthemd wach. Sie sieht an sich herunter. Fühlt sich heiß an. Erregt. Sie beginnt sich zu streicheln. Berührt sich sinnlich. Er sitz auf einem Sessel und sieht ihr zu. Gisa hat die Augen geschlossen. Rekelt sich und leckt sich über die Lippen. Lutscht an ihrem Finger. Greift sich in den Schritt. Liebkost ihren Schlitz. Seufzt und stöhnt. Sie reißt am Hemd. Will sich davon befreien. Er kniet sich zwischen ihre Beine. Schiebt das

Hemd hoch und dehnt ihre Beine auseinander. Spielt zärtlich mit ihrer Liebesperle. Lässt sie hin und her flutschen. Gisa schreit vor Geilheit. Bäumt sich auf. Kommt. Doch die Gefühle sind noch stärker. Er fingert sie. Und wieder kommt sie. Er legt sich auf sie. Küsst ihren Hals und versenkt sein Glied in ihr. Auf seinen Armen gestützt fickt er sie schnell und stoßweise. Gisa fühlt sich wie in einem Traum. Er genießt sie jetzt mit aller Macht. Dreht sie sich so wie er will. Alle Stellungen werden ausgekostet. Schließlich ergießt er sich in ihr. „Du gehörst jetzt mir, flüstert er. Ich wünsche keine Tränen mehr. Verstanden?" Gisa sieht ihm in die Augen. Doch sie antwortet nicht. Er steht auf und geht. Die Frau kommt zu ihr, mit einem Tablett in der Hand. „Iss, fordert sie. Ich bitte dich." Ihre Hände zittern. Gisa nimmt ihr das Tablett ab und beginnt zu essen. Die Frau lächelt erleichtert. „Wie heißt du?", fragt Gisa. Doch die Frau winkt ab. Gisa hat fast alles aufgegessen. „Reicht das?", fragt sie nach. Die Frau lächelt und nickt glücklich mit dem Kopf. „Ich würde gern duschen oder baden. Ist das möglich?", fragt Gisa. Die Frau nimmt sie an die Hand und führt sie in ein großzügiges Bad. Whirlpool, Regenduschkabine WC und Bidet. Waschbecken mit übertriebenen goldenen Armaturen. So ähnlich sah es bei Ernesto aus. Jetzt packt sie die Wut. „Wenn ich jemals wieder hier rauskomme, dann töte ich ihn", sagt sie laut und wutentbrannt. Die Frau erschreckt. Sieht sich um und flieht aus dem Zimmer. Gisa nimmt das gar nicht wahr. Ihre Gedanken sind bei Ernesto. „Wen willst du töten?", reißt sie seine Stimme aus den Gedanken. Gisa erschreckt sich. Dreht sich zu ihm um. „Ernesto. Er hat mir mein Leben, meine Liebe genommen", antwortet sie. Ihr Blick ist voller Hass.

„Du darfst so nicht reden", sagt er zornig. Und nimmt eine Peitsche in die Hand. „Schlag mich. Meinetwegen töte mich, sagt sie mit voller Leidenschaft. Mein Leben ist nichts mehr wert." Ihr ganzer Körper zittert vor Anspannung. Er ist hin und hergerissen. Er müsste sie eigentlich bestrafen. Doch er will sie auch genießen. Er drückt sie in die Dusche und zieht sie aus. „Lehn dich an die Wand", befiehlt er. Gisa stellt sich breitbeinig hin. Peitschenhiebe sind ihr nicht fremd. Schmerz vergeht. Voller Ungeduld wartet sie. Doch stattdessen lehnt er sich mit seinem nackten Körper an ihren. Greift ihr in die Haare und fingert ihren Kitzler. Beißt ihr in den Hals. Gisa wehrt sich nicht gegen die Gefühle. Sie hält sich an der Duschstange fest. Er schlägt ihr hart auf den Po. Drei Mal auf jede Pobacke. Das war die Bestrafung. Er dreht sie zu sich um. Keine Träne in ihren Augen. Kalt und leer. Er küsst sie feurig und wild. Sinkt mit ihr zu Boden und liebt sie im Regen der Dusche. Lange und ausdauernd. Dann trägt er Gisa zum Bett. Legt sie in seinen Arm und liegt mit ihr eine Weile zusammen. „Kann man wirklich so hingebungsvoll lieben?", fragt er plötzlich. Gisa sieht ihn an. Sie setzt sich auf. „Du hast noch nie geliebt?, fragt sie ihn. Und die Mädchen da draußen? Ist denn keine dabei, wo dir der Verlust das Herz zerreißen würde?" Er sieht sie an. „Nicht für sie töten, noch sterben, so wie du", sagt er. Gisa steht auf und läuft auf und ab. „Das will mir nicht in den Kopf, sagt sie schließlich. Kann es sein, dass du die Mädchen gar nicht kennst? Hast du jemals etwas mit ihnen unternommen? Du kannst doch nicht nur mit ihnen schlafen", sagt sie vorwurfsvoll. Er will aufstehen und gehen. „Bitte bleib, schreit sie. Es tut mir leid. Das geht mich auch nichts an. Ich bin immer etwas impulsiv. Bitte verzeih mir. Rede noch etwas mit mir. Ich fühle mich so allein", fleht sie. Er legt sich wieder aufs Bett. „Aber um deine Frage zu beantworten, fährt sie fort. Sie stellt sich Rolf in Gedanken vor und lächelt. Strahlt geradezu. Wenn ich ihn sehe, geht mir das Herz auf. Seine Stimme erzeugt Schmetterlinge in meinem Bauch. Seine Augen sind Güte und Liebe. Seine Finger warm und zärtlich und lassen mich bei jeder Berührung erschauern. Bringen mich zur Explosion. Wenn er mich liebt, mich mit voller Leidenschaft nimmt, schwebe ich auf Wolken. Der Himmel kann nicht schöner sein. Und was wir alles durchmachen und ertragen mussten. Ja, ich würde für ihn sterben." Gisa zittert vor Erregung. Ihre Augen leuchten. „Bitte hilf mir. Lass mich wieder zu ihm. Ich flehe dich an. Dann wird sie ganz leise. Ich weiß ja gar nicht, ob er noch lebt. Sie sinkt in die Knie. Als ich ihn zuletzt sah, lag er betäubt auf dem Sofa an Deck der Jacht von Ernesto. Was ist, wenn sie ihn über Bord geworfen haben." Gisa greift sich ans Herz. Ihr wird schlecht. Hyperventiliert. Ringt um Luft. Er springt vom Bett und hilft ihr auf. Setzt sie hin und holt eine Tüte aus dem Nachttisch. „Hier", sagt er und hält sie ihr vor Nase und Mund. Langsam erholt sie sich. „Sagst du mir eigentlich deinen Namen?", fragt Gisa. „Nenn mich Ahmed", sagt er. „Wie kommt es, dass du so gut Deutsch kannst. Hast du bei uns studiert?", fragt Gisa. „Ich war ein paar Jahre in München. Geschäftlich", antwortet er. „Das ist aber ein Zufall. Ich lebe dort, seit ein paar Monaten", sagt Gisa. Jetzt erzählt sie ihm alles. Als sie Papi erwähnt, verändert sich sein Gesicht. Gisa merkt das. „Was ist?", fragt sie. „Nicht jetzt", antwortet er schroff und geht. Gisa sitzt auf dem Bett und sieht ihm nach.

Stunden vergehen. Sie wird von der Frau in ein Ankleidezimmer geführt. Reitbekleidung liegt bereit. „Ich kann
nicht reiten", sagt sie schnell. Doch sie muss es anziehen.
Dann wird sie zum Hof geführt. Ahmed sitzt auf einem
schwarzen Hengst. Gisa wird hochgehoben und vor ihm
gesetzt. Ahmed hält sie fest. Dann gibt er dem Hengst
die Sporen. Sie reiten wild durch die Wüste. Ein bewaff-
netes Gefolge im Abstand hinterher. Mitten im Nichts,
liegt eine Oase. Ein Zelt, von Fackeln beleuchtet. Davor
Palmen und Wasser. Gisa wird runtergelassen. Ahmed
steigt ab und geht mit ihr ins Zelt. „Zieh dich um", sagt
er und deutet auf ein Bauchtanzgewand. Gisa muss lachen. Doch Ahmed sieht sie ernst an. Gisa nimmt die
Sachen und geht hinter ein gespanntes Tuch. Umgezogen kommt sie wieder hervor. Vor dem Zelt bilden sich
Stimmen. „Warte hier", sagt Ahmed und geht aus dem
Zelt. Ein lauter Wortwechsel. Dann ist es still. Ahmed
kommt rein und führt Gisa raus. Männer sitzen um den
Teich. „Geh um das Wasser", befiehlt er. Gisa geht langsam los. Die Männer geifern und begaffen sie. Sie kommt
wieder beim Zelt an. Sie weiß, was hier passiert. „Bitte
verkauf mich nicht, fleht sie. Sieh sie dir an. Alles alte
Männer, die mich nicht verstehen. Du wirfst mich Gei-
ern zum Fraß vor. Bitte, ich flehe dich an." Gisa fällt ihm
vor die Knie. Doch er geht ins Zelt. Gisa liegt weinend
am Boden. Nach und nach werden Gebote für sie abgegeben. Dann fällt der Zuschlag. Ahmed kommt mit einem
alten Mann vor das Zelt. Gisa wird dem Alten übergeben.
„Sag mir nur wieso?", sagt Gisa. „Papi", sagt Ahmed kurz.
Gisa wird an den Händen gefesselt und auf ein Kamel
gesetzt. Dann reiten sie durch die Dunkelheit. Sie weint
bitterlich. Stunden später erreichen sie ein kleines Dorf.

Sie wird in einen Raum geführt, mit Teppichen auf dem Boden und Sitzkissen. Verschleierte Frauen kommen und bringen sie vor das Haus zu einer Wasserstelle. Dort wird sie angekettet und ausgezogen. Dann waschen die Frauen sie gründlich. Gisa ist mittlerweile alles egal. Sie sehnt sich nach dem Tod. Dann wird ihr ein Gewand angezogen und in den Raum zurückgeführt. Ihr blondes Haar glänzt im Mondlicht, das durch ein kleines Fenster auf sie scheint. Ein verhüllter Mann kommt in den Raum. Groß und kräftig. Gisa dreht sich um. Sieht nur Augen. Und es sticht ihr mitten ins Herz. „Das sind Rolfs Augen, denkt sie. Aber kann es denn sein?" Zitternd entfernt sie die Verhüllung vor seinem Mund. „Bist du es oder wünsch ich es mir nur?", fragt sie leise. „Er nimmt sie in den Arm. „Ich bin es wirklich", flüstert Rolf. Gisa wird ohnmächtig. Er trägt sie auf ein Bett, aus Fellen gemacht. Mit einem feuchten Tuch tupft er ihre Stirn. Langsam kommt sie zu sich. Sie sieht Rolf an und weint bitterlich. Er nimmt sie in den Arm. Hält sie fest. Sie schreit ihre ganze Verzweiflung heraus. „Halt mich fest, ganz fest. Lass mich nie wieder los. Versprich es mir", schluchzt sie und umklammert seinen Hals. Langsam fängt sie sich. Sie sieht ihn an. Zärtlich streichelt sie seine Wange und Lippen, als würde sie es immer noch nicht glauben. „Ich bin es, mein Herz", flüstert er. Und jetzt bedeckt sie ihn mit Küssen. Nur er nennt sie, mein Herz. „Wie hast du mich gefunden?", fragt sie ihn. Rolf erzählt. „Als du Papi um Hilfe gebeten hast, wurde er hellhörig. Er wusste, dass etwas nicht stimmt und hat sich nach Ernesto erkundigt. Er fand, ganz schnell heraus was gespielt wurde und das du verkauft werden würdest. Er hat alle seine Kontakte eingeschaltet. Alle sollten nach einem blonden

Engel Ausschau halten. Und sie haben dich aufgespürt. Nur aus Ahmeds Palast, befreien konnten wir dich nicht. Die einzige Möglichkeit war, dich freizukaufen. So viel zu bieten, dass er nicht nein sagen kann. Kein Geld der Welt kann dich ersetzen." Er streichelt ihr Gesicht und küsst ihre Nasenspitze. Seine Augen strahlen vor Liebe. „Und du? Wie bist du von der Jacht gekommen? Du warst doch betäubt", fragt Gisa. „Sie haben sich verschätzt, grinst Rolf. So einen Kraftprotz, wie mich, muss man die doppelte Dosis verpassen. Kurz nachdem sie dich weggebracht haben, wurde ich wach. Ich habe mir das Beiboot geschnappt und bin woanders an Land. Im nächsten Hotel habe ich Papi angerufen und er hat mir alles erzählt. Hat mir Geld und Kontakte geschickt. Gemeinsam sind wir jeder Spur gefolgt. Ein Kontakt ist der Sohn dieses Clan-Führers. Als es hieß Ahmed versteigert einen blonden Engel, war er sofort bereit dich zu holen. Und jetzt, habe ich dich wieder. Rolf streichelt ihre Wange. Ich gebe dich nie wieder her. Mein Geschäft gebe ich auf und wir ziehen in meine Waldhütte. Nur wir zwei. Für Immer und ewig." Gisa nickt zustimmend. Dann liegen sie sich küssend in den Armen.

Zusammenfassung

Rolf und Gisa wollen ihre Last-Minute-Hochzeitsreise genießen. Das Glück bringt sie in ein kleines Paradies, auf einer Südseeinsel. Doch falsche Menschenkenntnis führt sie in ein bedrohliches Abenteuer. Gisa erwartet viel Schmerz und Leid. Doch als sie schon alles verloren glaubt, geschieht ein wahres Wunder.

TEIL 3

Kapitel 1

Schmerzende Erinnerungen

Rolf hat Gisa in der Wüste wiedergefunden und ist mit ihr nach Hause geflogen. Er hat sie in seine Waldhütte, am Rande des Bergsees gebracht. Die Erlebnisse haben Spuren auf Gisas Seele hinterlassen. Sie schläft unruhig und träumt schweißgebadet. Rolf gibt sich die größte Mühe ihre Wünsche von den Lippen abzulesen, doch Gisa verändert sich. Sie ist nicht mehr so kindhaft fröhlich wie er es so an ihr geliebt hat. Er verwöhnt sie, wie er nur kann. Badet im Mondschein im See mit ihr. Massiert und streichelt sie mit aller Zärtlichkeit. Rolf ist ratlos. Er ruft Christoph an. Der kommt wenig später vorbei. Er hat Gisa längere Zeit nicht gesehen und sein Herz stolpert als er in ihre blauen Augen sieht. Doch auch er bemerkt ihre Blässe und ruhige Art. Gisa tritt auf ihn zu und reicht ihm die Hand. Wie einem Fremden gegenüber. Rolf beobachtet das. Er weiß, dass Gisa und Christoph sich eigentlich lieben und sich doch eher in die Arme gefallen wären. Doch Gisas Ausdruck ist völlig leer. Sie dreht sich nach dem Händeschütteln um und geht auf die Terrasse. Christoph sieht Rolf fragend an. Sie setzen sich auf die Couch und beobachten Gisa. Die hat sich auf die Gartenliege in eine Wolldecke eingekuschelt und starrt in die Landschaft. „Was ist passiert?", beginnt Christoph zu fragen. Rolf erzählt von den Dingen, die er weiß. „Doch da muss noch mehr sein, sagt Rolf. Sie

erzählt es mir aber nicht. Ich komm nicht an sie ran."
„Das muss sehr schlimm sein, antwortet Christoph. Wenn
sie sogar bei dir zu macht. Wir müssen was tun. Ich denk
darüber nach und melde mich bei dir. Und bring sie vor-
sorglich Morgen zu einer Untersuchung. Dann sehen wir
weiter." Christoph verabschiedet sich mit einem Händedruck und geht ohne Gisa tschüss zu sagen. Ihr Anblick
verwirrt ihn. Sie ist ihm völlig fremd. Rolf legt sich zu
Gisa auf die Liege und nimmt sie in den Arm. Ihren Kopf
an seine Brust. „Deins. Hörst du? Deins", flüstert er und
drückt ihren Kopf auf sein Herz. Gisa antwortet nicht.
Sie liegt einfach ruhig an ihn gedrückt. „Gisa mein Herz,
bitte erzähl mir doch was dich bekümmert. Ich liebe dich
doch. Vertrau mir und ich helfe dir so gut ich kann. Bitte rede mit mir", fleht Rolf. Doch Gisa schweigt. Auch
der Nächste Tag ist eher ruhig. Außer eines Spaziergan-
ges rund um den See war alles auf den Haushalt ausge-
richtet. „Schluss jetzt, sagt Rolf und zieht Gisa mit sich.
Christoph erwartet uns schon." Gisa guckt während der
Fahrt aus dem Fenster. Rolf will ihre Hand halten, doch
sie zieht sie weg. Das war ein Stich in sein Herz. Christoph nimmt Gisa mit in den Behandlungsraum und schickt
Rolf weg. „Ich ruf dich an, wenn du sie abholen kannst.
Ich will sie Hypnotisieren. Das dauert etwas", besänftigt
er Rolf. Rolf geht und Christoph schließt die Praxis ab.
Gisa sitzt steif auf dem Besuchersessel. Christoph zieht
sie hoch. Sieht ihr in die Augen. Hält sie an den Hüften
und drückt sie an sich. Normalerweise würde sie jetzt
schon küssend in seinem Arm liegen. Doch nichts. „Komm,
sagt er. Leg dich auf die Liege." Er gibt ihr was zu trinken
und es dauert nicht lange und sie ist fast weggetreten.
„Gisa, hörst du mich? fragt Christoph leise und monoton.

Was ist auf dem Boot passiert? Erzähl mir alles. Jede Sekunde." Und Gisa erzählt. Als sie vom Keller in Ernestos Haus erzählt, fängt sie an zu weinen. Sie hält ihre Hand vor ihren Schritt. Christoph legt die Hand zur Seite und öffnet ihre Hose. Langsam zieht er sie runter. Streichelt ihren Schritt. Gisa zuckt. „Ganz ruhig, flüstert Christoph. Ich guck mal, ob alles ok ist. Vertrau mir", sagt er, ihren Schritt streichelnd. Spreizt ihre Schamlippen und fährt mit dem Finger ihren Kitzler entlang. Gisa seufzt und zittert gleichzeitig. „Alles in Ordnung und wunderschön", haucht er ihr ins Ohr. Gisa beruhigt und entspannt sich. Christoph spielt am Kitzler und züngelt sie zum Orgasmus. „Erzähl weiter", befiehlt er sanft. Während sie erzählt, streichelt er sie überall. Fingert sie sanft und zärtlich. Als sie beim Sex unter der Dusche mit Ahmed ankommt, legt sich Christoph auf sie. Lässt sein Glied in sie gleiten. Und Gisa erlebt es noch einmal, wie im Traum. Christoph untermalt die Situation mit Zärtlichkeiten und leidenschaftlichen Küssen. Gisas Körper bebt. Sie schreit ihren Orgasmus laut heraus. Christoph kommt in ihr. Bleibt noch auf ihr liegen und küsst sie zärtlich. „Du bist so wunderschön. Ich liebe dich so sehr. Komm wieder zur Arbeit. Zu mir. Ich brauche dich", flüstert Christoph. „Ja", antwortet Gisa und küsst ihn. Sie wird langsam wach. Christoph zieht sie wieder an. Setzt sich neben sie und hält ihre Hand. Gisa ist wach und sieht ihn an. „Alles ist gut, streichelt Christoph ihre Hand. Wie fühlst du dich? „Als hätte ich Sex gehabt. Richtig geil", antwortet sie. „Sehr gut, so war es gewollt. Und jetzt geh und mach deinen Mann glücklich. Wir sehen uns morgen zur Arbeit. Dann machen wir auch einen Bluttest, ob dir irgendwas fehlt. Ich freu mich schon auf

dich", flüstert er und küsst sie. Christoph ruft Rolf an,
Gisa abzuholen. Rolf kommt. Doch nicht allein. Er hat
Anna und Bea bei sich. Die Mädchen sehen Gisa und
stürzen sich in ihre Arme. Ein Jubeln und Kreischen, erfüllt den Raum. Rolf guckt Christoph staunend an. Gisa
ist wieder wie früher. Die Mädchen setzen sich in den
Warteraum und reden wild drauf los. Rolf und Christoph
gehen ins Büro. Schnell erzählt Christoph was er erfahren hat. Das Gisa gequält, erpresst und erniedrigt wurde. Und das wegen Rolf, damit ihm nichts passiert. Jetzt
fällt Rolf der Tag auf dem Boot ein, wo sie ihn, mit Tränen in den Augen, gebeten hat, sie in den Arm zu nehmen. Seine Augen glitzern vor Zorn. Vor allem über sich
selbst, weil er es nicht gemerkt hat. „Reiß dich zusammen, ermahnt Christoph. Sie darf nichts merken. Du
bist hier wegen deines Blutdrucks und fertig. Und jetzt
komm." Die beiden gehen zu den Mädchen. Gisa sieht
Rolfs feuchte Augen und rotes Gesicht. „Alles in Ordnung?" fragt sie besorgt. Rolf nimmt sie in den Arm.
„Nur etwas zu hohen Blutdruck. Alles ok. Eine Woche
mal keinen Kaffee", lacht er künstlich. „Ich kümmere
mich um dich", sagt Gisa und drückt sich fest an ihn.
„Wisst ihr was, sagt Rolf, ich lade euch alle zum Salat
essen ein. Was sagt ihr?" Alle stimmen zu. Im Restaurant erzählen Bea und Anna was sie so gemacht haben.
Anna ist mit Mattes superglücklich. Der Kostümverleih
läuft und beide entwerfen sogar eigene Ideen. Bea ist
sehr oft bei Papi. Sie richten Geschäftsleuten den perfekten Abend auf Wunsch aus. Ihr Sinn für schöne De-
tails spricht Papi beeindruckend an. Nach einiger Zeit
löst sich die Gruppe auf und jeder geht seiner Wege. Rolf
schlendert mit Gisa im Arm die Straße entlang. Unter

einer Laterne bleibt er stehen und zieht sie eng an sich. Hebt ihr Kinn und sieht ihr in die Augen. Sie funkeln und leuchten im Lampenlicht. „Weißt du eigentlich, wie sehr ich dich liebe? flüstert Rolf. Er streicht über ihre Lippen. Egal was du willst, ich tu es für dich. Sag mir was ich dir Gutes tun kann, damit du dich wieder wohl mit mir fühlst. Ich mach alles, haucht er zärtlich." Gisa sieht ihn an. „Lass uns gehen", sagt Gisa und zieht ihn hinter sich her zum Auto. Rolfs Herz tut weh. Damit hat er nicht gerechnet. Ihre kühle Art verwirrt ihn. Während der Fahrt, schweigen. In der Waldhütte angekommen geht Gisa ohne Worte ins Bad. Rolf ist verzweifelt. Er setzt sich auf das Bett und versenkt seinen Kopf in seinen Händen. „Sieh mich an", hört er Gisa sagen und hebt den Kopf. Nackt wie ein Engel, steht sie vor ihm. Ihre Haare glänzen wie Gold. Verführerisch leckt sie sich die Lippen. Geht auf ihn zu und streichelt sich dabei über den Körper. Raunzt, als sie ihren Schlitz berührt. Ihr Blick angriffslustig. Rolf lehnt sich zurück und staunt. Gisa kniet sich zwischen seine Beine und öffnet seine Hose. Verwöhnt seinen wachsenden Schwanz. Liebkost ihn mit Wange und Mund. Lange und zärtlich. Rolf atmet mittlerweile schwer. Gisa steht auf und setzt sich auf ihn. Als Rolf sie anfassen will, legt sie seine Arme an die Seite. Langsam und Hüfte kreisend reitet sie ihn. Sie streckt sich und die Muskeln ihres perfekten Körpers zeichnen sich ab. Ihr Ritt wird immer wilder und laut schreit sie ihren Orgasmus raus. Sinkt auf ihm zusammen. Rolf legt sie neben sich. Bedeckt sie mit Küssen. Legt sich auf sie. Wiegt sich langsam stoßend, bis auch er kommt. Immer mit einem unsicheren Blick in ihr Gesicht. Erschöpft sinkt er zur Seite. „Ich dachte schon du liebst mich nicht mehr", flüstert er. Gisa lehnt sich auf seine Brust. „Es tut mir leid. Ich weiß selbst nicht was mit mir los ist, sagt sie traurig. Verzeih mir. Selbstverständlich liebe ich dich. Nur dich. Gib mir etwas Zeit. Dann ist wieder alles gut. Sie streichelt seine Lippen. Wir gehören zusammen und keiner, kann das ändern", schluchzt Gisa mit Tränen in den Augen. Rolf dreht sie um und legt sich an sie. Drückt sie in seine Arme. „Ich töte jeden, der dich mir nimmt. Das verspreche ich", flüstert er und küsst sie heftig. Eng an sich gedrückt schlafen sie ein. Der Wecker klingelt und Gisa geht duschen. „Wo willst du hin?" fragt Rolf und stellt sich mit unter die Dusche. „Zur Arbeit natürlich, lacht Gisa. Christoph wartet auf mich. Ich habe es ihm zugesagt." „Nein, bitte geh nicht, flüstert Rolf und küsst ihren Hals. Seine Hände streichen über ihren Körper. Bitte", haucht er. Gisa zuckt als er ihre Spalte berührt. Sie hält sich an seinem Hals fest. Sein Finger spielt mit ihrem Kitzler. Lässt ihn hin und her flutschen. Gisa zuckt und schnauft. „Du bist nicht fair", keucht sie. Rolf beißt zärtlich ihre Schulter. Seine Finger spielen erbarmungslos mit ihrem Schlitz. „Nimm mich", fleht Gisa. Er dreht sie um und hebt sie hoch. Langsam gleitet sie auf sein Glied. An die Wand gelehnt, drückt er ihre Arme, mit einem Arm an die Wand. Das Wasser der Dusche rinnt über ihre Köpfe. Er sieht ihr in die Augen. „Gisa, ich will nicht das du gehst. Jetzt wo wir uns wiederfinden. Bitte bleib bei mir", fordert er verzweifelt. Drückt seinen Schwanz tief in sie. Gisa atmet schwer auf. „In Ordnung", stimmt sie zu. Die Gefühle sind so stark. Er trägt sie zum Küchentisch. Setzt sie darauf und stößt sie langsam und voller Gefühl. Gisa lehnt sich zurück. Er spielt dabei, mit seinem Daumen an ihrem Kitzler. Gisa rekelt sich vor Wonne. Bäumt sich laut stöhnend auf. Jetzt stößt er sie schneller. Ihr schwinden die Sinne. Ihr ganzer Körper regt sich. Sie fleht. Rolf genießt ihren Anblick. Ihr von Lust verzerrtes Gesicht. „Gib ihn mir", stöhnt und ächzt sie. Er geht zu ihrem Kopf. Legt seinen Schwanz in ihren Mund und Gisa saugt und schlürft gierig seinen Erguss. Rolf trägt sie zum Bett. Streichelt und küsst sie zärtlich. Den ganzen Tag bleiben sie im Bett. Eng umschlungen lieben sie sich immer wieder. Abends gönnen sie sich, im Bett sitzend, geliefertes Essen. „Aber Morgen lässt du mich doch gehen, sagt Gisa. Ich sollte heute schon zur Blutabnahme." „Das wusste ich nicht, antwortet Rolf überrascht. Und wieso? Fehlt dir was?", fragt er besorgt. „Nein mir geht es gut. Christoph möchte nur sicher gehen." „In Ordnung, ich bring dich", sagt Rolf. „Lass mich arbeiten, fügt Gisa zu. Das tut mir gut. Bitte habe keine Angst. Ich liebe dich. Es ist wieder alles gut." „Ungern", flüstert Rolf und macht einen Schmollmund. Gisa muss lachen. Stellt das Essen zur Seite und fällt ihm in die Arme. Albernd, lachend und kitzelnd toben sie durch das Bett. Am nächsten Morgen fahren sie zur Praxis von Christoph. Die Kollegen gucken etwas verwirrt. Sie sind von einer Kündigung ausgegangen, da Gisa so lange fehlte. Gisa zieht ihren Kittel an und geht zu Christoph. „Da bist du ja, sagt Christoph. Wolltest du nicht Gestern schon kommen?", sagt er etwas beleidigt. „Rolf wollte mich nicht gehen lassen. Er hat Angst. Auch heute war es schwierig ihn zu überzeugen, dass ich diese Arbeit brauche." Christoph geht zu ihr und umfasst ihre Hüfte. „Nur die Arbeit?", fragt er leise. Gisa muss lächeln. „Mittagspause", flüstert sie. So und nun Blutabnahme. Ich habe extra nichts gegessen." Christoph holt das Besteck. Während er ihr Blut abnimmt, kommt die Angestellte herein. „Chef, das hätte ich doch auch machen können, sagt sie und nimmt die Proben und das Besteck ab. Kann ich Gisa wieder einsetzen?", fragt sie beiläufig, eigentlich neugierig. „Ja, sie ist von ihrer Reise zurück und wieder voll einsetzbar, nicht wahr?", zwinkert er Gisa zu. „Ja, Chef", lächelt Gisa. Im Aufenthaltsraum erklärt sie den Kollegen, dass auf ihrer Hochzeitsreise eine Krankheit ausgebrochen war und die Insel unter Quarantäne gestellt wurde. „Deswegen die Blutabnahme?", fragt die Angestellte vorsichtig. „Keine Angst, das ist nur zur Kontrolle", beschwichtigt Gisa die anderen. Nachdem sie ein paar Kekse und einen Joghurt gegessen hat, geht sie ihren zugewiesenen Aufgaben nach. Sie blüht völlig auf. Denkt nicht an Geschehenes und scherzt mit den Patienten. Mittagspause. Gisa schließt die Praxis ab, nachdem die Kollegen gegangen sind. Christoph steht auf dem Flur und sieht sie an. Öffnet langsam sein Hemd. Gisa ihren Kittel. Bei jedem Schritt aufeinander zugehend, fällt bei beiden ein Kleidungsstück. Schließlich stehen sie sich nackt gegenüber. Christoph trägt sie küssend zur Behandlungsliege. Legt sie darauf und verwöhnt ihren Körper mit seinen Händen. „Ich habe dich so vermisst", flüstert er und fingert sie feucht. Seine Zunge spielt erbarmungslos mit ihrer Liebesperle. Gisa krallt ihre Finger in seinen Schultern. Sie kommt. Er kniet sich zwischen ihre Beine und legt sie auf seine Schultern. Schnell und heftig stößt er sie. Dann legt er sich auf sie und kommt wiegend, in ihr. Zärtlich und voller Liebe küssend. „Ich liebe dich", schnauft er. Gisa hält seinen Kopf auf ihrer Brust. Streichelt ihn. Sagt nichts. Dann ziehen sie sich wieder an. Richten ihr Haar und alles wieder her.

Gisa geht zur Tür und schließt auf. Als sie ein paar Schritte geht, hört sie die Tür. Gerade will sie sagen, dass noch nicht geöffnet ist, dreht sich um und Rolf steht vor ihr. Er sieht sie wütend an. „Ich wollte dich abholen, doch die Tür war zu. Und an dein Handy bist du auch nicht gegangen. Ich habe mir Sorgen gemacht", sagt er zornig. „Tut mir leid, aber ich hatte noch zu tun. Du musst dir aber keine Sorgen machen. Mir geht es wieder gut, versucht sie Rolf zu besänftigen." Christoph kommt auf den Flur. Sie stehen sich gegenüber. Doch diesmal ist es anders. Eine starke Spannung ist spürbar. Gisa nimmt Rolf an die Hand und führt ihn in den Aufenthaltsraum. „Tu das nicht, flüstert sie. Verlier dich nicht in Eifersucht. Ihr seid so lange Freunde. Es hat sich nichts geändert. Und wir müssen Christoph dankbar sein. Er ist, immer für uns da. Bitte. Gisa nimmt Rolfs Hände. Liebst du mich? fragt sie. Dann hol mich nachher ab und entführ mich ins Kino", lächelt sie. Rolf küsst sie. „Tut mir leid. Du hast recht. Ich habe nur so eine Angst dich zu verlieren", flüstert er. „Niemals, lächelt Gisa und zeigt ihren Trauring. Für Ewig, weißt du noch?" Rolf küsst sie heftig. Die Kollegen kommen rein. „Ups", sagt eine. Gisa muss lachen. „Bis nachher mein Großer", und schiebt Rolf zur Tür. Sie stürzen sich wieder in die Arbeit. Kurz vor Feierabend ist Rolf da und wartet im Aufenthaltsraum. Als alle gegangen sind geht er zu Christoph und schüttelt ihm die Hand. Gisa strahlt. Ihre Lieblingsmänner wieder vereint. Dann gehen Rolf und Gisa ins Kino. Eng an sich gedrückt füttert er sie mit Popcorn. „So nun muss ich aber mal für kleine Mädchen", sagt sie und geht zu den Toiletten. Als sie an einem Vorhang vorbeikommt, ziehen sie plötzlich Hände in einen dunklen Raum.

Bevor sie aufschreien kann, hält man ihr den Mund zu. „Ruhig, sagt eine bekannte Stimme. Hör mir bitte zu", sagt diese sanft. Gisa dreht sich um. „Du?", fragt sie erschrocken. Was willst du denn noch von mir?" Und jetzt wird sie wütend. Harald steht vor ihr. „Bitte Gisa ich muss mit dir reden. Bitte. Ich warte auf dich. Jeden Abend im Penthouse. Komm vorbei, wenn du kannst. Bitte, ich muss das aus der Welt schaffen", fleht er. Gisa dreht sich zornig und ohne Worte um. Im Bad tupft sie sich mit kaltem Wasser ab. Ihr Gesicht ist rot vor Wut. Nach einer Weile geht sie zurück zu Rolf. „Ist was? Du siehst krank aus", bemerkt Rolf. „Ja, ich fühle mich nicht gut. Können wir bitte gehen?", fragt sie. Rolf lässt alles stehen und liegen und bringt sie nach Hause. Dort übergibt sie sich. Rolf bleibt bei ihr. Sie schwitzt und zittert. Ihr Kopf glüht. Rolf ruft Christoph an. Der kommt sofort. „Von einem Moment auf den anderen?, fragt er. Das ist aber komisch. Gut, dass wir Blut abgenommen haben. Oder ist irgendwas vorgefallen?, fragt er nach. Rolf schüttelt mit dem Kopf. Wir waren im Kino. Vielleicht war das Popcorn schlecht?" „Möglich, doch eher unwahrscheinlich", sagt Christoph. Hier ein Magenmittel zur Beruhigung. Den Rest mache ich morgen in der Praxis." Rolf versorgt sie mit Tee und Medikament. Tupft ihr die Stirn und streichelt ihre Hände. Am nächsten Morgen fahren sie zur Praxis. Gisa ist kreidebleich. Christoph legt sie auf die Liege. Gisa drückt Christophs Arm. Mit ihren Augen gibt sie ihm Zeichen. „Rolf geh doch einen Tee trinken, ich mach das hier", sagt Christoph. Rolf wird von der Angestellten, zum Aufenthaltsraum, begleitet. „Also was ist los?, fragt Christoph. Das war eine Schockreaktion. Was ist passiert?" „Harald, sagt Gisa schwer atmend. Er war im Kino und hat mich in eine Kabine gezogen. Er will unbedingt mit mir reden." Gisa zittert. Christoph gibt ihr ein leichtes Beruhigungsmittel. „Ich verachte ihn zwar aber ganz ehrlich, so wie du darauf reagierst, wäre eine Aussprache das Beste. Dann kannst du das Kapitel abschließen und deine Seele kriegt Ruhe. Ich weiß es kostet Überwindung. Damit du das hinkriegst gebe ich dir zwei Beruhigungstabletten mit", rät Christoph ihr. Gisa setzt sich auf. „Du hast recht, stimmt Gisa zu. Was würde ich nur ohne dich machen? Du weißt immer was gut für mich ist. Gisa umarmt seinen Hals und küsst ihn. „Aber Rolf darf das nicht erfahren", fügt sie hinzu. „Ok, ruh dich aus. Wir sehen uns Montag", sagt Christoph und gibt ihr frei. Rolf trägt sie zum Auto, weil sie noch wackelig auf den Beinen ist. Erschöpfung und Lebensmittelunverträglichkeit wird ihm zur Erklärung erzählt. Zuhause, in der Waldhütte, verwöhnt er sie mit Tee und Gebäck. Hühnersuppe und Salzstangen. „Rolf weißt du eigentlich, wie sehr ich dich liebe?" Dabei streichelt sie sein Gesicht. „Nein, lacht Rolf schelmisch. Beweis es." Gisa öffnet seine Hose. „Nicht, Rolf hält ihre Hand fest. Das war doch nur ein Witz. Du ruhst dich aus. Wir haben noch viel Zeit." Er nimmt sie in den Arm und streichelt sie. Gisa schmiegt sich fest an ihn. Doch immer wieder denkt sie an Harald. Was würde sie sagen. Wie würden sie sich gegenüberstehen. Sie legt sich Worte und Sätze in Gedanken bereit. Schläft unruhig. Träumt von Harald. Wirr und verzerrt. Sie findet keine Ruhe. Sie schleicht sich ins Bad und tupft sich das Gesicht. Zittert. Sie guckt sich im Spiegel an. „So geht das nicht weiter, denkt sie. Ich muss einen Weg finden und einen Schlussstrich ziehen. Nur wie? Rolf lässt mich nicht aus den

Augen. Es geht nur während der Arbeitszeit. Es war Christophs Idee, dann muss er mir auch helfen." Am nächsten Morgen schickt Gisa Rolf zum Einkaufen. Sie möchte eine kräftige Gemüsesuppe kochen. Als Rolf weg ist, ruft sie Harald im Büro an. „Hallo, ich freu mich dich zu hören, sagt der sanft. Wann darf ich dich sehen?" Gisa zittert heftig. „Ich kann nur während der Arbeitszeit. Rolf lässt mich nicht mehr aus den Augen", flüstert Gisa. „In Ordnung, stimmt Harald zu. Ich ruf Christoph an und vereinbare das. Ich erwarte dich Montag. Ich bleibe den ganzen Tag im penthouse und warte auf dich. Ich kann es kaum erwarten", haucht Harald. „Nur reden, sagt Gisa ernst. Bilde dir nichts ein." Dann legt sie auf. Sie zittert heftig. Kuschelt sich in die dickste Wolldecke und legt sich auf die Gartenliege. Betrachtet die Berge und den Himmel. Sie schließt die Augen und schläft ein. Feuchte, zärtliche Lippen wecken sie sanft. Sie öffnet nicht einmal die Augen. Legt ihre Hände um Rolfs Hals und versinkt mit ihm im intensiven Kuss. Er hebt sie hoch und trägt sie zum Bett. Streichelt ihren ganzen Körper. Fingert sie zum Höhepunkt. Sie sieht ihm dabei in die Augen. „Mein Engel", sagt Rolf zärtlich. Dann lässt er ab und will aufstehen. Gisa zieht ihn zurück. „Ich weiß das du mich schützen willst, aber mir geht es gut. Bitte nimm mich. Wie beim ersten Mal. Wenn du es noch weißt." Rolf öffnet seine Hose und legt sich auf sie. Dringt vorsichtig in sie ein. Wiegt sich sanft auf ihr. Hüfte kreisend. Hält sich an ihren Schultern fest. Gisa bebt vor Lust. Nur er bringt sie so um den Verstand. Sie kommt noch mal und auch Rolf schnauft laut und ergießt sich in ihr. Gisa weint. „Ich liebe dich so sehr", schluchzt sie. Rolf küsst ihre Tränen weg. „Ich bin so unsagbar glücklich mit dir. Ich lass dich nie mehr gehen", haucht er. Sie liegen noch eine Weile eng umschlungen. Streichelnd. Küssend. Etwas später steht sie auf. Gisa zieht sich einen Bademantel an und putzt das Gemüse auf der Küchenzeile. Rolf liegt auf dem Bett und sieht ihr zu. Gisa macht Musik an und tänzelt dabei. Sie dreht sich um und sieht Rolf auf dem Bett liegen. „Du fauler Strumpf, lacht sie und bewirft ihn mit einer Karotte. Willst du mir nicht helfen?" Rolf spielt mit der Karotte. Streichelt sie als wäre es sein Glied. „Das bringt mich auf ganz andere Ideen", grinst er. Gisa lacht. Sie geht auf ihn zu und lässt den Bademantel an sich herabgleiten. Streichelt ihre Brüste. Leckt sich die Finger. Stellt sich an das Bettende und ein Bein darauf. Fährt mit ihrem befeuchteten Finger in ihren Schoß. Spielt mit ihrem Kitzler. Rolf nimmt sein Glied in die Hand und wichst sich langsam. Er wirft ihr die Karotte zu. Gisa nimmt sie und spielt damit an ihrem Kitzler. Steckt sie sich abwechselnd in ihre Grotte und in den Mund. Stöhnt und ächzt dabei. Jetzt hält sie es nicht mehr aus. Sein Schwanz ist so verlockend. Sie legt sich in 69 Stellung auf ihn und verwöhnt seine Eichel mit Zähnen und Zunge. Rolf drückt ihre Hüfte eng auf sein Gesicht. Seine Zunge sticht heftig ihre Liebesperle. Er saugt und schlürft und Gisa tut es ihm gleich. Beide zucken heftig. Sie kommen gemeinsam. Gisa leckt seinen Erguss gierig ab. Schnaufend liegt sie auf ihm. „Wollen wir essen gehen?", fragt Gisa. Ich glaube die nächste Karotte überlebe ich nicht. Und vor allem den Sellerie nicht", lacht sie. Rolf lacht und klatscht ihr auf den Po. Gisa dreht sich um. „Wo wollen wir hingehen?", fragt er. „Ich möchte mal ganz schick essen. Abendkleid und Anzug", sagt sie. „Ok, ich reserviere was", stimmt Rolf zu. Gisa gibt ihm einen

Kuss und geht zum Schrank. „Verdammt, meine Sachen sind noch in der Wohnung, sagt sie. Ok, machen wir anders. Wir machen ein erstes Date daraus. Ich geh shoppen, Friseur etc. und du schmeißt dich in Schale. Vielleicht ist Bea da und hilft mir. Wir treffen uns um 19.00 Uhr in der Wohnung, ok?", schlägt sie vor. „Einverstanden. Wir ziehen uns an und ich setz dich bei der Wohnung ab", stimmt Rolf zu.

Lass mich hier raus, sagt Gisa plötzlich, während der Autofahrt. Dort drüben, ist ein Friseur und daneben ein Modegeschäft. Hier krieg ich was ich brauche. Bis nachher", verabschiedet sie sich mit einem flüchtigen Kuss. Sie rennt zum Friseur. Nimmt das volle Verwöhnprogramm. Make-up und Fingernägel sind auch dabei. Sie schickt die Auszubildende, mit Zustimmung der Chefin, zum Modegeschäft und lässt sich ankündigen. Umwerfend geschminkt und eine Steckfrisur lassen ihr Gesicht leuchten. Sie geht ins Modegeschäft. Die Verkäuferin sieht sofort was gebraucht wird. Sie präsentiert lange sowie auch kurze Abendkleider. Dazu die passenden Dessous, Schmuck, Schuhe und Handtaschen. Bei Abnahme eines Komplettsets gibt es Rabatt. Gisa zieht verschiedene Sets an. Ein langes schwarzes Abendkleid, mit allem drum und dran hat es ihr angetan, doch zum Essen gehen ist es ihr zu pompös. Sie entscheidet sich für ein Rot-schwarzes Cocktailkleid. Darunter ein sexy Bh- String Set. Knallrote High-heels und funkelnden Strassschmuck. Sie sieht auf die Uhr. 18.45 Uhr. „Bestellen sie mir bitte ein Taxi. Ich muss dringend los", sagt sie hektisch. Sie steigt in ein Taxi und fährt zur Wohnung. Rolf ist auch gerade gekommen und steht vor der Tür. Sie steigt aus und Rolf verschlägt es den Atem. Er selbst steht mit schwarzer Hose, hellgrauem Hemd und dunkelgrauem Sakko vor ihr. Sein Herz pocht wie wild. „Ein Traum, flüstert er. Womit habe ich einen so schönen Engel verdient." Er küsst ihren Ring, um nicht die perfekt geschminkten Lippen zu verschmieren. Der Taxifahrer hat die beiden beobachtet und bietet seine Dienste an. Rolf nimmt an und nennt das Ziel. Vor einem Luxusrestaurant halten sie an. Rolf legt ihren Arm an seinen und führt sie galant hinein. Alle Blicke sind auf sie gerichtet. Sie werden in ein Separee geführt, wo Champagner und Rosen bereitstehen. Rolf nimmt eine Rose und streichelt damit ihre Wangen und Lippen. Seine Augen funkeln vor Liebe. „Wenn ich dich jetzt küsse, kommen wir nicht mehr zum Essen", haucht er. Gisa setzt sich ihm Gegenüber. „Irgendwann müssen wir aber mal was essen, lächelt sie. Und uns bleibt noch die ganze Nacht." Sie heben die Gläser und trinken, während sie sich tief in die Augen sehen. Sie lassen es sich mit einem Fünf Gänge Menü gut gehen. Diesen Abend spielt auch eine Liveband und Gisa bringt Rolf dazu mit ihr zu tanzen. Sie zeigen, wie sehr sie sich lieben. Ihre Blicke und flüchtigen Küsse lassen den Raum elektrisieren. Alle starren sie an. Ein perfektes Paar. In Bekleidung und Erscheinung. Stunden später fahren sie mit dem Taxi zu seinem Auto und dann in die Waldhütte. Rolf, macht den Kamin und romantische Beleuchtung an. Aus der Musikanlage klingt leise langsame Tanzmusik. Er bittet Gisa mit ausgestreckter Hand zum Tanz. Schweigend schmiegt er sich an sie. Seine Augen funkeln. Gisa ist wie hypnotisiert. Sie sehen sich in die Augen und Wissen um ihre vollkommene Liebe. Zärtlich öffnet er ihre Steckfrisur. Dann das Kleid. Jetzt sieht er die Dessous. Grinst. Er löst seine Krawatte und fesselt ihre Hände, während des Tanzes, auf ihren Rücken. Sie sieht ihn fragend an, doch Rolf lächelt nur und sagt nichts. Er nimmt sie an den Hüften, presst sie an seine und reibt sich daran. Gisa hält ihren Mund zum Kuss hin, doch er hebt sie hoch und setzt sie auf den Tisch. Dann stellt er sich vor sie und strippt. Zur Musik wiegend und über seinen Körper streichelnd, lässt er ein Teil nach dem anderen fallen. Gisa lacht und leckt sich gierig die Lippen. Als er mit seinem Glied spielt, keucht sie vor Verlangen. Minutenlang lässt er sie zuschauen. Reibt sich. Wichst sich. Ihr wird heiß. „Bitte, seufzt sie, gib ihn mir. Du quälst mich." Rolf hebt sie vom Tisch und drückt sie in die Knie. Spielt mit seinem Glied auf ihren Lippen. Dann mal in den Mund und wieder an den Lippen. Beim nächsten, in den Mund gleiten, saugt Gisa heftig, sodass er darin bleiben muss. Er zischt. Sie schmatzt und genießt ihn. Kurz bevor er kommt, zieht er sie hoch und legt sie auf den Tisch. Zieht ihr, ganz langsam den String aus und streichelt ihre Beine. Bückt sich. Spreizt mit einer Hand ihre Schamlippen. Kratzt, leckt und spielt mit ihrem Kitzler. Gisa schreit vor Geilheit. Rolf legt ihre Beine auf seine Schultern und stößt ihr sein Glied ins feuchte Loch. Mal schnell und auch ruckartig und langsam. Er bringt sie um den Verstand. Doch kommen darf sie noch nicht. Er trägt sie zum Bett. Kniet sie davor. Mit dem Oberkörper darauf lehnend und den gefesselten Händen auf dem Rücken wartet sie ungeduldig. Rolf geht zur Kommode. Er kommt mit einem Vibrator zurück. Versenkt ihn in ihrer Grotte. Dann befeuchtet er ihr Poloch und fingert es. Schmiert es mit Gleitgel ein und stellt sich hinter sie. Langsam drückt er sein mächtiges Glied hinein. Mehrmals und langsam. Gisa jammert und seufzt.

Rolf dreht den Vibrator, in ihrer Grotte, auf schnellste Stufe. Jetzt fickt er sie minutenlang, hart in den Po. Gisa schreit ihren Orgasmus raus. Sie wirft verzweifelt ihren Kopf hin und her. Rolf dreht sie um und spritzt ihr, seinen Liebessaft, laut stöhnend auf ihre Brust. Schnaufend entfernt er den Vibrator. Löst die Fesselung und züngelt ihre Liebesperle. Stöhnend bäumt sich Gisa auf. Noch ein Orgasmus. Schnaufend und völlig erledigt liegt sie auf dem Bett. Sie zittert heftig. Rolf deckt sie zu und legt sich hinter sie. Seinen Arm um sie und seinen Kopf auf ihren. „Alles in Ordnung?", fragt er sanft. „Perfekt", antwortet sie und streichelt seinen Arm. Gisa dreht sich zu ihm um. In seinen Arm, an sein Herz. „Meins", sagt sie. „Deins", antwortet er. Aneinander gekuschelt, dauert es nicht lange und sie schlafen ein. Den nächsten Tag verbringen sie mit Spaziergängen und Zukunftsplänen. Gelegentlich sieht Gisa auch mal aufs Handy. Anna hat die neuesten Gruselmasken, die sie entworfen hat, gepostet. Gisa muss laut lachen und zeigt sie Rolf. Der kann über so ein Blödsinn nur den Kopf schütteln. Bea hat auch ein paar Bilder geschickt. Sie hat sich neue Kleider angeschafft. Selbstverständlich mit den passenden Accessoires und Schuhen. „Oh, das muss ich mir ausleihen", ruft Gisa und zeigt Rolf ein Traumkleid in Rot. Sie entdeckt eine Nachricht von Christoph. „Bis Morgen, Gruß C H. Gisa weiß was das bedeutet. Sie wird von Harald erwartet. Sie legt das Handy bei Seite und kuschelt sich an Rolf, der vor dem Kamin auf dem Sofa sitzt. Gisa zittert etwas. „Alles ok?" fragt Rolf besorgt. „Bestens. Nur etwas erschöpft", lügt sie. Er drückt sie an sich und Gisa schläft ein. „Gisa, mein Herz, wach auf", hört sie Rolf rufen. Sie öffnet die Augen. Rolf hält ihre Hände fest.

„Du hast schlecht geträumt und um dich geschlagen", erklärt er. „Tut mir leid. Habe ich dich verletzt?" fragt sie. „Nein, alles gut, aber kannst du dich denn an nichts erinnern? fragt Rolf. Ich glaube wirklich, dass dir nur die Hypnosen von Christoph helfen können. Gisa, mein Herz, das sitzt so tief und du leidest. Das bricht mir das Herz, weil ich dir nicht helfen kann." Er küsst ihre Hände. „In Ordnung, du hast recht, stimmt sie zu und ich spreche nachher mit Christoph. Mach dir bitte keine Sorgen. Nimm mich, einfach nur, in deine starken Arme, das hilft mir sehr", flüstert sie und schmiegt sich an ihn. Er hält sie fest und streichelt ihren Kopf. Nach ein paar Stunden klingelt der Wecker. Gisa macht sich zurecht. Rolf stellt sich hinter sie. Küsst ihren Hals. „Und vergiss nicht, mit Christoph zu reden", sagt er sanft. Sie dreht sich zu ihm um. „Versprochen", sagt sie und küsst ihn. Sie ziehen sich an und Rolf fährt sie zur Praxis. Sie winkt ihm noch zu und er fährt los. Doch Gisa geht zur Bushaltestelle. Sie fährt zu Haralds Penthouse. Die Beruhigungstabletten in der Hosentasche. Im Fahrstuhl wird ihr schlecht und sie beginnt zu zittern. Die Tür öffnet sich. Harald steht ihr gegenüber. Neben dem hinteren Sofa. Er will auf sie zugehen, doch Gisa hebt die Hand. Wie damals in ihrer Küche. „Gisa bitte, komm doch erst mal rein. Setz dich", bittet er und weist mit der Hand auf die andere Couch. Er sieht, wie sie zittert. Gisa nimmt eine Tablette aus ihrer Hosentasche und steckt sie sich in den Mund. Harald eilt zur Bar und holt ein Glas Wasser. Reicht es ihr. Sie setzen sich auf die Couchen. Er ihr gegenüber. Betrachtet sie. „Du bist wunderschön, flüstert er. Ich habe dich vermisst." Gisa ist kreidebleich und sie kämpft um jede Sekunde. Er sieht das. Ihren Blick zum Fahrstuhl. Ihren Gedanken wegzulaufen. „Warte, lass mich erklären, fleht er. Ich weiß, ich kann es nicht wieder gut machen. Doch lass dir gesagt sein, dass Rolf Marco hart bestraft hat. Der wird nie wieder jemandem weh tun und welche Strafe ich bekommen habe, weißt du ja. Eigentlich hat er mir sogar einen Gefallen getan. Ich habe vergessen was Liebe ist. Der Club war immer nur eine Flucht vor innigen Gefühlen. Durch dich habe ich es wieder gelernt. Nur wusste ich es da noch nicht. An dem furchtbaren Tag, er schluckt schwer, war ich so wütend, dass du mich versetzt hast. Ich habe nicht mehr klar gedacht und was Marco dir angetan hat, überhaupt nicht mitbekommen. Ich war völlig neben mir. Ich habe mich so sehr in dich verliebt, dass ich dich nur für mich wollte. Ich war wie besessen. Harald rutscht auf die Knie. Ich kann es nicht wieder gut machen, aber ich bitte dich mir zu verzeihen, bitte", fleht er. Gisa wird ruhiger. Die Tablette wirkt. Doch ihr Gesicht ist voller Wut. „Das kann ich nicht, sagt sie. Du verlangst Zuviel. Ich habe dich geliebt. Ihre Augen füllen sich mit Tränen. Dir vertraut. Und ihre Stimme wird schwer. Dich angefleht, mir zu helfen. Sie erinnert sich. Jetzt laufen die Tränen. Sie greift mit den Händen in ihr Haar und schüttelt den Kopf. Ich kriege den Schmerz nicht mehr aus meinem Kopf. Ich weiß mir nicht mehr zu helfen. Dieser Verrat an unserer Liebe tut so weh", schluchzt sie. Sie bricht in Tränen aus. Harald geht zu ihr und nimmt sie in den Arm. Sie schlägt um sich und schreit vor Seelenschmerz. Er lässt sie gewähren. Hält sie fest. Ganz fest. Weinend und schluchzend liegt sie in seinen Armen. Sie hat keine Kraft mehr und ihre Beine wackeln. Harald nimmt sie auf den Arm und trägt sie ins Schlafzimmer. Legt sie auf das Bett und ruft Christoph an. Beschreibt was geschehen ist. „In der Mittagspause wird Christoph vorbeikommen", flüstert er Gisa zu. Die Tablette lässt Gisa jetzt erst mal ruhen. Harald legt sich neben sie und streichelt ihr Gesicht. „Es tut mir so leid, flüstert er. Weißt du noch, wie unser erster Abend hier war. Zuerst gab es Missverständnisse und dann liebten wir uns. Du warst ganz anders, wie alle zuvor. Du hast mich sofort fasziniert. Dein engelsgleiches Aussehen. Deine Art. So unschuldig und trotzdem kess. Bis heute habe ich keine Andere hierhergebracht. Dieses Bett teile ich nur mit dir." Gisa sieht ihn an, doch ist zu schwach etwas zu sagen. Harald streicht ihre Haare aus dem Gesicht und seine Lippen berühren zaghaft ihre. Wartet auf eine Abwehr von ihr. Doch Gisa ist, ganz ruhig. Harald streichelt ihr Gesicht. Ihre Lippen. „Du bist so wunderschön. Ich liebe dich", flüstert er. Jetzt küsst er sie heftig und wild. Gisa erwidert. Harald öffnet ihre Bluse und saugt gierig an ihren Nippeln. Überdeckt ihren Körper mit Küssen. Gisa nimmt alles wie im Rausch wahr. Harald öffnet ihre Hose und lässt seine Hand hineingleiten. Dabei immer den Blick in ihr Gesicht. Gisa schnauft und verzerrt das Gesicht. Sein Finger hat das Ziel gefunden. Lange spielt er mit ihrer Liebesperle. Ihre Küsse werden heftig. „Nimm mich", fordert sie. Harald zieht sich und sie aus. Fingert sie, während sie sich wild küssen. Zieht sie auf sich. Drückt sie auf seinen Schwanz. Bewegt ihre Hüften, denn Gisa ist noch etwas weggetreten. Sie taumelt und stöhnt. Er drückt sie auf sich. Hält ihre Hände auf den Rücken und stößt sie heftig. Gisa schreit vor Lust. Liegt mit dem Kopf auf seiner Brust. Sucht mit ihren Lippen seinen Mund. Harald dreht sich mit ihr um. Stößt sie kreisend und küsst sie dabei. „Ich liebe dich", schnauft er in ihr Ohr. Dann rutscht er zwischen ihre Beine und züngelt sie zum Orgasmus. Gisa greift in das Bettzeug. Schnaufend, zitternd und völlig verwirrt. Harald legt sich neben sie. Küsst sie wild. „Ich liebe dich, hörst du? Ich brauche dich. Bitte lass es wieder zu", fleht er. Gisa antwortet nicht. Sie liegt da und beobachtet ihn. Sie sortiert sich innerlich. Lässt die erlebten Gefühle abklingen. Die Schlechten, wie auch die Guten. Harald liebkost und streichelt sie. Gisa sieht ihn mit ihren blauen Augen an. Trotz Gewesenem sind alle Gefühle wieder da. Sie zieht seinen Kopf zu sich. „Ich liebe dich", flüstert sie ihm zu. Harald lächelt und strahlt vor Glück. Er legt sich auf sie und küsst sie zärtlich. Noch einmal dringt er in sie und eng umschlungen wiegt er sich auf ihr. Gisa ist hellwach und genießt ihn. Sie holen alles nach. Reitend, kniend, 69er Stellung und jede Zungentechnik. Völlig erschöpft liegen sie schnaufend auf dem Bett. Er zieht sie auf sich. Hält ihren Kopf. „Ich verspreche dir, dich immer zu ehren, dich zu beschützen und dich für immer zu lieben. Du wirst immer nur die eine für mich sein. Das schwöre ich bei meinem Leben", flüstert er mit feuchten Augen. Küsst sie noch mal heftig. Gisa steht auf und geht ins Bad. Harald sieht ihr nach. Ihre glänzenden goldenen Haare auf ihren zarten Schultern. Ihre wiegenden Hüften. Der wippende Po. Butterzarte Beine und kleine zarte Füßchen. Jeder Millimeter ein Gemälde. „Gemälde, denkt er sich. Das ist es." Und sein Entschluss steht fest. Er lässt sie malen. Dann steht er auf und geht hinterher. Stellt sich mit unter die Dusche und schäumt sie ein. Sanft und schmeichelnd ist der Schaum. Gisa hält sich an seinem Hals fest, während seine Hände über sie gleiten. „Wir müssen uns anziehen, flüstert Gisa. Christoph kommt doch gleich." „Nur noch einmal, schnauft Harald. Ich muss doch wieder so lange auf dich verzichten." Gisa beugt sich vor und spreizt die Beine. Harald kommt der Einladung nach. Lässt sein Glied in sie gleiten und nimmt sie hart und kräftig. Das Wasser der Dusche prasselt auf ihre Körper. Harald kommt und stöhnt laut auf. Lehnt sich schnaufend auf ihren Rücken. Zärtlich krauelt Gisa sein Haar. Dann geht sie aus der Dusche, trocknet sich ab und zieht sich an. Harald steht noch, an die Wand lehnend in der Dusche. Sein Herz pocht wie wild. Dann folgt er ihr. Zieht sich an und geht mit ihr Arm in Arm zur Bar. Er setzt sie auf einen Hocker und küsst sie noch mal zärtlich. „Ich freue mich schon darauf wieder den Kaviar an dir zu genießen", lächelt er. Gisa erinnert sich. Wie er sie verwöhnt hat. Sie schließt die Augen und leckt sich über die Lippe. Harald lacht. „Bald", flüstert er. Er geht zum Kühlschrank, holt kalten Schaumwein und beginnt mit frischem Obst einen Cocktail zu mixen. Die Tür zum Fahrstuhl geht auf. Christoph kommt herein. Doch er ist nicht allein. Rolf ist bei ihm. Harald ist geschockt. Rolfs Blick sagt alles. Doch Gisa geht zu ihm und nimmt ihn in den Arm. „Lass uns erklären", flüstert sie. Sie sieht ihm flehend in die Augen. Rolf nickt. Sie setzen sich alle auf die Couch. Gisa setzt sich für alle sichtbar an den Rand der Couch. Sie räuspert sich und nimmt allen Mut zusammen. „Rolf, ich habe mit Christoph gesprochen und er hatte die Idee, dass eine Aussprache zwischen Harald und mir helfen könnte. Und er hatte recht. In mir tobte ein wahnsinnig starker Schmerz, den ich nicht loswerden konnte. Selbstverständlich ist das, was geschehen ist, nicht zu verzeihen, aber Harald hat auch eine Erklärung für mich. Rolf du liebst mich. Würdest, sogar für mich töten. Und dieselben Gefühle hat Harald für mich. Nur das er den Verlustschmerz in Wut umgesetzt hat. Er konnte nicht damit fertig werden, dass ich mich für dich entschieden habe. Auch wenn ich jeden einzelnen von euch liebe, ist unsere Liebe doch einzigartig. Sie strahlt bei diesen Worten, während sie ihm tief in die Augen sieht. Und das müssen Harald und Christoph akzeptieren. Sie sieht die beiden an. Ich wünsche mir, dass ihr euch vertragt. „Bitte gebt euch die Hand und lasst uns in Frieden Lieben." Sie nimmt Rolfs Hand und zieht ihn zu Harald. Fügt deren Hände zusammen und legt ihre darauf. „Einverstanden?", fragt sie Rolf in die Augen sehend. „Ich tu alles für dich", sagt Rolf. „Und ich auch", stimmt Harald zu. Christoph stellt sich dazu. Legt seine Hand ebenfalls darauf. „Drei Musketiere für Gisa", lacht er. Jetzt lachen alle. Gisa steht zwischen den drei großen Männern und kommt sich winzig vor. „Ok, bemerkt sie lachend, dann wird eure Königin den ersten Befehl geben. Nächsten Samstag Dinnerparty bei uns. Und du bringst den Kaviar mit, sagt sie zu Harald und streichelt seine Wange. Christoph die Magentabletten, lacht sie. Und kommt allein", grinst sie. Die Männer sehen sich gegenseitig an. Gisa grinst und zieht Rolf mit sich. Arm in Arm gehen sie zum Fahrstuhl. Sie lässt Harald und Christoph fragend zurück. „Was hast du vor?", fragt Rolf. Gisa umschlingt ihn und lächelt. „Überraschung, warte es ab", lächelt sie und küsst ihn.

Kapitel 2

Zeit der Veränderungen

Sie fahren Einkaufen und schlendern durch die Straßen. An dem Modegeschäft machen sie halt. „Warte bitte eben hier", sagt sie zu ihm und geht hinein. Ein paar Minuten später kommt sie lächelnd zurück. Rolf nimmt sie an die Hand und lacht. Er ist glücklich sie so zu sehen. Strahlend und euphorisch. So war sie lange nicht mehr. Sie kommen beim Kostümverleih vorbei. Mattes und Anna haben richtig viel aus dem kleinen Laden gemacht. Überall hängen die verrücktesten Kostüme. Ein abgegrenzter Bereich ist für die Erotikfans. Lack und Leder. Anna hat für einige Kostüme gemodelt und ihre Bilder hängen an den Wänden. „Wow, sagt Gisa begeistert. Mattes, du musst doch den ganzen Tag mit einem Ständer rumlaufen", lacht sie. „Keine Chance, grinst Anna, das weiß ich zu verhindern und leckt sich über die Lippen." Die vier unterhalten sich noch eine Weile, dann gehen Rolf und Gisa weiter. Sie fahren nach Hause. Rolf nimmt sie hoch und dreht sich mit ihr. „Ich bin so stolz auf dich, lächelt er. Das du das gemacht hast. Ich weiß, wie schwer das gewesen sein muss. Doch das war völlig richtig. Du bist ganz, wie früher. Meine Gisa, mein Herz. Ich vertrau dir vollkommen. Ich liebe dich unendlich", flüstert er und küsst sie zärtlich. Dann sieht er sie bekümmert an, nimmt ihre Hand und zieht sie mit sich zum Sofa. Er setzt sich darauf und zieht sie auf seinen Schoß. „Gisa, die Sache mit Harald ist geklärt, aber ich weiß, dass was Furchtbares in unserem Urlaub passiert ist. Du hast so viel Schlechtes erlebt. Und ich habe Angst, dass du mir die Schuld gibst oder mir nicht verzeihen kannst, dass ich dich nicht beschützt habe. Wir müssen darüber reden, bevor sich das wieder in deine Seele frisst. Erzähl mir alles, bitte, fordert er." Sie schluckt schwer. Atmet tief durch. Dann tut sie es. Jedes Detail. Rolfs Gesicht wird rot vor Wut. Allein die Kellerszene, als Ernesto sie gequält hat. Als sie fertig ist, rinnen ihm Tränen durchs Gesicht. „Es tut mir so leid, flüstert er. Verzeih mir, dass ich nichts bemerkt habe." Er senkt den Kopf. „Ich bin schuld, weil ich dir nichts gesagt habe, flüstert sie und hebt seinen Kopf. Sie sieht ihm in die Augen. Ich wusste nur nicht, wie mächtig Ernesto ist. Und im Nachhinein, war es richtig zu schweigen. So haben wir beide überlebt. Du hast keine Schuld. Ich liebe dich mehr wie mein Leben und ich gebe es auch für dich", haucht sie und küsst ihn zärtlich. Rolf nimmt sie auf den Arm und trägt sie innig küssend zum Bett. Zärtlich streichelnd zieht er sie aus. Dann sich. Durchgehend küssend verschmelzen sie miteinander. Lange und schweißgebadet. Jeder sanfte Stoß bringt sie zur vollen Ekstase. Laut stöhnt sie auf und auch er ergießt sich in ihr. Er bleibt ruhig auf ihr liegen. Hält sie fest. Drückt sich auf sie, wie eine umschlingende Decke. „Ich lass dich nie wieder allein, das verspreche ich", flüstert er. Gisa krault sein Haar. Sie weiß, was er damit sagen will. „In Ordnung, aber arbeiten gehe ich trotzdem", lächelt sie. Er nickt, mit dem Kopf. Am nächsten Tag fährt er sie zur Arbeit. Gisa sortiert die Post der Praxis. Ein Briefumschlag. Blutergebnisse von Gisa Klinke. Die Kolleginnen halten merkbar Abstand zu ihr. Sie haben Angst, dass sie etwas Ansteckendes hat, denn auch sie haben den Umschlag gesehen. Gisa bringt die Post, in das Arztzimmer, doch ihren Brief nimmt sie mit ins Lager. Sie schließt die Tür ab und öffnet den Brief. Viele Zahlen und Ergebnisse. Sie googelt mit dem Handy die Bedeutungen. Ihr fällt fast das Handy aus der Hand. Schwanger. Noch einmal liest sie alles durch. Tatsächlich, schwanger. Schnell packt sie die Ergebnisse wieder in den Umschlag und steckt ihn sich in die Hose unter dem Kittel. Dann öffnet sie das Lager und nimmt einen vorbereiteten Wagen mit Utensilien und geht von Raum zu Raum. Völlig in Gedanken versunken. Sie geht zurück ins Lager und füllt den Wagen wieder auf. „He, was ist los?, fragt Christoph. Ich habe dich schon mehrmals angesprochen." Gisa schreckt auf. „Oh tut mir leid, ich war in Gedanken. Was kann ich für dich tun?" Christoph sieht sie fragend an. „Hey, es ist Mittagspause", lächelt er und geht auf sie zu. Gisa weicht zurück. „Tut mir leid, geht diese Woche nicht, lügt sie schnell. Warte bis Samstag, da erwartet dich eine Überraschung", lächelt sie. Sie lässt Christoph stehen und geht vor die Tür, um frische Luft zu schnappen. Sie setzt sich gegenüber in den Park auf eine Bank und starrt auf den See. Völlig in Gedanken versunken. „Wie, wie kann das sein? fragt sie sich und vor allem wer? Oh, mein Gott, wer? Wie soll sie das herausfinden? Ihre Gedanken schlagen Purzelbäume. Christoph ist hinterhergekommen und stellt sich hinter sie. Streichelt ihre Schultern. „Was ist los?, fragt er leise. Sag es mir", bittet er. Gisa holt den Umschlag hervor und gibt ihm den. In der Hoffnung, dass er was anderes sagt. Christoph setzt sich zu ihr auf die Bank. Sie zeigt ihm was sie gegoogelt hat. „Christoph, wie soll ich herausfinden wer?", flüstert sie und sieht ihn hilfesuchend an. „Ok, Rolf und Papi und selbstverständlich ich, sind einfach. Unsere Unterlagen habe ich, antwortet er. Wer kommt noch in Frage?" „Eventuell die Aufträge und zuletzt Ernesto und Ahmed. Ich weiß es, wirklich nicht", sagt sie verzweifelt. „Gut, ganz ruhig, lass uns das sachlich angehen, beruhigt sie Christoph. Erst mal vergleiche ich uns drei und dann können wir neu überlegen. Doch wie geht es dir damit, kommst du klar?", fragt er. „Ich weiß nicht", antwortet sie. „Vielleicht ist es ja von Rolf, dann ist eure Liebe perfekt", tröstet er. „Ja, lächelt Gisa, das wäre perfekt." „Dann halte dich an diesem Gedanken fest", sagt Christoph und drückt ihre Hand. Gisa lächelt ihn an und geht mit ihm Arm in Arm zur Praxis zurück. Die Limousine von Papi steht davor. Gisa wird gebeten einzusteigen. Christoph verabschiedet sie mit einem Kuss auf ihre Stirn und Gisa legt ihren Finger auf ihre Lippen. Christoph soll schweigen. Sie wird zu Papis Villa gefahren und in sein privates Reich geführt. Ein riesiges Wohnzimmer. Modern und warm eingerichtet. Flauschiger weißer Teppich. Gisa zieht sich schnell die Schuhe aus. Wie auf Sand fühlt sich das an und biegt ihre Zehe. Sie denkt an den Strand und schließt die Augen. „Zieh ruhig noch den Rest aus", lacht Papi, der leise reingekommen ist. Gisa erschrickt, dreht sich um und springt ihm in die Arme. Wie ein Kind das seinen Vater begrüßt. Sie hält sich an seinem Hals fest und weint los. „Danke, oh danke dir, du bist mein Held, schluchzt sie. Mein allergrößter Held. Nur durch dich habe ich mein Leben wiederbekommen. Sonst wäre ich schon tot." Sie schmiegt sich, ganz fest an Papis Hals und er hält sie fest. Ganz fest. Minutenlang stehen sie da, bis sie sich beruhigt. „Komm, sagt er, setzen wir uns und du erzählst mir alles. Rolf war vorhin schon hier und hat Andeutungen gemacht, doch ich bin nicht schlau daraus geworden. Da es hier auch um mein Geschäft geht, muss ich alles genau wissen. Keine Angst und erzähl mir alles", fordert Papi sanft. Und Gisa erzählt alles. „Gut, jetzt weiß ich was zu tun ist", sagt Papi ruhig und wischt ihre Tränen aus dem Gesicht. „Schön wie eh und je. Er streichelt ihre Wangen. Bade mit mir", flüstert er. Er trägt sie über den Flur ins römische Badezimmer. Küsst sie und stellt sie hin. Streichelt über ihr Haar. Ganz sanft und zärtlich. „Diese Augen, flüstert er. Diese meeresblauen Augen. Keine hat solche Augen. Und ich habe viele." Er streift ihre Sachen runter und seine. Dass er bereit ist, spürt sie ganz deutlich. Er trägt sie auf seinen Armen ins Wasser. Gisa hält sich an seinem Hals fest und himmelt ihn an. Er ist für immer ihr Retter. Alles darf er mit ihr machen, sie erfüllt ihm jeden Wunsch. Lange und bis zur völligen Erschöpfung. Keuchend und stöhnend ergießt er sich in ihr. Gisa sitzt auf ihm. „Ich stehe für immer in deiner Schuld. Jetzt hast du es am Ende doch geschafft und ich gehöre dir", sagt sie ernst, ihm in die Augen sehend. Er streichelt ihre Brüste und Arme. „Aber nur deinen Körper, sagt er und zieht sie zu sich runter. Dein Geist und vor allem dein Herz, gehören Rolf. Das weiß ich. Aber ich bin mit dem Rest sehr zufrieden", lächelt er und küsst sie wild. Lange liegen sie sich in den Armen. „Wieso war Rolf hier?", fragt sie kleinlaut. „Geschäftliches, antwortet Papi. Mehr musst du nicht wissen. Hast du Lust einen speziellen Kunden von mir zu treffen?", fragt er sachlich. „Papi ich muss dir was sagen, beginnt Gisa zögerlich, aber versprich mir Rolf nichts zu sagen. Versprich es." Papi guckt sie erstaunt an. Dann nickt er. „Ich habe heute meine Blutergebnisse bekommen und ich bin vielleicht schwanger", sagt sie bedächtig. Papi setzt sich geschockt auf. „Und wieso soll Rolf das nicht wissen? fragt er, doch dann gibt er sich die Antwort selbst. Du weißt nicht von wem es ist." „Ich weiß auch nicht, wie das passieren konnte. Ich habe mein Verhütungsstäbchen im Arm. Christoph ist eingeweiht und mit deiner Erlaubnis vergleicht er auch deine DNA." „Na das wäre ja der Hammer, sagt Papi und steht auf. Er läuft auf und ab. Auf die Idee bin ich noch gar nicht gekommen. Was wäre wenn? Du wirst Rolf nie für mich verlassen." „Stopp, sagt Gisa schnell, Christoph rät zur Geduld. Erst wissen, dann handeln." „Du hast recht, ich verlier mich in unnötige Probleme. Gut ich ruf ihn an und gebe ihm meine Erlaubnis. Und selbstverständlich bist du zuerst mal befreit. Er geht zu ihr. Zieht sie an sich ran und streichelt ihr Gesicht. Wäre aber trotzdem schön, wenn ich auch so einen Engel gemacht hätte", lächelt er. Gisa drückt sich an ihn. Nackt und schweigend stehen sie da. „Weißt du was, ich bring dich. Wir fahren zusammen zu Christoph", sagt er spontan. Sie ziehen sich an und fahren zur Praxis. Gisa in Begleitung eines so reichen Herrn, lässt die Gerüchteküche der Kollegen brodeln. Sie führt Papi in einen freien Raum und bittet Christoph dazu. Nach einem ausführlichen Gespräch geht Papi wieder. Vor den Kollegen gibt er Gisa einen dicken Kuss auf Stirn und Mund. Väterlich. Gisa bringt den Arbeitstag zu Ende. Rolf steht pünktlich zum Feierabend im Flur. Gisa fällt ihm um den Hals. Rolf nimmt sie an die Hand und schlendert mit ihr zum See. Er bemerkt, wie sie glüht. Ihre Augen leuchten. „Alles ok?", fragt er lächelnd. „Bestens", lacht Gisa und tänzelt um ihn herum.

Sie ist fest der Überzeugung, dass es von Rolf ist und lässt keinen anderen Gedanken zu. Sie dreht sich in seinen Arm. „Lass uns Eis essen gehen, fordert sie. Ich möchte ein großes Eis mit Sahne", grinst sie. Sie gehen, zu einem Eiskaffee. Gisa lächelt die ganze Zeit und schaufelt sich das Eis geradezu in den Mund. „Gut, dass ich keine Kinder kriegen kann, lacht Rolf. Man könnte denken, dass du schwanger bist, so wie du das Eis in dich reinschaufelst", lacht er. Gisa fällt der Löffel aus der Hand. Ihr Gesicht verzieht sich völlig. Tränen schießen in ihre Augen. Ihr Gesicht wird bleich. Sie fängt an zu zittern. Rolf sieht das und ihm fällt es wie Schuppen aus den Augen. Doch, bevor er was sagen kann, rennt Gisa weg. Laut weinend läuft sie zum See. Auf der Brücke lehnt sie sich über das Geländer. Ihre Tränen tropfen ins Wasser. Rolf ist hinterher. Er nimmt sie von hinten in den Arm. „Seit wann weißt du es?", fragt er. „Heute Morgen, schluchzt sie. Meine Blutergebnisse waren da und es deutet alles darauf hin. Christoph, checkt deine, Papis und seine DNA. Bist du sicher, dass es nicht von dir sein kann?", fragt sie noch mal. „99,9 Prozent", flüstert er. Gisa weint laut los. Er dreht sie zu sich und nimmt sie in den Arm. „Dann will ich es nicht, schreit sie. Ich will, wenn schon dann mit dir eine Familie." Sie ist fassungslos. Er nimmt sie auf den Arm und trägt sie zu einer Bank. Auf seinen Schoß sitzend, lehnt sie sich an ihn. Beruhigt sich langsam. „Was machen wir jetzt?", fragt sie. „Abwarten. Erst mal Sicherheit, ob und seit wann. Du gehst morgen zum Frauenarzt und dann rechnen wir mal nach. Bis dahin bleibst du ruhig. Mach kein Blödsinn. Das kleine Herzchen da drin, er streichelt den Bauch, kann nichts dafür. Ich liebe dich und alles was von dir kommt. Das ist alles was zählt", sagt er ernst aber voller Liebe. Er küsst ihre Nasenspitze und streicht die Tränen weg. Sie sitzen noch eine Weile zusammen. Dann wird es kühler und Gisa fängt an zu frieren. „Komm, wir fahren nach Hause", sagt Rolf und sie gehen Arm in Arm zum Auto. Rolf verwöhnt sie, vor dem Kamin sitzend. Füttert sie mit Obststreifen. Streichelt immer wieder über ihren Bauch. „Ja das wäre schön, lächelt er. Einen kleinen Fußballer oder Boxer großzuziehen oder ich lerne Balletttanz, scherzt er. Als ich noch im Geschäft war, wollte ich das nie. Zu gefährlich. Doch jetzt kann ich mir das sehr gut vorstellen." „Und willst du wissen von wem es ist?", fragt Gisa vorsichtig. „Nein. Wenn es bei uns ist, dann ist es unser", sagt er streng. „Ich liebe dich so sehr", sagt Gisa zärtlich und küsst ihn. „Hast du was dagegen, wenn ich gefragt werde, sage, dass es deins ist?", fragt sie. „Nein, stimmt er zu, das macht es uns leichter. Sonst würde auch jeder mein intimes Geheimnis wissen." „Ok, freut sich Gisa, dann sind wir jetzt eine wachsende Familie." Und jetzt strahlt sie wieder. Sie küsst ihn heftig. Zieht ihm das Hemd aus und streichelt seine Brust. Rolf schält sie aus ihren Sachen. Küsst ihren Bauch. „Ich bin vorsichtig", sagt er zum Bauch. Gisa lacht laut los. „Bloß nicht. Noch kannst du. Und ich will dich, voll und ganz", keucht sie erregt. Rolf gleitet mit ihr auf den Boden. Das Schafsfell weich und umschmeichelt ihr Gesicht. Sie sieht aus, wie ein Engel auf einer Wolke. Rolf überflutet ihren Körper mit Küssen. Sanft und zärtlich genießt er sie. Doch Gisa ist heiß. Sie dreht ihn auf den Rücken und setzt sie auf ihn. Reitet ihn Hüfte kreisend. Streckt sich und spielt mit ihren Haaren. Rolf knetet ihre Brüste. Spielt an ihren Nippeln. „Wird schwer sie zu teilen", lacht er. Er zieht sie zu sich und saugt daran. Gisa seufzt. Dann reitet sie ihn wild. Rolf hält sie fest. Er dreht sie um und bringt sie züngelnd zum Höhepunkt. Jetzt legt er sich auf sie. Mit einem Arm abgestützt. Vorsichtig stößt er sie. Ganz langsam und tief. Gisa drückt zusätzlich ihren Körper an ihn. „Ich liebe dich", keucht er und kommt. Legt sich neben sie. Gisa legt sich auf ihn. „Rolf, das musst du nicht. Ich bin nicht zerbrechlich. Bitte lieb mich wie früher, fleht sie. Es passiert nichts. Keine Angst. Du musst nicht übervorsichtig sein. Zumindest nicht die ersten Monate." „Tut mir leid, gib mir etwas Zeit", sagt er. „In Ordnung", sagt sie und legt sich in seinen Arm. Sie gehen ins Bett und kuscheln sich ein. Gisa träumt. Ein Kind und mehrere Hände zerren daran. Und das Kind wächst. Die Hände wachsen mit. Sie wälzt sich hin und her. Sie schwitzt. „Was ist?, flüstert Rolf und streichelt ihren Kopf. Gisa sieht ihn an und sie erzählt ihren Traum. „Du hast Angst, sagt Rolf, dass Ansprüche erhoben werden. Wenn du das nicht aus deinem Kopf kriegst, müssen wir den Vater suchen. Gisa, sieh mich an, Versuch es zu vergessen." Gisa dreht sich in seinen Arm. Rolf streichelt ihren Kopf. Beschützt schläft sie weiter. Am nächsten Morgen bringt Rolf sie zu Christoph und unterhält sich, unter vier Augen, mit ihm. Dann geht er zu Gisa, die mit ihrer Arbeit angefangen hat und verabschiedet sich. „Ich komm nachher und bring dich zum Frauenarzt. Christoph macht einen Termin für uns, sagt er und küsst sie sanft. Ich liebe dich." Dann geht er. Gisa sieht Christoph in der Tür zum Büro stehen, der sie zu sich winkt. Er schließt die Tür und nimmt sie in den Arm. Gisa weiß, dass Rolf ihm ihren Traum erzählt hat. „Du machst dir unnötig Stress, sagt er zärtlich. Warte doch erst mal bis zur frauenärztlichen

Untersuchung. Versprich es mir, flüstert er und sieht ihr in die Augen. Mittagspause?", fragt er und küsst sie zärtlich. Gisa explodiert innerlich. Rolf hat sich zu sehr zurückgehalten. „Ja", haucht sie zustimmend. Noch ein Kuss, dann geht sie an die Arbeit. Das Getuschel ihrer Kolleginnen prallt von ihr ab. Während des Frühstücks gibt sie nur einen Satz von sich. „Hätte ich was Ansteckendes, dürfte ich nicht arbeiten", sagt sie und guckt in die Runde. Dann steht sie auf und setzt sich ins Lager. Dort zählt und sortiert sie den Bestand. Die langjährig Angestellte kommt dazu. „Tut uns leid. Wir wollten dich nicht verletzen. Entschuldige. Willst du mit zum Essen in der Mittagspause?", fragt sie leise. „Ich kann leider nicht. Ich warte auf einen dringenden Anruf. Das nächste Mal gern", antwortet Gisa. Sie freut sich innerlich schon auf Christoph. Sie glüht förmlich. Alles in ihr ist heiß. In unbeobachteten Momenten leckt sie sich über die Lippen und streichelt ihren Körper. Sie würde sich am liebsten selbst verwöhnen. Sie reibt sich an der Tischkante. Seufzt. Sie sieht auf die Uhr. Noch fünf Minuten. Sie geht zum Aufenthaltsraum und trinkt einen Tee. Immer wieder guckt sie auf die Uhr. Sekunden. Mittagspause. Ihre Kollegen verlassen die Praxis. Mit einem, „bis nachher", verabschiedet sie sie und schließt die Praxis ab. Dann geht sie in Christophs Büro. Steht vor ihm. Sieht ihm in die Augen und schält sich sexy bewegend aus ihren Sachen. Sie ist heiß. Nackt klettert sie auf seinen Tisch. Breitbeinig kniend streichelt sie sich. Alles an ihr zittert vor Verlangen. Christoph genießt ihren Anblick. Sein Schwanz wächst schnell. Er zieht sich aus und Gisa auf seinen Schoß. Sie drückt sich auf ihn. Ohne Worte reitet sie ihn minutenlang. Er schließt die Augen. Gisa schreit auf. Sie

ist gekommen. Zuckt zusammen. Christoph trägt sie zu
Behandlungsliege und legt sich auf sie. Streichelt ihr Gesicht, während sein Schwanz in sie gleitet. Gisas Lippen
beben. Er hält ihren Kopf und stößt sie heftig. Küsst sie,
damit sie nicht schreit. Gisa explodiert. Christoph ergießt sich auf ihr. Er sieht sie an. Ihre Augen glänzen.
„Ich liebe dich, flüstert sie. Du weißt genau was ich brauche. Ich hoffe es ist deins. Ich liebe dich", sagt sie noch
mal und küsst ihn zärtlich. Er umschlingt sie und bestätigt mit heftigen küssen, dass er es genauso will. Nach
einiger Zeit stehen sie auf. Er streichelt ihr über den Bauch.
Dann geht er und zieht sich an. Nimmt das Telefon und
ruft noch mal bei seinem Freund den Gynäkologen an.
Er schreibt den Termin auf und gibt ihn Gisa. Die hat
sich mittlerweile wieder angezogen und richtet ihr Haar.
„Du kannst nachher zu ihm. Ruf Rolf an", sagt er kühl.
Und diese Worte holen ihn in die Realität zurück. Es
brennt in seinem Herzen. Selbst wenn es seins wäre,
wäre es nicht seins. Rolf würde Gisa niemals gehen lassen. Er wäre nur ein Besucher. Gisa sieht ihn an und seine Verzweiflung. Doch sie dreht sich um und öffnet die
Praxis. Sie ruft Rolf an, dass er zur rechten Zeit kommt.
Der Kollegin gibt sie den Termin bekannt, damit sie ihren Ausfall einplanen kann. Die lächelt sie an, „bist du?".
„Weiß ich noch nicht genau. Wäre der ideale Abschluss
einer Traumhochzeit, nicht wahr?", lächelt Gisa. Die Kollegin drückt sie wohlwollend. Dann gehen sie an die Arbeit. Am späten Nachmittag fahren Rolf und Gisa zum
Frauenarzt. Nach einer sorgfältigen Untersuchung kommt
der Arzt zu einem Ergebnis. „Nicht schwanger." Rolf und
Gisa sehen ihn geschockt an. Er sieht was sie beschäf-
tigt. „Die Blutergebnisse waren falsch. Ich vermute, dass

im Labor etwas vertauscht wurde. Vielleicht eine Namensverwechslung. Ich gebe den Verantwortlichen Bescheid und bitte um Aufklärung. Wenn sie sich gefreut haben, dann tut es mir für sie leid, ansonsten ist aber alles ok. Wenn sie eine Familie planen möchten, stehe ich ihnen gern mit Rat zur Seite", schließt er ab. Rolf und Gisa gehen schweigend zum Auto. Sie setzen sich hinein. Lange Stille. „Wie fühlst du dich?, fragt Rolf. Erleichtert oder enttäuscht." „Beides, antwortet sie. Ich fand die Entstehung unserer Familie wunderschön, sagt sie leise. Andererseits hatte ich auch immer Angst den Vater nicht zu wissen." Rolf nimmt ihre Hand. Zieht sie auf seinen Schoß. „Wenn du es wirklich willst und bereit bist, gehe ich und lasse die Vasektomie rückgängig machen." Er streichelt über ihre Lippen. „Ja, Rolf, ja so machen wir das, strahlt Gisa. Nur wir. Wir drei, oder vier oder fü..." Rolf küsst sie schnell, bevor sie eine ganze Fußballmannschaft, aufzählt. „Ich liebe dich wahnsinnig", flüstert sie. „Und ich dich noch viel mehr", haucht er. Sie küssen sich heftig. Gisa öffnet seine Hose. Befreit sein geschwollenes Glied. Schiebt ihren Slip zur Seite und setzt sich auf ihn. Langsam drückt Rolf sie auf und ab. Ihnen ist egal ob sie gesehen werden. Minutenlang lieben sie sich, bis er in ihr kommt. „Schnell, nach Hause, ich möchte richtig von dir genommen werden, keucht sie. Und diesmal ohne Limit." Gisa knetet ihren Schoß. Kaum ist die Tür zum Haus auf, reißt sie sich die Kleider vom Leib. Rolf packt sie und legt sie aufs Bett. Fesselt sie an die Bettpfosten. Gleitet zwischen ihre Beine. Spielt und züngelt ihren Schlitz. Zärtlich zieht er mit seinen Zähnen ihren Kitzler. Gisa seufzt laut. Sie bebt. Immer wieder leckt er über ihren Schlitz. Schlürft und schmatzt. Gisa kommt.

Während ihres Orgasmus fingert er sie heftig. Gisa schreit vor Lust. Sie spritzt. Rolf geht zur Kommode und holt zwei Vibratoren aus der Schublade. Legt sich in 69er-Stellung auf sie. Gierig versucht Gisa mit ihrer Zunge seinen Schwanz zu erhaschen. Rolf stellt die Vibratoren auf höchste Stufe und steckt sie in Ihre Löcher. Dann hebt er seinen Po und lässt seinen Schwanz in ihren Mund gleiten. Gisa schmatzt gierig. Genüsslich stößt er ihren Mund. Zugleich bewegt er zwischendurch die Vibratoren hin und her. Tief drückt er seinen Schwanz in ihren Mund. Noch einmal züngelt er ihre Liebesperle. Gisa zuckt heftig. Rolf ist kurz davor zu kommen. Schnell dreht er sich um, nimmt den Vibrator aus ihrer Scheide und steckt seinen Schwanz hinein. Mit dem Vibrator im Po und schnellen heftigen Stößen, kommt er und spritzt ihr wichsend auf den Bauch. Gisa schnauft und zittert. Rolf legt sich neben sie. „Gut so?", fragt er grinsend. Gisa lächelt. Sie schnauft und zittert heftig und nickt, mit dem Kopf. „Willst du mich nicht losmachen?", fragt sie. „Nein, ist doch sehr schön so", lacht Rolf. Und noch einmal streichelt er ihren Körper. Diesmal zärtlich küssend. Saugt an ihren Nippeln. Knetet ihre Brüste. Streichelt ihre Lenden. Knetet ihre Schamlippen. Leckt noch einmal ihren Schlitz. Spielt damit. Untersucht sie genau. Lange quält er sie zärtlich. Gisa rekelt und windet sich. Rolf genießt ihre Wehrlosigkeit. Noch einmal fingert er ihre geschwollene Grotte. Gisa schreit auf, als der dritte und zuletzt vierte Finger in sie gleitet. Langsam und kurz stoßend, bringt er sie um den Verstand. Gisa verdreht die Augen. „Sag wenn ich aufhören soll", flüstert Rolf. Gisa schweigt. Jetzt gleitet die ganze Hand in sie. Schnell bewegt er sie. Gisa kommt noch einmal. „Genug", schreit sie. Rolf hört auf. Gisa schnauft laut. Zittert. Er bindet sie los und legt sich auf sie. Streichelt ihr Gesicht. „Du gehörst zu mir. Nur zu mir", flüstert er und küsst sie. Gisa zuckt heftig. Sie kann seine Küsse kaum erwidern. Ringt nach Luft. Er dreht ihren Kopf in seine Hände und sieht ihr in die Augen. Sie weiß was er hören will. Sein Blick fordernd. „Ja, haucht sie. Ja, für Ewig." Er dreht sich zur Seite und legt sie in seine starken Arme. Keine Möglichkeit, dass sie ihm entkommt. Sie weiß, dass er sie niemals gehen lassen wird. Sie fühlt sich beschützt. Langsam erholt sie sich. Steht auf und geht duschen. Eine Weile lässt sie das Wasser über sich laufen. Mit den Armen an der Wand gestützt und die Augen geschlossen. Sie denkt an das nicht entstehende Leben. „Ist sie wirklich erleichtert? Sie lehnt ihre Stirn an ihren Arm und vergisst die Zeit. Minuten vergehen. Rolf steht hinter ihr. „Was ist los?, fragt er zärtlich. War ich zu grob? Habe ich was falsch gemacht und dich verletzt? Gisa dreht sich zu ihm. „Du darfst alles mit mir machen, sagt sie. Du kannst gar nichts falsch machen. Ich liebe dich abgöttisch", schluchzt sie und küsst ihn. Rolf trägt sie zum Bett. Legt sie hinein und deckt sie zu. „Was ist? Sag es mir", fordert er zärtlich und streichelt ihre Wange. „Ich bin hin und hergerissen, sagt sie. Ich liebe Sex. Je mehr und ausgefallener desto besser. Aber ich glaube ich hätte auch gern das Kind mit dir, weint sie. Die Vorstellung mit dir eine Familie zu gründen, geht mir nicht mehr aus dem Kopf." Rolf streichelt ihren Bauch. „Du wirst einiges aushalten müssen. Bevor wir das Überstürzen, holen wir uns Rat. Der Frauenarzt hat es uns angeboten. So machen wir das. Ich besorge uns einen Termin, ok?", bestimmt er. Gisa nickt, mit dem Kopf. Umarmt und küsst ihn.

Kapitel 3

Die Macht der Gefühle

Rolf steht auf und macht ihr einen Tee. Gisa sieht ihn
an. Nackt und mit einem durchtrainierten Körper steht
er am Tresen. Sie geht zu ihm. Stellt sich an ihn und
drückt ihre Brust an seinen Rücken. Ihre Hände streicheln seinen Po. Rolf hält sich am Tresen fest. Ihre Hand
gleitet zu seinen Hoden. Streichelt sein Glied. Sie schnauft
vor Erregung. Rolf lässt sie machen. Er schließt die Augen und genießt ihre Zärtlichkeiten. Sie lehnt ihren Kopf
an seinen Rücken, während sie ihn wichst. „Nur dich,
flüstert sie. Nur dich." Er dreht sich um. Gisa geht in die
Knie und bläst ihn lange und ausdauernd. Seine Versuche sie hochzuheben wehrt sie ab. Sie legt seine Hände
an ihren Kopf. Schmatzend genießt sie seinen Erguss.
Sie lehnt sich in seine Arme. „Ich liebe dich", flüstert sie.
Du und sonst keiner, wird der Vater meiner Kinder." Er
drückt sie an sich. Sein Herz pocht heftig. „Wollen wir
essen gehen, oder was bestellen?, fragt er. „Was hältst
du davon, wenn wir die Mädchen fragen, ob sie mitwol-
len?, sagt Gisa. So wie früher. Ein gemütlicher Abend mit
unseren liebsten Freunden." „Alles was du willst, mein
Herz", stimmt Rolf zu. Sie ziehen sich an und telefonieren
mit den Mädchen. Bea hat noch einen Auftrag, kommt
dann aber dazu. Zuerst treffen sich Alle, Rolf, Gisa, Bea,
Papi, Christoph, Anna und Mattes in einem gemütlichen
Lokal. Sie essen gemeinsam. Lachen und scherzen.

Christoph sieht Gisa immer wieder an. Sie steht auf und geht zur Toilette. Christoph folgt ihr etwas später. Im Flur treffen sie sich. „Es tut mir leid, flüstert Gisa, ich habe vergessen anzurufen. Verzeih mir. Sie sieht ihn an. „Nicht schwanger", sagt sie. Christoph senkt etwas den Kopf. „Nicht, sagt sie, es ist gut so. Komm ich muss es auch noch Papi sagen." Sie nimmt ihn an den Arm und gehen zum Tisch zurück. Gisa nimmt Papi an die Hand. „Auch dir muss ich noch sagen, dass ich nicht schwanger bin", sagt sie frei heraus. Bea und Anna sehen sie fragend an. Gisa erklärt. „Es sah danach aus, doch der Frauenarzt hat die verfälschten Blutergebnisse erkannt. Aber, sie sieht Rolf an, wir sind uns einig, dass wir eine Familie wollen." Ihre Augen leuchten und ihr Gesicht strahlt. Rolf nimmt ihre Hand und küsst sie auf dem Ring. „Ich werde Patin", kreischt Anna. „Ich auch", sagt Bea schnell. „Selbstverständlich, lacht Gisa. Aber das dauert noch ein bisschen. Wir müssen erst noch viel trainieren." Jetzt lachen alle. Sie feiern gemütlich weiter. „Wisst ihr was, lasst uns zu mir fahren. Da machen wir eine Party", bietet Papi an. Gesagt und getan. Anna kommt aus dem Staunen nicht heraus. Großzügige Räume und dann das römische Bad. Sie zieht Mattes mit sich und schält sie beide aus ihren Sachen. Ungeniert springt sie mit ihm in den Pool. Papi lacht. Ihr Anblick war schon sexy. „Ok, lächelt er, Poolparty." Er dreht Bea zu sich und zieht sie langsam aus. Bea tut es mit ihm. Sie gehen ins Wasser und Papi drückt auf einen Knopf am Rand. Anette kommt herein. Papi zeigt auf Christoph. Dann wendet er sich Bea zu. Anette zieht Christoph aus und verwöhnt seinen Schwanz. Rolf und Gisa sind auch schon im Wasser. Gisa sieht Christoph zu. Wie Anette ihn verwöhnt macht sie unruhig.

Sie ist eifersüchtig. Schnell taucht sie ab und nimmt Rolfs Schwanz in den Mund. Ein paar Sekunden dann taucht sie wieder auf. Das Wasser legt ihre Haare eng an ihren Kopf. Tropfen auf ihren Wimpern. Ihre Haut glänzt. Noch einmal sieht sie zu Christoph. Der hält Anettes Kopf und stößt sie in den Mund. Seine Bauchmuskeln, seine Arme und gekrallten Hände an Anettes Kopf, bringt sie zum Glühen. Rolf beobachtet Gisa. Er nimmt sie an die Hand und geht zu Christoph. „Hier, sagt er, Frauentausch", lacht er künstlich. Er nimmt Anette an die Hand und geht mit ihr auf eine Liege. Christoph und Gisa sehen sich an. Es funkt. Christoph geht zu ihr ins Wasser. Sie küssen sich. Dann hebt er sie hoch und lässt sie auf sein Glied gleiten. Gisa lehnt seufzend ihren Kopf an seine Schulter. Sie stehen zusammmen, wie ein Gemälde. Dann hebt Gisa den Kopf und sieht Christoph in die Augen. Langsam, sanft hebt und senkt er ihre Hüfte. Gisa seufzt. Küssend reitet sie ihn. Sie verlieren sich ineinander. Papi und Bea sind mittlerweile zu Anna und Mattes gestoßen und tauschen sich gegeneinander aus. Papi hatte Anna noch nicht und genießt ihren kindlichen Körper. Sie ist so leicht und biegsam, dass er vieles mit ihr machen kann. Bea kümmert sich ausgiebig um Mattes. Sie liegen am Beckenrand in der 69er Stellung. Rolf lässt sich von Anette reiten. Er winkt Christoph zu. Sie sollen sich anschließen. Rolf zieht Gisa auf seinen Mund und Christoph versenkt seinen Schwanz in Anettes Po. Die schreit kurz auf. Gisa schnauft laut. Rolfs Zunge sticht ihre Liebesperle. Sie hält sich mit Anette die Arme. Sie stöhnen sich gegenseitig an. Der ganze Raum ist mit Stöhnen und Ächzen erfüllt. Nach und nach ergießen sich die Männer. Christoph geht zu Gisa und legt seinen Schwanz in ihren Mund. Während Rolf sie zum Höhepunkt leckt, spritzt Christoph ihr seinen Liebessaft in den Mund. Anette reitet Rolf zum Erguss. Gisa gleitet auf Rolfs Bauch. Anette steht auf und kniet sich, mit gesenktem Kopf, in die Ecke. Gisa dreht sich um und liegt auf Rolf. Er streichelt ihr Haar. Schweigend. Christoph geht zurück ins Wasser. Hilft Bea zum Höhepunkt zu bringen. Mattes und er, fingern und lecken Beas Grotte. Laut schreiend kommt auch sie. Papi hat all seine Macht an Anna demonstriert und diese liegt ihm schnaufend im Arm. Papi lässt Anette Gläser, mit Champagner gefüllt, bringen. Auch sie darf eines mittrinken. Dann geht sie zurück in ihre Ecke. Alle stehen zusammen im Kreis im Wasser und trinken. Nach einer Weile geht Gisa in ihr altes Zimmer. Stellt sich an die hintere Wand und denkt, mit verschränkten Armen und gesenktem Kopf, nach. Rolf ist ihr nachgegangen und steht ihr gegenüber in der Tür. „Es ist ok, sagt er leise. Du liebst ihn. Ich weiß das. Mach dir keine Gedanken. Wichtig ist nur, dass wir zusammengehören", sagt er und öffnet seine Arme. Gisa sieht ihn mit Tränen in den Augen an. Sie nickt und stürmt ihm in die Arme. Springt auf seine Hüften und klammert sich an seinen Hals. Sie würgt ihn fast, so kräftig klammert sie. „Lass uns gehen", flüstert Rolf. Gisa nickt. Sie holen ihre Kleidung und ziehen sich an. Zurechtgemacht fahren sie an den Strand. Hand in Hand gehen sie im Mondlicht am Strand entlang. „Wenn es dir hilft, beginnt Rolf. Ich wünsche mir sogar, dass du Christoph liebst. Es beruhigt mich zu wissen, sollte mir was passieren, dass jemand da ist, der sich deiner annimmt. Und dich genauso liebt." Er nimmt sie in den Arm. Ihr Haar schimmert im Mondlicht, wie Gold. Er streichelt ihre Wange.

„Nur bitte bleib bei mir", sagt er zärtlich. „Du bist so wundervoll, flüstert sie. Ich habe dich gar nicht verdient." Ihre Augen leuchten wie Sterne. Sie streicht über sein Haar und zieht seinen Kopf zu sich. Ihre Lippen verschmelzen sich. Sternschnuppen ziehen durch den Sternenhimmel. Wäre es nicht so kühl, lägen sie im Sand. Arm in Arm gehen sie zurück zum Auto. Zuhause angekommen kuscheln und schlafen sie ein. Am nächsten Tag fährt Rolf Gisa zur Arbeit. „Du musst heute Mittag aber nicht kommen, sagt Gisa, ich gehe zu Anna. Ich muss mir, für Morgen, etwas ausleihen", schmunzelt sie. Rolf guckt sie fragend an und grinst. „Na, da bin ich ja gespannt. Treib ich es endlich auch mal mit einem Alien? fragt er lachend" Beide lachen. Gisa küsst ihn und geht in die Praxis. Christoph sagt sie auch für die Mittagspause ab. Auch er guckt sie fragend aber auch enttäuscht an. Gisa geht zu Anna. Die fällt ihr um den Hals, als Gisa den Laden betritt. Nachdem sie sich freundschaftlich küssend begrüßt haben, setzen sie sich. „Anna, ich brauche für Morgen ein Lederdessous der Extraklasse. Es darf aber nicht zu dick sein, weil ich ein Abendkleid darüber trage." „Was hast du vor?" fragt Anna. „Ich habe Morgen Geburtstag und Harald, Christoph und Rolf einen Superabend versprochen. Ich habe mir etwas Ausgedacht", sagt Gisa. „Harald?" fragt Anna geschockt. Gisa erzählt was sich zugetragen hat. „Anna steigt etwas Röte vor Wut ins Gesicht. „Nach allem was er dir angetan hat? Sie ist fassungslos. Gisa drückt ihre Hand. Anna atmet tief durch. Musst du ja selber wissen. Gewarnt habe ich dich oft genug. Ok, lass uns in meinen Bereich gehen. Mir schwebt da schon was vor", sagt Anna und zieht Gisa hinter sich her. Sie holt ein Lederkorsett mit kleinen

Kettchen und passenden String. Gisa zieht es an. Ihre Brüste quetschen zusammen und bilden ein atemberaubendes Dekolltè. Der String hat einen offenen Schlitz im Schritt und quetscht die Schamlippen zusammen. Gisa betrachtet sich im Spiegel. Fährt mit ihrem Finger darüber. Sie fühlt, wie alles anschwillt. „Ja, haucht Gisa, das ist perfekt." Schnell zieht sie es wieder aus und steckt es ein. Mit einem Kuss auf den Mund verabschiedet sie sich von Anna. Dann geht sie zum Modegeschäft. Sie hatte sich das schwarze Abendkleid mit Accessoires zurücklegen lassen. In einer Parfümerie holt sie sich noch einen exklusiven Duft. Dann schlendert sie lächelnd zurück zur Praxis. Eine Hand greift plötzlich an ihren Arm und zieht sie in eine Gasse. Harald zieht sie zu sich in den Arm. Küsst sie wild. Gisa räkelt sich aus seinem Arm. „Nicht so stürmisch, lacht sie. Wie kommst du denn hierher?" fragt sie erstaunt. „Ich habe dich beim Vorbeifahren gesehen. Ich muss dich jetzt haben, keucht er. Bitte komm mit mir", fordert er. „Harald, ich muss arbeiten. Das geht jetzt nicht." „Dann komm mit in meine Limousine, bitte", fleht er und deutet auf das Auto. „Gut, aber nur kurz", sagt sie und sieht auf die Uhr. Er zieht sie mit sich. Steigt hinten ein und zieht sie zu sich auf den Rücksitz. Küsst sie wild. Zieht ihr die Hose runter. Seine Hand greift ihr in den Schritt. Drückt und quetscht ihre Schamlippen. Gisa seufzt auf. Seine Finger gleiten in sie. Zwei, dann drei. Gisa küsst ihn heftig. Greift in sein Haar und seufzt laut. Er legt sie auf den Sitz. Fingert sie schnell und hart. Gisa krallt ihre Finger ins Leder. Sie kommt. Spritzt. Harald öffnet seine Hose. „Komm", haucht er und hält ihr seinen Schwanz hin. Gisa bläst ihn. Wichsend und saugend bringt sie ihn zum Höhepunkt."

„Morgen gibt es mehr, sagt sie. Freu dich drauf. Ich habe mir was Schönes für euch drei ausgedacht." Harald küsst sie wild. Dann lässt er sie widerwillig gehen. Etwas zu spät, kommt sie in der Praxis an. Sie erledigt ihre Aufgaben und wird pünktlich zum Feierabend, von Rolf abgeholt. Er sieht ihre Tüten. „Nicht reingucken", sagt sie lachend und ermahnend. Rolf grinst. Gisa sitzt auf dem Sofa und überlegt ihre Strategie für den geplanten Abend. Sie geht ins Bad und telefoniert mit Anna. Fragt nach Engelsflügeln und Teufelshörner. Anna lacht und bestätigt. „Ja, jetzt habe ich ein Bild, lacht Anna und noch ein Zusatz. Ich bring dir die Sachen morgen vorbei", sagt sie zu. Gisa springt auf und freut sich wie ein Kleinkind. Rolf guckt sie an und grinst. „Das muss ja was wahnsinnig Geiles werden, sagt er und nimmt sie in den Arm. Erzähl es mir", fordert er neugierig. Gisa schüttelt mit dem Kopf. Rolf wirft sie aufs Bett. Kitzelt sie. „Willst du es mir erzählen?",fragt er erneut lachend und kitzelt sie weiter. Gisa rekelt und windet sich. Tränen vor Lachen rinnen über ihre Wangen. „Bitte, bitte nicht, sagt Gisa schnaufend. Mach mir meine Überraschung nicht kaputt. Ich habe alles so schön geplant." „Ok, brauchst du noch was? Kann ich dir noch irgendwie helfen?", fragt Rolf. „Wenn du so fragst", lacht sie und legt ihre Beine um seine Hüfte. Sie sieht ihn an und leckt sich über die Lippen. Rolf reißt ihr die Sachen vom Leib und sie ihm seine. Wild küssend vereinen sie sich. Sie toben sich in allen Varianten aus. Schnaufend und durchgeschwitzt liegen sie sich am Ende, in den Armen. Mit einem Snack setzen sie sich vor den Fernseher und Gisa schläft in seinen Armen ein. Lange sitzt Rolf noch mit Ihr im Arm auf dem Sofa. Sieht sie an und streichelt ihr Gesicht. „Du bist das schönste was mir je passiert ist, flüstert er. Ich liebe dich so sehr. Niemand darf dich mir jemals wegnehmen." Er küsst sie vorsichtig und bringt sie ins Bett.

Gisa wacht auf und der Duft frischer Brötchen dringt in ihre Nase. Sie setzt sich auf. Um sie herum auf dem ganzen Bett, sind Rosenblütenblätter verstreut. Ein goldener Bademantel aus Seide liegt am Bettende. Daneben ein schwarzer Pfeil, der zur Terrasse zeigt. Gisa nimmt beide Hände voll Blätter und wirft sie in die Luft. Dann zieht sie den Bademantel an und sieht auf dem Boden einen Weg aus Rosenblättern liegen. Sie folgt ihm. Auf dem Terrassentisch sind alle Köstlichkeiten aufgebaut. Brötchen, Croissants, Marmeladen, Quark und Früchte. Auf Rosenblättern. Am Ende des Tisches steht ein riesiger, langstieliger Baccara Rosenstrauß. Gisa zählt sie. 22. Sieht auf den Boden. Ein erneuter Pfeil. Der zeigt zum Wasser. Rolf steht bis zur Hüfte im Wasser. Er hält zwei Gläser Champagner in der Hand. Sie geht zu ihm und lässt dabei den Bademantel heruntergleiten. Er gibt ihr ein Glas. Stößt mit ihr an. „Alles Liebe zum Geburtstag, mein Herz", flüstert er. Sie trinken aus und werfen die Gläser an den Strand. Gisa umschlingt seinen Hals und küsst ihn zärtlich. Eng umschlungen stehen sie im See. Es ist zu kalt. Rolf trägt sie auf den Armen zum Tisch. Holt ihren Bademantel und Gisa schlüpft hinein. Er zieht sich auch einen an. Stellt sich hinter sie, nimmt eine Schatulle aus der Tasche und legt ihr eine Kette mit einem Herzanhänger aus Diamanten um. Gisa springt auf und rennt zum Spiegel. „Es funkelt und strahlt, wie deine Augen", flüstert Rolf hinter ihr stehend. Sie dreht sich zu ihm. Ihre Augen füllen sich mit Tränen. „Sowas Schönes hatte ich noch nie. Das ist viel zu teuer", sagt sie leise. Er streicht ihre Haare zurück. „Nichts. Kein Geld und Gold der Welt, kann sich je mit dir ermessen", haucht er und trägt sie küssend zum Bett. Streichelnd und küssend lieben sie sich. All seine Liebe fließt in jeden Stoß. Und er lässt ihr Flügel wachsen. Sie schwebt, bei ihrem Höhepunkt im siebten Himmel. Nach einer Erholung setzen sie sich an den Frühstückstisch. Gisa strahlt. Sie sieht bei jedem Bissen auf ihre Kette. Rolf beobachtet sie und muss lächeln. Es klingelt. Rolf öffnet. Anna stürmt mit Blumen und einer riesigen Tüte in der Hand zu Gisa. Umarmt und küsst sie. „Alles Liebe und ich habe dir die Sachen mitgebracht, lächelt sie. Willst du mal gucken? „Rolf, lässt du uns allein? fragt Gisa." „Ich geh Schwimmen", sagt er und lässt den Bademantel fallen. Nackt geht er zum See. Gisa und Anna sehen ihm, mit offenen Mündern, hinterher. Seine athletische Figur. Seine prallen Pobacken. Muskulösen Arme und Beine sind wahre Augenschmeichler. Gisas Herz pocht wie wild. „Sabber jetzt nicht, lacht Anna. Du kannst ihn dir gleich holen. Obwohl, ich könnte auch mal so einen Adonis vertragen", feixt sie. „Nun zeig her was du für mich hast", lacht Gisa. Sie gehen in das Badezimmer und Anna packt Engelsflügel und ein Haarreif mit roten Hörnern aus. Dazu eine Peitsche und Handschellen, mit rotem Plüsch. „Soll ich dir heute Abend helfen?, bietet Anna sich an. Ich lass Rolf von Mattes abholen und ich helfe dir bei deiner Umsetzung. Ein paar Fotos für unser Geschäft wären auch schön." „In Ordnung, das ist lieb von dir", stimmt Gisa zu. „Gut, ich fahre eben los und organisiere alles. Ich bringe meine Videokamera mit, die verstecken wir. Das wird eine Überraschung, lacht Anna. So und nun hol dir den Adonis sonst mach ich es. Mir ist

schon ganz heiß", und Anna wedelt mit der Hand. Gisa
packt schnell alles ein und verstaut es im Schrank. Dann
frisiert und parfümiert sie sich. Nackt geht sie zum See.
Am Strand bleibt sie stehen. Streichelt sich durchs Haar.
Dann über den Körper. Rolf kommt triefend aus dem
Wasser. Sein Körper, der absolute Wahnsinn. Durchtrai-
niert und leicht gebräunt. Gisa zittert vor Verlangen. Sie
kniet sich vor ihn und leckt das triefende Wasser, von
seinen Lenden. Rolf erregt. Ihre Zunge spielt mit seiner
Eichel. Zuckend wird sein Glied steif. Gisa hält seinen
knackigen Po, der sich bei jeder Bewegung ihres Mundes
zusammenzieht. Gisa umschlingt seine Hüfte als er versucht sie hochzuziehen. Sie will ihn verwöhnen. Rolf
stöhnt laut auf. Lässt seinen Liebessaft in ihren Mund
laufen und Gisa genießt jeden Tropfen. Stunden der Entspannung liegen vor ihnen. Rolf massiert Gisa und verwöhnt sie dabei. Etwas später kommen Anna und Mattes. Rolf wird gebeten, mit Mattes zu gehen. Ungern,
aber er stimmt zu. Anna und Gisa besprechen alles und
beginnen mit den Vorbereitungen. Es klingelt. Bea ist
da. „Ich will auch helfen", sagt sie. Anna hat ihr alles erzählt. „Ich mach dein Make-up, Haare und Nägel. Ich
habe Extralange mitgebracht und das knalligste Rot."
Gisa fällt ihr um den Hals. „Ihr seid meine Engel", lacht
sie. Auch Bea wird eingeweiht. Dann machen sie sich ans
Werk. Sie bauen ein Podest. Stellen Kerzenhalter in die
Runde. Eine rote Decke in die Mitte. Anna richtet die
Strahler vom Flur aus. Bedeckt sie mit einem roten Tuch.
Sie legen Handschellen und weitere Sexaccessoires über-
all in den Raum. Bea hängt das Abendkleid aus und staunt.
Ein absoluter Traum. Dann die Dessous. „Mir wird heiß",
sagt sie. „Wenn du schon so reagierst, wie wirkt das erst

auf die Männer", lacht Anna. Bea beginnt Gisas Haare
zu föhnen und stylen. Sie probiert mehrere Varianten
aus, bis Gisa zustimmt. Sie schminkt Gisa, mit goldenem
glänzendem Puder. Dunkel schattierten Augen. Verlän-
gert ihre Wimpern und steckt einzelne Goldfäden dazwischen. Schwarzen Kajal. Parfümiert sie ein und hält
ihr den String hin. Gisa hält sich an ihre Schultern fest
und steigt hinein. Langsam zieht Bea ihn hoch. Bemerkt
die Raffinesse. Gisas Schamlippen drücken sich zusammen. Die Spitze ihres Kitzlers guckt dazwischen raus.
Bea schwitzt. Sie sieht zu Gisa hoch. Ihr Blick sagt alles.
Gisa drückt Beas Kopf zu ihrem Kitzler. Die versenkt
ihren Mund in Gisas Schoss und züngelt sie. Schmatzt
und drückt ihre Zunge immer wieder zwischen die zu-
sammengepressten Schamlippen. Gisa zuckt. Wackelt.
Stöhnt auf. Sie kommt. Bea sieht sie an. Und Gisa küsst
sie auf den Mund. Bea holt das Korsett. Knetet Gisas
Brüste zurecht. „Du machst mich fertig", haucht sie. Gisa
lacht. Jetzt das Abendkleid. Schwarz mit zarten silbernen Fäden und Strassträgern. Figurbetonend und Schlitz
an der Seite. Gisa setzt sich, um zu sehen, wie es wirkt.
Anna kommt mit einem schwarzen Strumpfband. Eine
rote Rosette ziert es. Sie zieht es Gisa an. Dann die silbernen High Heels. Bea stellt einen Stuhl in die Mitte
der Kronleuchter auf dem Podest. Davor die eingerollte
Peitsche. Geleitet Gisa darauf. Jetzt die Engelsflügel und
den Teufelchen Haarreif. Die Lippen knallrot. Die künst-
lichen roten Fingernägel aufgeklebt. Kleine runde Strassohrringe und ein zierliches Strassarmband vollständigen
Gisas Aussehen. Gisa wird in die richtige Position ge-
dreht. Es klingelt. Anna baut einen Paravent auf. Die
Männer, sind da. Bea hat aufgeräumt und kümmert sich

um Getränke. Anna ist hinter dem Paravent und zündet die Leuchter an. Dann geht sie und dämmt das Licht. Alle Männer sehen sich gegenseitig an. Anna stellt die positionierte Kamera an und macht leise Musik. Dann überzeugt sie sich von allem und gibt Gisa Bescheid. Anna und Bea tragen gemeinsam den Paravent zur Seite. Den Männern stehen die Münder offen. Gisa offenbart sich als ein Gemälde. In Perfektion. Nicht zu übertreffen. Alles an ihr schreit, „nimm mich" und gleichzeitig will man den Anblick nicht zerstören. Die Männer starren auf sie. Anna macht sanfte Strippermusik an. Jetzt lächeln die Männer und sehen gespannt zu. Anna macht Fotos mit einer selbstauslösenden Kamera, für den Laden. Gisa bewegt sich zart. Leckt sich die Lippen feucht. Sieht Rolf an. Und sein Blick ist voller Stolz. Egal was auch immer passiert, das ist seine Frau. Sie gehört nur zu ihm. Gisa spielt mit ihrem Kleid. Lässt das Bein hin und her rutschen. Streichelt es. Sieht Harald dabei in die Augen. Der starrt sie gefesselt an. „So wird er sie malen lassen. Genau so", denkt er. Dann setzt sie sich breitbeinig hin und streckt die Hüfte nach vorn. Der Schlitz des Kleides öffnet sich. Ihr String ist zu sehen. Oder besser was er zusammendrückt. Harald muss schlucken. Sie stellt sie sich hin. Posiert noch etwas für die Kamera. Sie funkelt und glitzert. Die Kronleuchter verstärken das noch. Die großen Engelsflügel rahmen ihren Körper ein. Gisa posiert in verschiedene Richtungen, für die Fotos. Die Männer genießen es. Anna hilft ihr die Flügel abzunehmen. Gisa streckt sich und tänzelt leicht. Lässt ihre Hände bis zum Reißverschluss ihres Kleides gleiten. Zärtlich streift sie es, mit verführerischen Blicken, herunter. Bea nimmt es ihr von den Füssen. Sie steht in Höhe des Strings und leckt noch mal kurz und schnell über Gisas Schlitz. Gisa zuckt und muss lachen. Jetzt steht sie als kleines Teufelchen vor den Männern. Sie nimmt die Peitsche und reibt den Griff zwischen ihre Beine. Posiert ebenfalls für Annas Kamera. Ihr Anblick lässt die Männer nicht mehr kalt. Die Hosen strammen sich. Gisa sieht Rolf an. Reicht ihm die Hand. Er hebt sie runter. Dann schubst sie ihn zurück aufs Sofa. Stellt sich vor Christoph, der in der Mitte sitzt und spielt erneut mit dem Peitschengriff zwischen ihre Beine. Sieht ihm tief in die Augen. Leckt sich über die Lippen. Dann geht sie zu Harald. Stellt sich mit dem Rücken zu ihm und bückt sich. Ihr gequetschter Schritt offenbart sich. Erneut reibt sie mit dem Peitschengriff ihren Schritt. Dann dreht sie sich um und kniet sich vor ihn. Öffnet seine Hose und Haralds Glied schießt hervor. Dann geht sie zu Christoph. Auch sein Glied schießt, nach dem Öffnen seiner Hose heraus. Sie stellt sich vor Rolf. Auch ihm öffnet sie die Hose. Dann drückt und quetscht sie ihre Brust. Fährt mit ihrer Hand zu ihrem Schoß. Seufzt und reibt ihren Schoss. Legt Rolf die Schlinge der Peitsche um den Hals und stellt ein Bein auf das Sofa. Seine Finger erforschen den String. Mittlerweile ist ihr Kitzler heftig geschwollen und gereizt. Sie lehnt sich, an der Schlinge um Rolfs Hals haltend, zurück. Seufzt heftig. Zuckt. Wackelt. Harald springt auf und stellt sich hinter sie. Hält sie während Rolf sie fingert. Christoph streichelt ihre Brüste. „Legt sie auf das Bett", sagt Rolf. Sie fesseln ihre Hände mit den Plüschhandschellen und binden ihre Beine an die Pfosten. Harald ist der Erste, der sich neben ihren Mund kniet. Gierig verschlingt Gisa seinen Schwanz. Christoph züngelt ihren Schlitz. Anna und Bea knien neben Rolf. Abwechseln nehmen sie seinen Schwanz in den Mund. Er sieht den anderen zu und genießt deren Gier, an seiner Frau. Die verwöhnen Gisa. Bringen sie zum Schreien. Christoph macht ihre Beine los und legt sie auf seine Schultern. Gleitet in sie und stößt sie heftig. Harald streichelt ihre Lippen. Er genießt ihr Lust verzerrtes Gesicht. Dann öffnet er ihre Korsage. Spielt mit seinen Fingern an ihren Nippeln. Knetet und zieht daran. „Komm Harald, wir tauschen", sagt Christoph. „Dreh sie um, sagt Harald. Ich will ihren Po." Christoph dreht Gisa auf die Knie. Er legt sich unter sie. Sie drückt sich auf seinen Schwanz. Er hält ihre gefesselten Hände fest. Harald stellt sich auf das Bett und drückt ihr seinen Schwanz in den Po. Christoph hält ihr Gesicht. Grinst sie an. Dann fühlt er Haralds Stöße und beginnt auch langsam zu stoßen. Gisa verkneift das Gesicht. „Sieh mich an", sagt Christoph. Gisa seufzt und stöhnt. Jetzt stoßen beide so schnell sie können. Gisa schreit auf. Rolf hat alles im Blick. Harald steigt ab und nimmt Anna an die Hand. Zieht sie mit zur Couch und lässt sich zum Höhepunkt reiten. Christoph küsst Gisas Hände und stößt sie gleichmäßig und sanft. Gisa küsst ihn. Leidenschaftlich. Rolf legt Bea neben Christoph. Dann legt er sich auf sie. Auf seinen Armen aufgestützt stößt er sie gleichmäßig und genüsslich. Gisa sieht das. Und ein Stich trifft sie mitten ins Herz. Es poltert heftig. Ihr bleibt kurz die Luft weg. Sie setzt sich auf und bittet Christoph die Handschellen zu lösen. Nachdem der es getan hat, steht sie auf, nimmt Rolf an die Hand und zieht ihn hinter sich her ins Bad. Christoph und Bea genießen sich zu Ende. Gisa öffnet ihre Haare und drückt Rolf in die Dusche. Schäumt ihn und sich ein. Rolf muss grinsen und weis genau was los ist. Gisa schäumt ihn immer noch schweigend ein. Als würde sie starken Schmutz wegwaschen. Rolf nimmt ihre Hände und lehnt sie über ihren Kopf haltend, an die Wand. Er sieht ihr in die Augen. „Sag es", fordert er sanft. Gisas Augen werden feucht. Ihr Gesicht rot. Sie schluckt schwer. „Ich will dich nicht teilen, sagt sie leise. Du gehörst zu mir. Nie wieder teile ich dich. Es tat weh, schluchzt sie. Ich liebe dich so sehr." Und eine Träne läuft ihr über die Wange. Rolf küsst sie ihr weg. Sieht ihr in die Augen. „Nur wir zwei? Für ewig?", fragt er zärtlich. „Ja, nur wir zwei, für Ewig", nickt Gisa, fällt ihm um den Hals.

Ein paar Wochen später wird Gisa zum Dessous Model. Ein Kunde von Anna und Mattes, hat die Aufnahmen von Gisa, als himmlischer Teufel, die Anna an die Wand des Ladens geheftet hat, gesehen. Er war sofort begeistert. Der Laden brummt vor Zulauf. Alle Kunden starren auf Gisas Bild. Rolf managet Gisa und ist immer an ihrer Seite. Ein paar Monate später lässt er die Vasektomie rückgängig machen und Gisa wird schwanger. Ihr Glück ist perfekt. Bea ist zu Papi gezogen und startet im Escortservice voll durch. Sie schult Neuanwerberinnen und richtet Gesellschaften aus. Papi gibt ihr alles was sie braucht. Auch körperlich. Christoph und Harald genießen weiterhin frei zu sein und nutzen Beas Service. Doch keine ihrer gewählten Frauen konnten je Gisa ersetzen.

Eine Schlagzeile ist noch erwähnenswert. „Luxusjacht fing aus unerklärlichen Gründen Feuer und ist gesunken. Ob sich der Besitzer mit Frau an Bord befand ist nicht geklärt. Sie werden bis heute vermisst."

Zusammenfassung

Gisa kommt mit dem Erlebten nicht klar. Sie leidet. Mit Hilfe von Christoph, kann sie die Schatten der Vergangenheit besiegen. Doch Gisa wäre nicht sie, wenn es nicht zu neuen Ereignissen käme. Viele Dinge lassen sie hoffen, glauben und verzagen. Die Beständigkeit von Rolfs Liebe und der freundschaftlichen Bande, führen sie sicher weiter. Bis zur völligen Erfüllung.

Der Verlag

*Wer aufhört
besser zu werden,
hat aufgehört
gut zu sein!*

Basierend auf diesem Motto ist es dem novum Verlag
ein Anliegen, neue Manuskripte aufzuspüren, zu ver-
öffentlichen und deren Autoren langfristig zu fördern.
Mittlerweile gilt der 1997 gegründete und mehrfach
prämierte Verlag als Spezialist für Neuautoren in
Deutschland, Österreich und der Schweiz.

**Für jedes neue Manuskript wird innerhalb we-
niger Wochen eine kostenfreie, unverbindliche
Lektorats-Prüfung erstellt.**

Weitere Informationen zum Verlag und
seinen Büchern finden Sie im Internet unter:

w w w . n o v u m v e r l a g . c o m